U0944585

魅丽文化
花火工作室

卿卿
QING QING
2
| 川澜 | 著
CHUAN LAN

江苏凤凰文艺出版社
JIANGSU PHOENIX LITERATURE AND ART PUBLISHING

图书在版编目（CIP）数据

卿卿．2 / 川澜著．-- 南京：江苏凤凰文艺出版社，2021.4
ISBN 978-7-5594-5348-8

Ⅰ．①卿… Ⅱ．①川… Ⅲ．①长篇小说－中国－当代
Ⅳ．①I247.5

中国版本图书馆 CIP 数据核字（2020）第 216900 号

卿卿．2

川澜 著

责任编辑 张 倩
特约编辑 朵 爷 张美丽
装帧设计 黄 梅
封面绘图 陶 然
出版发行 江苏凤凰文艺出版社
南京市中央路 165 号，邮编：210009
网 址 http://www.jswenyi.com
印 刷 湖南凌宇纸品有限公司
开 本 880mm × 1230mm 1/32
印 张 10
字 数 301 千字
版 次 2021 年 4 月第 1 版
印 次 2021 年 4 月第 1 次印刷
书 号 ISBN 978-7-5594-5348-8
定 价 42.80 元

目 录

Contents

第一章
只有你是重要的

由于言卿跟霍氏的关联，有的是人在密切关注霍氏官方和霍云深本人的动向，认定了霍总会把脸打得特别狠。但无论如何没想到，霍云深发出的，竟会是这么一条简洁干脆的宣告，言卿的确已婚了，嫁的就是他本人。

这位名列娱乐圈里女明星们心中金龟婿榜榜首，却也最没人敢随便议论和染指的霍家掌权人，居然自愿承认，他是一个选秀新人的合法丈夫，用词还那么劲爆。

在霍云深这条微博公开的那一刻，就相当于引燃炸药，完全点爆了今夜的战场。

脸是打了，打得利落响亮，可被打的不是言卿的脸，是每一个借机贬低讽刺她的人的脸。

“我瞎了是不是？！”

“霍总本人发声？他主动晒结婚证宣示主权？什么魔幻发展！”

“你想想霍云深是谁，不是他主动还能有人逼他不成！”

“我的天，我疯了，今天晚上这瓜也大得离谱了吧！该不会连霍氏冠名节目都是为了她？”

"可这事不对啊，我要是跟霍云深结了婚，天天往豪宅里一躺数钱花，坐私人飞机出去度假挥霍。而且老公要颜有颜，要身材有身材，要地位有地位，还冠名个爆红的选秀给我玩，我是疯了要去节目里撩两个流量明星？"

之前吃瓜网友还把苏黎和贺明瑾捧到天上，认定了他们是言卿这种人沾都没资格沾的"高岭之花"，结果霍云深坐上了老公席，这两位瞬间降档，秒变"两个流量明星"而已。

有霍云深这一纸婚书，越来越多人开始意识到，爆料怕是有问题，言卿除非是傻子，否则不可能放着这种呼风唤雨的老公不管，去招惹明显比不上他的男人。

是脑子坏了，还是不想活了。

网上舆论彻底乱套，震惊的，发疯的，吃瓜的，以及继续坚持咒骂言卿偶像失格的，服务器一度崩溃，承载不住蜂拥而来的爆炸性热度。

霍氏官方微博及时上线，转发了霍总的结婚公告，贱兮兮地配上两个小人亲亲的表情："言小姐是我们霍太太。"

随后作为绯闻对象之一的贺明瑾出场，非常有诚意地发视频澄清。

他对着镜头，表情严肃："我跟言卿是非常单纯的导师和选手关系，所有流传的暧昧都不存在。节目里偶尔表现出的亲近，是我单方面欣赏她，她并不接受。她在拍摄中一直表现得非常专业，后来在我得知了她跟霍总的关系后，自愿选择了退出节目。"

贺明瑾的粉丝不愿意接受这个事实，不停用"如果被资本欺压了你就眨眨眼"来刷屏。但大部分网友很快就选择了相信这个澄清视频，毕竟贺明瑾跟霍云深，根本无法相提并论。

接下来就看苏黎怎么回应了。

节目录制现场，苏黎坐在一片吵嚷声里，脸色无比难看。

他刚才抽空看过手机了，本以为会是一面倒的骂声，却意外地看到了霍云深的那条官宣。

她嫁的人真是霍云深……而霍云深竟然也毫不顾忌集团形象，公开了两人之间的关系？！

这一切太出乎苏黎的预料，他的后背也随之爬上冷汗。

他之前还窃窃思虑过，如果言卿嫁的另有别人，这么一曝光，霍云深可能一气之下就放弃她了，可如今……

霍云深绝对不会放过爆料的人。

苏黎有些慌张，试图趁着现场混乱先离开。他不敢单独走，示意其他四位导师："我们先去后台吧，在这里不太合适。"

四位导师没经历过这种场面，都拿不定主意，见他牵头，自然想跟着走。

"是啊，走吧，让言卿也下去，节目肯定是废了……"

"不知道要怎么收场，将近三个月的努力白费了吗？说到底，言卿能红，确实是靠自身能力，她的唱功和创作能力比圈里很多小歌手都要强，今天这么草草结束太可惜了。"

导师们边叹气边动身，还没等迈出一步，现场灯光骤然一变，通明大亮。

《巅峰少女》的总负责人匆匆上台，忌惮地看了看言卿，打开话筒宣布："立即疏散观众，其他人留在原位。"

刚赶来的大批安保出动，把骂骂咧咧的人群半强制地送出现场，偌大的厅内，除了导师席和工作人员，剩下的人分外显眼。

最大的灯牌仍然挂在中央，有个男人站在它前面。

镜头还在拍，对着他移过去，后台那些吓傻了的选手们都认出，这是第一次公演，来给言卿应援的那个男粉丝。

他挺拔的身姿立在那里，缓缓抬起手，摘掉遮脸的帽子和口罩。

录制厅和后台同时死寂，片刻之后，不约而同爆发出失态的惊呼。

"是霍总本人？！"

苏黎眼瞳一颤，连忙避开目光。

言卿一直没有动，坚持在她唱歌的位置上站着，等周围的人都散去，能看得到霍云深的那一刻，她眼里才蓦地涌上热意。

他在。

台下不止霍云深，还有些同样带着言卿应援物，留下不肯走的姑娘们。她们见现场安静了下来，一起举起手幅大吼："卿宝——我们是你的歌迷！在你不露脸唱歌的时候就超喜欢你！现在也是你的颜粉和性格粉！我们爱你的人和业务能力！跟别的没关系！你别放弃啊！"

她们话音落下，已经空荡荡的现场入口又热闹起来，陆续有新面孔有序进入，到达座位上，逐渐把观众席填满，人人手里都拿着现成的手幅和灯牌，训练有素。

谁安排的人，不言而喻。

霍云深上前两步，紧紧盯着言卿，抬手示意了一下，立即有人给他送上话筒。

他沉声说："节目还没结束，继续录，最后一位选手表演完成了，应该公布努力了三个月的成绩。"

言卿隔着厚重的空气跟他相望，想起初级评定那时，他也是这样横空出现，稳住局面，为她张开羽翼。

她终于忍不住了，睫毛湿润。

言卿胸中烧着滚烫的火，灼得她想哭，但更想稳下来，给自己和所有参赛女孩子的路程画上句号。

苏黎如芒刺在背，不得不坐下强颜欢笑。

就像什么都没有发生一样，节目流程接着往下走。其他选手起初战战兢兢，后来都意识到，霍总是来给她们撑腰的，她们跟在言卿身边，就相当于被保护着，没什么可怕的。

能这么轰轰烈烈到完结，也算风光。

十八名选手，竟不约而同保持了最佳状态，互相配合着拍完了最后一段。

前九名从后到前依次公布，到第一名揭晓时，言卿看着屏幕上她的名字，眼泪流下来，她迅速擦干，对着镜头展颜一笑。

笑容纯美，也热烈张扬。

她不卑不亢地说："从我加入这个节目的第一天起，直到现在，我尽自己的最大努力呈现了每一次舞台，我不后悔，也没有遗憾。但这个出道位，我放弃，希望顺延给第十名的选手。"

这是她的事，她不想连累节目。

这在霍云深意料之中，他把属于她的巨幅灯牌调到最亮，拍响双手。

跟随着他，现场迅速被掌声淹没，给予言卿应得的肯定。

言卿被簇拥着回到后台，头重脚轻地往前走，没发觉身边的人越来越少，直至周围空下来，她还在机械地挪动脚步，终于眼前一暗，她撞上了坚硬的胸膛，被熟悉的手臂搂住。

她仰起脸，看着男人深沉的眼睛，小声问："我是不是完蛋了？"

霍云深顺顺她的头发："怎么可能。"

"可结婚的事被用一种最凶残的方式爆出去了。"言卿急促地说，"你刚才还当场露脸照顾我，别人肯定又要乱传，瞎联想，对你的影响——"

霍云深拍拍她的背，帮她喘匀气，把手机打开给她看。

"老婆，别人不用联想，我已经给答案了。"

言卿眨了眨眼，不敢相信地望过去，清楚地看到了霍云深的官宣。

她的喉咙哽了一下，接着原地爹毛："你……你就这么公开了？！什么都不用考虑？你身后还有霍氏！不需要顾全集团形象吗？我本来想着等我不做偶像，换个身份，再红点，发展再好点……至少也要准备一些铺垫，结果却挑在了我最不好的时机公布，对你实在——"

霍云深抱紧她，不让她往下说。

"卿卿，只有你是重要的，"他低沉的嗓音撞击着她的耳膜，抚平一切惊慌，"其他的什么都不算。"

言卿抓着他的衣服，挣扎了几下，却被他越箍越牢。她慢慢不再反抗，呜咽着说："我不想让你丢脸。"

霍云深脱下外衣把她裹住，干脆往上一托："丢什么脸，这破节目总算录完了，跟我回家。"

言卿乖乖趴在他肩上，忽然想到重点："视频是我跟贺明瑾见面的时候偷拍的，多半是有人尾随我过去……"

霍云深目光沉了沉："别担心，我会处理。"

他知道是谁，也已经猜到当初在酒店，给云绫提供信息的又是谁。

霍云深留了人善后，把言卿带上车。刚坐上车，闵敬就及时打来电话："深哥，真够龌龊的，那俩人早勾搭到一起了。苏黎是一边标榜深情，一边拿云绫当替身。玩够了想甩，云绫就把他绑在了一根绳上。"

"两次都是她。"霍云深语气笃定。

"是。"闵敬说，"从综艺害人被当场揭穿，她就蓄意报复，酒店和爆料全是她暗中搞的鬼，她在圈子里攒了好几年的那点基础，都用来干这个了，现在还做梦打算跑出国。我们的人盯着她呢，警方马上会到，她别想溜。"

霍云深攥着言卿的手，眼帘半垂，冷声道："在警方来之前，想办法让她知道，她会被抓，是苏黎泄露消息的。”

闵敬立即了然，有点兴奋：“明白。”

言卿听得云里雾里，五分钟后，霍云深竖起手机屏，放到她面前。

先是一个微博页面，之前爆料她的小号，发出了一条比她已婚更加劲爆的消息，而且有图有真相，从头到尾满满“实锤”。

《巅峰少女》首席导师，当红一线流量苏黎，上半身赤裸，穿一条家居裤，夹着烟倚靠在柜子上，怀里抱着个女人拥吻，女人的手伸出去，无声自拍。

后面还有更大尺度的亲密照，张张刺激眼球。

苏黎以往的形象彻底颠覆。

而女人的侧脸有一点像言卿，起初有人以为是绯闻加码了，等翻到后面的数张正脸，纷纷惊掉了下巴：“是那个被封杀的云绫？！云绫又是因为陷害言卿才被搞死的！我好像知道了不得了的事情！”

言卿的诧异不比吃瓜路人少。

霍云深给她顺顺毛，又换了一个页面，这次是视频。

点开以后，是一段路人视角的拍摄，一个全副武装的女人在机场被警察带走，极力挣扎时帽子掉落，露出云绫的脸。

警方配合实时动态，发布了警情，某云姓女子涉嫌倒卖艺人私人信息，唆使犯罪，现带走接受调查。

视频的末尾，隐约拍到云绫咬牙切齿道：“苏黎也有一份！不能我一个人负责！我负法律责任，他也得身败名裂——”

后面的听不清了，但亲密照怎么曝光的，已经显而易见。

言卿的心情像是在坐过山车，一路跌宕起伏，根本平复不下来。她拉着霍云深问：“他俩联手的？云绫以为苏黎告发她，就赶在被抓的关头发照片，让他一起玩完。”

霍云深摸摸她总算有了血色的脸颊：“舒服一点了吗？”

言卿愣住了，他是在不动声色地给她报仇。

霍云深瞳中露出厉色：“谁伤你，都得加倍还。”

对她充满恶意的云绫逃不掉锒铛入狱的命运。苏黎既然自视清高，就尝尝坠落泥潭的滋味，用最难看的方法让他人设崩坏，遭人唾骂。

不是喜欢曝光吗？那就换他自己来感受。比起明媒正娶的婚姻，这种见不得光的艳照，更叫人不齿。

霍云深合眼，只可惜他太慢了，如果再快些确认，就不会伤到卿卿。

车回到霍宅时，微博的服务器已经又崩溃了两次。言卿下车前刷了一次页面，看到两个话题冲上了热搜，后面都显示着“沸”，整齐划一。

一个是“苏黎滚出娱乐圈”。

一个是“言卿滚出娱乐圈”。

苏黎那个是群起而攻之，有的是对家黑粉等着置他于死地，这一次绝好机会，当然拼了命把他往绝路上逼。

至于言卿自己的……

她难过地咬了咬唇。

点开话题，虽然没人说她的绯闻了，也羡慕嫉妒恨地承认了她的婚姻，但仍在锲而不舍地骂她偶像失格，无论对象身份多高，只要结婚了就是死刑，其他一概免谈。

言卿再一刷新，苏黎的那条热度还在涨，她的却凭空消失了……

是霍云深在护她，她去搜索名字，果然更多人在发言骂她仗着老公暗箱操作，随便撤热搜。

这不是她原本的打算，她知道自己的感情状况不应该去做偶像，更不想以后因为偶像的身份而让霍云深被公众议论。

帮安澜的已经足够了，她想在赛前退出，是节目组顾及热度强烈反对，她就想着，等以后迅速转型，和以前一样写歌唱歌，脱离偶像的身份。

然而现实没有给她机会。

她到这里就要停了吗？被骂到退圈？

可她跟霍云深是官宣的夫妻了，一损俱损。

言卿垂着头，从车库慢吞吞往楼上走，双脚忽然离了地面，猝不及防被霍云深抱起来。

“深深……”

“别动。”他哄着。

霍云深抱着她迈上顶层阁楼，踢开一扇特意做了雕花的小门，把她轻轻放下，双手遮着她的眼睛。

言卿感觉到温度变暖，空气里有浓郁的花香飘浮。

她忍不住扒开眼前的十指，怔怔地发现自己身处在一间精致的花房里，里面都是她偏爱的品种和颜色的花，盛放着，把她拥在中间。

言卿惊喜地看向霍云深。

霍云深目光深沉而温柔：“这是祝贺老婆工作完成、欢迎回家的小礼物。”

言卿从事发到此刻之前，都在维持着镇定，但到这一瞬，还是忍不住哭了出来：“可我的工作没有做好。”

安慰自己再多，被全面否定也还是会难受。

“我不懂……”她微微哽咽，“只要恋爱结婚，之前所有的成绩，就都一文不值了吗？”

“我从没有卖过人设，让人对我幻想过。每一次表演都给出满分答卷，别人唱歌走音，跳舞划水，但我除了脚伤那次，连失误都没有过，唱歌、编曲做到最好，跳舞也从零到了合格水平，这些都是大家亲眼见证的，就一点点……也不值得在乎了吗？”

满室馨香中，霍云深用力抱着她。

言卿哽咽：“我结婚是事实，不怪任何人，也没想对谁去解释前因后果，可我如果就这样被骂得退出，你要怎么办？霍氏的太太永远只是个失败的偶像。”

霍云深心疼得拧眉：“卿卿，网上那些言论，我会——”

“不能总是靠你去摆平，”她目光灼灼，“现在全网皆知，我是霍云深的老婆，我真的不愿意就这样不声不响、灰溜溜地退圈，把你放在台前被人议论。”

言卿似乎想到了什么，揉揉通红的鼻尖：“深深，你说我唱歌很好是不是？我还擅长写词、作曲，那我回到最初，继续去做歌手行吗？我原本也没想过当偶像。”

她期盼地问：“我多写新作，多唱歌，有真正好的作品，会扭转形象吗？”

霍云深胸口胀得发疼：“不需要这么辛苦。”

言卿的眼神坚定：“需要，我不单单是言卿，我还是霍太太，代表着你，我不能什么都不做，逃到避风港里，完全让你保护，成为每次提起都被人嘲讽的对象。”

她的表情又软下去，乖巧地问：“你说，等我让别人知道，我有足够的能力去做专业歌手，会不会重新得到认可和喜欢，给你挣回面子？”

霍云深喉咙刺痛着，说不出话。

过了许久，他才俯下身郑重地抱她：“当然会，我相信你能做到，我知道你有多优秀，从以前到现在，一直都知道。但我却不希望你做到。”

“深深……”

“因为——”他闭上眼，埋入她的颈窝，“我爱你，想把你独占，不愿意任何人去打量评判你。”

不愿意和人分享她的好。

言卿没有出声，静静拥着他。

霍云深懂得，卿卿不会甘于停下，他也不能把她禁锢在身边。他低沉地笑了，抬起身，给言卿拂开碎发，抚摸她泛红的眼尾。

卿卿不是被束缚的笼中鸟，她是他的骄傲。

“想做什么就去做，不用怕，”霍云深柔声说，“乌云能把天遮满，为他的棉花糖保驾护航。”

言卿后来没有空闲去琢磨别的了，男人火热的气息放肆侵略，成了她唯一的所思所想。

她忽然想起以前在加拿大写歌时，脑子里跑出来的旋律和词句，心底都像有翻腾的情感在支撑，她找不到来源，又满心酸胀，才会写出源源不断的作品。

那些歌得到很多共鸣，被人喜欢，她无数个夜晚独自去听，有时候也会哭，却不知道为什么而哭。

原来，都是霍云深。

如果过去那些歌是不知不觉为他唱的，那以后……她也想一直为他唱下去。

霍云深收了言卿的手机，把她抱上床，身体力行地让她忘掉整晚的风波。

言卿清醒时已经是第二天午后，她不在卧室，而是裹着松软的被子睡在沙发上，方向正对着厨房，霍云深刚好从里面端着碗出来，见她睁开眼，走近了把她扶起来。

“我怎么在这儿？”她刚醒，有点分不清东南西北。

霍云深捏捏她的脸："某个小猫崽肚子叫，我怕饿坏了，只能下楼来煮饭。看不见小猫崽又不放心，就抱到视线可及的地方了。"

言卿试想了一下自己边睡边饿到肚子乱叫的傻样，有点难为情。

她往被子里拱了拱，发现手机不在身边，心里头七上八下的，也不敢问网上是不是还骂得那么凶，怕霍云深会跟着她烦。

霍云深却主动说："外面还乱，但平息了很多了，那条'言卿滚出娱乐圈'不是真的，是《巅峰少女》的对家节目气不过你话题太多，黑红全占，趁机落井下石，应该滚出娱乐圈的是他们。你放心在家休息，别的交给我。"

言卿稍感欣慰，也懂了，这么一闹肯定是腥风血雨，她一个人的动向，牵扯着举足轻重的霍氏、"顶流"苏黎、整个《巅峰少女》节目组，还有曾经也红过一时的云绫，相比起来，她自身的事反而成了最微不足道的。

在昨天真相出现以前，她几乎快把云绫这个人忘记了。

得知两次事件都是由云绫策划，她除了惊讶，更觉得匪夷所思，到底以前她做云卿的时候怎么得罪过云绫，才让云绫这么恨之入骨。

其实她想……

霍云深低沉的声音响起："是不是想当面去问云绫？"

言卿被他问愣了，呆呆地盯着他微翘的唇，薄薄的，很锋利，像是冷心冷肺的样子，实际却那么炙热，也能轻而易举道出她的心思。

"你又猜到了。"

霍云深起身，帮助言卿坐正了，接着在茶几上捡起一条发带，绕到她身后，骨节分明的十指耐心拢起她微乱的长发，一丝丝捋顺，扎成马尾。

他指尖微凉，若有若无地在她发间穿梭，偶尔轻碰。言卿从头一路酥麻到脚，脸颊连着锁骨都红了。

等马尾扎好，霍云深俯身亲亲她的耳郭："因为我在卿卿心里，你想什么，我都看得到。"

言卿骨头要软了，赶忙轻声问："那……能见吗？"

霍云深目光暗沉，他猜得到云绫会说什么，事实上，云绫进了看守所以后，也一直在叫嚣着要见言卿。

"只要你想，"霍云深凝视言卿的侧脸，"我陪你去。"

霍云深把保密措施做得够好，安排了一次面谈，他明白言卿更希望单独去见，于是克制地止步在探视间门口，摸摸她的头："我就在这儿，有任何事马上叫我。"

才十几个小时过去，云绫已经一脸颓然，眼睛里透着灰。看到言卿进来，她情绪顿时激动："我只想问你一句话，你到底是不是云卿？"

有栏杆相隔，云绫再怎么也碰不到言卿。

言卿坐下，对她坦然点头："是，上次也不是故意骗你，是我想不起来。"

得到肯定答案，云绫瘫靠在椅背上："还不错，至少我没白折腾，那些苦确实落到你身上了。"

言卿皱眉："我和你有什么深仇大恨？"

"你的存在本身就让我恨！"云绫咬牙切齿，"明明是旁支，我为什么要长得有点像你！从小到大，我都是你的低配赝品，做什么都被说成东施效颦，我喜欢的男人眼里只有你，拿我做替身发泄！到后来他死了，我想去找霍云深报仇，主动做你的替身，霍云深直接让我在圈里混不下去！我为了生存，为了有资源，又跟了苏黎，也被当替身，人人爱的都是你，我就是个笑话！"

她露出冷笑："原来你失忆了？真是报应，当年霍云深那么伤害临川，为你疯魔，现在你却忘了他！居然有这么好的事，他遭再多罪都是活该！"

言卿抓住重点，她喜欢的男人，是这个临川。

她脑中有什么锐利的碎片骤然闪过，刺得她一疼，脱口而出："霍……临川？"

云绫眼睛赤红："你还好意思提起他？你跟霍云深的娃娃亲作废以后，要嫁的人就是临川！他那么迷恋你，结果你非要跟个疯子在一起，让他毁了临川的身体，最后你一失踪，他又疯病发作，抢了霍氏，把临川逼死！还把云家害得家破人亡！"

云绫句句中伤霍云深，把他描述成应该千刀万剐的邪魔鬼祟，但言卿根本不为所动。

云绫愤恨，又将矛头指向她。

"临川也是被你逼的，本来他名正言顺，偏偏得不到你，他才不得不找替身，找各种跟你有点相似的小明星发泄。”她面容扭曲，“他不可怜吗？我活在你的阴影里，我不可怜吗？”

言卿被这种三观全无的言论震撼，但没工夫跟她再理论，全部注意力都汇聚在“找小明星”上。

贺明瑾……难道也是其中之一？

虽然匪夷所思，但也不是没可能……

贺明瑾的外表很不错，有点男生女相，也许就是被这个她全无印象的霍临川盯上了，不知从哪儿看出来贺明瑾跟她的眼睛或是眉梢有那么一丝丝相似，所以才有了丧心病狂的控制欲，还留下他某些不光彩的证据，用作后来要挟他每年去加拿大给她续药的筹码？！

那么——贺明瑾的纸条！

言卿想要的信息得到，站起来要走，纸条还在她那天穿的衣服里，放在节目组宿舍，她急着去取。

云绫疯疯癫癫地吼：“你别以为霍云深公开你就高枕无忧了，他找云卿那么久，圈里谁都知道！但你除了一张脸，跟云卿的信息完全不符，你也会被别人当成是个替身，不是什么正牌太太——”

言卿回眸，对云绫弯了弯唇：“谁爱当谁当，你也省省力气，不用叫了。”

她笑得格外气人：“毕竟再怎么叫，我也不是替身，就是霍云深的正牌太太。”

言卿走出探视间，第一时间被等在门口的霍云深揽住，他眉心拧得很紧，垂眸盯着她。里面的话他都听到了。

言卿合眼吐了口气。

或许云绫有可悲可怜的地方，但她真的同情不起来。她现在既是云卿，也不全是，她雾里看花般遥望过去，但真正切身的感受却无法体会，云绫口中那个“被霍云深害到家破人亡”的云家，她也提不起丝毫情分。

唯一与她生命交缠的人，只有霍云深。

言卿握住他发凉的手，轻声问：“以前云家对我很不好，说不定还虐待我，是不是？”

“我没有和你说过。”

“但我能想到，”她认真地看他，“深深不会平白无故仇视别人，你报复的，一定是伤害我的人。”

霍云深幽沉的瞳中浮起亮色，嘴角向上扬。

“所以，”言卿深呼吸，环着他手臂，稳定他可能会起伏的情绪，“霍临川，不止一次欺负过我，对吗？”

这名字一经提起，曾经残忍的画面就回到霍云深眼前。

卿卿穿着校服，被那个人渣掐住咽喉，撕扯衣领的情景，无论什么时候回想，都在蹂躏他的神经。

他敛起笑容，压不住涌起的戾气。

言卿什么都明白了，心里更为紧张："那天跟贺明瑾在节目组见面，他偷偷给我塞过一张纸条。我当时怕他另有目的，就没有马上拆，后来忙着排练也没机会给你，录制结束又直接被你带回家了，那张纸条还在宿舍。”

她谨慎地说："我怀疑……”

“你怀疑他跟霍临川有关系，纸条里写了有用的信息。”霍云深沉声接过话。

言卿重重地点头。

威胁贺明瑾的人，如果用的真是某些不雅照，那拍摄照片，知晓一切，还能以此来做筹码的幕后黑手，到底是谁？

言卿迫不及待想返回节目组，霍云深带她上车，先打了几个电话交代，才示意司机启程。他转身摸摸她的头发："节目组全是蹲守的记者。”

啊……她光顾着这件事，忘了她现在人人喊打。

言卿低下脑袋："我不能装傻，一直当鸵鸟，我应该上线道歉，不讲原因，也不辩解，就只是道歉，不管粉丝现在是骂我还是对我感到失望，至少她们喜欢过我，因为我而受到了打击，还被全网嘲。”

霍云深绷着嘴角："原因不需要你去解释，我会让人说。”

她参加这个节目，签下合同，本身就是为了帮安澜解围。她在之前也从没把这场有条件的婚姻当成真的婚姻，现在距离她确定自己是云卿，接受他的感情，也不过才一个星期。

没人给她时间反应，更没人会了解她在其中经过多少磨难。

不能样样公之于众，但至少要挑拣重点，别把一切责难都给她背负，让她成了一个别人眼中既想做偶像爆红获利，又故意恋爱结婚的“坏”人。

节目组特意清了场，一片安静空荡，车直接开到宿舍楼门口，言卿抓紧机会往外跑，被霍云深按住肩：“别急，我也上去。”

言卿以为楼上没人，就拉着他的手进电梯，没想到电梯门一开，走廊里满满当当，以欧阳和小卷毛为首的一众选手，旁边还有安澜带着工作人员，都在翘首等她。

双方一起目瞪口呆。

言卿被阵仗吓到。好不容易等到言卿出现，特意聚过来想安慰她的这一群人，也被言卿牵着霍总，霍总又褪了一身煞气、眉目温柔的样子震惊得倒退了两步。

这什么场面！她们是傻的吧，竟然担心言卿会颓靡不振！

但问题是……

欧阳的神色最先变化，看着言卿的目光透着忧虑。她壮着胆子上前，拉拉言卿的衣角：“能借你几分钟吗？我有重要的话想对你说。”

没等言卿回答，霍云深的眼眸先低下来，淡淡地睨着她。

欧阳脊背一凉，但想到刚刚在网上看到的消息，又不禁有火，拽过言卿去一边，压低声音咆哮：“你还不知道吧，有人在微博上扒出霍云深找了好多年的旧爱，曝光了她以前的旧照片，长得和你……”

言卿微笑：“一模一样？”

欧阳瞪大眼睛：“你是知情的？！”

“你头晕了，怎么能跳进火坑！明知是做个替身，他对你的执着全是给旧爱的！现在照片一曝光，那些人都在笑你可怜！”欧阳气疯了，“跟这种人结婚，害得你被骂，太不值了！我宁可不出道，也不跟什么狗屁霍氏签约！”

言卿无奈，又有些心暖——欧阳是为她着想，连霍氏都敢骂了。

同时也意识到，云绫怕是在被抓前就预备好了要曝云卿的事，临了也要再给她添点堵。

但如她回答的那样，随便议论吧，她明白自己是谁就够了。

言卿告诉她：“我就是云卿，网上的评论不用管，她们如果觉得我可怜，或许还能解点气。”

回到霍云深身边时，走廊的人已经疏散掉了，一个都没剩下。

霍云深牵着言卿进宿舍。这小屋子是他第一次来，他在楼下仰望，在家一夜夜熬着想她的时候，她就是把他求而不得的气息填在了这里。

霍云深垂了垂眼，他竟在嫉妒一个她住过的房间。

言卿关上门，马上去柜子里找衣服，好在叠成小块的纸条还在衣兜深处放着，没有丢。

她屏住呼吸，迫不及待展开。

贺明瑾在最上方画了一个复杂的图案。言卿惊奇，来不及细看下面的文字，先把图拿给霍云深辨认："深深，你认识吗？"

霍云深瞳孔一缩，双手在身侧缓缓攥紧。

化成灰都认识。

他齿间吐出几个字："霍临川的文身。"

言卿一震，果然跟她猜测的一样。她把纸展平，急切地往下看，越看心跳越急："贺明瑾的意思，那不雅照是他跟霍临川两个人的，而且是……霍临川自己拍的！"

贺明瑾的纸条上说，这个男人不知道怎么就盯上了他，控制他，有时看到他跟别人亲近，还会把他关起来暴力泄愤，仿佛是把他当成了谁的替身。但贺明瑾不知道他的真实身份，只见过他腰上的文身，而且在偶然一次男人接起电话的时候，他隐约捕捉到了听筒里称呼他"霍"。

以前他没往霍云深的身上联想，但在出事后，他得知言卿失忆过，才把霍云深和他听到的那个"霍"想到一起，猜测是他们霍家的人。

他不确定霍云深的善恶，不敢把这些话直接说给霍云深听，于是偷着写给言卿。

最重要的是，他反复回忆威胁他的那些匿名照片，角度是从床头的位置拍过来的，显然是提前布置好的摄像头。以"霍"的身份，在卧室里被人监视却不知晓，这根本不可能，那么结论只有一个，是"霍"自己在拍，并且"霍"早就打算好了，要在以后有用的时候把这些照片当成要挟他的筹码。

言卿看完，全身不禁发冷："要么是后来照片泄露，被别人利用；要么从始至终都是他本人……"

不管是谁，这个用照片威胁贺明瑾喂药的人，应该就是当初带走她，改变她记忆的人。

她突然感到害怕。

霍云深把纸条握成团，搂住言卿，手臂肌肉坚硬，微微发颤。

“别怕。”

“我怕的是……”她唇色泛白，“如果真是霍临川，他到底要干什么，只是让我忘记你，以此报复我们吗？会不会还有更深的阴谋？他带我去了哪儿，发生过多少事，我不记得……”

言卿每次想到霍临川的名字，都像有根针扎在神经上，一次比一次更疼。她咬着牙喃喃：“我怎么一点也不记得了！”

霍云深箍紧她，敞开大衣把她裹进去：“卿卿，停下，别想了，他已经死了！”

言卿被头痛冲击得恶心，曾在梦里模糊见过的高瘦影子从眼前一闪而过。

脸瘦削，金丝眼镜，还温和地笑着问她：“那个疯子爱上你了，你说，如果我当着他的面把你变成我的，他会怎么样？”

言卿犹如被利刃戳刺，抿着唇倒在霍云深的胸口上。

霍云深把她抱到床上，双手捂着她的太阳穴揉按。言卿强迫自己放空，逐渐被他的温度安抚，喘着气睁开眼：“深深，霍临川究竟是谁？”

霍云深抹掉她眼角滑出的眼泪，眸底闪着火光，嗓音沙哑：“你想知道什么我都告诉你，不准再想了。”

他躺到她身侧，高大的身体蜷在爱人的小床上，手掌蒙着她的眼：“那种渣滓，不配被你想起。”

第二章
霍先生的保护欲

霍家这一代孙辈有两个男丁，大的是霍临川，他六岁时，霍云深出生。

他们是大家族里备受关注的堂兄弟。

霍家当时的家主，也就是兄弟两个的爷爷，对他们的父辈就有所偏爱，大儿子性格温暾，没有生意头脑，他生的霍临川，老爷子连带着不爱，态度一直平平。

但霍云深是能力卓越的小儿子所出，他自然倍加宠爱，一出世就抱在怀里，跟当年旗鼓相当的云家定了娃娃亲，全然不管刚下产床的儿媳有多少恨意。

儿媳是他儿子喜欢，硬抢来逼婚的，看她嘴上说不情愿，不是也把孩子生了？这女人就是矫情，他允许她生下霍家的后代，已是抬举她了。

老爷子根本没把儿媳当回事，直到霍云深跟母亲单独相处后，总是浑身伤痕，才知晓她把怨恨都给了这个孩子。

他还很小，但不爱闹，被掐被打都睁着眼看，积着泪抽噎，不肯号啕大哭。

自从被发现，霍家就把霍云深跟母亲隔离，但母亲每每精神崩溃，就想方设法寻到他，扭曲地将愤怒发泄到他身上。在他有记忆的那一年，他蹲在小花园里堆石头，被头发凌乱的母亲冲上来打，当天晚上，她又伺机躲开看守，摸到他房间外，生平第一次对他笑："云深，你来，妈妈带你去个好地方。"

他惊喜地跟上去，小心翼翼地想得到一点关爱。

霍家的宅院太大，母亲带他走到最高的一幢楼前，蹲下身摸摸他的脸，笑得癫狂："霍家指望你继承家业呢，但是凭什么啊，这种烂透了的家族，毁掉我，我还要给他生继承人。"

"你站着别动，好好看清楚妈妈的翅膀。"母亲的精神已经明显异常了，"看妈妈是怎么从这里飞出去的！"

他才几岁，懵懵懂懂的，母亲好不容易待他温柔一次，他就老实听话，看着她爬上顶层的阁楼，站在露台上，像鸟一样张开双臂，神情幸福地往高处猛地跳跃，却双脚腾空，直挺挺地摔了下来，死在他眼前。

他的母亲唯一一次对他好，也是最后一次。

所有人都说这女人疯了，从嫁进来起脑子就不正常，怕是天生带着疯病。流言不知从哪儿起，渐渐演变成她的孩子也流着疯子的血液，以后会败光霍氏的家产。

老爷子多疑，多少有了芥蒂。

霍云深的父亲常年在外忙碌，对妻子的爱早已在她长久的不配合里磨光，对她的死并无悔恨。至于儿子，正好用来堵老爷子的嘴，他则可以在外肆意妄为，不用再担心传宗接代的责任。

小小的霍云深抱着膝盖想，原来没有人是爱他的。

爷爷不爱，只要他遗传父亲的头脑，培养继承人；父亲不爱，用他放在家里交差；至于母亲，一直把他当成是自己的羞辱，对他充满仇恨，最后临死也没有解脱。

那时候霍临川出现了，以哥哥的身份给他关心，他心里的创伤很大，在医治下也不见起色，是霍临川总来陪伴，才让他好转。

因为同进同出太多，老爷子不免对霍临川上了心，他年龄大些，会讨好，会表现，更衬得霍云深沉默寡言。

霍临川给他安排了新的保姆，保姆对他好，偷偷给他看课业之外的动画片和电影。只是跟平常的不同，满屏血腥，画面残酷，全是禁忌内容。他起初害怕，但保姆说是大人才能看的好东西，如果外传，就不给了，他急于长大，以为长大病会好，所以拼命去适应。

里面各种杀伐、恐怖、炮火纷飞的镜头。

后来有一天，在不带监控的房间里，保姆引导他："男孩子就应该这样，你学一学啊！"

她把房间里的花瓶塞进他手里，他的心理问题本就没有解决，再被长时间恶意影响，一瞬失控，举起手，但迟疑着并没落下。

保姆抓着他的手砸到自己头上，接着躺倒，痛哭大喊："云深少爷要杀人！"

他被关起来了。

一直和他相处极好的保姆突然被他打得半死，他母亲又是个疯子，没人会觉得他无辜。

心理医生说他的病很危险，有严重的暴力倾向，他要解释，但老爷子不来见他了。他身边的人不知不觉被外表和善的霍临川所控，以弟弟只相信他的名义，隔绝外人，再多话也传不出去。

其间霍临川精心表现，老爷子对他愈加青睐，到老爷子六十六岁生日，儿孙按老规矩拜寿，霍云深已经许久没被爷爷见过。他用竹子刻了礼物，打开礼盒，却被换成一把染血的刀。

老爷子心脏病发作住进 ICU，歇斯底里要把霍云深赶出霍家，断绝关系。他的命，他的家业，决不允许被这种恐怖的东西染指，霍云深果然跟母亲一样，是个精神不正常的疯子。

霍云深真正被放弃逐出去的时候，还是个小孩子。他的父亲在外面又有了两个儿子，更不会沾他这样的烫手山芋。

霍家一边唾弃他，一边提防他。说是放逐，也在监视，唯恐他做出什么于霍氏不利的事。

他被扔在个简陋的小屋子里，上不入流的学校，他独自一个人顽强长大，心底的感情彻底磨灭。

保姆是害他的，哥哥更是。所有的好都是假的，没有人爱过他，他也不会爱任何人。

他是疯子？很好啊，他确实疯，他心理有病，童年被有技巧地恶意灌输引导，扭曲了思想，他就是阴狠嗜血的暴力狂，随时能杀人越货的少年犯。

他在那个夜里蜷着身子哭了一场，但也不知道为什么而哭。反正他永远是一个人。

听说那个唯一和他有点联系的云家女儿，也转头就许给了霍临川。他才不在乎。

霍云深在学校里无法无天，肆意妄为，到初中，到高中，长成了阴森骇人的混世魔王，传言他背了好几条人命，做过所有可怕的勾当。

霍临川从未放过他，身为继承人，隔三岔五高高在上地出现，领着一群人殴打他，笑盈盈在旁看得高兴，还说："你的娃娃亲长得可真漂亮，可惜不是你的了。"

打就还手，受伤了也从不认输，霍云深每每表现出的疯狂和狠戾，总会让霍临川从心底忌惮，越忌惮，越变本加厉。

霍云深的心早就冷如铁石，充斥着冰寒狂躁，憎恨一切。直到那天傍晚，他被一群人堵在巷子里挑衅，他二话不说拎起棍子反击，却有个娇小的身影误闯进来，纤弱美丽，洁白无瑕。

那群人差点伤了她，他鬼使神差帮女孩子挡了攻击，把她推出去。

很快警笛袭来，人群吓得一哄而散。他拖着伤腿离开时，天早黑透了，后面有轻轻的脚步声跟上来，有人把湿漉漉的手绢放在他的手里，声音又软又柔："谢谢你救我，手绢是干净的，我沾过水了，你擦一擦。"

他睨了她一眼。

女孩子戴着隔壁重点中学的徽章，长头发小裙子，脖颈儿纤细，脸颊软嫩，眼睛像天上的月，映着他的倒影。

他血汗混杂，肮脏不堪。他冷笑："离我远点。"

从这个晚上起，他被缠上了。女孩子比他小，长得又娇，还是个初中生，就已经是人群的焦点，美貌到让人无法不关注。

她用课间休息的时间，用上学前放学后的时间，带各种吃的喝的来找他。只要他出现，她就弯着眸子，小动物一样轻快地跳过来，甜甜地叫他"云深"。

这个母亲死前喊过一次的称呼，是他意识里不能触碰的炸点，牵连所有痛苦，他暴躁地凶她。

她垂着睫毛说："'云深'好听呀，你也可以叫我卿卿。"

卿卿，她是云家的那个女儿。

他恨到牙痒，又是来骗他的，他没那么蠢了！

他变本加厉地欺负她，赶她走，不要命地在霍临川来找麻烦时去打架，打得动不了也不停，云卿的脸在他血色的眼前一遍遍浮现。

骗子，他不上当，没人会对他好，都是假的。

但他太疼了。伤得最狠的一次，他走不动，遍体鳞伤窝在学校外面的小树丛里，静静等着伤口干涸。

然而遮挡他的树枝，却被一双细白的手拨开。卿卿跑进来，路上被绊倒摔了一下，又马上爬起，蹲到他的身边。

他想，他这么狼狈，她肯定是来嘲笑他、羞辱他的。

可卿卿哭了，小心翼翼捧起他流血最多的左手，无措地低下头，把唇靠近，在上面吹了吹，仰脸看他，轻柔地哄："云深，我先给你吹吹，吹吹就不那么疼了。"

他狠狠盯着她，许久后别开脸。时隔多年，他又一次红了眼眶。

黑夜里，他无声地流泪。

如果是骗他的……能不能求她，久一点。

但卿卿没有骗他，是用剔透的心真真切切对他好，可他在深渊里沉了太久，没尝过甜，没尝过暖。她给了，他不敢要。

他听过一个故事，有只羊羔在冬夜里跑，本来能撑到天亮，但路上遇到一块尚未燃尽的木炭，它贪恋那个温度，贴过去取暖，很快炭火烧完，它却再也无力起来，只能被活活冻死。

他如果有了她后再失去，会比死都不如。

然而女孩子的馨香会让人上瘾，他沾过就抗拒不了，日思夜想，像是十几年空洞的生命都开始为她燃烧。

他冷语拒绝卿卿，伤了她的心，又花了好久才把她追回来，亲她的脸颊一下，他就能甜上一整天。卿卿就是他的珍宝，他每天爱不释手地捧着她，生怕被人抢走。

可抢她的人很快出现——是霍临川。

霍临川毁了弟弟，处心积虑让他被逐出霍家，背上一身的恶名，占了他的位置，再夺走原本属于他的云卿。没想到云卿不识好歹，极力抗拒这场换了人的婚姻，竟然还跑去找那个早已一无所有，在淤泥里挣扎的霍云深。

这让霍临川无法忍受。他喜欢云卿的样子，并乐于以此来激怒霍云深，如今犹如被当面打了脸，他只想让两个人受苦。

霍临川不止一次去堵云卿，再利用家族之便跟她独处，但碍于继承人的身份，要顾及霍云两家影响，他一直不敢太过火，私下里找了不少替身发泄。

只是霍云深的反应让他出乎意料。每一次他招惹云卿，都会迎来霍云深近乎狂暴的反击，没想到霍云深那一身被他亲手造就出来的疯血，成倍地用在了他自己的身上。以前他去虐这个弟弟寻开心，霍云深虽然抵抗，性情却阴沉压抑，如今整个人仿佛爆发的火山，要把他烧毁殆尽。

到霍临川某次在学校外的小公园里截住云卿，被她的抗拒刺激，情绪上头想要图谋不轨时，霍云深出现了。

他是第一次完全没了理智，眼睛里充着猩红的血，冲开一群反应不及的保镖，摁住霍临川往死里打。

就是在那一场歇斯底里的报复里，霍临川失去重要的生理能力，无法为霍家传宗接代。

霍临川不敢让老爷子和霍氏的董事会知情，唯恐丢掉继承人的位置，找借口去国外治疗，霍云深和卿卿才过上一段平静日子。

她上的是名校，是人人青睐的校花，他不被允许高考，就想尽办法去赚钱，让卿卿过好日子。

他无比珍视着分分秒秒，还是在那个秋天的早上失去了她。

霍云深在那一刻就已经死了，如行尸走肉般固执地找她，他能力范围内找不到，就要去更高的位置。只要能达到目的，他什么都肯做，以这身恶心的霍家血脉，利用从他父亲那里遗传来的商业头脑和冷酷算计，一路踩着血突入霍氏管理层，迅速铲除异己，让一直住院的老爷子气到命绝，终于，他大权在握。

得到霍氏后，他立即踏平已经式微的云家，可依然找不到卿卿的任何消息。

他转过头来，要把霍家的渣滓一个个收拾掉，头一个就是藏匿在国外的霍临川。

霍临川知道事情没有转机，当着霍云深的面开车冲下悬崖。踩下油门前，他笑着说：“听说你的卿卿死了？死得好，你这种疯子怎么可能过得幸福，别费力气了，你这辈子也找不回以前的她。”

言卿在霍云深怀里听得入神，每每听到和霍临川相关的描述，身上就开始不停地战栗，分不清是被气的，还是骨子里有更多可怕的记忆。

“他这么对你，”她想把霍临川大卸八块，“他居然敢这么对你！”

霍云深侧躺在小床上，艰难地从过去抽离，看着他失而复得的小姑娘就在身边，压过去亲了亲，才哑声说：“我一直以为他最后的话仅仅是刺激我，现在看来，他很可能是了解你的情况才会那么说。”

“怪我。”他的喉结吃力地滚动，“我当时精神已经崩溃了，找不到方向，解决完他，马上换了目标。如果我能多想想，也许……”

言卿贴着他的胸口：“别欺负你自己了。”

霍云深怔住了。

言卿乖顺地搂住他紧绷的腰，柔声说：“你已经做了太多了，再这么苛责自己，我心疼。”

她问：“霍临川真的死了吗？”

“他的车翻下山崖，发生了爆炸。”他眉心拧着。那时的认知是死透了的，他忙于找她，也无暇为这种人耗费过多精力。

言卿尽量藏住不安。幕后真是霍临川的话，他就只是“换”了她的记忆，让她忘掉爱人而已吗……

她故作轻松，笑着用鼻尖蹭蹭他的下巴：“无所谓，我会努力快点想起来，不管他还埋了什么隐患，只要我恢复记忆，不让它发作就好了。”

霍云深记起何医生上次的结论。

卿卿是被深度催眠了，原本的记忆要触发某个指令才找得回。如果是霍临川的授意，那这个未知的指令，应该是针对他的。

霍云深把言卿抱到身上，对不好的猜想只字不提，声音低低地哄她：“不用急，我们慢慢想，对方是谁都没关系，我不会再让你受任何伤。”

离开宿舍时天快黑了，安澜还在一楼等着，见言卿下来，飞奔上去道歉：“言言，抱歉啊，事情发展到今天全怪我。出道赛之前你特意找我谈过个人感情的问题，我们为了节目，坚持让你比完赛出道，结果出了这么大的意外。”

言卿摇头："不是你的责任。"

"是！你放心，我该澄清的部分一定会公开说明的，除了这个，还有件更重要的事——"

安澜怯怯地瞄了霍总一眼："有部近期要上的大制作古装偶像剧，现在他们在给片尾曲挑歌手，制片人相中了你的声音。因为你目前还没经纪人，所以想通过我联系你。"

言卿不禁吃惊："找我？他不知道我的状况吗？"

她现在风评这么差，全网骂声一片，她要是唱了，难保不会连累电视剧。

安澜在霍总的默许下，坚定地说："制片人是圈里大佬，向来只看合不合适。他们这首歌试过很多歌手了，风格都不符，唱不出感觉，最近是听到了你木棉时期的原创曲，纯粹被你的声音打动了。言言，这种时候能得到好机会，很珍贵，去试试嘛！"

她内疚地叹气："我不想让你止步，更不想让你重新出发是单枪匹马的，有一个大火的片方做依托，会安全不少。"

言卿在四面楚歌的关头，接到从天而降的巨型大饼，送到嘴边还有点不敢信。她拉着霍云深激动地道："深深，真的有个很火的剧要找我去唱片尾曲！我还没有被所有人放弃。"

霍云深弯了弯唇："卿卿不会被放弃。"

车没有进车库，停在了别墅院内，外面大门开启的同时，有辆等在附近的保姆车也低调地跟进来，和言卿一起打开车门。

言卿反射性往回退，紧张地问："是不是记者？"

霍云深从背后把她一搂："是卿宝的新团队。"

霍宅偌大的客厅里，一行七个人站成一排，中间是个干练的中年女人，在霍总面前，目光依然犀利，上下打量言卿一番，对霍云深点点头："您放心，太太未来的工作交给我了。"

言卿小鸡崽似的屏着呼吸。

这人她眼熟啊，带出过很多大神的金牌经纪人林苑，凡她经手的艺人个个爆红，她本人也是热搜常客，竟然被深深给撬来了。

"言卿，你好。"林苑不带感情地伸出手，"以后我是你的经纪人，旁边几位是你的私人助理和贴身安保。"

言卿端端正正地站起来，跟她双手交握："给大家添麻烦了，可我用不上这么多人……"

林苑眼神里透着高傲："不用在意，霍总给的价码够高。"

霍云深冷冷地抬眼，一个扫过去的目光就叫林苑收敛，态度恭敬了很多。

她切到正题："古装剧的片尾曲你应该听说了，过去就可以直接试音，我们明天或者后天出发都行。选明天，就是多点时间跟制作人沟通；选后天，行程会紧凑一点，你自己决定。"

霍云深开口："后天。"

言卿跟他同步说："明天。"

客厅里一时寂静，言卿勾勾霍云深的手指："明天有重要的事吗？"

霍云深抿了抿唇："……不算重要，一个很小的纪念日。"

后面半句，他音量压得低，言卿没听太清楚，以为他单纯不愿意她早走，于是跟他商量："我现在争议大，有工作还是应该更积极一点，提前见见面比较好，就明天去吧！"

她的杏眼里光芒明亮，他拒绝的话说不出口。

明天……是当初卿卿接受他的日子，他狼藉的人生被真正撕开，涌入温暖。每到这天，卿卿都会陪他过，哪怕以前生活并不好，也要躺在家里朴素的床上，拥着她说话，汲取她的温暖。

他最近太幸福了，幸福到总是会忘，卿卿并没有记起他。

她爱他，是几个月来的感情，并不是深刻到把他当成重中之重。卿卿还有工作，要忙数不清的事，明天于她而言，只是个记忆里不存在的普通日子而已。歌是他弄来的资源，她好不容易不再低落，找回了热情，他不能束缚她。

霍云深笑了笑，答应："好。"

隔天由林苑亲自带人来接言卿出发，她特意叮嘱："霍总，太太去试音期间，建议您不要陪，尤其别走机场，很容易被看到。目前这个阶段，太太处于风口浪尖，要想平息舆论，不适合和您联系太紧密，让公众冷静一下比较好。"

霍云深去看言卿的反应。

言卿拍拍他的手臂，斗志满满："深深，你忙你的，我用不了几天就回来。”

林苑在接手言卿之前，把她的相关情况都了解过了，八卦也不例外，不禁在一旁心里感叹，霍总对已故的旧爱还真是用情至深，连个替身都愿意娶进门，就是不晓得以后醒悟了，会怎么冷酷对她。

这位替身言小姐，是唱了不少歌，还声称原创，但不知道几分真几分假，只希望到了录制现场别太丢脸，让这么难得的资源凭空飞了。

至于实力什么的……她审视着言卿在圈内也绝对名列前茅的脸蛋儿，还真不相信。

应该只是个被圈养的漂亮金丝雀而已。

林苑把行程做得保密，机场走了霍总安排的专用通道，带言卿顺利到达录音地点。言卿却心神不宁，她在坐上林苑的车离开前，回头望了家门一眼。

霍云深就站在门口，定定地注视她。

车窗是单向可视的，他明明应该看不到她，可眼睛仍旧那么一眨不眨，眼瞳黑得像墨，仿佛有根锁链在他掌中，他没有绑住她，而是绑了自己想跟她寸步不离的脚。

言卿跟随林苑，在录音棚跟制作人见了面。她听了几遍旋律，顺了一次歌词，很小声地哼唱几轮，整首歌的感觉就抓住了。

言卿很有信心，她写过同类的曲风："我可以试唱一遍。"

制作人是行内权威，身上满是傲气，对言卿说话明显带着个人情绪："试唱就不必了。"

"你以前那些歌我听过，"他语气冷淡，"修音没修音大家都心知肚明，明天直接进棚吧！要是效果不好，我们也趁早找别人。"

言卿愣了一下，接着听见一众片方人员的窃窃私语。

"资源咖嘛，能怎么办……"

"人家老公了不起呗，别管是不是旧爱的替身，反正现在受宠。"

连林苑也一副底气不足的样子，没为她辩解。

原来人人都不认可她的能力，以为她的歌是全靠修音。言卿忽然明白，这首片尾曲能到她手里，根本不是什么片方看中她的声音，是有人在偏心她。真正认可她，坚定不移相信她能唱好的人，只有霍云深一个。

言卿挺直脊背，爽快地回答："好，明天棚里见。"

她绝不会给老公丢脸。

言卿没再废话，快步走到外面，给闵敬打电话："片尾曲的资源是他找来的，故意不告诉我，对吗？"

闵敬"嗯"了一声，就挂了。他从后视镜往后瞄了瞄，深哥正坐在后排，扭头看着街对面的大楼，片方的录音棚就在那座楼，言卿此时此刻就在里面。

因为不想坐飞机被拍到引起骚动，他们是一路开车来的，刚赶到不久。车一动不动停在路边，深哥明知看不到人，也愿意离开。

闵敬记得今天是什么日子，他实在憋不住，给言卿发了个实时定位过去。

言卿站在走廊里发呆，她大半天见了很多人，全新的城市，各种新鲜的设备和专业氛围。她以为会被吸引，可事实上，她只想他。

昨晚他说的"不重要"以及临别的眼神，都在刺激着她。

不对……他一定有事没说，今天不是节日，不是生日，那也许……是他的某个纪念日？

言卿想给霍云深发信息，却看见闵敬分享的位置，点进去后愣了两秒，猛然反应过来霍云深在哪儿，她心跳轰然加速，撞得胸口闷痛。

傻不傻啊！

绝对是特殊的日子，她不能平平常常地掀过去。

言卿忍住冲动，没有直接联系霍云深，给闵敬拨了第二个电话："闵特助，麻烦你帮忙选个安全能约会的地方，把位置告诉我，再给我找一辆信得过的车。"

闵敬顿时心潮澎湃，火速选定了小众又漂亮的一处景观小山顶，车能开上去，俯瞰全城。

霍云深目不转睛盯着对面的楼，手机攥得发烫，街上车灯晃过他的侧脸，映得脸部线条锋利而孤独。一声振动蓦地传来，是卿卿给他发的信息："深深，我要忙到很晚，暂时不方便联系，你先睡吧！只是好可惜啊，听说这里有座风岚山，景色很美，我没时间去了，不然真想去看看。"

霍云深的眼睫毛低垂，片刻后微哑着嗓子说："闵敬，去风岚山。"

她想看的风景，他替她去看，也算……一起过了纪念日。

言卿赶到风岚山的时候，车停得稍远，她自己靠着两条小细腿爬上去的，就是不想动静太大，被他发现。

闵敬早就避开了，周围没有人，只停着一辆车。

霍云深背对着上来的路，沉默地望着城市里光怪陆离的灯火，他的身影被月色拉长，冷肃又寂寞。

言卿静静地看着他。风岚山的角度真好，全城和星空，都在眼里。银河宇宙，万盏灯光，她都看得到，但依然只想奔向他。

全世界像是空无一物，她唯有那一道寂寥的背影。

言卿踮着脚，张开手臂，迎着夜风朝霍云深猛扑过去，从背后一把抱住他。

霍云深一震，攥住她环过来的手："卿卿，你怎么……"

言卿用力搂着他，吻了吻他衣衫下伤痕累累的背："霍云深，我不记得，但我爱你。"

比你想的，更爱你。

山顶的月色下，霍云深回过头，沉沉的黑瞳看进言卿盛满光点的眼睛里。

他的情感需求跟其他人不一样，他向来都知道。大概因为太空了，一旦索取到，就会无节制地渴求，得到她一点温柔善待，就想要更多更炽烈的感情，把她身心的每一寸都霸占。

以前卿卿是少女的时候，他连现在都不如，还学不会收敛，总是凶巴巴地缠着她提要求。

"不许对你们班那个班长笑！

"他喜欢你你看不出来吗？以后作业不要借给他！

"谁给你买的水？不准喝，我给你买更好的。"

他控制不了自己，看到她融入新的环境，接触新的人都会不安，像是她随时可能遇到更吸引她的人，放弃他。

很烦，很容易让她有负担，他都明白，可改不掉。

卿卿也不会生气，一次次包容地弯着眼，把手举高了摸他的头发，柔声说："云深，别担心，我明白你的心情。"

她一句话，他的心就融化了，竖起的所有棱角全被她磨光。

时至今天，他跟卿卿婚都结了，可他心理方面的毛病还是没好。因为她不记得的纪念日，没听他的话就暗自闹别扭，又不肯直说出来。另一边还惦记着她那么积极融入了新工作，会认识很多圈子里的人，万一有优秀的男人引起她的注意……

酸气上涌，就又巴巴地追来了，跟踪狂一样在外面守着，克制自己不去干涉。

卿卿没嫌弃他，还是和以前一样纵容他，乖乖地抱着他说爱他。

他学着慢慢进步，她则给他至高的奖赏。

霍云深那颗拧巴揉皱的心就这么被爱人的手抚慰。他抬起她白皙的下巴，放在手里捏着，故意问："你骗我来的？"

"是啊，霍先生随便一骗就上当了。"言卿眨眨眼，"所以今天到底是什么日子？"

霍云深的嗓子有些沉闷："……恋爱纪念日。"

言卿的长头发铺在他的手臂上，笑眯眯地说："我有感应，这不是把自己当成礼物给你送来了嘛，请查收。"

霍云深不等她说完，唇就压下去，温柔细致地把这份礼物查收。

言卿以为霍云深肯定会要求今晚同住，心里还犯愁要怎么跟林苑那边解释，没想到他却很有分寸地在夜色更深之前送她回了酒店，在路上说："我看到网上那些替身的论调了，别气，我会公开讲清楚。"

"不要。"言卿就猜到他受不了，正想和他聊这个，她认真地说，"我想过了，现在你去澄清，说我跟云卿是一个人，可能会压住舆论，但后面我难免要被各种追问，我又没记忆，到时候很多事答不上来，多尴尬。"

霍云深凝视她："卿卿，说实话。"

言卿一怔，有点丧气地垂下脑袋："是实话，只不过除了这个，还有……我在想，反正我现在名声还不好，替身就替身呗，你不用回应，保持高冷就行了，其他的交给我。"

霍云深抿唇。

她表情轻松："现在言卿身上负面的东西太多了，我不愿意把它们再施加给云卿，我想努力把口碑变好，有掌声，有配得上霍太太的成绩和奖项，到时候我一定也找回了记忆，然后——"

言卿不知怎么，眼里竟涌上一点泪，目光灼灼地跟他对视："我自己去面对公众，告诉大家我是谁，和我是你的谁。"

她怕霍云深反对，抓着他的手腕，坚定地央求："你信我，我能处理好的，我不在乎别人怎么说。”

临下车时，霍云深用干燥的手掌揉揉她的头发：“我答应你不回应，但爱护卿卿这件事，你有你的方式，我也有我的方式。”

言卿看出他的坚定，也就不再争辩了，凑过去亲亲他的脸告别，裹着大衣下车，一步三回头。她还来不及搞懂他的意思，心就先被他扰乱，不可收拾地加速跳动。

言卿刚回到房间，林苑就踩着点来敲门，脸色严肃：“言小姐，既然出来工作，就麻烦你态度端正一点。今天已经被制作人给了下马威，你不应该抓紧时间把歌练好，免得明天进棚出错吗？”

她并不清楚言卿去了哪儿，跟谁出去的，总归都是练歌之外的闲事。“出错”还是看在霍总的面子上含蓄地表达了，她真正想说的词更直白。

林苑瞧着言卿一副勾魂摄魄的纯情小狐狸精样，态度还不紧不慢的，只觉得脑壳疼。

“我不愿意职业生涯在你这里遭遇滑铁卢，但说这些确实也是为你好。你是选秀节目出身，还在正式出道之前出了事，那些唱跳歌根本不能算是你的成绩，网络歌手更上不得台面，等进了棚，你的真正唱功会全部暴露。

“实话跟你说，我问过了，制作人对你不友好，是因为他另有看上的人选，就等着拿你实力不济的理由把你淘汰，你怎么不着急呢？”

言卿好脾气地在床边拍了拍：“苑姐，过来坐。”

林苑要被她气死。等她黑着脸坐下，言卿才展开词谱，含笑说：“我给你定定心。”

林苑一顿，觉得这金丝雀跟她想的好像有点不一样。

不等她说话，言卿已经随意地哼出了第一个字。房间的各种细小杂音仿佛突然消失，被水流般的女声洗涤。

林苑愣住了。言卿微眯着眼，在前面几个较低的气音过后，神态轻松地唱完了主歌的首段。她比正常节奏略放慢些，让林苑听得更清楚。

林苑吃惊地瞪着她，有一会儿没说话。过了半天，她推推眼镜，保持平静，问道：“怎么不继续唱了？后面的副歌还有高音，上不去吗？”

言卿没被她刺激到，俏皮地眨了一下眼：“苑姐，你只要知道，带着我，不会给你丢人，更不会让你在制作人面前抬不起头，不敢呛他。”

林苑的表情隐隐变了。

其实她今天也对那个制作人很不满，但碍于自家艺人实力不济，她说话不硬气，也就忍了，没想到小金丝雀倒看出来了。她不太敢相信地问："你过去那些歌……该不会没修过音？！"

言卿推着林苑的肩出去，歪着头，笑容甜美："早点休息，明早棚里告诉你答案。"

虽然对经纪人表现得游刃有余，但言卿还是反复练习到深夜。

这首《青丝》作为古装剧的片尾曲，是照着国民度高的爆款打造的，词曲都是上乘，基调偏悲，只要唱好，是人跟歌互相成全。如今歌坛不景气，能遇到一首会红的好歌不易，很多歌手想争实属正常。

言卿越唱越觉得自己的心境与歌曲想表达的内容契合，是真心喜欢，不想输。

隔天清晨，言卿早早起床把自己收拾好，特意穿了简单的休闲装，妆容清淡，长发扎成丸子头，干干净净露着一张巴掌脸，赶赴战场。

到了录音棚，发现果然阵仗很大。好几台摄像机对准话筒，美其名曰是留影像以后做MV，实际上是想记录她的"扑街"全过程，有了证据，方便换人。

片方围观的工作人员来了不少，制作人见到言卿，被她近乎素颜的精巧五官弄得卡壳了一下，很快转开头，倨傲地道："你直接唱，我觉得不行会喊停。对了，别拿选秀偶像那套花腔唱，这种歌得用真唱功。"

昨天议论言卿是资源咖的几位还在，互相咬耳朵。

"美是真美，可惜嫁入豪门也只是个替代品，我看霍总不见得多在乎她。"

"结婚证不一定用什么手段弄来的呢！霍总会为她发微博，多半是看不下去那天乱七八糟的绯闻。"

"她真以为脱离了偶像滤镜还能在这圈里站住脚啊，《青丝》多难唱，来试过的歌手七八个了，都不成，她这不是等着公开处刑嘛——"

言卿全当作没听见，走入里间戴好耳麦，示意制作人和录音师准备开始。

她全神贯注，没注意到录音棚的控制室外，有道高大的身影走近，停在人群最后方望着她。

制作人敷衍地抬了抬手，让录音师开始。林苑不禁双手握住，神色凝重，那群说风凉话的也纷纷闭了嘴，等待言卿破功，看能否去她的黑热搜上添一笔新闻。

言卿轻轻呼了口气，闭上眼睛完全沉入《青丝》的情绪。

“她居然不看歌词！”

“该不会已经全背下来了……”

下一刻，言卿张开唇，她的嗓音清澈剔透，像寂静流淌的湖水，又恰到好处地掺了丝沙哑，平添与众不同的质感，跟曲风契合到浑然天成。

制片人本来打算摆弄的手机僵了片刻，“啪”的一声掉在腿上。

林苑不自觉攥着拳，对言卿露出许久没有过的热切。

监控室外的人听不见声音，光看制片人和录音师震惊的表情也意识到不对。

别人唱歌两三句就要一停，断断续续地录，到了言卿这里，却见她一直在唱，没有任何人给她喊停。

“不会吧，难道好听？”

“哎哎哎，看时间该到最难的副歌了，有高音——”

玻璃窗内，制作人直接站起身，见鬼似的瞪着言卿。

林苑胸腔怦怦地震，她带过不止一个歌手，但没在录音棚这种最考验唱功的地方，听过让人天灵盖都在发麻的高音，丝毫不尖锐，始终是圆润的水波，杂糅着缠绵的微哑，让人莫名地想流泪。

直到言卿完整唱完一遍，通过话筒询问哪里需要调整，问了三遍，录音师才挤出来声：“应该没有……”

言卿懵懂地点点头：“那我再录一遍吧，万一有什么瑕疵呢！”

制作人不信邪，让她唱。

他以为第一遍已经是极致了，第二遍却比之前更添了自如，把歌词里的洒脱也表现得淋漓尽致。

言卿坚持录完三遍才摘下耳麦，走出录音棚问：“是不是可以下班了？”

林苑眼明手快，把控制室的门打开，用音响重播刚才的录音，让里里外外都听得清楚，一时间除了歌声，一片死寂。

制作人面对言卿，半天不知道该说什么，伸出手想和她握握。

言卿不记仇，出于礼貌，正想把手递上去，人群却忽然被分开，有道挺拔颀长的身影一步步走进控制室。

正好一曲播完，恢复的寂静被接连的呼声打破。

“……霍总？！”

言卿吓了一跳，猛地转头，诧异地瞪着逼近的男人。

这是公共场合！满场都是圈内人，都认识他啊！

她下意识记起昨晚他的话，爱护卿卿，他有他的方式……

霍云深的视线扫过制片人，横空截下言卿伸出的手，握进自己掌心。

外面有人在捂着嘴叫，硬忍着不敢太大声。

言卿怔怔地仰着脸，迎着霍云深的眼睛，他的黑瞳里蕴了一丝笑，声音不高不低，恰好能让在场的人听得一清二楚。

“老婆终于下班了，我来接你回家。”

第三章
豪门太太和极品渣男

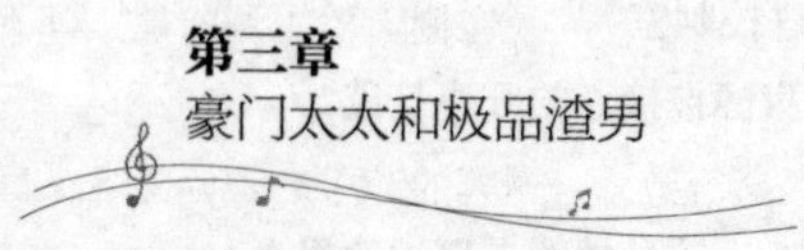

天气还冷，外面下了一场薄雪，霍云深把大衣披在言卿身上，揽着她离开录音棚，林苑和助理们在后面跟着，俱是表情意味不明。

片方那群来看热闹的工作人员个个瞪着眼，之前他们嘴上议论得欢，脑补出了一场言卿仗着脸蛋儿心机上位的精彩大戏，料定了她是绣花枕头，霍总必定也是一时贪恋美色，不会对她有多在乎。

然而事实迎头砸下。

言卿的唱功在《巅峰少女》的那些唱跳歌里根本没体现出来，制作好的网络原创曲也远不如现场来得震撼，一首歌下来，连有意挑刺的制作人都被她收服。

比起这个，他们更想不到霍总会亲自到场。

等一行人背影走远，才有胆大的掏出手机拍了个模糊的影像，惊魂未定地说："霍总从我面前过去的时候我连气都没敢喘。他居然屈尊过来接言卿？！"

"替身能当成这样也算爽爆了吧！"

"被霍总承认，公开场合不避嫌，做着霍氏的太太，圈里抢破头的资源手到擒来，选秀节目算个啥，全网骂算个啥，替身又怎么样啊，换谁谁能拒绝得了！体验一天我也乐意！”

“别做梦了，你有人家旧爱那张脸吗？”

霍云深换了辆加长商务，车停在录音棚大楼的侧门外，既不过度高调，也不至于藏着，就那么坦坦荡荡。

他抬手遮在言卿头上，给她挡着飘落的碎雪，陪她坐上车，助理们很有眼力见儿地退后，林苑纠结了一下，看霍总没反对，于是跟了上去，坐在副驾驶。

她还保持着一点理性，提醒道：“霍总，可能会被拍到。”

意思是要不要提前处理掉。

霍云深抬了抬眸，不感兴趣地问：“所以？”

所以？

林苑在圈里叱咤风云多年，头一次觉得自己是个傻子，人家霍总来都来了，就是不介意被拍，心甘情愿让这种新闻上头条。

带一个跟老公情感浓烈的“已婚少女”，她还真是没经验。

言卿胸口起伏，故意跟霍云深隔开了一点，贴到车门边上，鼻尖微微发酸。

“卿卿……”霍云深去揽她，皱眉注视着她的神色。

言卿不给揽，幅度很小地挣了一下，闷声问：“你这么明目张胆，网上又要议论你了，让他们说我就好了啊，你别往里蹚浑水行不行？”

昨天还想夸他没要求一起住，免得被拍，今天就来了一波大动作。

她现在风评不好，即使夫妻关系已经公开，她也不想把霍云深牵扯进来。他身后是整个霍氏，那么大的集团要他掌控，婚事的重要性，她一个不懂生意的都知道，换成别家掌权人估计早就考虑强强联姻了，选秀小明星哪能上得了台面。

可她不仅是个选秀小明星，还负评缠身。

本想借着替身的误会，让霍云深的档次别掉那么多，免得董事会里万一有谁以后拿这个做文章对他不利，结果倒好，他亲自来接她，生怕谁不知道他多在乎她。

霍云深不顾她抗拒，攥牢她的手：“你的事是浑水？”

结婚证都开诚布公了，她却要和他保持距离。

那些笑她是替身的，她暂时不让反驳，行，他答应。但他容忍不了卿卿被冷嘲热讽，说她心机上位，连几个打杂的都能瞧不起她。

何况他好不容易等到感情公开，能光明正大陪在她身边，凭什么收敛，昨天是心里闹别扭才顺了林苑的鬼话，今天想都别想。

言卿气他明知故问："你知道我是为你好。"

霍云深硬是把她拉到怀里："不需要。"

不需要她保护他，只要允许他跟着，缠着，就足够了。

林苑努力降低存在感，后悔上了霍总的车。

她本来是被言卿的水平惊到，心潮澎湃想商讨一下她的事业规划，然而误入了秀恩爱现场。中年老姐姐的心脏不太好了，低头开始刷微博。

今天一早，《巅峰少女》官博那边澄清了言卿参加节目的原因和始末，还放出当时她尝试拒绝，又被安澜求情才答应帮忙的视频片段，并对言卿的能力和业务水平疯狂肯定。

当时的乘风视频面临危机，全靠言卿来救场，才"奶"活了全公司。

林苑顺势发出言卿本人的公开说明，正式对大众承认婚姻状况。她没做太多无谓的解释，只是柔声对粉丝说了抱歉，最后坦诚而坚定地说："我唯一能承诺的就是，跟霍云深结婚，是我第一件，也是最后一件伤害你们的事。"

大事落定，林苑上线想看看舆论风向，然而迎接她的是满屏震怒。

"《青丝》居然给言卿唱了？开什么玩笑！"

"营销号说我女神已经试音了啊，怎么让她抢了？她一个偶像水平她配吗？"

"这边发着声明，也不说低调一段时间，直接抢资源？肯定是巴着霍总给她弄来的吧？要不要点脸！"

"当替身还不学着见好就收？就不怕霍总哪天把她扫地出门——"

这么一会儿，林苑见到又有了百条以上的新微博。

她再一刷，好嘞，该来的绝对不会缺席，霍总驾临片方录音棚，接言卿下班的照片被人发了上去，只是拍得远，影像模糊，不足以辨认身份。

对于文字里描述的所谓"实锤"，霍总如何重视、如何珍爱言卿，吃瓜网友绝不相信。霍云深那种大魔王，一般八卦都不敢随便提他的名字，他能对一个小明星多上心？对方又不是找了多年的那个真爱。

底下评论被刷屏："照片都不清楚就敢叫'实锤'？我看这条是言

卿买来充门面的吧！”

林苑嘴角抽了抽，犹豫着该怎么处理。

霍云深突然在后排开口：“什么事？”

林苑恭敬地把手机屏给他看。

言卿凑过去也想看看，霍云深一眼掠过已经看完，眼一抬示意林苑拿走，接着拾起自己的手机，对着他跟言卿十指相扣的手拍了张照，熟练地点开微博，用认证的大号发了上去。

配字简洁利落：“接老婆回家。”

发完，不管会引起什么轰动，直接把手机熄屏丢到一边。

言卿目睹他一系列动作，根本来不及阻止，见他发完了，又急又担心，干脆挣开他，趴去车窗边。

他多顾全一下自己不行吗？她被质疑真的无所谓，干吗要把她庇护得这么一丝不苟。

言卿把额头贴在冰凉的玻璃上，明知不该不理他，可抵不住蔓延上来的难过，想缓一缓。

自从听了霍云深讲的他从小到大那些事，他每一点付出都让她心疼。

车开过转角，路过一个小公园，临路的栏杆里面是架动物造型的滑梯，几个四五岁的小孩子正在排队玩，嘻嘻哈哈地笑闹。言卿的目光不由自主定格，她眼前闪过一点细碎的片段。

好像她很喜欢……很喜欢这样的滑梯，曾经拉着高高瘦瘦的少年去学校附近的小公园里，趁着没人抢的傍晚，独自霸占。

少年嘴上嫌这东西幼稚，实际却蹲在滑梯的末端，张开手臂接她。

她风一样滑下来，笑着撞进他的怀里。

言卿一直盯着窗外看，直到滑梯的影子消失才叹了口气，她现在走到哪儿都会被拍，是再也不可能和他玩这个了。

没有自由，没有记忆，还要连累他被全网关注。她做了霍云深的老婆，什么好的都给不了他……

霍云深凝视言卿垂落的睫毛，拾起手机发了几个字出去。

林苑还在兢兢业业刷微博，脑子里飞速盘算言卿适合的路线。霍总一张照片激起了千层浪。不是要“实锤”吗？很好，霍总不用别人，亲自出面，自己“锤”自己。

林苑已经在首页刷到无数个“替身当成这样超值了”。

她没阻止，顺势叫人把相关热度持续顶上去，成了话题挂上热搜。

林苑惊觉之前的思路全是错的，娱乐圈本来就是个名利场，为什么非要比谁是无辜软萌“小白花”，这种人设的女星没有一百也有八十，图什么。

她家言卿，颜值、身材标准的绝美小狐狸精，唱功能震场，自带话题流量，老公都算得上手握乾坤了，在这儿当无攻击性的小可怜？

何必呢？

这种条件，明明是几年翻不出来一个的极品，管她恃美恃才还是恃老公，就应该随便“行凶”。

林苑火速定了新路线，激动得深呼吸，团队群里有人在时时监控网评，跟她汇报：“苑姐，许茉涵发微博了，‘内涵’言卿抢她的歌。”

许茉涵摘过两个歌后奖项，在言卿之前也参加了《青丝》的试音，声音并不合适，但因为跟制作人有私交，非要弄到手，制作人想踢掉言卿另选的人，就是她。

如今被弃，肯定愤愤不平。

“苑姐，她又在评论里给粉丝回复，说只靠资本运作的人就会躲在后面，哪敢像她一样录音直播。”

林苑呵了一声，宣布：“卿宝，解锁新任务了。”

她往后看了一眼，马上明智地闭嘴。

卿宝正默默趴在窗边，大魔王拽着她的衣摆，嘴唇绷成线，这暗潮涌动，她跟司机要是不存在，估计就要出现少儿不宜的画面了。

飞机抵达海城后，霍云深自己开车，言卿瞄了瞄副驾驶的位置，还是选择爬进后排。

她暗自挠座椅，一路上没怎么和他说话，他整个人绷着，侧脸阴沉。她悄悄怪自己，明明是感动，怎么非要冷落他让他难受，现在好了吧，不敢出声……

霍云深在不断提速，车径直驶入自家车库里，戛然停下。

没了外人打扰，是绝对安全的环境。车库灯光不算亮，昏昏黄黄的灯光透入封闭的车厢里，把空气搅得暧昧浓稠。

言卿攥着手指，呼吸略微加快，她轻声道：“深深……”

霍云深缓缓回眸，伸出手："过来。"

言卿的血液在升温，咽了咽，老实地前倾，向他靠过去。

到了他可以触及的范围，他蓦地扣住她的后脑，把她带到近前，冰凉的唇重重压上来，长驱直入。言卿"唔"了一声，迅速失守，舌尖被他掠取，纠缠出沸腾的热意。

霍云深却移开唇，指腹抹过她湿润的嘴角。他开门下车，到后排把她抱出来，没让她脚落地，手臂托着她带到楼上，没有继续往上走去卧室，而是绕过客厅，径直走向后面的副厅。

言卿晃了晃腿："深深，我们去干什么？"

几秒钟后，不用霍云深回答，言卿已然被放下，脚踩在柔软地毯上，看见了让她屏息的场景。

副厅里原本很空，半闲置着，她很少过来，可现在……多了一架猫咪造型的滑梯，几乎占据一半空间。

不仅仅是滑梯，周围也布置成了小公园的样子，哪怕她仅有一段碎片的记忆，也能意识到，这就是她当初牵着少年一次次去过的角落。

言卿呆呆地望着，霍云深从身后俯下，搂住她的肩。

"那时候滑梯总被一群小孩儿占着，你不让我去抢，每次都要等到天色晚了，人走光了，你才过去。"他低低的嗓音厮磨着她的耳郭，"我还说，以后等我给卿卿买了大房子，要放一个在家里，你滑下来，我在下面接住你。"

言卿的眼眶不禁变红，明明是不存在的记忆，可他一字一句都钻入心里。

过去很久了，久到她不记得，忘得干干净净，他还因为她在路边多看了几眼，就搬了一个回来。

霍云深沙哑地笑："你不在的几年，没人管着我了，我很不讲理，总去公园的小滑梯上坐着，让小孩儿不敢接近，帮你占位置。"

从早占到晚，从年头占到年尾，她也不会出现了。

他揉着她的背："我以为卿卿已经忘了，不喜欢了，但你路上在看……"

"喜欢。"她转过身紧紧抱他，"和你有关的我都喜欢！"

霍云深手上的力气渐渐失控："那卿卿不生我的气了好不好？别不

理我了。”

言卿环住他的脖颈儿：“我不是生气，我是心疼你。”心疼得迫不及待想把过去的一切都记起来，好好补偿他。

她期盼地问：“深深，我最近总是能梦到你，是不是代表我对你的感情越深，越有可能恢复记忆？”

霍云深不抱希望。她的记忆，并不会慢慢想起，而是会有一个触发点，一起找回来。

霍云深没回答，抚摸她的鬓发，沙哑地问：“都梦到我什么了？”

言卿努力回想：“是很多以前的片段，具体记不清……就是感觉，你那时特别喜欢我，又不肯直说，别扭的问题少年。”

霍云深笑声很低：“喜欢？”

喜欢怎么够形容，爱也不够，想把她揉进身体，融了化入骨血，到死也要埋在一起，下辈子还来寻她。

他没多争辩，转而问：“要不要玩滑梯？”

言卿点头，从后面的梯子爬上去，霍云深则转到正面，抬起头笑着说：“来吧！”

滑梯很宽，言卿双手扶着滑梯坐在上头，看到霍云深单膝跪下，在下面接她。

她手一松，朝他直直地滑下去。

在很轻的风声里，霍云深越来越近的脸恍惚重叠，时间仿佛一下子倒退，她在曾经的小公园里，也是这么扑向他。

言卿撞上他的瞬间，眼窝不知怎么一热，脱口喊了一声：“云深。”

霍云深抬起她的脸，一如当年，少女长发飞扬，一张脸红扑扑地落入他怀里。

他已经渐渐不去奢求她恢复了，现在这样他就足够幸福，只要卿卿在身边，愿意爱他，别的都不再重要。

如果记忆真是霍临川有意留下的隐患，那找回来的关窍，很可能是想要他的命来报复，让卿卿痛苦，与其这样，他宁愿卿卿一辈子想不起来。

过去那么多的岁月，他一个人记着双份就好。

言卿这一晚睡得极沉，觉得太阳穴隐隐作痛，少年的身影好似化作一柄利刃在翻搅，但她醒不过来，天亮起床时，还有少许的痛觉残留，倒不明显，也记不清自己为什么会头疼。

言卿从床上坐起来，有一点茫然。

宽大的双人床上，身旁位置是空的。言卿蹙眉看了几眼，眼神空洞，卧室门突然一动，松松系着睡袍的男人进来，弯腰捏捏她的脸："怎么睡得呆了？跟老公下楼吃饭。"

言卿盯着他辨认了两三秒钟，脑中的雾气才蓦地一散。她醒过神，赶忙牵住他的手，轻快下床，趿拉着拖鞋跟上，连声说："我想吃菠菜鸡蓉粥——"

霍云深揉了揉她的头："煮好了。"

言卿还记着林苑在车上说的"解锁新任务"，果然等到饭后，不用她去问，林苑先一步找上她，她才意识到林苑的态度转变了很多，对她不再像初见时那么公事公办，现在积极热切，连称呼都换成了"卿宝"。

"苑姐，你不是被迫的吧？"她试探地问。

林苑在电话里笑了："我对漂亮金丝雀没兴趣，但如果不仅漂亮，还足够有能力，那就不一样了，能一飞冲天变凤凰。"

言卿认真地补充："姐，我还会写词作曲呢！"

林苑猝不及防被她可爱到："我这回真信了，我们卿宝实力深厚，别怕，以后姐带你飞。"

言卿想，要飞，努力飞高些，有一小片自己的领空，好配得上身居高位的霍云深，不让他因为妻子被人诟病。

林苑简要地跟她讲了目前的舆论风向。许茉涵那条"内涵"微博激起了不小的水花，毕竟是当红的歌后，粉丝大把，这时候跟满身争议的言卿杠上，网评当然是向她一面倒。言卿这波没平，那波又成了没本事还抢人资源的心机女。

霍云深今天要去集团开会，见她在打电话，专门等着没走，隐约听到林苑的话，眉拧着，脸色转沉。

言卿捂住话筒，朝霍云深勾手指，他无条件听话，俯下身挨近她。

言卿照着他的脸颊重重一亲，含笑说："霍总该工作了，这点小麻烦我来解决，你不要事事替我出面，搞得我真像软弱小白花似的，你信我一次。"

哄走了老公，言卿才点开微博，边刷边问林苑："我看了评论，大家主要还是对我唱《青丝》存有质疑。我们可不可以联系片方，先公开一小段录音棚版本，让大家安安心？"

林苑一时语塞，言卿还真是乖，想的倒不是为自己澄清，而是理解公众害怕歌和剧被她毁了。

在婚事曝光前，网友还津津乐道木棉的歌有多好，但一旦跌落谷底，再被黑粉带节奏，就遭到了无理由的全盘否定，这些好像都成了她的附加"欺骗"，认定了她唱功是假的，创作也是假的，什么都不可信。

既然如此，那就让公众重新相信。

林苑的语气淡定："在你提之前，霍总已经交代我了，有他发话，片方哪能藏着掖着，那边半小时内就会发布一段视频，给你正名。"

言卿心口一跳。

他又默默给她铺平了前路……

二十分钟后，片方果然说到做到，发布了《青丝》副歌高音部分的录音棚片段，没有额外修音，没有美颜滤镜，真实展现当天的情景。

这部剧本来就未播先火，歌又因为她的争议和许茉涵的不满引爆话题，视频一出，立马上了热门。言卿用小号再一看，好得很，满屏的大小博主都在转发质疑，语气不善。

"这是录音棚未修音？！唱功这么厉害？！"

"太假了，别拿以前那些网络原创歌说事，肯定都修过，《巅峰少女》更不用说了，全是节目效果，现在居然连片方也配合她，拿修音当原声，没救了！"

但也出现了一小拨为她反驳的声音，认为根据专业判断，貌似是原声版。

绝大部分人不相信，这个直戳人心的音色和水平，不光许茉涵达不到，甚至圈里任何一个歌手，都和她不是同一类型，很难比拟。

言卿掌握了情况，第一步形象的扭转，铺垫到这里就可以了，还需要一个有力的证据去证明一切属实。

林苑的电话一直通着："许茉涵明明自己是个走后门的，还'内涵'你是靠老公，她在评论里阴阳怪气，说你不敢像她那样录音直播。"

言卿也看到了。

林苑冷笑："这不，她可能受了这段视频的打击，刚才公告中午就要直播录新歌，估计想证明实力，我们迎难而上，怎么样？"

也开直播，做得比她好，给录音棚的视频带来佐证。

听到言卿答应，林苑马上准备去联系合适的地点，要高级、有档次、安静、安全、设备多……

言卿坐在沙发上，看了一眼楼上，问："我家里怎么样？"

林苑一拍脑门，她怎么又给忘了，她带的不是穷苦小新人，是要啥有啥的豪门太太！

直播时间定在下午三点，林苑去着手宣传和前期筹备，言卿在家挂了电话，一时没站起来，她头还有些晕，混混沌沌的，不像往常那么清明。

她支着额头闭眼休息，没计算过了多久，大门轻轻一动，男人脚步急促地到了她跟前，双手撑住她两侧的太阳穴。

言卿惊讶地睁眼道："你怎么回来了？"

霍云深眉心紧拧："事情告一段落，下午再去公司，想回家看看你。"

"头疼吗？"他沉声问，"严不严重？"

言卿摇头，拍了拍他的手："就是没睡好有一点晕……"

她跟霍云深说了下午要在家直播的事，霍云深知道宣传做出去了，强忍着没反对，把她抱在腿上要求："你不舒服，最多不能超过五点，否则我准时去推门。"

言卿靠在他肩上点头："你下午不是还要忙嘛！等你回来，肯定结束了。"

下午两点，林苑带着团队赶到霍宅，给言卿仔细做好妆发后，把带来的几条裙子给她选。言卿看了看，指指楼上："苑姐，要不你跟我上去一下？"

接下来的十分钟里，林苑迷失在霍太太深不见底的衣帽间里。她呼了口气，抓住言卿的手："你先挑着，等直播开始再换。"

言卿不解，林苑说："必须真实展示一下豪门太太的日常生活！"

三点一到，直播开始，一大波心情复杂的前粉丝加吃瓜群众涌入，有人上来就直接嘲讽，然而下一秒的画面震惊全家。

屏幕上飞速滚动的评论区里只剩下整齐划一的激动语气词。

"衣帽间？！""比我家客厅还大？！""那你家可以啊，这比我家整套房子加起来都大三圈！”

言卿穿着看似简洁款的家居连衣裙，不松不紧包裹着凹凸有致的身段，她本就腿长腰细胸大，现在长发一散，妆容精致娇俏，往灯光全亮的衣帽间里一站，简直闪瞎眼。

她上一次公开亮相还是在节目里，隔了一段时间没露面，比之前加倍吸睛。

有人不禁想起《巅峰少女》的初级评定上，霍云深那些庇护偏爱，原来从不是说说而已，是身体力行，妥妥给了言卿掌中珍宝的待遇。

言卿不去关注别人的反应，自然地去挑选衣服，其实她也震惊，内心失控的小脏话连成一片。

她没怎么进来过啊！她不知道里面这么深、这么满啊！按林苑的说法，光是新一季的连衣裙就紧密挂了一面墙，有些其他女星找不到的限量款，也放在她的衣橱里被冷落着。

深深这败家老公！

言卿看似平静地选了条米白绣钉珠的简洁款，林苑给她竖大拇指。她进里面换好，出来又收获一波惊叹。

美人之所以是美人，就是能让人在见面的一瞬间，忘掉所有关于她的偏见不满。

言卿随直播镜头走入她的专属工作间，推开门评论区又炸了，专业设备齐整到让人“发指”，他们能刷的只剩下“空有资源，德不配位”。

她笑眯眯地在钢琴前坐下，也不用话筒，直接弹唱，免去一切可能存在的质疑，细长手指按下琴键，流水般开口。

唱的是《青丝》公开的片段，古风曲用钢琴重新演绎，高音说来就来，比视频中更加自如。

林苑兴奋得握着拳，直播观看人数早已破了预期记录，还在攀升。画面里，傍晚余晖洒入窗口，言卿合眼吟唱，嘴角带笑，竟看得人莫名想流泪。

因为换衣服耽误了时间，言卿唱到自己原创曲的时候，已经四点五十五分。直播间人数爆炸。

霍云深在楼下已经等了半个多小时，他四点刚过就回来了，三分钟看一次表，快五点了，他老婆居然还在艰辛工作。

四点五十九分，霍云深忍无可忍，起身上楼。

直播房间的门虚掩着，言卿的歌声传来，霍云深盯着表盘，一到五点，他手放下，果断地把门推开。

言卿吓一跳，才想起超时了。镜头对着她，她抬眸，一脸紧张地瞪向完全不打算避嫌的男人。

评论区陷入疯狂。

“妈呀，有人来了，谁谁谁！该不会是霍总？”

“霍总会管直播这种小事？”

霍云深无视房中的工作团队，目标明确，笔直走向窗边的言卿，气势汹汹要抓她去休息。

言卿试图在直播前粉饰太平：“你怎么进来啦？是不是找东西？”

霍云深目光沉沉。

“是。”他来到她跟前，并不避讳用词，“进来找我宝宝。”

言卿脸颊顿时一红，直播呢！他这么不收敛！她飞快去瞄评论区，炸成了二重奏。

“我天，我聋了，宝宝？！真是宝宝？！”

“猫猫吧！找猫来的！”

“对啊，肯定是猫！”

言卿死不放弃，试图更改霍先生的本意：“……找猫猫？”

霍云深盯着她嫣红的耳尖，忍不住低笑出声。

他缓缓弯下脊背。直播镜头里，先是出现男人皮带束缚的紧窄腰线，继而是胸口，平直宽肩，以及衬衫领口上弧线起伏的喉结。评论区完全失去理智。

画面进展到露出薄唇时，停了。男人不经意顿在这个角度，刚好靠近言卿，亲昵而又不过分旖旎，恰到好处。

接着，传来他带笑的低沉声音——“没错，请把我家的卿卿猫，还给我。”

这一场持续两个小时的直播，经历了巨大的衣帽间、应有尽有的工作室、豪门少女太太天籁弹唱，外加中途一段现场即兴谱曲，再到她原音重现，唱起比网上音频里更动情的原创歌。高潮迭起，承包了一整个下午的话题，结束于最叫人热血沸腾的刹那。

传说中暴戾阴冷、喜怒难测的霍云深，在拍摄中抬起手，遮住镜头，挡住了数十万在线观众要盯出血的画面。

男人让人垂涎的身形轮廓，窗边女孩姣好明艳的脸，一概不给看了。

一片黑暗之后，是霍云深不容置疑的吩咐："停掉，太太该休息了。"

但在直播关闭前的短短两三秒里，又收进来他语气反差极大的轻哄声："卿卿听话，先吃饭——"

全网静默，随即掀起更胜以往的狂澜。

霍云深把手机扔远，免得言卿又去操心网上那些破事。他端了柠檬水上来，用吸管喂到她嘴里，自然而然地给她揉按额角。

"头还晕不晕？"

言卿一直在唱，嗓子没歇过，是真的渴了，抱着杯子狂喝下一大半后，舒服地仰头，眯起眼回答："好多了，再睡一觉肯定就彻底没事了。"

她享受了片刻糖衣炮弹，才把刚才的直播事故捡起来，瞪向罪魁祸首："你故意叫那么亲密的！"

霍云深扬眉："这就亲密了？看来我平常叫得不够亲密。"

他瞧着她血色充足的脸，压下声音逗她："卿宝，宝宝，卿卿小猫，饿不饿？"

言卿浑身血液逆流，直直地往头顶冲，难为情得想撞钢琴，毕竟林苑还带着两个亲信在门口没来得及走！

林苑模糊地听见，老脸一红，连忙领人撤退。这边直播热度爆炸，她还有的是后续工作要去跟进处理。她原把言卿当作棘手的花瓶，碍于霍总的威势才接下来，没想到意外捡到了宝。有颜有才有话题，而且看霍总的态度，真不是对个替身那么简单。

林苑敏锐地意识到，她职业生涯的辉煌不仅不会毁于言卿，还能被她成就。她当然是扫清偏见，真诚地上了心。

等人都走光，房间也被打扫干净后，言卿终于松了口气，把霍云深拉到衣帽间，戳着他的肩膀问："这么多——这么多！我穿得过来吗？"

她又环绕小半圈，尽情给败家老公展示他的成果。

连衣裙那面不算，好歹日常能穿，可连隆重款的高定礼服都层层叠叠，更不用说看到眼花的包和鞋子，以及中间尺寸过大的透明珠宝柜，一眼望过去视力都要受损。

霍云深靠在衣橱上，悠悠地说："老婆，人都会有爱好，你要理解。"

"爱好？"

他气定神闲："我的爱好就是给你买东西，看见什么都想穿戴在你身上。"

言卿抿嘴，有些想笑。

霍云深眉目舒展，继续说："被你一提醒，我倒是想起有些该换了，我的女明星，不能穿过时的款。"

言卿磨着牙，贫穷的想象力再次受到严重冲击，她可真是个没见过世面的小穷鬼。然而更让她胸闷气短的是霍总下一句话。

他嘴唇上扬，一边解着衬衫袖扣，一边向她走近："还有件事，今天谈合作的时候，发现对方有片楼盘位置不错，你应该会喜欢，我留了顶层，收拾好了，想带你去看看。"

霍云深挽起衣袖，轻松地把她抱起来，笑声很轻柔："要不要去？"

言卿纠结："真的不浪费吗？"

霍云深带她往外走，垂眸问："你以为我赚钱为什么。"

她没说话。

他低头亲亲她的头发，迈下楼梯，声音低下去："以前过得苦，只能让你住那么小的出租房，我每天做梦都想给你最好的，你不需要做什么云家大小姐，我只想让你做我一个人的大小姐。"

言卿心一颤。霍云深眼瞳漆黑，定定地看着她："卿卿，我们有钱了，你喜欢什么我都能满足。"

她轻声说："我只喜欢你。"

霍云深陪她吃了饭，天正好也黑了，马上动身带她去找新"玩具"。

楼盘叫星云间，位处江畔，言卿听说过，是海城的顶级私宅，购买门槛高得离谱，不光价格咋舌，还限制身份，圈里不少攀附上权贵的女明星，都以能在这里弄套小公寓为荣。

这个楼盘总共三栋，临江傍水，霍云深留的是位置最好那栋的顶楼。

四十二层高，不是一套公寓，而是跨了三套，占据整层，浴室里也是环顾江畔的落地窗，映得浴缸里星光闪烁。

言卿脚踩着绵软的地毯，看得直发愣。

霍云深拥她到窗边，望着那道他差一点就葬身的大桥，在她耳边问："喜欢吗？"

其实他在暗地里筹备婚礼了，以前要压抑，现在不用了，他恨不得全世界知道，卿卿是他的。过去的房子不算，还想准备新的婚房给她，这里可以看到江水，高得远离凡俗，他能在落地窗、镜子前、浴缸里……为所欲为。

"喜欢。"言卿回身揽着他的后颈，"从实招来，霍先生现在是不是在想坏事。"

霍云深闷声笑，反问她："想撸猫不算坏事。"

言卿一时没反应过来"撸猫"的意思。

但她很快懂了，因为男人的手掌覆上了她的头顶，缓慢顺至脖颈儿，指腹摩擦过她的蝴蝶骨，经过薄薄的脊背、腰窝，继续蔓延，撩起灼人的暗火。

言卿不受控制地仰起脸，呼吸加快，腿上力气抽空。

他沉迷地问："卿卿猫，我可以继续吗？"

…………

言卿在浴缸恒温的水里浮浮沉沉，霍云深恪守着分寸，怕她还会不舒服，放纵了一次，就把她擦干了带回床上哄睡。

她陷在新床里轻轻叫唤："我这日子过得太奢靡了啊！"

霍云深继续给她按摩太阳穴："快睡觉，明早起来不许头晕了。"

言卿说不上来原因，竟然发自本能地有点排斥睡眠。她晃晃头，猜自己应该是激情过度了需要平缓一下，于是跟老公提出上个网。

言卿趴在床上摁亮手机，做足了心理建设，才在霍云深的紧盯下刷新微博，她小号关注的都是营销号和自己相关的博主，有什么动向一目了然。

她提前对各种预设做好了准备：被骂炒作，被指责炫富，或者继续被质疑，最好的情况是承认她的能力，然而事实总是出乎意料。

言卿睁大眼睛，对着屏幕一个字一个字念出来："霍总是极品渣男？！"

直播过后的各种热度经过半天的发酵，走向了匪夷所思的方向。

最初对言卿的实力认可是占主流的，满屏都是诧异加惊艳，粉丝把她唱歌和谱曲的部分疯狂转发，当初愤而关闭的粉丝站都回来了好几个，也开始有人为言卿发声。

“言卿最早是作为《巅峰少女》推广曲的演唱歌手被邀请过去的，会参加节目只是救急还人情！”

“对啊，她的实力其实一直摆在那儿，只是都被舆论给影响了，盲目认定她不行。”

“再说了你们这些女人扪心自问，如果对方是霍云深，嫁给他直接跨上人生巅峰，传说里那么高不可攀一个人，对你又叫宝宝又叫猫猫，应有尽有宠着你，你能扛得住？是个人都不行好吧！”

到这里还算正常，后来就跑偏了。

“没错啊！是个人都顶不住！霍云深该不会存心的吧！”

“言卿明明是个替身，她自己肯定也知道，按理说应该各取所需啊！结果他现在是什么意思，让言卿为他沦陷，死心塌地一辈子？”

“把我狠狠宠坏再一脚踢开？！”

“难不成是既爱又恨？爱她那张和旧爱神似的脸，但又恨她跟旧爱长得太像？！”

“我的天，这么一说言卿还有点可怜。”

“霍云深这是毁人啊，哪天腻了甩掉言卿，她还能活吗？”

“说什么深情不二，原来是个极品渣男！”

言卿微博大号底下经过好几天的谩骂之后，如今出现了崭新的论调。

凶狠派这样：“你要是还有点骨气就赶紧离婚！别贪恋不属于你的人和东西！”

柔情派这样：“你快离婚吧，不然一生毁了，以后被甩怎么活啊！”

还有看热闹不嫌事大的建了个微博账号，火速吸粉无数，名字叫“深情夫妇今天离婚了吗”。

言卿看得目瞪口呆，偷偷去瞄霍云深的脸色，他的表情倒是淡淡的，眼神却要把“离婚”俩字给碾成灰。

言卿火速把手机丢开，装着很困的样子安抚地拍了拍他：“深深，咱不看了，睡觉。”

霍云深把她往怀里一搂：“渣男哄你睡。”

言卿笑死了，他这小心眼儿也就针尖大。

她并不想睡，但合上眼，却比以前更快入眠。还是光怪陆离的梦，很多撕裂了一样的细碎场景，很锋利，搅得她头痛。以前那道站在霍云深背后，看不清脸的身影，在某一个电光火石的瞬间，像被闪电照亮一般，突然对她露出真容。

言卿的神经仿佛被一下子扯紧，仓皇地睁开眼，大口喘气。

天刚蒙蒙亮，光线还暗，她愣愣地盯着屋顶，有好一会儿不知道自己身在何处。她迟缓地扭过头，吃力地望着身侧英俊的男人，他睡着，仍在紧紧抱着她。

他是……

言卿下意识想挣开，又觉得不对。

她咬着舌尖让自己清醒，再一次去看他，脑中的陌生和惶惑如潮水般褪去，除了微微眩晕，没留下任何痕迹。

又过了几十秒，刚才的一切异样都像没发生过，言卿皱眉想了想，不记得自己是怎么醒的，心又为什么在突突地狂跳。

她在月色下凝视霍云深的眉眼，乖乖贴过去回抱他。

怎么了……大半夜的忽然想抱住他，像在害怕分离。

第四章
你的卿卿真美

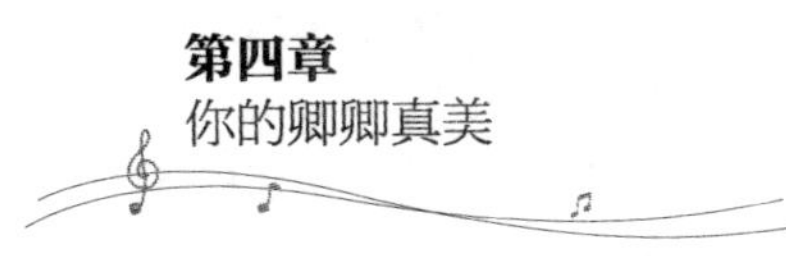

一场直播加上《青丝》整首歌的上线，给言卿带来洗涤般的效果，身上淋漓的污水被冲掉很多，终于得到她原本就配得上的称赞。

骂声还是有，因为她直播里过分优渥的生活，黑、酸、红眼病的人多不胜数，天天不嫌累地嘲讽，赌她什么时候离婚，变得一无所有。

但颜在水平在，话题热度在，就不愁粉丝回笼，过去木棉时期的很多老歌迷也纷纷站出来为她说话。

还有不少新粉非常想得开："我的妈，这么一个又美又会唱短期内绝不愁资源，而且被大魔王老公疯狂宠爱的歌手，为啥不粉呢？体验一下苏爽人生也是好的啊，大不了以后离婚了再脱粉呗！"

言卿之前跟天王拍摄的MV也制作完成，天王团队并未介意她的争议，大方发布出来，画面里的纯净校花女神，又成功博得一众感叹："别的不说，脸是真好看。"

"别不说啊，唱功也真好。"

"身材也真的绝。"

"性格其实更是……"

言卿总算是从一黑到底变成黑红参半。

林苑那边一直在给言卿狂轰滥炸发消息，不少热门综艺在找她，甚至还有电视剧想给她角色。

言卿想到那天差一点的吻戏，还有霍云深戳心戳肺的反应，果断摇头："不演戏了，我想把唱歌这一件事做好。"

可笑的是还有出道赛之前，请她去拍过先导片的那档节目，在出事时第一时间毁约，现在又跑回来反悔。

林苑统统拒了，挑来拣去，留下一档近期宣传火爆的生活加唱作类节目，模式很新，已定嘉宾基本都是人气稳定的大牌，有火爆流量，也有资深实力派，热度根本不需要担心，又能体现实力和增加好感度，是当前的最佳选择。

只是首发嘉宾里有许茉涵，最后一个空位，节目组很鸡贼地找上了言卿。

"会有难度和挑战，但也会有非常大的收效。"林苑问，"接吗？如果不想，我可以另选轻松些好应付的。"

言卿坚定地道："接，我能做好。"

林苑安心了："首期录制很快，目前主题还没定，但会有需要现场创作的部分，你可以提前准备几首歌，调整到好的状态。"

言卿答应下来，争取时间投入工作。

她给自己定了几个选题，想尽快写出小样，几乎一整天泡在工作室里。她太过沉浸其中，连霍云深什么时候到家的都不知道。直到门被慢悠悠敲响，言卿戴着耳麦回过头，见到男人长身玉立，微抿着唇。

她耳朵里一直有音乐声，估摸着老公是敲了许久了，非要等她听到才罢休，既固执又有点可怜，还绷着嘴角，不让被冷落的委屈情绪外露。

言卿正卡在瓶颈上，有些着急地对他"嘘"了一下："深深，你先别吵，让我弄完。"

霍云深眼睫毛压低，目光微微转暗。好，卿卿猫要造反了，为了工作把他丢到一边，不闻不问。

霍云深干脆走进去，反手关上门，没有立刻去找言卿，而是转个方向，进了工作室里套着的小浴室。

他洗了澡，没擦太干，随意穿上浴袍，赤着脚推开浴室门。

言卿起初没注意，但很快闻到了干净的木质香以及逐渐包围过来的……清洌水汽。她怔了怔，不禁扭头，瞳孔倏地一颤。

霍云深并没看她，自顾自在她身旁三米开外的桌边冲着咖啡。他微低着头，水珠沿着他下颌滴落，滑到胸口，飞速隐没进松散的衣领，骨节分明的修长手指湿漉漉的，格外白。他不疾不徐地端起杯子，喝下一点，潮湿的喉结上下滑动。

言卿眼睛发直，不由自主地咽口水。

霍云深偏头看了她一眼："你忙，我不吵。"

言卿努力静心，把耳麦里的声音调大。然而男人浴后既清冷又放肆的气息铺天盖地，她越是不看，越是笼罩，他的脚步、呼吸、浴袍摩擦声，全在往言卿的感官里强势侵袭。

言卿咬住唇抵抗诱惑。霍云深却慢条斯理到了她工作台边坐下，他将短发简单地往后抓，漆黑的眼睛偶尔扫过她，淡色的薄唇被加奶的咖啡沾湿，留了少许在嘴边。

言卿胸口起伏，脸色涨红，忍不住朝他看过去。

他翘翘嘴角："我真的不吵。"

言卿抬眸，乍然对上他过分惑人的脸以及唇上那一丝奶。她的心跳轰然失守，扔开耳麦，拍案而起，气势十足地靠过去按住他的肩，难得俯视他一次："不是在吵，你到底在干什么？"

霍云深似笑非笑地回答："我在引诱你啊！"

天色已经晚了，别墅外夜色沉静，工作室里的光线也不甚明亮，只有工作台旁的台灯开着，全部聚在霍云深得天独厚的五官上。

深浓的一双眼在注视她，湿润的嘴唇坦荡地说着"引诱"。言卿就算是个入定的神仙也忍不下去。她遵从本能，捧起他的脸亲上去，心口震得厉害。

片刻后，她稍稍退开，耳朵在充血。霍云深盯着她淡笑："还有吗？"

言卿总觉得被霍先生给挑衅了，开玩笑，她是个成年女人好吧，哪能轻易认输。

她睫毛抖动，红着脸去扯他浴袍的领口，衣料很滑，有一点微湿，下面覆盖的肌肉却结实饱满，带着灼人的热度。

言卿撕开一侧，露出他宽阔平直的肩，利落的锁骨线条以及下方震动的胸口……

下一步怎么办？她可以不要面子直接扑上去吗？问题是歌还没写完，瓶颈卡着呢，不写了行不行，呜——好惨，生活真的太难了！

言卿盯着霍先生看到失神，挣扎着要不要下手的时候，霍先生不想再等了，气息沉沉地覆下去，在她耳边低声道："你不继续，那换我了。"

他微含着笑意告诉她："别急着写歌，安静不是必要的，我才是。"

言卿非常顺利地被这句话蛊惑，主动搂住他，他忽然低低地说："周末我要去一趟纽约，四五天之后回来。"

言卿愣住了。自从她跟他重逢，他很少出差，连日常的工作也是极致压缩，尽可能地陪在她身边。只要她允许，他几乎寸步不离。尤其在她相信了自己是谁，肯回家来以后，他日日守着她，亲密到她总会忽略，他身后还背负着那么大的集团，事事要他掌控。

她恍然记起，也就是这几天里，他会议变多，今天也是傍晚了才到家。

霍云深的手掌在她腰间力道适中地按摩："要谈个合约，非去不可。"

言卿了然："舍不得我呀？"

他蓦地抬头，沉闷地反问："你舍得？"声音隐隐绷紧，似乎她要是说了舍得，就是等于给他施刑。

言卿当然不愿意他走，也明白他的不安和患得患失。他苦了太久了，对抓得到的甜倍加珍视，恨不能时时捧在手心里，生怕再丢，但她已经给他带来很多麻烦了。

她私下里问过闵敬，集团董事会对于霍总过于高调地维护她，频频出现在娱乐新闻里，多多少少有些私下的议论，虽说没胆子当面吭声，可终归不是好事。

言卿不想在这种正常的小别上表现出矫揉造作的小姑娘姿态，四五天嘛，她忍忍就好，更何况她签的综艺节目今天刚好出了行程，也是周末出发去录制首期。

她摸摸他的短发，有些扎手："我不能耽误你的正事，你去纽约，我去山里小镇录节目，都忙，很快就过去了。"

霍云深的眸子有些暗，没说话，只是把她往怀里揉，怦怦的心跳一下一下撞击胸膛。

言卿出发的日子是周六上午，林苑提前做好行程，鉴于她近来路人缘回升，但距离稳定还有一大段距离，就没安排公开的机场，走比较稳妥的特殊通道。

霍云深的行程是同一天的早上。闵敬清晨就来接，车在外面恭恭敬敬等着，大门里，霍云深提着领带，抿唇凝视言卿。

她近来睡熟了就不容易醒，霍云深也没忍心太早叫醒她，等她起来时，已经到了他要走的时间。

言卿还没来得及换衣服，穿一条烟粉色睡裙，薄薄包裹着玲珑的身段，大片雪白肌肤露出来，被散落的乌黑长发衬得如细瓷一般。

她秀气的眉皱着："你怎么不早点喊我啊！"边说边接过他的领带，绕在他颈间，轻柔地翻折衬衫衣领，纤细的十指飞快地打结。

霍云深盯着她嫣红的唇："舍不得。"

言卿微怔，不知怎么就读懂了老公的心，好像……他还在暗暗地介意那晚，她没说不舍。

她故意不吭声了，给他系好领带，抚了抚西装上并不存在的褶皱，拍拍他的胸口："好啦，霍总出发吧！"

霍云深攥了攥手指，一言不发往外走。

言卿看着他硬邦邦的背影，等他到了门口时，才踮着脚尖飞快跑过去，从背后抱住他，乖乖对他说真心话："深深，我舍不得，你不在我也不习惯……你早点回来。"

霍云深回身捏捏她的脸以示惩罚，满意地说："这还差不多，快上楼，穿这么少。"

言卿在窗口目送他的车离开，过了一个小时，林苑也来接她。去机场的路上，林苑把完整的资料拿出来："卿宝，你提前看看，这档节目还是挺新颖的。"

节目的名字叫《夜夜笙歌》，是一档生活结合唱作的竞演型综艺，每期节目分为上、下两部分，预计每个部分的时常两个小时。

上部是每期选定一个地点，由各位嘉宾前往，进行生活类的实地录制，在山野自然，或是灯红酒绿里，以固定的主题进行歌曲创作，并要完成初版的小样。下部则是将创作的歌曲进行细致的修正和编曲，拿到专业的录制场地进行竞演。这样的模式可以说是把轻松愉快和紧张刺激都占了。

林苑说："首期在竹宁镇，自然风光好，应该比较放松，主题定的是心愿。”

“嘉宾算上你一共六个，其中许茉涵是肯定要着重小心的。”她叮嘱，“另外还有阮嘉，她也算流量女星前排了，女团出身，唱作只能说还行，现在走影视路线，最近在竞争一个大制作的女一号，制片方要热度，嫌她话题不如另一个高，有点犹豫，她才削尖了脑袋往这种唱作综艺里挤，估计会作妖。”

言卿心里有了数，望着车窗外飞逝的街景，翻了翻手机，空白的。没电话，没短信，霍先生到没到机场也不告诉她一声，说什么难舍难分，骗人。

她皱了皱鼻子，垂下眼睫毛，她不是没跟他分开过，录《巅峰少女》期间，也曾经好多天不见他一面。可现在不一样了，知道四五天见不到，真的会想。

言卿下车时全副武装，但节目已经官宣名单，她的末尾加入也引起了很多争议，如今首秀机场，再怎么隐蔽，也还是有粉丝在等。

她慢慢穿过人群时，恍惚见到有道熟悉的身影举着相机一晃而过。

怎么可能……他比她早走那么多！而且去纽约的那趟航班应该在二十分钟前就起飞了！

言卿的心脏在隐秘地抽紧，到坐进头等舱里还是没能平复，她忍不住在起飞前拨了霍云深的电话，如果他走了，肯定是关机的，但如果……

她的指尖刚要按下去，脸颊上骤然一烫。

言卿预感到什么，堆积的情绪一下子升高，她急忙仰头，看到高大的男人站在她座位旁，徐徐摘掉口罩，手上提着用来伪装的长外套。

他正装笔挺，领带仍是她亲手打的温莎结，黑瞳里有笑意，沉声问：“我能坐在太太身边吗？”

言卿的眼眶不禁热起来，拽着他问：“你怎么回事？！”

霍云深拨拨她的下巴：“出门前老婆说舍不得我，我就走不动了，先把你平安送到，我再飞。”

言卿心底激动得在冒小泡泡，也顾不上前后有没有人看，抱着他的手臂贴上去：“会不会耽误你工作？”

他在她额角上亲了亲：“不耽误，很多事可以在路上做，我可是卿宝的超级大粉，这么重要的行程，怎么能放你一个人去呢？”

如果不是怕喧宾夺主，把卿卿参加新节目的热度又引向婚姻，他早就直接上去牵她了。

言卿所有对未知环境的不安，都在这一刻烟消云散，整个人像泡进了糖分超标的小罐子里。她才发觉，她对他已经这么依恋。

飞机抵达前，广播里响起提示音，言卿被吵醒，从杂乱的梦境里挣脱，迷迷糊糊睁开眼，迷茫了好一会儿，含糊地念叨：“我怎么在这儿……”

霍云深合上电脑，小心抬起她的头：“醒了？”

言卿皱着眉看看他，目光隐约在跳，努力认了他几秒，才如释重负一般：“睡得有点晕，老公肩膀太硬了。”

霍云深失笑：“好，都怪我。”

下飞机后，霍云深仍然没急着走，《夜夜笙歌》节目组安排了手头最好的车接，还呼啦啦跟过来一群负责人，当然不是冲言卿团队，是冲着投了重金的霍氏。

因为有言卿的加入，霍氏一夜间成为节目的最大赞助商，节目组和播放平台快高兴疯了，自然是奉若神明，尤其听说霍总推迟了原本的出国计划，一路护送老婆来的，立马全体出动过来迎接。

霍云深只漠然点了个头，揽着言卿抵达首期的录制现场。

其他嘉宾已经到了，见这阵仗，纷纷探头打量。二楼某个半开的窗口里，一道窈窕的身影倚窗而站，拢了拢刚做过的头发，又照照镜子，扭头问：“我有点像她吗？”

助理忙在旁说：“身段儿本来就像，今天的妆也是知道霍总来特意仿的，有希望。”

这女人是林苑口中的流量女星阮嘉，她急于寻找助力，得到那部抢破头的大制作女一，什么招数都试过了，不惜来参加并不够擅长的大热唱作综艺。没想到言卿也来，更意外的是，听说霍总今天会亲自到场。

一个跟旧爱神似的替身，霍总不仅娶回家，还百般宠爱，那如果她也能有点像呢？哪怕没那么好命，就是分一点点好处，沾他少许的光也是求之不得。

这事儿不算丢人，因为不光她，自从言卿的婚事曝光，圈里数不清多少女人都这么想，甚至还有人照着言卿的脸去动刀，就指望着能分一分霍总的青睐。

阮嘉望着楼下身姿笔挺的男人，举手投足那么金贵又温柔，并不像传言里那么可怕，她心动得不行，美甲掐进手心里。

机不可失。

霍云深把言卿安顿好，终于到了要走的时间。言卿生怕他误了正事，把他往外推："霍先生快去吧，星辰大海等你征服。"

霍云深弯弯唇，扬眉说："没那么大出息，只想征服卿卿猫。"

他说得直白，言卿脸红，笑眯眯给他答案："卿卿猫早就是你的了。"

他反问："怎么证明？"

言卿气得掐他，掐完了见他不依不饶，眼睛灵动地转了转，靠过去极小声地"喵"了一声。

迎上男人迅速转深的黑眸，她忙拍他："快走快走，我要录节目啦！"

霍云深在她额上点了点，走出房门，外面的闵敬带领两个助理飞快跟上。由于嘉宾团队下榻的地方不便停车，车都是留在外面，靠步行进来。

路程倒不远，五六分钟而已。司机提早把车开到最方便的位置等，助理紧走两步拉开后排门，霍云深即将迈上时，一道早已等在附近的纤瘦身影忽然出现，像是在找自己车的样子，却一路奔着霍云深而来。

闵敬先注意到，下意识怔了一下。

正是阴天，光线很暗，很多画面都像打了层模糊滤镜。闵敬一晃眼，还真以为是云卿，毕竟来人身段极好，头发也类似，又身着一条米白色连衣裙，有些像是云卿学生时代穿过的款式。

对，是云卿被曝光的旧照里，穿过的某一条。

阮嘉装作不经意，低头盯着男人纤尘不染的皮鞋和裤管，心跳如擂鼓地往上撞，想着以她的打扮，霍总怎么也会停顿一下。

一下，就够她发挥了。

然而出乎她意料的是，霍云深连余光都没有一个，径直上车。阮嘉慢了一步，只刚刚擦过男人冰凉的衣袖，险些摔在地上。

她惊讶地扭头，正对上一双森寒冷厉的眼睛，似是能把她碾成灰，跟刚才在楼上瞥见的温柔有天壤之别。

阮嘉头皮一麻，仍不信他丝毫不为所动，抽着气揉揉扭到的手腕，找准全娱乐圈有名的绝美侧颜角度抬眸，柔声叫："您……"

她根本来不及讲出完整的话。

霍云深薄唇微启，只说了一个字：“滚。”

阮嘉呆住了，寒意从脊椎上涌。黑色车门“砰”地关上，门角锋利，她还保持着想倒向霍云深的姿势，小腿正好被划出一道血痕。

阮嘉脸色苍白，痛呼了一声，想博取一点同情，没有挪动脚步。

车果真不走了，隔了几秒又打开，阮嘉心一跳，饱含希望地望过去，却见到男人的脸埋在阴影里，说不出地阴沉。

闵敬从前排匆忙下来，手里抓了几张刚拆封的消毒湿巾。他这会儿看阮嘉格外硌硬，冷脸挥手赶开她，继而蹲下身，把划了她腿的那块车角反复擦拭。

真是晦气，刚才深哥的表情他要被吓死了，不需要开口说话，他就知道深哥嫌脏，航班起飞在即，再换车也来不及了，他怕别人做不好，赶紧自己过来擦。

是他的错，他眼瞎了看不清，居然没在第一时间把人撵走。

闵敬擦完了回到车上，看到霍云深在后排脱了西装丢在一边，半合着眼低沉地开口：“袖子被碰过，找地方扔了，下期换人。”

闵敬连声应下，等下期再换，是怕这期嘉宾临时变动，会增加太太的工作量。

至于扔衣服，太正常了，这两年想往深哥身上贴的女人不计其数，大多数近不了身，偶尔有意外挨上他东西的，无一例外得换掉——深哥对这方面的洁癖相当极端。

闵敬叹了口气，这么说其实也不对，只要跟云卿相关的，深哥事事极端，哪里是区区一个方面。

竹宁县是近年火爆的旅游胜地，机场新建，能直飞回海城再以最快速度转战纽约，这次随行的大股东和几个集团高层已经提前过去，等待会合。

闵敬脚步飞快，稳稳跟在霍云深的身侧，心里有些忐忑。

霍氏之前在海外主攻欧美市场，但随着老爷子年纪渐大，子孙辈的能力远不及他，在深哥入主之前，多少透着一点下坡路的颓势，到了内部争斗期间，国内尚且是勉强维持平衡，欧美市场更无暇顾及，被吞掉了不少。

深哥掌握大权后，一年恢复欧洲市场，强势扩张，反吃了几家对手，坐稳位置，今年则是抢夺美国那边命脉的时机。

这次去纽约要跟泊伦谈的合作，是几经周折确定的方案，关系到霍氏整年发展的重中之重，至少两家大财团在虎视眈眈打主意，虽说拼不过霍氏的财力，可也不能小觑，不然深哥不会亲自动身。

只是这么一耽搁，怕是董事会又会拿深哥的婚事来悄悄议论。

那帮老头子只关注集团利益，一直盼着云卿死讯确定，霍总能达成强强联姻，如今想法落空，更是看不上什么争议缠身的小偶像。深哥也要拿这次跟泊伦的合约堵所有人的嘴。

国际航班上，霍云深全程没有休息，快速翻阅手边的资料。闵敬轻声提醒："哥，你歇歇，还有三个小时到，落地就要跟泊伦的人见面。"

"不用。"

闵敬大气不敢出。本来到了纽约有休整的余地，但如今那些余地都给了太太，深哥就只能压缩自己的时间。

飞机抵达前二十分钟，霍云深把准备工作反复做好，合上电脑，用修长的手指捏捏眉心，耳边是言卿最后那一声甜软的小猫叫。

他喉结滚了滚，偏头望向窗外翻卷的云层。

分开就像斩断了跟她缠在一起的藤蔓，有种脱离掌控的可怖的空荡感。如果不是一刻不停地工作，他就忍不住骨子里潜藏的那些恐惧，要冲回去把她绑在身边。

落地第一时间，霍云深去拨言卿的电话，响到快自动挂断她才接起来，声音有微微的哑："深深，你到啦！"

他神经极度敏感："是不是不舒服？嗓子怎么哑了？"

"没有，我本来就这样嘛。"言卿语气轻快，"连着几个小时都在录节目，好累，想休息了，你到了应该要忙吧？我先不打扰你，等你结束再说。"

挂了电话，言卿坐在节目组的小院子里抹了一下眼角，深吸一口气。

林苑眉头拧成一团："确定不跟霍总说？他那边出面的话，比咱们讲几百句都管用，尤其那种照片，如果他不澄清，你也没法张口，对你太不利了。"

言卿毫不犹豫地摇头："他刚落地，有重要工作要忙，我现在跟他提这些乱七八糟的小事，他怎么定心啊！比起他的合同，我这点麻烦什么都不算。”

她说完，手机上方跳出某软件的自动推送新闻，标题醒目，比事发时的更无底线。

“深情夫妇感情告急？！霍总疑恋上当红流量小花阮嘉，言卿或将面临离婚收场。”

林苑冷着脸怒骂：“我说她要作妖，没想到一天还没过完她就能不要脸成这样，敢往霍氏上面贴！不仅近了霍总的身，还敢出阴招把腿上的伤赖给你，鬼知道她怎么弄的！”

《夜夜笙歌》的本期生活篇回归自然，是嘉宾互相搭档，完成三天两夜的生活，一日三餐自己动手，并在过程里完成创作。录制刚开始时，是要嘉宾们去山野寻找能用的食材，阮嘉私下里主动来找言卿组队，言卿跟谁都无所谓，欣然应允，然而接下来发生的事完全出乎意料。

节目组先是被一条最新的爆料炸了锅。

爆料里有图有文字，详细描述今天《夜夜笙歌》首期开录，霍总和言卿同步抵达录制现场，随后霍总离开，却在停车场里跟本期的另一个嘉宾阮嘉发生暧昧接触。配的照片明显是偷拍，但角度掌握极好，抓到了阮嘉靠在霍总身上的那一刻，图上男人高大，女人娇柔，姿势无比亲密。

网上立时喧嚣一片，在震惊之后，一股脑儿对言卿掀起嘲讽，笑她一个替身多可怜，人家霍总前脚刚走，后脚就对别的女人来者不拒。霍总根本没对她认真，当个宠物，心情好了宠两下而已，她还真拿自己当霍太太了。

不等言卿把爆料消化，跟她同组的阮嘉就突然往她跟前一靠，随即大叫着摔倒，哭着怒视她：“你怎么伤人！”

因为正在寻找食材的过程中，言卿手里拿着一个小铁锹，这时候被阮嘉利用，硬是把腿上划的口子赖到她身上。这段自然又被“恰好”拍到，迅速发到网上。

一时间，言卿恼羞成怒，在录制现场恶意伤人的消息不胫而走，还配上“不小心”流出的阮嘉腿伤照，白皙皮肤上的伤口分外狰狞。

阮嘉正当红，粉丝无数，同仇敌忾，恨不得手撕了言卿。言卿到达《夜夜笙歌》还不满二十四小时，就成了被疯狂攻击的众矢之的。她的微博大号在林苑手里操控着，林苑翻了一下最新私信，就被不堪入目的脏字和经恶意后期处理的黑白照刺得眼皮直跳，不敢想等霍总知情的时候会是什么反应。

林苑沉声道："别慌，我们的人已经在控评，我先用你的名义发微博，宣告她腿伤的事和你无关，但暧昧照……霍总是当事人，他不发声，你不适合介入。"

她放缓语气："我还是希望你告知霍总，也问问清楚到底怎么回事。"

林苑心里是有一点担心，虽然可能性极低，但万一真的……

言卿缓过气，揉揉不自觉泛红的鼻尖，从椅子上站起来："问什么，问他是不是出轨了？他哪受得了这个，立刻就得包机回来。再说我也没慌，做他老婆连这么点定力都没有，不是等着让人看笑话。"

她推开小院子的门，径直往不远处乱糟糟的拍摄现场走，阮嘉正在里头，哭哭啼啼地让助理上药，尽情给人拍。

言卿冷冷抿唇，她老公让这种人给碰了？！

别的或许可以忍，网上骂她她也习惯了，但是霍云深遭了染指，她不当面呛回去她不配做霍太太！

言卿气势汹汹往人群里走，还剩下不足五米时，有道身影却比她更快，骤然冲进包围圈，挨个儿拽掉在拍摄的手机，转头跨到阮嘉面前，端起旁边一瓶子消毒用的医用酒精，照着阮嘉就浇上去。

"你还有羞耻心吗？打你我都嫌脏了自己的手！你为个女一号做出这种龌龊事情，把脸皮撕了到处扔，也不怕污染环境！倒贴完了还在这碰瓷，不先照照自己的德行吗？瞅瞅你那能穿针引线的毛孔，还好意思假冒言卿？也不怕晃瞎霍总的眼睛！"

全场呆滞，空气凝结，谁都没料到会出现这种惊悚场面。拍摄暂停，摄像机早关了，手机也全被打落，所有人措手不及。

阮嘉气疯了，仍在强行维持人设，大哭道："你……"

"还敢废话？！我告诉你，你那腿早就伤了！别以为我没看见！"

阮嘉登时脸色一变。

言卿目瞪口呆，卡在人群外进也不是退也不是，她想好的那些貌似很厉害的话，在这位姐姐面前毫无战斗力。

但问题是，帮她骂人的这个，就是之前在网上不止一次针对她的许茉涵啊，重点提防对象，怎么转眼之间成了战力强劲的友军？！

许茉涵一拨长发，冲阮嘉甩了个白眼，转头看见言卿，疾步走向她，借着混乱，把她拽到一边墙角，瞪着她的脸仔细打量。

看了几秒，许茉涵的眼眶猛地一红，抱住她呜咽："真是我家的小云卿。"

"你是……"

"小没良心的把我忘了。"许茉涵不禁泪如雨下，"你大学就我这一个闺密，你每次上课偷跑跟霍云深约会，都是我悄悄帮你搞的假条！"

言卿被突如其来的故人轰炸，呆了半天："……那你还在微博上'内涵'我挑事！"

许茉涵哭诉："那是在帮你！霍总让我憋着别找你，先扮好一个反派，是为了放大《青丝》和你的直播效果，能逆袭得更爽！他的话我敢不听吗？"

言卿攥着双手，难怪……

难怪许茉涵多次挑衅，霍云深都忍了，还愿意让她来参加这档节目。原来都是他默默为她铺好的坦途。

"我不只现在不敢，以前他只是个骑着重机车来学校接你的普通人，我一样不敢啊……"许茉涵声音渐低，"我早就知道，他把你看得比命还重，所以阮嘉爆料的那些鬼东西我死也不信，以他那样的人，把心都掰碎了给你，换成任何别的谁，在他眼里根本不存在。"

言卿看着许茉涵，明明陌生的脸在隐约变得可亲。

透过她，言卿恍惚见到当年大学门口，梨花飘落，高挑的男生穿一身黑色，五官凌厉，落拓地站在花下，对她笑着张开手，唤她"卿卿"。

这段突如其来的记忆让言卿想哭，又无比欢喜，她最近梦很多，总能看到深深，是不是有恢复的希望了……

言卿迫切地想要顺着记忆回想时，脑中却陡然间尖锐地一疼，她疼到冷汗溢出，浑身脱力，捂着额头慢慢蹲下。

酒店顶层的私密会客厅内，霍云深从软椅上起身，并未对面前这位泊伦的年轻当家人表现出任何过多在意，简单颔首，直接离开。

"霍总，我们明天继续？"

霍云深驻足，略一回眸："我可以，但也要看你的诚意。"

对开门无声开启，霍云深踩在柔软的地毯上，后面紧跟上来的大股东压低声说：“霍总，泊伦把价格咬得太紧，是场硬仗，能不能签下来就看明天了。”

霍云深睨了他一眼，没说话，挥手示意闵敬，闵敬熟练地把一群随行人员散开，独自陪他到下榻的房门前。

“国内怎么样？”

闵敬一顿，反应过来深哥是问言卿，但他的所有精神都绷在跟泊伦的这场面谈上，想来才一天过去，出不了问题，于是低声回答：“都好。”

嘴上说着，心里仍莫名担忧，打算等深哥休息就立即去确认。

霍云深进入房间，落地窗外是陌生城市的繁华深夜，他打开手机，没收到任何卿卿的消息，指尖不禁僵了一下，他看了一眼时间，给她打电话，无人接听。

他马上去拨第二遍，听筒里再次传来忙音时，桌上待机的电脑突然响起一声提示音，右下角弹出一封匿名的新邮件。

霍云深目光扫过去，瞳孔一瞬收缩——

他的对公邮箱，发来的却不是数据，不是公式化的英文，标题只有两个字，卿卿。

霍云深死死看着那两个字，有预感一般，脑中最脆弱的那根神经在短短一刹那紧绷到极限，被某种窒息感扼住咽喉。

他一动不动盯了十几秒，鼠标移过去，点开，里面有一句话：“你的卿卿真美。”

另外附加两段视频文件。

霍云深的眼角传出撕裂般的疼，他把光标最后落在视频的播放按钮上，画面顿时铺满整个屏幕。

不是现在的言卿，是三年前的云卿，还存着少女的稚嫩，头上绑着他亲手选的发带，细嫩的脸颊被霍临川狠狠掐住，激出殷红的血色。云卿激烈反抗，一口咬上那只手，男人愤怒地甩开，把她摔到墙边，她的头撞上桌角，抱着膝盖慢慢蜷下去，哭着叫了声“云深”。

下一段自动播放，是消瘦的云卿被困在诊疗床上，头上连着仪器，被几个全副武装的护士强行灌药，她剧烈地咳嗽，嘴角溢出血，灌药仍然不停，直至她从前清润的嗓音变成凄厉的嘶哑。

黑屏，再也没有其他的。

闵敬没走，就站在霍云深房间外的走廊里，面无血色地飞速查看着网上洪水般的虚假消息。他的心沉到谷底，不敢隐瞒，正极力措辞，隔音很好的门内，猛然间响起惊天动地的巨响，像有什么沉重的东西被重重摔到四分五裂。

闵敬连忙扑上去拍打门铃。度日如年的几分钟过后，门被拉开，他悚然对上一双血红的眸子，挤入耳中的，是霍云深扭曲的嗓音：“回国。”

第五章
穿云过雨，去你身旁

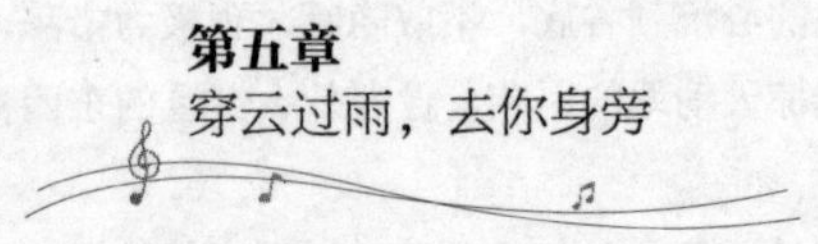

闵敬已经太久没见过霍云深这个样子，上次目睹，还是云卿的死亡公告送到他手上的那天。他原以为深哥动怒是看到了网上的绯闻，但面对面的一刻，他就知道不对，那些东西再可恨，也不会让深哥失控至此。

闵敬压抑得喘不上气，艰涩地说："哥，现在已经接近凌晨了，明天还要跟泊伦的人继续……"

泊伦的这份合约有多重要，他再清楚不过，一旦出现差错，很可能给霍氏带来巨额损失，美国市场等于中途放弃。董事会那群老家伙看似低眉顺眼，但也是基于深哥各方面碾压的基础上。如果深哥的威势有所动摇，难以预料局面会发生什么变化。霍氏至高的这个位置，从坐上去的第一天开始就是烈火烹油，没有一分一秒容易过。

霍云深厉声重复："现在回国，别让我再重复！"

闵敬倒退了半步，咬咬牙关，无条件执行霍云深的吩咐。他坚信深哥的决定一定有理由。

他不再耽搁，迅速落实行程，回国的航班在一个半小时后，他争分夺秒给霍云深收整物品，一眼看到翻倒的桌子，碎裂的鼠标，以及电脑屏上显示的那封邮件。他头皮登时一炸，搞懂了根源在哪儿。

果然还是事关云卿……

可深哥就那么决绝，一天，甚至半天的谈判时间都不能留吗？

这次来纽约，霍云深身边随行的人，从大股东到特助，加起来十余个，半夜里被告知霍总紧急回国，明天跟泊伦的面谈取消。一行人脸色俱变，大股东当场跳脚，整层酒店亮如白昼。

泊伦那边也得到消息，多次来确认是否属实，闵敬扛着重压，一次次给出肯定答复。

出发前，霍云深眸中还带着暗色的血："我做什么，轮不到你们来反对。"

大股东瞪着他丝毫没有迟疑的背影，梗着脖子冲口说道："霍云深，你别忘了自己是什么出身，从弃子爬到这个位置，没有根基给你依靠，你这么肆意妄为，跟泊伦的合约打了水漂，还以为能坐得稳？！"

霍云深一步没停，直奔机场。除了闵敬紧跟着他，其他人一个没带。

"查邮件来源！"

"明白。"

车上，霍云深第三次打言卿的电话，响了许久她才接起来，好像急匆匆刚拿到手机，还带一点喘："深深，我刚才在拍摄，你怎么这个时候给我打电话？美国应该是半夜了，你还没休息吗？"

听到她的声音，霍云深被勒紧的心脏终于透进一丝氧气，却搅起更多疼痛。

视频里她的绝望嘶哑，和听筒中带着一丝沙哑的声音重叠。重逢以来，他一直知道卿卿的嗓音变了，原因猜测了无数，却怎么也想不到，是那些药，一次一次灌入她的口中，硬生生伤了声带。

霍云深尽量表现得正常："你一条信息也不给我发，我没法休息。"

言卿正坐在床上，她头疼到短暂地失去意识，才好转不久，此刻正在许茉涵和林苑的紧迫盯人下撑着头，"身残志坚"地撒娇："没空嘛！你不也忙，合约谈得顺利吗？"

霍云深"嗯"了一声："顺利，就是想你。"

言卿也不知道自己什么情况，最近每次头疼头晕之后，就变本加厉地想他，发自本能地渴望挨着他。

像在……预示所剩不多的亲密。

她精神一凛，呸呸呸，什么鬼话，疼傻了吧，这要是被深深知道，他不得气死。她就是记忆受刺激，引起一点精神衰弱，以前太阳穴也疼过很多次，不算稀奇，寻常反应而已。

言卿又想到网上那些破事，还有刺眼的绯闻照片，闷闷地说："我也想你。"

想老公快点回来，把真相公开。不然……那张照里面的暧昧姿势她看得刺眼，安慰自己再多，也还是难受。

车飚着高速抵达机场，霍云深没跟言卿提自己连夜返程的事，挂了电话，沉默地上了飞机。起飞的轰鸣声里，闵敬瞄着他冰封的侧脸，心沉到谷底。

真走了，跟泊伦的合作彻底没戏。老大临场离开，还怎么可能达成合作。后面将会有多大的暴风雨，深哥要怎么应对……

繁华城市在脚下渐渐变成光点，闵敬实在熬不住问："哥，邮件不能算是冲着太太来的，应该威胁不到她的安全，你就甘心放弃泊伦？"

不光放弃泊伦，等同于放弃了他在霍氏维持许久的绝对权威。

霍云深的五官沉在黑暗里："放弃又怎么样？"

闵敬急死了，把泊伦的重要性一一阐明，希望深哥能有所补救。然而下一刻，他听见霍云深漠然的几个字："谁告诉你的？"

闵敬一惊。这还用告诉？泊伦的意义，他天天跟着深哥出入，都亲眼看着啊！

但片刻之后，闵敬忽然头皮一麻，起了一身鸡皮疙瘩，他不由得变了调："哥，你的意思是……不是那么回事？！"

霍云深的眼瞳里烧着暗红的火："我从没说过，泊伦对霍氏有任何决定性意义。"

闵敬一下子冷汗都冒出来。凭着跟深哥出生入死的经验，勉强拼凑出原委，深哥的确以最高级别的规格在对待跟泊伦的合作，整个霍氏为了这一单都绷紧了弦，甚至也包括他这个贴身特助在内。他算是最了解深哥的人，都自动给泊伦安上了美国市场生死存亡的角色，那其他股东，那么多高层呢？只会比他想的更严重。

深哥本就是少言寡语的暴力实干派，谁也不会指望他多说什么，所以理所当然认定了泊伦的无可取代。

他自己不也是私下分析了一堆，何况别人？但事实就是，深哥确实从未亲口讲过。

闵敬嗓子干哑，又隐隐亢奋起来：“哥，你从最开始就是有意的？！”

霍云深冷笑：“平静太久，早就有人忍不住，如果今天随行人员里不存在内鬼，谁又能把时间点掐得那么准，发了这封邮件。”

闵敬如醍醐灌顶。

董事会慑于威势，看似对深哥言听计从，但几位有话语权的大股东本就是霍氏的旧部，多数都曾拥护霍临川，格局颠覆后，难保不会有人表面恭敬，内里存着二心。如今通过太太的事，霍临川这个名字又开始浮出水面，而可能与他有关的人，自然也得到了蠢蠢欲动的时机。

既然如此，深哥便顺水推舟，主动给他们时机暴露。泊伦的确重要，作用却是扫清异己；而霍氏一整片海外市场的生死存亡，他从来不曾失去掌控。

闵敬胸口胀得要爆，深呼吸一口气问：“邮件是专门发的，为了让你失控，丢掉合约，难道绯闻的事也……”

霍云深猛然转头：“什么绯闻？”

闵敬一愣，被死亡预感击垮。他完了，他竟然一直没来得及跟深哥说网上的事，现在在飞机上，也什么都做不了……

闵敬硬着头皮，每讲一个字，就见霍云深攥着的拳收紧一分。午夜的航班上，等闵敬叙述完，只剩让人窒息的死寂。

霍云深一言不发，目光定在窗外无边翻滚的漆黑中。

他急于铲除集团内的隐患，就是为了不让卿卿受伤害，无论霍临川是否还活着，他都要把相关的人一个个揪出来。对方摆明了要报复，他无所谓，只要卿卿在他怀里，他就无坚不摧。

只要她在。

长达十四个小时的飞行，霍云深始终睁着眼，直到接近海城时，才半睡半醒地堕入梦里。卿卿乌黑的长头发散开，穿素净的裙子站在他前面，他伸手去抓她，才发现是多年前。

那年卿卿快要高考，模拟成绩一直是全校第一，能考去任何一个她向往的名校；而他连考试的资格都没有，是个别人眼里永远没未来的渣滓、狂躁的疯子，不是个正常人，站在卿卿身边，是在玷污她。同学都在议论，卿卿那么优秀，一定会甩掉他。

他不在乎别人说，但他怕卿卿真的嫌他，远离他。他原本就配不上。

那一段时间，是他对“分离”最惧怕的日子，他夜不能眠，把她死死看着，病态得不许她提起大学，恨不能将她攥在手心里，一眨不眨盯着她。终于在高考结束的那个傍晚，卿卿对他说：“我们谈谈吧！”

她没有笑，很严肃。

他绷紧的神经顿时崩溃，脑中有声音告诉他，卿卿是来斩断关系的。她答应过等高考结束上了大学，就考虑接受他的感情，可到头来，不管他怎么恐惧，她还是会食言离开他。

他发了疯，转身就走，不肯听她说出那些残忍的话。卿卿拽住他不放，他恶狠狠看向她，她却目光很软，轻声说：“云深，我就在这里，说话算话。”

然而这一句救赎，在霍云深的梦里破碎，她仍是那样娇俏站着，仰脸看他，声音换成如今的微哑。

她说：“深深，对不起，我要走了。”

霍云深惊醒，眼前一片模糊，衣领被不自觉滑出的汗迹沾湿。

“深哥，马上降落了。”

霍云深合眼，吞咽着口中的苦涩，哑声说：“调停车场监控。”

《夜夜笙歌》的场面已经铺开，没发生致命性问题，拍摄就得继续。

距离绯闻爆料过去一天了，霍总那边还没出面发声，节目组的态度也有了微妙变化，把言卿跟许茉涵分到一组，换了较难的任务。

阮嘉见许茉涵拿不出什么证据，就继续趾高气扬，把自己当主咖。她得到的效果简直超出预期，话题爆了一整天，剧组正在积极跟她接洽，在节目里也开始被优待。

原来蹭上大佬这么爽。

两个助理给她遮太阳，她撇着嘴角说：“还以为言卿多受宠，不过如此嘛，霍总当时对我没好脸色，结果也没怪罪，到现在不出面，就是纵容我了吧！”

“当然了，我们嘉嘉的伤没白受。”

“言卿已经被分去做脏的任务了，在田埂里挖野菜呢！”

三个人笑作一团。

阮嘉得意："快点上微博看看，再给我念几段讽刺她的评论。"

话音未落，两个助理的手机相继响起。其中一个接起来，听筒里立时爆出歇斯底里的骂声；另一个手一抖挂了电话，页面停在微博首页上，显示超过九十九条新内容。

她一点刷新，一串明晃晃的截图直逼眼帘。

"完了……完了！"

阮嘉把手机抢过来："说什么呢！"

她定睛去看，第一眼就是一张被截取出来的动图。图上，是跟偷拍照片完全不同的角度，能清清楚楚看到她的动作，她穿着类似云卿的裙子，故意倒向霍总，可连摸都没摸到他一下，就跟跄着差点摔倒。

她有多少主动，男人就有多厌恶鄙夷。后面还附着她被车角划到，霍总的特助下车，把她赶走，蹲下去擦拭车门的羞辱画面。

阮嘉手腕颤抖，哆嗦着往下翻，见到了这些动图的来源。

霍氏官博，在五分钟前公开发布了事发当天的停车场监控，并且强调，是霍总为了保证太太安全，在节目录制范围内新增的数个摄像头之一拍下的内容，阮嘉之流并不知晓。不仅澄清了所谓的暧昧照，还丝毫不留余地，坚决表示会对阮嘉的不自重行为问责到底，并对恶意中伤言卿小姐的账号进行法律追究。

账号的名单生成长微博，密密麻麻，竟是一个也不打算放过。

阮嘉脸上血色褪尽："怎么会……怎么会这样！他看在我公司的分儿上，也应该留点情面啊！我，我可以配合澄清说是误会！给言卿道歉也行！"

电话里的经纪人咆哮："你也不看看对象！谁在霍云深的跟前能谈得上面子！你等死吧！"

不远处的田埂上，许茉涵把装菜的篮子一丢，接过助理火速送来的手机嗷嗷直叫："我就说吧，那个小人蹦跶不了多久！"

言卿穿着中袖的盘扣上衣，长发松松绾着，裤腿卷起，露出白皙纤细的小腿，赤着脚踩在微湿的泥地里，努力挖萝卜。她闻声，起身有些急，身子晃了一下。

许茉涵吓一跳，赶紧过去扶她："是不是还没好？晕得厉害？"

言卿晃了晃头，皱眉抬眸，看了许茉涵片刻，奇怪地问：“你是谁？”

许茉涵呆住了。

她又望了望四周，含糊地喃喃：“这是哪儿啊？”

“卿宝！”

言卿被许茉涵的声音震了一下，低下头急喘几口气，忍过最眩晕的一阵，头脑渐渐没了被扣紧的麻痹感。她有些虚弱地笑笑，推推许茉涵：“怎么啦？你怎么像看怪物似的看我？”

许茉涵急忙追问：“你刚才说什么呢！”

言卿迷茫：“没有啊，你不是边刷手机边喊我，怎么了？”

许茉涵舔舔唇，也有些怀疑是自己听错了，见她没什么异常，就把注意力回到霍氏的回应上，激动地把手机亮给她看。

“霍总根本没叫那女的碰到！”

言卿抿抿嘴角，正好林苑也扬眉吐气地来送手机，言卿赶快接过来捧到眼前，还不等去看霍氏的声明，就见一条特殊关注的新微博跳出。

她心一颤，迫切地点开。

是霍云深的认证账号，在一秒钟前发布微博，就一句最简单的话：“老婆，对不起，我知道得太晚了。”

言卿不禁咬住唇，把手机握得发烫。她的消息提醒早就爆了，不用看也猜得到，全是骂她笑她的，一整天过去，她以为不在意，没关系，但直到这一刻，看见他的只言片语，才觉得深藏的委屈全面爆发，汹涌地冒出来。

他到底还是在国外知情了，但愿不会影响他的正事……

她不要做什么红颜祸水。可是想他，分开并不久，却想得不知所措。

偌大拍摄现场又乱成一团，有哭喊，有惊叫，吵吵嚷嚷地震着耳朵。

言卿忍着眼里涌动的热意，想装作云淡风轻，说两句让身边人放松的话，跟她相对站立的许茉涵表情突然变了，微微张着嘴，惊讶地瞪着她身后的方向。同一时间，言卿也隐约察觉到气氛不对，那些杂声小了很多，数不清的目光朝她汇聚过来。

田埂的地上有泥，湿软，脚步声会被弱化，但言卿还是听见，有人在一步一步向她靠近。她眨了眨眼，心里跃上不可能的期待，指甲下意识掐进手心里，慢慢转过身。

竹宁镇的太阳很烈，晃过她的眼睛，她看到男人高大的身影逆着光，走到她的面前。她唇动了动，说不出话，溢出一点轻微的哽咽。

男人俯下身，一只手揽住她的背，一只手托起她的膝弯，直接打横抱起。言卿的小菜篮掉在地上，脏兮兮的脚蹭过他价值不菲的裤管。

她不敢相信，定定地望着他。

霍云深手指收拢，把人用力禁锢到怀里："别怕，老公回来了。"

言卿不觉得自己是个娇气的人，尤其进入娱乐圈之后，起起落落经历了不少，被千夫所指也学会了淡定应对。可唯独霍云深，他一出现，哪怕就三言两语，也能轻易把她撑起的壁垒打破。

她本来挺稳的一个人，被他往起一抱，完蛋了，立马变成娇滴滴的矫情精，金枝玉叶小公主，养尊处优霍太太，受的那点委屈难过，恨不得原地扩大几万倍。

被他给溺爱坏了。

霍云深盯着她泛红的鼻尖，唇移过去亲了亲，低声说："是我不好，让卿卿受委屈了。"

言卿眼眶一热，也管不了四周有多少人在关注，环住他的脖颈儿，把脸靠在他温热的颈窝里，沾着泥的手到处乱碰，把他衣服也弄脏。

爱拍就拍吧，反正这是她名正言顺的老公，自己宣示主权，一群心术不正的小妖精就不敢明目张胆地惦记了吧！

霍云深抚慰地贴贴她的额头，回过身，扫了一眼身后那群战战兢兢的节目组负责人。

"霍总，抱歉，我们不知道您会过来，没及时出去接……

"太太……录得很顺利……"

这话一说，张嘴的人都不由得心虚。

今天是最后一场收集食材的拍摄，田埂这边是泥地，环境不好，女明星都不爱来，他们想着绯闻的事霍氏既然不出面，没准儿阮嘉真能上位，毕竟大佬的心思谁也猜不准，这才把言卿给安排过来。哪承想正撞了枪口，还撞得头破血流。

看眼前这情景，霍总分明是如珍似宝地护着。

一帮在综艺圈里有头有脸的人恨自己眼拙，悔得想撞墙，大气都不敢出一下。

霍云深冷声问了两个字："顺利？"

空气像在结冰，风雪欲来。

言卿不想他当众动气留人话柄，小声说："深深，光着脚有点冷，我想先洗洗。"

霍云深视线转向她雪白的两只脚，沾满污泥和碎菜叶，虽然竹宁镇气候暖，但地上还是凉，她足尖冻得泛红，小巧的指头可怜地微微蜷着。

言卿如愿被抱走，百忙中还回头朝许茉涵递了个安抚的眼神。许茉涵神清气爽，回她个飞吻。

霍云深把言卿送回她住的屋子，放在小床上，起身找盆去接热水。他试好水温，蹲下去，握着她冰凉的脚等到回暖，才小心放进盆里，清水当时就灰了一片。

言卿不好意思地缩脚："我自己洗。"

霍云深抓着不放，他手掌宽大，轻而易举让她动不了，有些粗糙的指腹在她皮肤上一寸寸摩挲，带起难忍的酥痒。

言卿耳朵发热，带着鼻音问："你怎么回来了，不是要四五天吗？"

霍云深避开邮件的事："待不下去了，想见你。"

"那合约谈好了吗？有没有耽误？"

他避重就轻："放心。"

视频的画面，飞机上让人肝肠寸断的梦，重新摸到卿卿的真实感，无一不在霍云深胸中灼烧。他眼帘垂下，掩饰着情绪，不能吓到卿卿。

霍云深动作轻柔地给她洗干净脚，把一双小巧的脚捧起，继续用体温焐着。

言卿身上热度回升，用脚掌蹭蹭他的手："深深，节目我还是想继续参加，不然这件事哪怕我们是受害者，恐怕也会被曲解成临阵脱逃、耍大牌之类的，我不希望再对你有任何的负面影响。"

"老婆说了算。"

"还有阮嘉，我希望她录完这一期。"

"好，一分钟都不会少，"霍云深抬眸凝视她，"尤其是后面的竞演，她必须反复体会什么叫自取其辱。"

只是他来打脸怎么够，要拿到舞台上，让卿卿亲自踩，堵上所有非议。

言卿连解释都不需要，老公就懂了，她心里头舒畅得不行，忍不住拿脚尖戳戳他，半真半假地埋怨：“霍先生，那张借位照拍得太亲密了，我还吃醋来着。”

霍云深望着她说：“卿卿，我是你一个人的，吃醋的滋味太辛苦，你不需要，我尝就够了。”

在阮嘉被响亮打脸，全网群嘲的时候，《夜夜笙歌》的制作班底也被大换血，节目原内容和模式保持不变，但整体替换成了更有保障和口碑的幕后团队。

两天三晚的上半期生活篇录制结束，到了后期阮嘉哭成泪人求着退出，被勒令强行走完流程，她的公司一声不敢吭，龟缩得彻底。阮嘉还喊：“公司里有高层误导我这么做的，我连经纪人都没告诉，现在他们不管了！”

没人再听她一个字，都知道霍氏让她留下，就是为了把她彻底钉上耻辱柱。

言卿和许茉涵这一组超额完成了任务，新歌创作也水到渠成。阮嘉的精力全用在碰瓷上，早安排了枪手代劳，如今只好赶鸭子上架，拿着完全不熟的歌去参加下半期竞演。

经过短暂的修改和编曲期，《夜夜笙歌》首轮主题原创曲的竞演在万众瞩目下拉开帷幕。六位歌手根据上半期完成任务的排名依次抽签，分别进行演唱，由现场的观众评审团投票，决定名次，排末尾的淘汰。

也不知道是凑巧还是节目组故意，阮嘉倒数第二位出场，言卿则是最后一个，挨着。

录制开始之前，许茉涵做好艳丽的大波浪造型，去言卿休息室串门，被霍太太越发升级的美貌惊得吸气。

“上学时候你就超美，偷看你的男生能绕地球三圈。”许茉涵啧啧称赞，“要不是你家不良少年的气场太强，估计表白的要把宿舍门踏平了。”

言卿笑着捏她。

小姐妹之前的感情是很容易建立的，何况许茉涵这里存着她珍贵的大学时光，那一年跟霍云深的所有事，她都迫不及待想听许茉涵讲。许茉涵一开始顾忌着霍总的话，怕她听多了神经会有负担，但架不住仙女眨巴眼睛一直问，就越说越多。

开录在即，许茉涵问："霍总今天不来吗？"

"应该不……"言卿还没说完，休息室里时时传输前台的电视屏幕上，恰好从舞台换到了观众评审席。

最前排中央，男人端坐着，面容沉静，正直视镜头。

"这么高调！"许茉涵捂胸，"不愧是他！"

言卿被意料之外的"糖浆"淹没。

大骗子，还说他忙，不能来，结果这么明晃晃被拍，摆明了又要宣示主权。言卿想到自己在他出国两天里写的歌词，有些脸红，又抿唇笑了。

《夜夜笙歌》的赞助商资金足够给力，节目组将舞美做到极致，首期就奔着全国顶尖的水平去，在这种氛围衬托下，第五个上场的阮嘉狼狈不堪。

她本就是强撑一口气，在见到前排的霍总时一下子崩溃，整场表演严重滑铁卢。不等她下去，网上就爆出了她雇枪手买歌的"实锤"证据，彻底沦为全网黑。

言卿在最后一位出现。她慢慢走入追光，微鬈的栗色长发铺在背上，穿着细吊带的刺绣长裙，肤色胜雪，皓齿明眸。

导播特意切给霍总镜头。霍总慢条斯理从口袋里掏出一个闪光的"卿宝"发卡，面无表情戴在了头上。

尖叫声立刻响彻演播厅。

言卿微怔一下，波光闪闪的杏眼随即弯成两道月牙，被摄像机用大特写清晰捕捉。

伴奏响起，她手扶话筒架，轻吟浅哼。

在唱到高潮时，她水润的目光跟霍云深相撞，对他唱：

"随星逐光，随月流淌。在雾里徜徉。

想穿云过雨，披星戴月，去你身旁。"

当天的录制，言卿以绝对优势战胜其他嘉宾，坐上了首期竞演的第一位。

下半期竞演的演播厅设在海城，不需要再辗转奔波，等拍摄结束，霍云深一分一秒都不耽搁，即刻把老婆拎回家。

言卿在车上睡得迷迷糊糊，她最近好像越来越嗜睡了。到了家里，言卿趴在霍云深怀里，脸枕在他肩上，在上楼的几分钟里差点睡着，她不甘心倒下，努力睁着眼。

“我可能是准备舞台表演太累了。”她温软地咕哝，“还能坚持。”

霍云深把她放到床上，用被子裹紧：“乖，先睡，我去书房开个视频短会，等你醒过来，我也好了。”

言卿甚至来不及答应，意识就陷入深渊。

锁着记忆的闸门被冲撞得扭曲变形，试图跟现在的意识融合，在一次比一次惨痛的失败后，换来的是对她精神的超负荷重压。似乎她每听闻一点过去，每想起一些碎片，都是在攻击自己不堪承受的神经。

什么时候开始这样的……好像是，从霍临川这个名字被她记起，就打破了某道禁制，回忆变成负担，在逐步对她施刑。

言卿思绪混乱，感觉到有些重要的东西在消失，她控制不了，挣扎着醒过来，满头是汗地陷在被子里急喘。她有点蒙地盯着墙上的壁纸，许久后又转向柜子、窗帘、顶灯和床头桌上的相框。

照片里的两个人无比亲密，一个是她的样子，另一个……言卿看了足有三分钟，骤然一颤，脱力地舒了口气。

她睡晕了，怎么对着跟老公的合照发愣。

言卿伸手把相框拾起来，爱惜地摸了摸上面霍云深的脸，才揉着额角爬起来。她睡了两个小时，深深还没上来？

言卿下床出了卧室，轻手蹑脚上三楼，书房的门果然虚掩着，里面溢出灯光。

就去偷看一下，工作中的深深绝对帅爆了，舔个颜再撤。

言卿踮着脚凑过去，扒着门缝看到霍云深坐在大椅上，电脑的冷光映着他凌厉的五官，他没戴耳麦，扔在一边，声音从里面隐约传出来。

“霍总，泊伦的合约以高出我们一成的价格签给别人了，这个后果是您临时回国，中断谈判造成的，您应该不会否认吧？”

言卿扶着门框的手一抖。他……临时回国，中断谈判，合约根本没有签！因为她的事？

言卿鼻子发酸，脚步不小心一顿，碰到了门，霍云深立刻看过来，眼神微跳。

见他神色波动，不管多少人在另一端与他连线中，直接选择中止会议，言卿更难过，攥着拳疾步回卧室，“砰”地关上门，急得来回绕圈。

他怎么能为了她的小麻烦，丢下那么重要的事情回国！还骗她，让她放心！

言卿分不清自己是急的还是气的，想好好质问他，但等到他的脚步声传来，即将进门时，她又说不出口，干脆往窗边小沙发上一坐，头也不回。

“卿卿。”

不理。

他走近，手按住她的肩膀，力气很重。

言卿挣开。她心里头堵得慌，不想讲道理，不想做温柔小媳妇，就想闹脾气作天作地一次，让他长长记性，明白他有多任性。

过了片刻，他低声问：“卿卿，你不信我吗？”

“信不信不重要！”言卿吸吸鼻子，“我就是不想搭理你！那么大的事，你说回来就回来了，真的不怕出问题吗？霍氏被你搞破产了怎么办？！”

她激动地说完，等了好一会儿发现没动静。霍云深不回答了，连呼吸声都几乎没有。

言卿咬了咬唇，手指蜷起来，一股脑儿发泄完了，心倒忍不住在抽缩。

她怎么能凶他啊，还说不想理他，明明知道都是刺激他的话。

言卿把嘴唇咬出牙印。她不是怪他，是心疼，舍不得，为他不值，怕他因此受伤害。可是她蠢啊，拿最不应该的方法对他……

言卿强忍着，想等他先说话，等了半天无果，熬不过悄悄回头，震惊发现霍云深背对她坐在床沿，头微垂，背影清冷孤伶，整个人陷在台灯晦暗的影子里。

她心都让要碎了，她是疯了吧，怎么能欺负他！

言卿猛地站起来，踩着地毯快步朝他过去，他眼睫毛压低，暗影斑驳，侧脸寂寥脆弱，一个人沉默着，一声不吭。

她看得越清越想哭。深深是为了她才回国的，结果被她劈头盖脸地指责，她应该相信他的能力和决策才对，可关心则乱，把他给伤了。

罪不可恕！

言卿跑过去，蹲下抱住他的腿蹭：“深深……”

她仰脸去瞧，他眼里发空，黯然地扭开头。

霍云深的嘴唇抿成线，感受着腿上柔软的触感，不确定自己为了哄她故意卖的惨还能支撑几秒。

她又蹭了……

霍云深气血翻涌，手用力攥着。最多十秒。

十。

言卿后悔死了，脸挨在他膝盖上，抱得死紧。

霍云深合着眼忍耐。

八。

言卿初步撒娇无果，选择爬上他的腿，软软地靠着他的胸口。

霍云深额角在跳。

五。

言卿一边柔声念叨着“我来理你了，愿意听你跟我讲了嘛”，一边亲亲他发凉的脸颊。

霍云深准备把她抱住。

二。

言卿没办法了，直接捧起霍云深的脸，强势地亲上去。

霍云深马上要搂住她的手再也克制不住，把她用力抱在怀中，几天里所有克制的不安，怕失去她的恐惧，都在这一刻爆发。

言卿有段时间没被霍云深这么狠地抱过了，骨头传来熟悉的微痛，她安慰地摸他的脊背：“深深，你别难受。”

霍云深拥着她问：“担心我会破产？”

言卿顿了一下，想起这句话确实是她讲过的，她忽然睁大眼，在他后颈上惩罚地一捏：“霍云深，你该不会以为我在乎你的钱吧？！我说怕霍氏破产，是不想你那么辛苦经营的家业因为一点小事毁掉，被那些远不如你的人质疑！”

她对耳麦里的话耿耿于怀。霍云深应该是站在最高处运筹帷幄的人，怎么能叫人用那种语气质问。

“但是你也听好了，”言卿郑重地说，“如果真的破产，挽回不了，我能养得起你，我会写歌会唱歌，大不了多上点节目，虽然赚得不多，估计住不起这么大的房子了，但也绝对不会让你无家可归。”

她保证："至少，我能给你小小的一个家。"

霍云深怔怔地箍着她，视野逐渐模糊。

三年来那些撕裂的伤口，狰狞地盘踞在心底，每每翻起，都锥心刺骨般疼。他丢了唯一爱的人，他没了家。以为到死都将被遗弃，不敢奢求真的能重新找到她，终于她再一次对他说，要给他一个家。

霍云深嗓音有些哑："我很容易养，不吃不喝都行，你要我就好。"

他不想卿卿再忧心，又说："可我一样不会让你无家可归，放心，不管是临时回国还是那份合约，都没有脱离掌控，往后一段时间可能会不太平，记得你老公赢得起就够了，一直瞒着你是怕你乱想，刚刚没有立刻解释是因为……想勾引你来哄我。"

言卿提着的心这才放下，又不禁想笑，推开他的肩："原来霍先生这么有心机，故意装可怜骗我的。"

霍云深亲她的嘴角："想骗你的在乎，骗你心疼我。"

言卿澄澈的眼睛看着他，小声说："我愿意受骗。"

后半夜，言卿躺到他臂弯里昏昏欲睡时，记起很快要到的大日子，轻轻问他："深深，后天就是你的生日了，你有没有什么我可以实现的愿望。"

"有。"他说，"我想让你更爱我。"

他对她永远贪婪，像总是饥饿的重症病人，渴求她能给予更多。

第六章
如果爱忘了

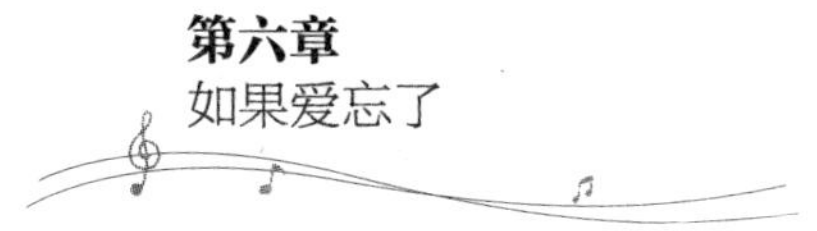

因为阮嘉的全网黑和封杀雪藏，《夜夜笙歌》的热度在原有基础上又上一层楼，正片还没播，就霸占了一连串的社交媒体话题榜。紧接着古装剧的正式预告片上线，《青丝》作为片尾曲，也公布了制作完成的正式版，比起当初截取片段，整首歌更胜天籁，配上精良画面和偶尔穿插的言卿录音特写，一上线就抢占热门。

言卿对《青丝》是完全沉浸式的唱法，嗓音契合，情感共鸣，犹如洗涤了尘埃的净水，明澈清润，又夹着冲刷来的细沙，分外抓耳。

“我起鸡皮疙瘩了！”

“不说唱功有多好，光是这个嗓子、这个意境，圈里都找不出和她相似的人了吧！”

“我现在信了，有的人真是老天爷赏饭吃，天赋摆在这儿，再怎么黑也挡不住。”

“扬眉吐气！本来就是木棉粉，全网骂她偶像失格借机上位的时候我哭死了，小姐姐明明是实力唱作歌手的水准！”

言卿长发盘起，裹着浴巾趴在按摩床上，堵住耳朵：“宝贝儿，别念了！”

她的床在中间，左边床上的许茉涵一听，拍桌而起："云卿你个小没良心的，你管我都没叫过宝贝儿，你叫她？！"

右边床上的欧阳揉揉短发，意犹未尽地关了微博，斜眼："我跟卿宝一起录节目的时候她就这么叫，哪轮得到你这妖精来反对。"

言卿被低眉顺眼的按摩师轻柔捏着，两边摆手，雨露均沾："都是宝贝儿，好了吧！"

她也没料到，许茉涵跟欧阳是认识的，欧阳自从《巅峰少女》录制结束签给霍氏，成团活动以来，因为圈子不同，跟她联系就被迫减少了。直到和许茉涵相认，许茉涵提起跟欧阳过去曾在同一公司待过，有些交情，在《巅峰少女》期间，她就多次找欧阳追问言卿，还嘱托欧阳照顾，只是碍于霍总在中间，不敢擅自联系。

到了许茉涵在网上做反派针对言卿的那几天，欧阳不明原委，以为许茉涵来真的，还跑去低声下气求她不要欺负言卿。最后终于三方会师，搞了半天两边全是言卿的死忠小姐妹。

小姐妹难得有时间能凑到一起，约泡澡，约按摩，言卿记忆里还没跟朋友出去玩过，有点激动地和霍云深提起。

霍云深摸她的头："想去哪儿，我安排好，你什么都不用准备。"

言卿好奇："钱也不用带？"

"不用。"霍总浅笑，"霍太太为所欲为，有老公在后面买单。"

于是就有了百忙之中的这一个下午，言卿懒洋洋躺在软床上，还想着这家许茉涵口中贵到办个会员还需要身份认证的所谓高端店，按摩师的手法跟她老公可差远了。

许茉涵伤感地撇嘴："也别争了，霍总一出马，咱们都是妾。"

欧阳叹气："说得对，我还是接着念评论吧，我最爱看那群人对'深情夫妇'的激情表白。"

近来霍总持续高调，恨不得把言卿捧起来给人看，长眼睛的都知道豪门小娇妻正当盛宠，替身做得风生水起，羡煞旁人。

夫妇粉也在洪流中异军突起。

"没有我们不能追的夫妻！"

"尤其正主甜到震惊娱乐圈，就是爱磕这种替身'梗'，虐恋情深，搞不好哪天就拜拜的夫妻简直不要太带感。"

言卿笑，眼帘有些沉：“你没看到‘深情夫妇今天离婚了吗’的微博？每天都超多转发、评论和点赞，等我被霍总扫地出门。”

欧阳想说话，许茉涵忽然“嘘”了一声，探究地问：“卿宝，你又困了？”

言卿微愣，她还真的睁不开眼，但刚到的时候已经睡过了，实在不该困，更重要的是，她潜意识里，似乎在极力抗拒这种频繁的睡眠。

许茉涵说：“你最近很嗜睡，从上回头晕开始，好像越来越明显了。”

欧阳和许茉涵对视一眼，惊叹了一声，压低音量：“我说卿宝，你不会是怀孕了吧？”

言卿神经一炸，霍地坐起来：“啊？！”

两个八卦精全凑上来：“头晕，嗜睡，精神不济，可都是怀孕的早期症状。”

言卿双手捂上平坦紧致的小腹，脸色爆红，磕磕巴巴地说：“不可能啊，我们都有……那个……”做措施的。

“任何防范都不是百分之百的，万一呢？”许茉涵动作迅猛，暗中叫贴身助理送了验孕棒过来，推着言卿去卫生间。言卿还真的慌了，研究了一下用法，紧张到口干舌燥，盯着验孕棒的小窗口好几分钟，最终显示未怀孕，换了个其他牌子，也是一道杠，没有受孕迹象。

言卿倒被搞得失落起来了，处理了验孕棒后，出来跟她们说：“真没有。”

许茉涵和欧阳不清楚她记忆受损到什么程度，依然坚持认为有这个可能，认真叮嘱：“说不定是着床晚，测出来的时间也会比较晚，你多注意休息啊！只要‘大姨妈’没来，就不能下定论。”

“对了，我记得霍总的生日快到了吧！”许茉涵神秘微笑，“你准备送他什么？”

言卿还惊魂未定，如实说：“他应有尽有，我没什么可送的，做了手工，还给他写了歌。”

许茉涵细长的手指打响：“这下好了，说不定多个小宝贝。”

姐妹聚会六点钟结束，言卿往车里走时心神不宁，虽然觉得可能性为零，可又忍不住暗暗多了丝期待。

如果真的……不知道深深会不会开心。

言卿嘴角不自觉挂了笑，刚拉开车门坐进去，就被一双手臂拦腰抱住，男人身上清淡的木质香侵入感官。

她惊讶："你怎么来啦？"

霍云深捏她的脸："跟她们聚会这么高兴？出来了还在笑。"

言卿抿嘴，怀孕的事纯粹捕风捉影，她都不敢信，怎么能讲给他听，只是说："我是因为你要过生日才笑的，今晚十二点一到，深深就长一岁了。"

霍云深在她弯弯的唇上吻了一下。

到家以后，霍云深自己下厨，站在料理台前手起刀落，给卿卿猫做私家小烤鸡。言卿在客厅眼巴巴瞧着，厨房灯光明亮，老公挺拔的身影立在那儿，围裙绑带系在腰窝的凹陷处，显得腰劲瘦紧窄，无比诱人。

她有片刻的恍惚。

以前的老房子里，厨房还很小，远比不上现在的面积，工具也简单。她那时上大学，和他住在一起，他出去拼命赚钱，回家以后就挽着袖子认真研究做菜，手上割出了无数的口子。

两道身影瞬间重叠。

霍云深忽而回眸，翘起嘴角："来，给你切了水果。"

言卿的眼睫毛湿了，扑上去揽住他的腰。心里猛烈翻滚的爱意，仿佛在和什么可怕的东西冲撞，激得她惶恐不安，只想用尽力气抱他。

晚饭过后，言卿很想清醒，但困意又找上来，在被许茉涵她们提及怀孕之前，她本想把这个情况跟霍云深念叨念叨，但现在……

万一呢，怎么也要确定了再和他讲。

霍云深看出她犯懒，摸摸她的额头："有没有不舒服？"

言卿摇头："想小睡一会儿。"

霍云深把她送上楼，调暗灯光，还是不放心地给她测了体温，又按摩太阳穴，直到她安静睡着，他才皱眉抬起身，走出卧室，拨通何医生的电话。他终归是难安。

何医生接得很快："霍总，是太太怎么了吗？"

霍云深沉声道："偶尔头晕，容易困。"

何医生思虑片刻："我按您的吩咐，正在找当年可能对太太实施过催眠的那个医生，目前在旧金山，有些眉目，会尽快返程，等我到国内，您带太太来做个检查。”

霍云深刚挂断通话，闵敬的信息进来：“哥，我在外面，例行汇报。”

霍宅别墅的庭院中，闵敬捏着资料，见霍云深的身影走近，忙打开车门，迎他上去。

车内空间里，闵敬逐条陈述集团内的动向。条理清晰地讲完，他看着霍云深半垂的眼，愤愤道：“泊伦的合约用只高我们一成的价格签给别家，明显是随行团里有人泄露了机密！赶得这么急，生怕你转过头再有机会补救，摆明了就是让你丢掉美国市场，想拿这个借口把你赶下台。”

霍云深不语。

闵敬问：“哥，我们什么时候反扑？”

霍云深冷声道：“还早，让他们尽情折腾。”

闵敬惦着自从回国后，集团里和那个所谓上流圈中的风言风语，他眉头紧皱，转念又想到深哥的全盘打算，心重新落下，低低地说：“邮件的来源目前还无法定位……”

霍云深毫不意外，推门下车：“继续查。”

卿卿在他的身边，他牢牢守着，这些龌龊东西，有的是时间去收拾。

霍云深走出两步，闵敬追下来，笑着说：“深哥，今年我能说了，生日快乐。”

过去那么久，唯有云卿跟他恋爱那段时光，他的生日是可以被提及的，代表着美好，其他时候，都是不能触碰的痛苦雷区。

霍云深难得朝他弯弯唇：“这个月奖金翻倍。”

春夜的风在变软，霍云深抬头望向二楼，盯着卿卿正在睡的那扇窗。

他童年的生日是霍家用来谈生意办酒会的借口。从妈妈死在他面前开始，他变得阴郁沉默，连借口的资格也不再有了。

一个个暗无天日的年月，每到生日这天，都是女人死去的惨状，他出生的日子从来不值得庆祝，挤满了她的怨愤和仇视。

被逐出霍家，他在冰冷的小屋子里野蛮生长，挨打流血，变成别人眼里无恶不作的疯子，除这一晚如期而至的噩梦会提醒他之外，他早忘了什么生日。

偏偏十来岁的少年，最爱拿生日做噱头。

同学总有人在办宴会，请吃饭，送礼物，他只会走在冷透的夜里，坐在空无一人的路边发呆一晚上，有时霍临川还会故意挑这天来找碴儿，他就不要命地还手，静静看着自己的血往下流。

直到那一年，他收到了生日礼物。

女孩子娇嫩的手，用毛线织了一只很威风的小猫头，忐忑地放到他手里，笑眯眯地说："霍云深，生日快乐。"

他被一个小摆件烫得剧痛。千疮百孔的心死也不要去相信她的温柔，他紧紧攥了小猫几秒，扔进垃圾桶，冰冷地看她："我没有生日！"

她的睫毛在颤，声音很轻："我只是想告诉你，你的生日有人记得。"

他的拳头捏得发疼，眼睁睁看她默默走开。

夕阳洒落的学校走廊里，清洁工人来收垃圾桶，他疯了一样不给，抢过去把小猫翻出来，放到水龙头下面一遍遍地洗，洗到毛线脱色，才带回自己的小屋子，压在枕头底下反复地摸，不舍得入睡。

第二年的生日，卿卿不理他了，把他当成陌生人。他去她楼下，一动不动守一晚上。深夜时，她拉开窗帘，丢下来一块没有奶油的小蛋糕。她的脸一眼都不给看。

他无声地笑，把蛋糕捡起来搁在怀里，当成宝贝。

后来卿卿终于答应他，他幸福到手足无措，提前好多天就盼着他从前深恶痛绝的生日。霍临川却找了一群人来堵他。

他失了约，在夜色里拼命打架，想快一点，再快一点去找她。

那个晚上他拎着棍子弄倒了那堆渣滓，腿也被弄伤，走路吃力，每动一下都疼得出汗。他慌忙洗脸，换一件干净衣服，跑到约好的地方，血滴了一路。

卿卿还等在那儿，身旁却站着喜欢她的高中班长。

她总是温柔的，对谁都会笑。两个人并肩待在一起，她对别人仰起脸的美好画面，把他饱胀的心脏捏出伤口。

班长在说：

"我看见他出去打架了，估计不会来找你，你何必呢？

"那种人，大家都躲着，你怎么偏偏死心眼儿？

"云卿，你别害了自己，选谁都比选一个精神不正常的疯子要好。"

他腿疼得没了知觉，定定地盯着她，他知道他现在的样子肯定可怕，眼眶灼烧着，表情凶狠，手臂上青筋暴突，谁见了都要避开，躲他远远的。

卿卿扭头，看见他了，咬了咬水红的唇，有些赌气地转身往反方向走。

他拖着伤腿，尽量不表现出异常，在后面跟着她，想追上她跟她说，他没有那么坏，不是故意去打架来晚的。

他盼这一天，已经盼了好久，他还从没有过一个可以庆祝的生日。但腿太疼了，怎么快也赶不上，他有些脱力时，卿卿忽然在前面停下，他竭力追过去，在路灯下把她抱住。

“你怎么……不走了？”

她抬起红通通的眼睛：“我在等你啊，害怕你追不上。”

那晚的风也柔软，她挤进他怀里，轻轻说：“霍云深，无论别人怎么说，我都喜欢你。”

她认真地看他：“全世界，只喜欢你一个。”

霍云深凝视着二楼那片暖光，眼尾微垂，露出笑。

等卿卿醒来，也会对他这样说的。

霍云深上二楼，言卿还在睡，眉心拧着。他换了衣服，躺到她身侧，把她搂在怀里，一下一下轻拍，唇落下，从她的眼帘吻到鼻尖，在唇上流连。

十二点过了。霍云深忍不住加重了吻，言卿颤巍巍抬起长睫毛。

他指腹抚过她的嘴唇，沙哑地唤她：“卿卿。”

言卿眼神空洞，直直地看着他，脸颊一点点变得苍白。她手忙脚乱挣脱开，胡乱抓起枕头，毫不留情地打他，声音变了调：“霍云深！你怎么会在我床上！”

卧室里灯光昏暗，空气中还浮着言卿身上的暖香，她入睡前，答应着醒来给他庆祝生日的语气和神情，仍然鲜活地历历在目。

但此刻，一切都像梦，被最残酷的方式打碎，冻结成冰。

几个小时前说爱他，会给他一个家的人，现在举着枕头，重重地砸在他肩上，枕套两边装饰着女孩子喜欢的钉珠，有一小片刮过他的脸侧，划出一道鲜红的血痕。

霍云深感觉不到疼，他一眨不眨盯着言卿，嗓音发颤，又叫了她一声：“卿卿。”

“不是说过别这么叫我吗？”言卿瞪着霍云深脸上那道血口，眼睛睁得很圆，里面满溢着慌张，把失手伤人的歉疚淹没，“你怎么能这样！”

她刚醒过来，太阳穴里针扎一样刺痛，神经仿佛错乱地缠在一起，互相拉扯，折磨着她的意志。

言卿费力地望着眼前的男人，屏住呼吸。她记得，她才刚跟他领证住进这个别墅，提前讲好了各睡各的，他绝不会越界，怎么一睁开眼，他居然躺在她身边，紧紧抱着她，更过分的是……她好像还被他亲了。

这个人完全没诚信吗？就这么随随便便地对她，把她当成什么了，亏她之前还那么信任他！

言卿抓着被子把自己裹紧，拼命往后退："霍云深，你私自上我的床，说好改口又乱叫这个名字！你要是这么没分寸，那咱们婚前签的合同有什么用？不如等天亮就赶紧去离婚！"

她的脸上是拒绝、排斥、不喜，拒他于千里之外。她说离婚。

本以为再也不会经历的痛苦，眨眼之间重来，化作嶙峋的巨石，全部压向霍云深。他愣愣地看着她，浑身冷到刺骨，十指是僵的，一丝也抬不起来。

"老婆，"他张开口，哀求她，"别吓我，我经不起吓了。"

言卿迎着他爬上血丝的眸子，恍惚以为回到了当初救下他的大桥上，他也是这么狂乱的眼神，能把她拆吞入腹，又哀戚得像个被遗弃的病人。

她有些怕了，心底却涌起不知名的酸疼，眼泪无意识地流下来。

疼？她疼什么，快点躲开才对。

霍云深明显不正常，明明他破戒在先，结果一副受害者的样子，好像要对她发疯。

"是你在吓我！"言卿唇色泛白，防备地怒视他，"我就不应该相信你在合同上写的那些，我更不适合和你住一起，你今天太过分了！"

言卿不再和他讲道理，跌撞着下床，拖鞋都来不及穿，光着脚往外跑。

男人粗重的呼吸声带着战栗，在身后极度危险。她刚跑出几步，还没摸到门，就被突然起身的霍云深一把扣住，他勒着她的腰往回拉，她惊得急喘，转瞬跌回床上。

霍云深按着她，冰冷的手掐紧她的下巴，逼她跟他对视。他脸上流的血滴到她耳畔，嗓子扯裂一般嘶哑："言卿！"

言卿感觉到那一点温热的红，只是轻微擦过了她的皮肤而已，却犹如烧着高温，把她身体都要灼穿。

“你放开我。”这种感觉太不对劲了，言卿惶恐地极力推他，“放开我！你是变态吗？哪有出尔反尔欺负……”

“唔”的一声，她所有说不完的话，都被吞入男人的口中。

他狠狠吻她，近乎凶蛮地索求，他每一呼一吸，都搅起似哭一样的气音，重重碾磨她的唇舌。

言卿半睁眼，一下看得清他，一下又模糊。她的睫毛濡湿，身体在发热，甚至发自本能地想去搂他的脖颈儿迎合。

疯了……他疯了，她也是。

言卿狠心咬他，尝到咸涩的血腥味，哪知道他像没有痛觉，丝毫不停，她咬得更重，等到他不得不松了一丝力量，她立刻挣扎起来，泪眼婆娑地朝走廊逃。

她没办法心平气和跟他说话！先离开这儿，回《巅峰少女》节目组，去哪儿都好，反正不能留下。

言卿进了走廊就被逮住，她根本拗不过男人压倒性的力气，被他强行抱起来。

“霍云深你这个疯子！你正常点行不行！”

霍云深盯着她，嗓子哑到话都说不连贯：“我是疯子，我不正常，我变态，可怕，不能信我，不能理解我，不能和我住在一起……”

每个字都是言卿说的，但被霍云深一个一个亲口重复，言卿狂跳的心脏像被捣烂。

霍云深托着她，指尖陷入她的皮肉里：“我一直都是这样的，从以前到现在，没有好过，可你要我，你说你爱我。”

言卿呆怔了，头脑忽然眩晕，条件反射般挣脱他。

霍云深膝盖弯折，搂着她直挺挺跪在地毯上。他汗湿的额头埋入她的颈窝间，咬着她的肩膀，牙关颤抖：“卿卿，你想想，想想我是谁。”

“你别忘了我。”他拥着她，似要把她的骨头捏碎，“今天是我的生日，你答应你睡一下就会醒的，醒了要对我说生日快乐，会告诉我，这一天有多好，不是地狱……”

他全身冰冷：“卿卿，求求你，别让我下地狱。”

言卿不知道自己怎么会哭得止不住，她耳中的异响如洪钟，眼前渐渐发黑，想攥住霍云深的衣服，又无力地放下，瘫在他胸前。

“霍……云深。

“云深……

“……深深。”

她含糊地嗫嚅了几声，很快安静，软成一团。

霍云深抱着她，咬紧的齿间终于泄露出一丝哽咽。

他把她送回卧室，用被子裹好，擦干她脸上的泪痕，一只手攥着她，另一只手吃力地按亮手机。电话接通后，何医生先张嘴：“霍总，我已经在回国的航班上了，马上关机，明天落地后联系您给太太做检查。”

“她的记忆，”霍云深尽力说得流畅，“在短睡之后回到了几个月前，现在失去意识。”

何医生失声：“什么？！”

霍云深渐渐无法克制：“她有没有危险？”

何医生深呼吸几下，冷静地问：“霍总，太太近来想起过过去的事吗？比如什么关键点？或者说，你是否和她频繁提起以前？她对你的感情是不是又有明显加深？”

霍云深一句一句回答何医生的问题。

“想起过细节，她经常梦到，乐观地以为是要恢复记忆。

“关键点……记起了一个特殊的人。

“我没有对她讲过去，怕她承担不了，但是，”他赤红的眼睛凝视言卿，“可能有别的人说。”

“还有，她爱我。”

何医生心中沉重，他一直忧虑又不敢轻易提的事还是发生了。

他凛然道：“霍总，你听我说，从你第一次带太太来找我，我就跟你讲过，她的神经已经非常脆弱，每走一步都是如履薄冰，这么长时间是靠她的意志和情感，才有了今天这种不敢想的进展。但是同时，她也在承担相应的负荷。”

“她的真实记忆被限制着，因为渴望想起，一直在无意识地冲击那道闸门，等于是自残。”他肃声道，“每次想起一点，甚至对你的感情加深一点，都是在刺激薄弱的神经，到了承担不了的那天，她的记忆自然会混乱，可能退步，也可能以后的某一天，她会完全想不起，回到她记忆被改变后的那一瞬间。”

因为旧的记忆被封存着，新的记忆又坍塌，人脑在极端崩溃时，会回到被催眠设置好的原点。

但“一个特殊的人”存不存在关窍，太太往后会不会有更极端的发展，何医生不敢在这么紧急的关头轻易下定论。

他笃定地说：“暂时放心，太太这种情况是第一次出现，短时间内不会有危险。”

“让她多休息，千万不要受刺激，她目前的记忆是混淆的，每次睡眠都在变化，再醒来的时候，她可能还会忘，也可能记起来，对自己刚做过的事毫不知情。总之，等我回海城再细谈。”

霍云深没有停顿，不管现在几点，还是联系了许茉涵。

许茉涵胆战心惊：“霍总？！”

“你是不是对卿卿讲了以前的事？”

许茉涵听着他的语气，冷汗当时就下来了：“是，从跟她相认，她就嚷着想听大学时候跟你的故事，我舍不得拒绝她……”

霍云深冷厉地质问：“她有没有异常反应？”

许茉涵知无不言：“相认那天，她那种眼神，好像透过我看到以前的你，昏倒了几个小时，后来经常头晕犯困，她不让说，我就……”

霍云深合了合眼，五指被手机硌得发白。

寂静的夜里，床上的人并不安稳，额角细细密密地沁着汗。霍云深掀开被子，把言卿裹入臂弯，他有几次张开了口，忍不住想叫她一声，又咬住牙，嘴唇也被磨出血痕。

凌晨三点，言卿终于平静，秀气的眉舒展开，吐息也不再急促。

霍云深下床，离开卧室，瘦削的身体有些摇晃，慢慢走入走廊尽头的露台。春天的风还是冷的，楼下有长亮的灯光，那片庭院，卿卿头发飞扬地跑过，院中有秋千，他专门给她架的，她经常懒懒地窝在上面，裙角飘荡，张开手笑着喊他“深深”。

霍云深无声无息地笑，眼眶里却有滚烫的液体落入黑夜。他抬起手，拿着沿路上翻出的烟盒。

很久没抽烟了。从前混日子，活着跟死了一样，那时抽过，卿卿不喜欢，他马上就戒了。后来卿卿消失，他无数次坐在家门口，点着烟看它燃烧，盼着卿卿看到，来骂他，嫌弃他。

霍云深垂眸盯着跳跃的火，点燃。辛辣的烟气呛入喉咙，他捂住嘴，沉闷地咳嗽，脊背弯下，薄薄衣服掩不住骨节的形状。

言卿在卧室里按着额头坐起来，天旋地转。她静了好一会儿，总算把脑海里翻腾的杂乱画面给压下去，缓缓恢复清明，她反应有一点慢，仔细打量了一圈周围，又拿手机看了看时间。

三点十分……下午？

言卿蹙眉想了想，再看了一眼天色，突然“啊”了声。是凌晨！她晚饭后就睡了，到现在才醒？！

老公呢？凌晨三点不在床上，他去哪儿了，天哪，她这个没良心的，她还想着十二点一到马上给他过生日，结果居然拖到现在！

言卿急忙下床去找他，刚出卧室，就远远看到通往露台的门半开着，里面隐隐有光。她小心翼翼靠近，没想到会看见霍云深抽烟。

他孤单地站在夜风里，身体也像被穿透，指间的烟仿佛染血的眼，在沉默地灼烧成灰。

她怎么能让他……有这么伶仃的时刻。

言卿摸了摸眼角莫名出现的泪，轻轻靠过去，抱住男人冰凉的背。霍云深僵冷得像是一尊雕塑。

她不禁抱得更紧：“深深。”

言卿觉得她一定是幻听了，竟然……听到了一声低哑的哽咽。

“深深，我醒了。”她有点鼻音，“你是不是怨我睡得太沉？”

霍云深回过身，将受伤的半边脸藏在阴影里，缓缓摇头。

言卿踮着脚亲亲他的下巴，补上迟来的一句：“霍先生，生日快乐。”

霍云深冰块似的指尖触碰她的脸，低声央求：“卿卿，我想听你说爱我。”

言卿环着他的腰，声音很甜，郑重其事地表白：“霍云深是天底下最好最温柔最英俊的男孩子，我爱他。”

她眼眸如月，一如当年在校外街边的晚上，轻轻说：“全世界那么多人，我只爱这一个。”

月亮被云遮住，光线很暗，气温也低。言卿只穿了一条睡裙，手臂冻得有点发红，她也不在意，就那么全神贯注地注视着霍云深，认真对他告白。

霍云深摁灭了烟，俯身去搂她，身子僵硬得厉害，他力气控制不好，把她勒疼。

“我知道烟味难闻，你不喜欢。”他浸在她头发的香气里，“忍一忍，别推开我。”

他咬字困难，说一声，言卿心口就酸痛地抽一下，果断回抱住他。

推开他？说什么傻话。

言卿感觉得到霍云深的反常，肯定不是她睡过头这种普通原因。她刚想追问，就被他抱起来大步往回走，等重新回到卧室里，她才吃惊发现，他脸颊边竟然有道新鲜的划伤。

“怎么弄的？”言卿抓住他，着急地去摸，“我睡之前还好好的！”

霍云深用手掌蒙住她的眼睛：“不小心弄的，别看。”

他不让她有乱想的机会，低下去重重亲吻。唇舌交缠间，言卿尝到他口中明显的血腥味，甚至还有像是咬出来的破口，她试图拉开一些距离确认，却被他更强势地摁住，不容反抗。

言卿是隔天一早才不经意发现枕套钉珠上的血迹，深深脸上的伤。她偏爱这种带小装饰的家居用品，但也反复确认过正常使用不可能伤人，要弄出那么大的口子，除非专门拿它去划。而且他口腔里的伤口位置无法自己咬到，更像是接吻时被她……

言卿有了某种恐怖的预感，忙转过身想问个究竟，却看到霍云深闭着眼，呼吸沉重，眼下有明显的青色。

她没舍得出声，忍着惊疑，安慰自己多半是紧张过度了。如果她记忆又有了问题，还出现攻击性的异常举动，怎么会毫无所觉，一点印象都没有。先别自乱阵脚，也许都是意外和巧合……

言卿重新靠进霍云深怀里，为了安抚他，也为了安抚胡思乱想的自己，很小声地给他唱了首老歌。

“……时光停在你眼里，害怕得不敢声息，我好想住进你的灵魂里。

轻抚着你的头，睡吧，我在你梦里。

不管醒在哪里，宝贝，我记得你。”

她唱了好几遍“我记得你”，没看到霍云深的眼睫毛略微抬起，一动不动地凝视她，直至漆黑的瞳仁被水雾覆盖，看不清情绪。

他不着痕迹地抱紧她。

婚礼已经暗中准备了大半，星云间那套顶楼的婚房里，在言卿不知道的时候，被霍云深换上了满眼的红色，床上铺着他选好的几套婚纱，落地窗边也摆了象征圆满的喜烛。

以前他是个声名狼藉的疯子，带她住狭小的出租房。卿卿展开白色丝巾围住细腰，歪着头笑着问他："你看，像不像婚纱？"

现在他有了真正的嫁衣，只想跪下求她别忘。

如果忘了，他就用那些洁白的纱绑住她，关在他一个人的世界里。

当天傍晚，何医生抵达海城，立即给霍云深打了电话报告行踪，接着马不停蹄赶回私人诊所，安装这次带回来的几组最新的辅助治疗设备。

霍云深接到消息的时候，言卿正系着小围裙在厨房里亲手做蛋糕，她从凌晨醒来到现在一直坚持着没睡，注意力有些涣散，难以集中，忙几分钟要休息一下。

言卿侧头瞄了瞄老公，趁他不注意，手速飞快地上网搜索，百度显示她现在的症状也属于怀孕的初期反应之一。

完蛋了，她被小姐妹们的推测给严重影响，越看越像。

言卿内心波澜壮阔，脑洞也跟着无限扩大，虽然目前验孕棒还是没变化，但不妨碍她脑补，什么鲜红两道杠，老公的反应，后面的节目要怎么录，全想了个遍。

她也许真的给深深怀了个崽！即便清楚现在不是什么好的时机，但光是这件事……想想就让她甜到忍不住笑。

她满脸通红地捂着小腹时，霍云深放下手机，声音绷得异常紧："不舒服？"说着要抱她去休息。

言卿赶紧摇头，忍着不表露心思。不过……老公从凌晨起，对她的态度确实过度紧张了，而且他的诸多伤口也没个答案，再怎么问，他还是之前的解释。

霍云深把她手里的裱花袋抢下："卿卿，先停下，我们出去一趟。"

"出去？蛋糕才做了一半。"

"不急。"他这一天分分秒秒都像站在悬崖边，唯恐下一个瞬间，怀里的人就会再一次横眉冷对，跟他说尽诛心的话，"何医生刚回国，添了些新器械，想尽快给你做个例行检查。"

言卿想了想，不舍地把半成品蛋糕罩起来，点头同意。毕竟她现在可能怀着宝宝，她也希望能提前确认自己的精神状况。

晚上八点，霍云深自己开车，带言卿抵达何医生的诊所，一路上不过半个小时的车程，她头脑浑浑噩噩，始终不清明。

言卿在流水般的街灯里，扭头去看霍云深的侧脸。那让她迷恋的脸，今夜显得格外冷硬，被明明暗暗的波纹晃过，又生出难以名状的脆弱。

她摸摸他的手背："深深，我不会有事的，你别担心。"

霍云深反手攥住她的手，骨节发白。

何医生做好了一切准备工作，一见到言卿略显失焦的眼睛就蹙了眉，他默默跟霍云深对视一下，脸上笑容可掬："太太不用在意，只是普通的检查，很快。"

五层诊室被单独开辟出一个区域，陈列着崭新的器械。

不等言卿感觉不适，霍云深将她翻转过来，搂入怀里："闭眼，别害怕，我在。"

他把她打横抱起，放上诊疗床，让她枕着自己的手臂，再一抬头时，他眉宇间再无一丝柔软，凝着逼人的暴戾。

何医生一凛，神色更为凝重。

说实话，比起太太的记忆退步，他此刻更忧虑的是霍总的状况。他无法忘记两年前初次见到霍总时，男人把自己关在密不透光的房间里，高大的身体挤在最狭小的角落，一身的血污，有些是跌撞伤的，有些是呕出来的，几乎不成人形，只有一双攻击性极强的眼睛赤红带泪，还勉强像个活人。

霍总盛名在外，没人知道他深夜蜷在黑暗里，生不如死。

那时闵特助说："深哥不想死，他还有事要做，拜托你救他。"

霍总幼年心理创伤严重，少年时又经受长期的暗示引导，精神极度偏激和孱弱，千辛万苦得到唯一能救他的药，却又失去。他为了找她多撑了两年，到现在再度面临打击，何医生也不敢说，一旦太太的记忆崩盘，霍总能不能受得了。

何医生给言卿注射针剂，让她安稳下来，在确保她听不到的情况下，才沉声说："霍总，一定有办法的，你别忘了，太太爱你。"

如果不是她足够爱，根本走不到今天。

半个小时后，在霍云深喑哑的喝令下，何医生一头汗地选择暂停，靠着椅背喘了几口气。言卿的反应比前几次更剧烈，在他试探着触及“霍临川”的存在时，她表现出过激的抵抗，跟他的预想完全契合。

迎着霍云深的视线，何医生不得不实话实说。

“霍总，我先道歉，对于我上一次下的结论，必须要补充一点，对方给太太进行催眠暗示的过程里，催眠师其实是分成了两个不同的深度，深层催眠是我之前说的，想完全恢复记忆，要触发一个特定的条件，目前我们还不确定是什么，但在此之上，还有另外一个浅层催眠——

“目前看来浅层催眠解开的口令就是‘霍临川’，他早就预计到了你们会重逢的情况，大概也想到太太会重新爱上你，心有不忿，所以把他自己的名字当成了一道浅层的口令，一旦进展到太太想起‘霍临川’，就等于自动解开了那道浅层催眠，会以此为起点，随着她对你的感情加深和想起往事，导致逐步记忆退化、混淆，直至回到被催眠的原点，抹杀掉你这段时间找回的一切。

“当然，如果太太完全健康，霍临川的目的很难实现，他之所以能做到这些，就是很清楚太太的神经已经在他的折磨下不堪重负，容易受暗示，容易被摧毁。”

霍云深低着头，一直没有出声，整个房间只有他抠着的床沿发出的异响。

何医生不太有胆子直视他，低低地继续道：“太太嗜睡，头晕，是她在下意识地抗拒遗忘，可人在睡眠中最是不设防，再想阻止也无能为力，所以她的记忆混淆绝大多数发生在醒来后。”

“太太尽力了。”他见过的病例千奇百怪，却从未有过靠着一己之力扛到这个程度的柔弱女孩子，“如果不是她坚守，倒退几乎不可逆，不会像现在，她还能反复地想起来，给你安慰。”

“只是以这个进度，她总会走到彻底想不起来的那天。”

偌大的诊室里空气凝固了。

霍云深把言卿从诊疗床上扶起来，把她的长发捋顺别到耳后，半晌后，他艰难地开口：“除了遗忘，还有什么后果？”

何医生了解的类似病情，结果个个触目惊心，他不忍一股脑儿都说出来，给霍总雪上加霜。何况太太的进展不会那么快，还有时间。

“不好说，现在她的遗忘是不可避免的，你要时刻做好心理准备。”何医生长叹，“霍总，我知道你的心情，但是别在她清醒时告诉她，也别让她看和以前记忆相关的东西，避免刺激加速。”

“有没有治好的办法？”

“有。”何医生坦诚，“就一个，解开那道深层催眠，让她完全恢复过来，就不会再受任何影响了，不过……”

深层催眠的口令是什么，知道的人，也许只有霍临川和当时实施的催眠医生本人。

能达到这种程度的医生，国际的顶层小圈子里就那么多，他奉霍总的命一直在找，终于查到蛛丝马迹。有位深居简出的德国医生已销声匿迹三年，因为公开出现极少，医术成谜，人又低调，直到近期才被圈内人想起。但要找到，还需花上一段时间，他希望太太能等得到。

霍云深把言卿裹好，搂到腿上。

霍临川真是对他恨之入骨，从幼年被差别对待的嫉妒和不平衡，到后来卿卿的选择，再被他废了身体，失去继承人的位置，直至坠落悬崖。

霍云深干涩的嘴角向上挑。

如果都是霍临川的设计，那么先是打算通过泊伦的合约，让他失去霍氏；再算准了卿卿会解除掉浅层催眠，忘记跟他重逢之后的事，让他痛不欲生；最后，如果想让卿卿彻底好起来，霍临川会让他做什么？

答案显而易见。

何医生盯着霍云深无声的笑，忽然间毛骨悚然：“霍总，你……”

“解开深层催眠的条件到底是什么，你猜不到吗？”

何医生屏息，听到霍云深说：“他想要我的命。”

言卿明明没有意识，但在听到霍云深的这句话时，她浑身一颤，本能地往霍云深的胸膛里钻。

何医生心脏狂跳，猝然站起来，顾不上身份，提高音量：“这只是你的猜测！我作为太太的主治医生，严正要求你，不允许擅自做任何损伤自己的行为！当初的知情人一定找得到，能问出一个准确答案！我们还有余地！”

霍云深拥紧怀中不安的人，目光转向窗外茫茫的夜色。

“你怕什么，我不想死。”

他垂下眼，看着言卿微红的鼻尖，声音很轻："我承诺她一辈子，我没了命，她想起来，你让她以后怎么办。"

霍云深抱着言卿站起身，没有表现出过度的情绪波动，堪称平静地扫了何医生一眼："我会多拨人手给你，接着找，你二十四小时待命。"

何医生后背的衣服都被汗浸透，连连答应，心却提得更高。太太接下来会频繁地忘记，伤害霍总的事更不会少做，他想一想尚且揪心，霍总本人又会是什么感受。

他宁愿霍总发泄，哪怕毁了他这里都无妨。但霍总偏偏压抑着保持冷静，就怕越是这样，爆发时越会失控……

言卿在一个多小时后醒来，霍云深搂着她坐在车后座上，门落着锁。

她眼神闪烁，本能地挣脱，霍云深冰冷的双手死死搂着她，几分钟后，她拧着眉渐渐平息，对刚才的陌生毫无印象，贴在他的脸颊边问："几点了？"

他说："十点半。"

"我就知道，"言卿笑得很甜，"生日还没过完呢，我不能睡，得回去继续做蛋糕。"

为了他的生日，她可以战胜本能。

她又问："何医生怎么说？我应该很稳定吧？"

霍云深抚着她单薄的脊背。临走前何医生千叮万嘱，不要告诉卿卿她记忆出的问题，这只会加重她的精神负担，除非她主动发觉。

他低声说："稳定，卿卿最厉害。"

言卿俏皮地眨眼："就只是厉害吗？"

霍云深沙哑地笑，指腹描摹她精致的眉眼："当然不是，还最美，最可爱。"

言卿仰脸，亲亲他的唇："奖励。"

她赶着时间回到家，把蛋糕做好，关了灯给他唱生日歌，陪他吹蜡烛，拍着手要求："快许愿，现在许的肯定能实现。"

霍云深看着摇曳的烛光，后面是他深爱的那个人。

是不是他太贪心，祈求她更爱他，才遭到了惩罚？

神明也好，妖魔也好，他愿意伏到泥土里去认错，只求他们不要把他的卿卿抢走。

第七章
软肋和铠甲

生日后的第五天，《夜夜笙歌》正式版预告片上线，剪辑了整集精华，甚至连霍云深在田埂上抱起老婆的画面都没有删掉，再加上竞演现场言卿无比惊艳的一小段副歌，毫无悬念地引爆微博。

连"深情夫妇今天离婚了吗"的博主，都在最新发布的一条"没离"后面加了二十来个感叹号，以示内伤吐血的心情。

下面的评论纷纷奓毛。

"我看霍总是想玩死言卿吧！这么无底线高调宠下去，结果只是拿她当个替身，简直不忍心想言卿被甩时候的惨状！"

"所以说他是极品渣男啊！上天入地也找不出第二个！"

"真的虐恋情深，想马上看凄惨结局！"

尤其是言卿对家的粉丝，这种时候迫不及待刷嘲讽，但也盖不住言卿凭光着脚丫挖萝卜和舞台上仙气四溢人间天籁的反差，相关截图和小视频冲上数条热门，她的粉丝数量火速往上蹿升。

不少网友先前还发过不待见言卿的内容，转头就后悔了，甚至把许茉涵当成榜样——瞧瞧人家，前脚对言卿针锋相对，后脚在节目见了面，秒变言卿死忠铁粉。

在大好开局里，《夜夜笙歌》第二期录制提上日程，林苑给言卿发来了详细的行程单，定下隔天出发。

出发的早上，言卿睁开眼，记忆回到了她跟霍云深重逢的第二天。

她在被锁住的三楼跳窗而逃，以死威胁，跑到《巅峰少女》节目组，却被他勒令干涉，险些让节目中止。然而一个恍惚，她就躺到了陌生的床上，身边铜墙铁壁禁锢着她的人，正是她好不容易才逃离掉的霍云深。

言卿无措地叫出声，甩开他的手臂，指甲上细小的装饰狠狠刮过他的皮肤。

“霍云深，你答应放我走的！结果拿假的DNA报告骗我，又把我弄晕带到这儿！”她双眼通红，像瞪着什么穷凶极恶的鬼怪。

霍云深抓住她乱动的手。

五天里的第二次了。上一次，她回到他被泼硫酸的那夜，对他尚有怜惜。可这一次不会了，她退到躲避他的那时，他是强迫她的变态偏执狂。

霍云深按着她说：“你失忆了。”

言卿一怔，继而更激烈地抵抗：“你醒醒吧！”

“该醒的是你。”霍云深极力克制着溃败的意志，强迫抱着她去镜子前，“看看你的头发长度，再看看这个家里的痕迹。”

言卿认定了他胡作非为，却在慌乱中瞥见镜中人。

她记得……她头发才过肩一小截，但现在……长了很多，还微鬈。镜面映出的人，也不是她记忆中的纯，平添了说不清的妩媚，既陌生又熟悉。

言卿摸着自己的脸，恍惚地去看四周，浴室里的用品摆放全按照她的习惯，再一抬头看到墙壁上嵌着的显示屏，距离她印象里的时间……

已经从去年的初冬，到了新年的春末。

她不可置信地转向霍云深，脸色煞白：“都是你弄的，你想用这个办法让我听话。”

言卿思维迟缓，转不过弯来，无助地流泪：“霍云深，你不能这样，我害怕。”

霍云深吻她的泪，被她胡乱推开。他闭了闭眼，打电话让人把欧阳和安澜带过来。

在这个阶段里，卿卿熟悉的，能够透露现状的，只有这两个人。

不到三分钟，闵敬回电："深哥，安澜生病住院，不宜跟太太见面，欧阳马上会到。"

言卿抱着手臂窝在卧室里，任霍云深怎样她都不肯挪动，受损的神经也远没有当初稳定，无法保持冷静，只知道他危险，是骗子，不能相信。

看到赶过来的欧阳，言卿呆住了。

欧阳在这几个月里从落魄练习生到出道偶像，形象、气质都变化非常大，绝不是几个小时就可以实现的。她知道整件事的来龙去脉，在来的路上已经组织好了语言，用最快的速度把几个月浓缩，将重点一一讲给言卿听。

言卿泪眼模糊地越过欧阳的肩膀，望向浴室门口站立的男人。他像座灰沉冷寂的火山，看似无声，却随时会爆发。

她怎么可能……是云卿，又怎么可能，会爱上他。

欧阳平常再帅，见此情景也忍不住哭，抱着言卿说："卿宝，别伤他，伤了他，等你清醒过来会心疼死。"

当天的行程被迫推迟，言卿的下巴垫在膝盖上，怔怔地看着手边的结婚证，她签过的合同，以及那张……她印了唇印的，亲手写下的字条。

"卿卿保证一辈子不离开霍云深，爱他疼他，一生做他的妻子。"

她动了动僵硬的身体，轻轻地说："霍云深，我不记得这些，你能不能……别勉强我？"

霍云深坐在她对面的地上，哑声笑："不能。"

言卿咬着唇，想到的仍然是和从前一样的办法："那我去录节目，行吗？"

至少能暂时避开他，因为她实在不知该怎么面对现在这种情况。

霍云深如影随形，守着她上车，发现她独自靠在边角，垂着头微微发抖。

她怕他。

霍云深的心早已四分五裂，缠着带刺的绳索，勒成碎块。

何医生的信息跳出来："霍总，尽量找太太熟悉的人在她身边，减轻她的不适感。"

霍云深眉宇间盘结着隐忍的风暴。闵敬没看到何医生的信息，但也想到了同样的事，犹豫了半天，还是打电话提醒："哥，太太这时候最熟悉的人……其实应该是贺明瑾。”

《巅峰少女》的成员，她不过是初识；安澜在住院，况且也仅是一面之缘；唯独贺明瑾，是三年来多次去看望她，对她好的人。

闵敬后颈发凉，真怕深哥大发雷霆。但等了一会儿，闵敬却听到他说：“把他叫来，让他临时做飞行嘉宾。”

霍云深的手一直攥着言卿，感觉着她的凉和汗，喉结艰涩地滚动几下，尽量平静地问：“卿卿，贺明瑾，你记得吗？”

言卿听到熟悉的名字，像抓到一根浮木，眼里一下子有了光。这一抹光，刀一样刺着霍云深。他的唇还是弯着：“想见他？”

言卿犹豫了片刻，鼓起勇气点点头，至少是熟识的人，总比面对霍云深要好。

霍云深把她的手托起，在细白的五指上微颤着抚摸：“卿卿见了他，就别怕我了，好不好？”

言卿被他碰触，脊背上涌起难以言明的酥麻，想到自己竟与他有过夫妻之实，更是浑身战栗，把手抽回去。

她也不愿这样，可此时此刻，她无法因为别人的口述就扭转心境，霍云深之于她，就是洪水猛兽。

《夜夜笙歌》第二期上半集的录制地在海城近郊，无须飞机，开车即可。到达时，贺明瑾的团队积极地等在那儿，他遥遥一见言卿，克制不住迎上来，又碍于霍云深的存在，不敢放肆。

他做梦也没想到还有机会能接触到言卿，且是在她失去记忆，不记得霍云深的情况下。言卿不知道他的秘密，在现在的她的眼里，他还是从前那个追求她、爱慕她的干净男人。

贺明瑾努力掩饰着热情。

言卿迫不及待想脱离霍云深的控制，不由得挣了挣被他攥紧的手，要朝贺明瑾过去。她回眸，有些胆怯地柔声要求：“你放开我。”

“放开？”

她奇怪地看他：“我要录节目了，你不该走吗？”

霍云深眼底堆着汹涌的情绪，咬肌绷紧，把她抓得更牢。那边节目组的导演过来战战兢兢打招呼，示意录制准备开始了。

言卿再一用力，终于把他推开，走向贺明瑾，迈开几步后，又鬼使神差地扭过头，撞上霍云深沁了血般的视线，戳得她心里一震。

她加快脚步，可等真的到了贺明瑾面前，又不知说什么好。

贺明瑾低着头："言言，你别慌，我保护你。"

霍云深一言不发立着，耳机连接贺明瑾身上的监听器。人群在渐远，纷纷扰扰的身影遮挡着他的爱人和其他男人，那男人在说，"我保护你"。

霍云深绷到极限的神经传来崩溃的嗡嗡声，每一个断口都异常锋利，落入胸腹，绞着五脏。

言卿不远不近地走在贺明瑾身边，并没找到她以为会有的亲近感，她踢着石子，小声问："霍云深会不会难为你啊……"

"无所谓，"贺明瑾不知有监听，激动难抑，"你需要我的时候我一定在，他怎么对我都没关系，他本来就是个疯子。"

他顺着她的记忆，急切地问："言言，我很想你，你想过我吗？"

言卿抿了抿嘴角："我……"

她还没有回答，就听见身后传来急促的沉重脚步声。下一刻，一双坚硬的手臂拽过她，把她的手腕掐出红痕。

闵敬飞快带人清场，贺明瑾看到霍云深过来，更是不肯走，担心地盯着言卿。言卿想的是不能让无辜的人被连累，回身把他挡在后面。

只是一个最简单的维护动作，却让霍云深最后那一丝岌岌可危的理智，在一瞬间崩塌殆尽。他抱起言卿，不顾她的拒绝，把她推进车里，门"砰"的一声紧闭落锁。

"这是在录节目！霍云深，你疯……"

霍云深不由分说地压过去，捏紧她的下颌抬起，粗鲁地吻她，言卿含着泪推他，换来他的变本加厉。

她嘴角微肿破口，淡淡的血腥沾上他灼人的唇舌。

"我后悔了，我不能允许他靠近你！他说的每个字，我都忍不下去。"男人的声音破碎，断断续续传进她的耳中。

言卿平躺在后排宽阔的座椅上，霍云深跪在她双腿两侧，他缓缓抬起身，在车内暗淡的光线里，隔着一只手的距离，直勾勾地凝视她。

直到一滴滚烫的水，坠到她的脸上。

男人的泪烫得言卿手脚蜷缩，她失神地盯了他片刻，扭开头，用手臂挡住脸，还要作死地提起贺明瑾："你……你不要仗势欺人，贺明瑾他……”

仅仅一个名字，拽断了霍云深的理智。他压制许久的念头再也忍不住，第二次按住言卿的后颈，让她失去反抗能力，起身把她抱到副驾驶，绑好安全带，接着进入驾驶座，全车落锁，一脚油门嗡地踩下，直奔海城。

手机在振动，他接起来语气平稳地交代：“推迟这期节目的录制，负责所有损失。”

他做得不对，会受人诟病，会影响节目进度，耽误很多人的行程，卿卿知道了也会不高兴甚至自责，他都明白。但此时此刻，他宁愿承担这些，也不愿意继续让卿卿留在现场，发生更让他失控的事。

说完后，霍云深直接挂断电话，把手机扔到后面，一只手抓过言卿的指尖握紧，一只手攥着方向盘，一双黑不见底的眼睛空洞地直视前方。

他那些流窜的疯血在身体里恣意沸腾。世上唯一的药不愿意医治他了，他变成了自己曾经最厌恶的，那个彻头彻尾的疯子。

他要回家，回一个她跳不了窗无法逃走只有他的地方。星云间的婚房，四十二层，没有邻居，无人打扰，就他跟她两个人。

拍摄地离海城市区不远，两个小时车程足够抵达，霍云深用大衣把言卿包住，抱着上楼，走出电梯时，她醒过来，面对四周陌生的环境，脸上露出惧怕。

门识别虹膜，自动弹开，霍云深抚着她的头，低声安慰：“卿卿别怕，这是我给你准备的婚房，你来过的，你说你喜欢。”

言卿睁大眼，看着面前精心布置的豪宅，连门厅的壁灯都被细心地挂上了大红流苏。

“霍云深，你别这样……”她有些发抖，意识到这里根本跑不掉，惊恐地挡他吻过来的唇，“你又想把我关起来吗？！”

像是为了回应她的问题，大门缓缓关闭，“嗒”一声封死。霍云深按着她的双臂纹丝不动，径直走向卧室，把她放在那张铺着好几条洁白婚纱裙的宽大软床上。

言卿陷下去又弹起，刚有一点想逃的动作，他立即覆下来，阴影笼罩着她，沙哑地恳求：“听话好不好？这是你的家，我是你的爱人，你只是忘了。”

他低头要亲她。言卿的眼眶发红，两只手一起捂住唇，不让他贴近。

他却直接把唇压在她的手背上，一寸一寸吻，舌尖偶尔热腾腾地碰触，唇又凉得像冰，极度刺激着感官。

言卿的皮肤一阵阵泛着酥麻，手不由得打战，腿还在尽力抗拒。男人修长劲瘦的腿远比她强势太多，轻松把她禁锢，他呼吸沉重，透出骨子里决堤般的癫狂。

言卿又怕又痒，脊椎偏偏还涌动着难耐的电流。她不知所措地仰头轻喘，渐渐脱力的双手忽然被他抓住，攥着手腕按在头顶。

她从没想过自己的人生里会发生这种剧情，面对此刻心理状况绝对不正常的男人，感受着他肆意带起火苗的双手，以为会出现的愤怒排斥，居然逐渐被刻骨的迷乱取代。

深夜，言卿裹在被子里醒过来，湿漉漉的杏眼打量着落地窗，浑身酸痛，嘴唇好像肿了，嘶，有点疼。

她很确定这里是星云间，但怎么来的，完全没印象。

言卿觉得小腹微微坠胀，像是“大姨妈”要来的征兆，她脸色略白，满心惦念着肚子里那个可能存在的崽，赶紧掀被起来。

深深不在，他去哪儿了，他不可能把她一个人留在这里。

言卿双脚落地，自认为没弄出什么动静，却听见相邻房间的门猛地被推开，霍云深近乎惶恐地大步冲进来。

她被抱得一晃，想起隔壁是他的书房：“你在工作？不用管我，快忙吧，我去一下卫生间。”

言卿见他不放，反而力道还在加重，不禁奇怪地仰头，意外地对上了霍云深毫无血色的脸，她踮脚揉了揉：“哪里难受吗？脸色这么差。”

他颤声叫：“卿卿。”

“我在。”言卿抚摸他过度僵硬的脊背，心里猝然生出一丝忐忑。太不对劲儿了，似乎所有反常都在指向一个可能。

言卿忍耐住，知道他不会说，干脆什么也不问，装作没发觉地摇摇他的手臂：“等我一下啊！”

霍云深寸步不离，要随她去卫生间，她好说歹说哄住，坐下用纸巾擦了擦，拿起一看，鼻子就酸了。

“大姨妈”！

她哪里怀孕了，全是假象，她畅想的那么多都成了泡影。可一旦怀孕不成立，那她身上的一切症状，就更加蹊跷。

一整个晚上霍云深紧迫盯人，言卿费尽心思才找到一个他不在房间的机会，把自己的手机架在窗帘后面，打开录像模式。

她明白，一定出事了。

言卿接下来的时间过得浑浑噩噩，分不清早晚，等她再以清醒的头脑去取手机时，已经没电自动关机，而霍云深的手指上又多了新伤，竟像被咬出来的，他再怎么藏，也逃不过她的眼睛。

她忐忑地揣着充电器和手机，以洗澡的名义进了浴室，坐在浴缸里，手不稳地点开那段持续了几个小时的视频。

画面里，她起初在睡，等再醒来，就完全换了一个人。屏幕上那个她，肆意伤害着她深爱的男人，从字里行间，言卿听出，她脑袋里装着的，是在桥上刚跟霍云深重逢，被他强行带走时的记忆。

手机“砰”地掉在浴缸里。

言卿终于明白发生了什么，她抱住膝盖，把头埋在上面，缩成一团无声大哭。原来他的伤，他憔悴的眉眼，都是因为一次次经受着这样致命的折磨，而她自己一无所知。

敲门声响起。

“卿卿，怎么还不出来？

“卿卿……”

霍云深在唤她的名字，犹如抓着唯一的浮木和稻草。

言卿用力抹抹眼睛，想跑出去抱住他，但还是克制住，她不能认输，深深一个人负担的实在太多了，哪怕再伤他一次，她都不如一头撞死。

她故作轻松地和他相处，对一切疑问和离开星云间的事只字不提，就当自己什么都不知道。她明白，霍云深的精神已然塌了，那个别人口中可怕的疯病，正在蚀咬着他，不是她清醒时的亲昵就可以治愈的。

那就随他，只要能换他一星半点的安心，绑她也好，关她也好，她都愿意。

再一次犯困入睡前，言卿去厨房找了把折叠的迷你水果刀，背着霍云深，先用防水防汗的眼线笔在自己手心里写了几行字，紧接着打开刀子，下定决心，抿着唇刺入皮肤。

她在那些字的旁边，亲手划了一道半指长的口子。

疼疼疼……疼死了！可这点疼，跟深深承受的苦相比，什么也不算。

并不是她想伤害自己，但在这种绝境下，她实在没有更好的办法了，只有伤口的疼，才能在下次醒来的第一时间起到提醒的作用。

隔天一早，晨曦渗入窗口，爬上凌乱的大床。霍云深一夜未眠，守在言卿身边，目不转睛地看着她，生怕一眨眼她就会消失。

他浸在无边无际的死寂里，自嘲地扯着嘴角。

如果霍临川想让他彻底地疯掉，那他选对了办法，马上就要做到了。集团的水再深，都不会脱离他的掌控；但卿卿反复的冰冷，是他永远抵抗不住的酷刑。

她要醒了，再一次……也许再一次……他的病就会完全发作。

温柔的日光水一般蔓延。言卿缓缓睁眼，澄净的眸子笔直地望着他。霍云深不敢呼吸。

言卿愣怔着，她不认识面前的这个人。她紧张地动了动手，被突然袭来的刺痛弄得一缩，条件反射般抬起手来去查看伤口。

摊开的手心里，有一道尚未愈合的割伤，而在旁边，一笔一画写着很多小字，她非常确定，是她自己独特的笔迹。

“你失忆了，眼前的霍云深是你老公，爱你如命。

“无条件信他、爱他、疼他，拼命撒娇哄他，不许伤害他！”

还有个超级凶的简笔画脸。

言卿眨眨眼，又看了一遍字，悄悄抬起长睫毛，去打量近在咫尺的男人。好凶，像要把她拆吞入腹，但又好可怜。

她局促地挠了挠被子，小心翼翼地问：“请问，你是霍云深吗？”

霍云深的心脏鼓胀到发疼：“是。”

言卿试探地摸摸他的手，清亮的眸子略显懵懂：“你……是不是很难过？”

霍云深喉结上下滑动，说不出话。

言卿咬着唇，发挥潜能，壮着胆子挪到他的腿边，抱住他的手臂，像小猫崽一样蹭了蹭，仰着脸不安地看他，不确定自己的“拼命撒娇”合不合格。

她怕不够，又飞快亲了他的脸颊一下，轻软地加上一句：“我可能把你忘了，但我知道……”

霍云深艰涩地问：“什么？”

言卿眼里都是他的倒影：“知道我一定特别爱你。”

霍云深一把翻转她疼到悄悄蜷缩的手掌，看清上面的伤口和字，瞳孔剧震。卿卿什么都不说，却用最柔软，也最痛的方式在告诉他，他不是孑然一身，他没有孤单漂泊在这世上，无论记忆回到哪里，她宁可用刀子刺伤自己，也要记得拥抱他。

唯一属于他的药，温柔地敷在他不成形状的心上，给他最温暖的巢穴，把他从炼狱拉回人间。

霍云深捧着她的手，把她嵌入怀里，言卿生涩又熟练地抚摸他以示安慰，然而摸着摸着，有点路线不对，从脊背莫名其妙地到了腰上，她一下子没憋住，还手欠地捏了捏他紧实的肌理。

妈呀，手感好棒。

霍云深僵了一下，抬起她的脸：“干什么呢！”

言卿耳朵爆红，想掩饰，结果又盯上了他棱角分明的五官。

哇……

她不好意思地说：“我觉得我赚大了。”

他的尾音仍是不平稳：“嗯？”

“一觉醒来白捡了老公，而且——”言卿心跳如擂鼓，声音小小的，她竖起白嫩的拇指认真夸奖，“我老公真的超级无敌帅。”

霍云深堕在深渊里，卿卿一点温柔就是拽他上来的绳索，更不用说是失忆期间给予他的肯定。这些天，他已经从卿卿口中听了太多锥心的话，就连几分钟以前，他也是做好了又一次被她当成妖魔的准备。

但卿卿亲他抱他，还说，她的老公很帅。

霍云深肌肉紧得发酸，牵起言卿不疼的那只手按在自己胸腹上：“你喜欢吗？给你摸，摸哪里都好。”

只要卿卿不排斥他，愿意碰他，就算叫他做牛做马，他也会马上俯首让她开心。

言卿再想摸，被男人这么主动邀请也会难为情。何况她还自责，猜测自己在加拿大一直身体不太好，估计又得了什么失忆症，才会不惜用刀割来提醒自己。看霍云深的样子，不知道为她伤了多少心。

她想矜持一点把手抽开，才动了一下，就见男人脸色变了。他无措地摁住她，哑声问：“摸够了，还是手感不好？我把衣服脱给你摸行吗？”

他当真去解纽扣，动作很着急，唯恐她反悔。

言卿感知到他的心，连忙轻轻抱着他，安抚说：“你别慌，我没有不认你。”

霍云深干裂的嘴角这才翘起，笑得眼眶发酸，他搂她时力气太大，不小心碰到她的伤手，言卿疼得抽了一小口气。

他出了一身冷汗，赶紧找来医药箱，蹲在她腿边，仔细地给那道狰狞的血口子上药。包好了之后，他低着头，在上面反复地亲吻。

他不能疯。卿卿该有多爱他，才有勇气把刀扎进自己的血肉，只为了醒来能第一时间看到那些字，让他知道，他没有被遗弃。

她是他永远保护的死穴，她也是他坚不可摧的屏障。

卿卿在救他，他绝不能输，让霍临川得逞第二次，他必须冷静清醒。

霍云深一身凛冽时，女孩子软绵绵的手伸过来碰触他，抚着他眼下的淡青：“你多久没好好睡觉了？”

他笑了笑：“不记得。”

“上次吃饭是什么时候？”

“没印象。”

言卿犯愁地戳戳他：“我陪你好不好？”

霍云深抬头望着她，清晨的阳光在她纤瘦的轮廓上镀了碎金，浅浅发着光，是牵着他脱离苦海的小神仙。

他答应：“好。”

言卿似乎意识到自己还会忘记，也没有追着霍云深问太多，只是声调甜美地给他讲在加拿大的生活，她此刻的记忆停在接到安澜求助，准备回国之前，惊奇地看着网上那么多她参加节目的图片，不停发出惊叹。

霍云深坐在落地窗边，静静凝视她鲜活的侧脸：“我老婆好看吗？”

“好看。”言卿双眸弯成月亮，“跟你特别配。”

霍云深捏捏她的脸：“真有眼光。”

太阳西沉时，言卿揉着眼睛放下手机，靠在他肩上休息。这次睡得很短，她惊醒的时候，立刻激动地弹起来，急切地查看手心，割开的伤口已经包好了。

她这才察觉到被抱着，慢慢转过头，撞进霍云深黝黑的眼瞳里。

夕阳如血，窗边大椅上，回到现实的言卿眼睫毛湿透，哭着环住他的脖颈儿，呜咽说："深深，对不起，我忘了你好多次，今天有没有伤到你？"

霍云深摇头，低声说："宝宝今天救了我。"

他垂下睫毛，额头贴在她暖香的颈窝里，一字一字抵入她的身体："我爱你。"

言卿抹着眼角振奋道："看来割口子真的有用！"

"你再敢干一次试试。"他心疼得咬牙，难得对她凶狠，"你破一块，我就在自己身上弄双倍。"

女孩子眼巴巴地抿着唇。霍云深亲亲她的鼻尖："别担心，记忆退到回国以前了，你当时还不认识我，不会那么抗拒我的。"

言卿忧虑地问："再往后会怎么样？"

"会停在被催眠后的那一刻，你不知道海城，没听过霍云深，是从六岁起到了加拿大生活的小姑娘，刚刚大病初愈。"

言卿没空追究这里面深层的原因，害怕地拽着他的衣襟问："还能不能恢复？"

这是她唯一在乎的，她不可以忘，关于霍云深的每一点记忆，无论是云卿还是言卿，她都要。

"能。"霍云深斩钉截铁，"别慌，什么也不用想，不用做，全交给我。"

即便言卿答应不乱想，但神经和意识并不能受她控制，在清楚自己频繁失忆的那一刻起，她薄如蝉翼的那点承受力就已经遭到了巨大冲击。

任凭言卿再怎么坚持，也还是在重压下迅速地溃败。

她能够回到现实记忆的时间越来越少，又经历过几次大幅度的倒退，在一星期后的上午，终于停到了原点，被实施催眠后苏醒的一刻。

言卿羽翼般的长睫毛挑开，眼神温软无助，透着刚经历过重大伤害的脆弱，小心翼翼地问床前守护着她的男人："你是谁？我怎么不在医院里？"

霍云深微抖的手指触上她的脸颊，反问："你又是谁？你叫什么？"

言卿皱起秀气的眉，仔细想了想，回答："卿卿。"

霍云深心口猛地震动："什么？我没听清楚。"

言卿潜意识里残存着自我保护和少许攻击性，但面对霍云深的双眼，她只感觉得到热烈的感情。

她莫名对他生出某种依恋，于是收起小爪子，乖巧地缩在被子里，轻轻地告诉他："我病了一场，现在想不太清楚，但好像……有人爱叫我卿卿，'卿卿我我'的'卿'，我名字里，应该有这个字才对。"

霍云深忍不住俯身去抱她。难怪……

难怪霍临川让她的记忆都改变了，却仍取了相似的名字。是他一声一声的"卿卿"刻在她的意识里，即便她忘记再多，也还是坚持着这个字，咬定了她的名字里有"卿"字。

霍云深把言卿安顿好，第一时间让待命的何医生过来。

他几天前带她搬回了霍宅别墅里，方便医护进出，现在卿卿又是初醒，记得自己大病过一场，医生模样的人她不会太抵触。

何医生胆战心惊地算着时间，太太退到原点的速度比他预计的快了很多，本以为还算充足的时间，也变得紧迫。

他长叹，太太的病情真是不能用常理推测。恢复是因为感情，加速倒退也是因为感情。如果她不是太关心霍总，早早地察觉到自己失忆，应该还能多挺一段时间。

给言卿检查过后，何医生眉头紧锁，退出房间，郑重地下结论："霍总，太太退无可退了，现在就是她被催眠后的起始点，接下来，她的记忆会反复跳回到这里。"

"算得上好消息的是，"他苦中作乐，有意说得很轻松，"太太这个阶段会像初生的小动物，对先见到的人有信赖，她会接纳你，等多清零几次以后，她的头脑也许还会产生一点适应，自动补充关于你的剧情。"

往严肃了说，就是言卿往后每一天，无论跟"初识"的霍云深发生什么，等睡着了再睁眼，基本都会回到这个空白的起点上。

万幸的是，以今天的反应看，她会亲近他。

霍云深转过头，通过半掩的门望向卧室里，言卿小巧的脸紧张绷着，乌黑水润的眸子敏感地望着他的方向，有些胆怯和警惕，又软绵绵的。对上他的眼神，她露出一丝安心，想看又不敢看他。

霍云深对她笑，言卿揪住被角，瞄着外面的男人。

他好高，身材极好，长裤裹着双腿，笔直修长，穿黑色针织衫，衬得肤色雪白，五官过分优秀，但戴了一副金丝平光镜，遮住了一些凌厉的目光，就显得格外温柔，让人想……亲近。

霍云深安抚地看了她半晌，待她耳朵微红地缩回被子里，他才垂眸跟何医生说："现在你告诉我，再往下发展，会有什么后果？"

何医生一凛，原来霍总早知道他上次没说实话。

"已有的类似病例，可能会疯，会傻，长期昏迷，最严重的一个……在最终精神崩溃时选择了结束生命。"

霍云深双手攥到麻木："卿卿还有多少时间？"

"大概一个月。"何医生没停，马上继续说，"霍总，你跟我提过设计一场假死的问题，我也仔细做过考量了，我必须跟你强调的是——

"第一，关窍是不是要置你于死地，我们还不确定。

"第二，怎么死，到底是她听到口讯即可，还是必须……死在她的面前，让她亲眼所见。

"最后……你也许认为，无论如何，试一试也好，但实际情况是——如果猜测属实，那么我们只有一次机会。

"在这种针对性极强的深度催眠下，唤醒的口令有且只有一个，一旦我们选错了'死法'，太太潜意识里的那把锁，在接收到你死过一次的讯息后，却又没能解开，很可能会永远封闭。"

何医生肃声道："所以霍总，我们不能贸然去做，你再给我一点时间，我保证能找出当年那个催眠师。"

霍云深盯了他一眼："我的忍耐有限，找不出的话，我会去做。要是失败了，她疯她傻，我照顾；她昏迷不醒，我等；她敢出事，我陪她。"

说完，霍云深回身走进卧室，把无所适从的小姑娘从被窝里拖起来。

"你你你……到底是谁？"

霍云深含笑看她："卿卿希望我是谁？"

言卿脑子有些迟钝，又受了大伤，比起往常要甜萌很多，她乌黑的眼睛小心地看看他，唇可怜地抿起。

她倒悄悄希望是她男朋友……问题是她也不能太厚脸皮！

霍云深凝视着爱人懵懂乖巧的模样，在她脸颊亲了一口，低声说："小可爱，我是你老公，结了婚的那种。"

忘掉就忘掉，即使记忆只有一天的保质期也没关系，他的卿卿受了好多苦，每一分每一秒，他都要给她甜。

她真正二十岁时，他是个卖命赚钱、未来渺茫、声名狼藉的穷小子，他弄丢了她。

她现在的二十岁，他想把能哄她笑的，全部捧到她面前。

当初卿卿来对他好，他冷着脸拒绝，欺负她；如今他来还，还她从最开始就被呵护珍爱的初恋。

第八章
今天也想爱上你

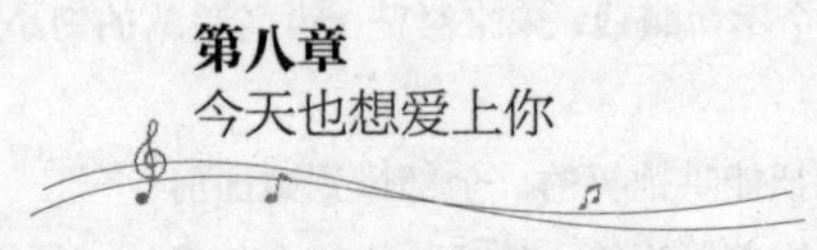

林苑作为经纪人，早就急到崩溃，隐约知道卿宝病了，暂停一切活动，但目睹了那天霍总怎么把她带走的，也没那个胆子问。

她手里的各种邀请堆积如山，《夜夜笙歌》节目组也愁到头发白，全等着卿宝恢复好重新开工。

第一期在前几天顺利上线，口碑爆炸，不管是上集生活创作，还是下集竞演，卿宝都赚足眼球，要是没她，节目也就废了。第二期的录制耽搁许久，迫在眉睫。

林苑只好硬着头皮又去联系霍氏。她不敢找霍总，找的是闵敬："言卿她……"

闵敬说："太太好多了，霍总同意复拍，但是地点和主题会换。"

上次是海城周边，主题偏向现代都市，环境复杂，霍总挑了气温更暖的南方，有花红柳绿的风景给他的宝贝看。

另一边，霍云深把小娇妻领到别墅庭院的秋千上，缓缓推着她问："卿卿想不想出去玩？"

言卿接受的信息量太大，正在努力消化："我是个歌手，还挺红，要录节目，写歌，但我谁也不认识，去了要露馅儿的。"

霍云深稳住秋千，双手撑在两边扶手上，俯身靠近她：“你认识我。”

言卿拽着他的衣角晃了晃：“你陪我？”

她很乖，像小动物，软乎乎的，无邪又勾人，看他的眼神澄澈明亮。

霍云深的心脏融化：“你去哪儿我就去哪儿。”

《夜夜笙歌》节目组不仅等来复拍，还有霍氏的大量资金和妥善安排，打了鸡血似的热情无限，用最短时间铺好场面。

应金主爸爸霍先生要求，贺明瑾仍来做飞行嘉宾，另外还加了女团出道后人气飙升的欧阳来串场。

霍云深护着言卿到达拍摄地，提前到的许茉涵和欧阳心急如焚，见到久别的卿宝，扑上来狂抹眼泪。

言卿下意识抓住霍云深的衣袖，犹如寻到了依靠，安下心，甜笑着对两个傻女人说：“你们好。”

许茉涵和欧阳疯狂呜呜呜。

霍云深不愿吓到卿卿，一直保有着分寸，没有对她肆意妄为，但不远处贺明瑾的出现，让他眉目转沉。

言卿格外敏感，仰起脸看他的表情，以为他不开心，很努力地想哄。霍云深不再克制，把她拥到臂弯里，摸摸她的头发，冷锐的目光扫向贺明瑾。

言卿柔声问：“你怎么了？”

霍云深低眸看她，小姑娘眼里没了别人，特别偏心他。

他忽然收敛了满身威势，低低对她告状：“卿卿，那个人欺负过我，说我坏话，想把你抢走。你快看，他又来欺负我了。”

言卿怒，果断地挡到霍云深面前，充满敌意地瞪着一脸蒙的贺明瑾，把他的一堆话也成功堵了回去。

霍云深满足，亲亲言卿白嫩的耳尖，老婆真好。

言卿一颤，满脸通红地揉了揉。

第三天了，卿卿第三次记忆归零，一早醒来，他依然是她的老公，她还是第一眼就看到他。他不厌其烦给她讲述着这个崭新的世界，让她看结婚证书，但他明白，这对卿卿来说，只是婚姻，并不是恋爱。

节目下午正式开录，上期嘉宾组除被淘汰的阮嘉以外全部聚起，再加上飞行嘉宾，现场非常热闹。

许茉涵和欧阳默契十足，把言卿夹在中间，不让她有任何为难，言卿也很快融入气氛，因为呆萌还添了不少看点。

她一点也不慌，因为霍云深就站在拍摄的镜头后面，嘴边带着一丝笑，目不转睛地注视着她，无论她什么时候看过去，都能准确和他对接。

许茉涵捂额："妈呀真是受不了，霍总温柔过分了。"

"可不是。"欧阳斜眼，"瞧瞧那边几个女嘉宾，眼睛都快掉到霍总身上了，也就是让阮嘉的事吓到，不然我估计都蠢蠢欲动。"

"做她们的春秋大梦，霍总有主。"许茉涵冷笑。

"觊觎我家卿宝的男人，也不照照镜子。"欧阳翻白眼。

言卿又瞄了瞄霍云深，扭头。

招蜂引蝶。

她才没有不高兴，反正跟他又不熟，纸面上的塑料老公而已。

言卿闷闷地录完一段，某道视线始终如影随形，在无声渴求着她的回应。趁着中途休息，她攥着手走过去，要求他："你别一直站在这儿。"

霍云深盯着卿卿别扭的脸，不禁戳了戳，棉花糖的手感，让他爱不释手。他弯下腰问："不想见我了？"

言卿藏不住话："别人比我更想见你。"

霍云深不多话，直接把她抱起，一众明里暗里打量的女歌手纷纷受到刺激。他扬眉："可我只能看到你。"

言卿慌手慌脚跑掉，继续后面的录制。

拍摄地点山明水秀，采集生活用品的范围里有家占地面积很大的马场，马匹质量优良，正好有一部分取景在里面。马场主人热情邀请嘉宾们骑马，言卿不太敢，只试探着摸了摸一匹棕色马的屁股，超光滑。

她试了一下，还是选择放弃，太高难度了。本来就记性不好，还有点迟钝，万一摔了，她岂不是彻底傻了。

录到傍晚时，搜集食材的过程差不多结束，言卿跟许茉涵的这一组沿着小河边往回走。河边树木草丛繁茂，水质清澈，许茉涵忽然惊喜地叫："哎，卿宝你看，萤火虫！"

将黑未黑的天色里，半空有一道黄澄澄的暖光，正慢悠悠地扑腾。

言卿没见过，欣喜地追了两步，踮脚去碰，萤火虫倒精得很，飞快拉出距离，不给她近看。她笑着叹气："好小气啊！"

许茉涵安慰她："是我家卿宝太美，萤火虫不好意思。"

言卿一步三回头，等萤火虫没了影子，才跟许茉涵回去室内拍摄晚饭的过程。只是从进去开始，全天陪伴的霍云深就没了影子，她有点失落，蔫蔫地垂下脑袋。

同一时间的小河边，闵敬脱了西装，撸着衬衫袖子率领堂堂霍氏的一群特助和大秘，正在小河边的树丛里兢兢业业抓虫子。

萤火虫咋这么少！

闵敬累死了，但抬头一看，霍先生自己收获颇多，透明通风的精致小玻璃瓶，一瓶一只，在他手间连成串，闪闪发光。

奇怪了，深哥怎么干啥啥行，他们就这么差劲？！

闵敬的斗志被点燃，领着人奋力拼搏，不想落深哥太远。

霍云深接过战果，亲手在树上布置，他抬起腕表看了一眼时间，走到树丛尽头，解开拴马绳，回眸冷声道："都走吧！"

他的音调是冰的，眉眼却很暖。

闵敬走了几步又憋不住扭头看他，深哥站在树旁，高瘦挺拔，神情冷淡也凝重。他别无所求，陪着深哥吃过的苦、踏过的荆棘太多了，他只盼着深哥幸福。

言卿在录制结束的第一时间收到霍云深的信息："卿卿，困不困？"

她心一跳，本来有些倦怠的头脑一下子清醒，盘旋的失落也散了，高兴地回他："不困。"

"真乖，出来找我。"

言卿走出去四处张望，霍云深立刻打来电话："我在小河边，别怕，别急，慢慢过来。"

她可慢不了，脚步越来越快，一口气跑到河边。头顶明月高悬，软风如纱，错落的小树丛里竟然有无数暖暖的光团在闪。

踢踏声传来。言卿愣住，呆呆盯着前方。

声音渐响，有隐约的身影在暖光中朝她靠近。是优雅有致的马蹄，踏着落叶。

言卿的心跳轰然加快，不由自主往前迈了一步，树影斑驳间，棕色骏马缓缓踏出树丛的遮挡，上面驾驭它的男人身姿笔挺，短发被夜风微拂，略盖过他漆黑的眼。

夜色再迷人，也不及他的千万分之一。

言卿屏住呼吸。

霍云深驭马到她身侧，薄唇翘着，骨节分明的手伸出，他弯下脊背，把轻若无骨的小姑娘抱起，放到自己的马背上。

“想骑马是不是？”

言卿不知怎么鼻子发酸，轻轻地点头。她想，她不敢，都被他发现了。

霍云深一只手揽着她的腰，一只手提绳掉转方向，带她走入被暖黄萤光铺就的小路。两侧高高低低的树木上，是他一个一个亲手悬挂上去的玻璃瓶。

霍云深低头亲吻她的头发：“萤火虫都在这儿，卿卿想看多久看多久，等看够了，我们一起放。”

他停在树下，摘下一只，放入她微凉的手中，继而双手合拢，把她的手包住。

言卿眼睫毛潮湿，定定地看着那一团光亮，呜咽说：“你干吗呀，我明天，明天可能都想不起来……”

霍云深紧抱着她，低低地笑：“没关系，这是我今晚的要求。”

“什么要求？”

他声音低沉：“我想追求卿卿，让卿卿和我谈恋爱，以妻子的身份，再重新爱我一次。”

明天她想不起来，那明天继续追。

他的一次初恋，换她无数次。

他爱她，爱各种样子，爱她每段不同的记忆下，唯一不变的灵魂。

现在的南方已经是夏天的温度，夜里温度适宜，微暖的风和男人的呼吸杂糅在一起，拂在言卿耳边。

她靠在霍云深怀里，捧着装萤火虫的玻璃瓶，心激动得乱跳。

不只是从这一刻开始的，她醒来看见他的第一眼，就对他有点垂涎，得知这个看起来哪儿都好的男人居然是她老公，她其实整天都在偷偷地欢喜。但是跟他在一起的时光太短了，短到觉得一切都来不及。

言卿轻声问：“我先喜欢你，好不好？”

怕他会失望，她又急忙补充：“喜欢你之后，再努力爱你。”

霍云深把她从马背上提起，转过来，让她面对着他坐下，含笑说：“那也得有个时限，不能总是无止境地喜欢下去，我不满足。”

言卿好乖：“那你说多久……”

他温热的手掌抚着她的长发，沙哑地回答：“一个吻的时间。”

话音落下，他盖上她清澈的眼睛，压过去，含住她绵软的嘴唇，不急躁，也没有过于纵情，就那么柔柔地贴着，很慢地辗转厮磨。

他的卿卿今天才满二十岁，还没谈过恋爱，他抢来她的初吻，不能太凶。

夜很静，人声都在远处，树丛里只有马蹄偶尔的轻踏以及萤火虫拍打玻璃发出的微弱声响，直到许久后，才有了唇舌深入的交缠音。

霍云深揉着她通红的脸，有点扫兴地宣布：“时间到了。”

言卿不禁埋怨地瞪他，瞪来瞪去又忍不住笑出来，温驯地往他胸前一趴，纵容地说：“好啦，有一点点爱上你。”

这一晚她少见地精力充沛，回房间也没睡，完成了上半期节目的艰巨任务，还要创作出后面竞演的原创曲，本来她担心自己没记忆，技能也会跟着消失，但经过那个吻，灵感都回笼了。

虽说暂时写不出以前那样技巧精湛的曲子，但返璞归真也别出心裁。

《夜夜笙歌》的生活篇是两天的拍摄时长，第二天一早，言卿在天降老公霍先生的耐心讲解下，又一次经历了重新建立世界观的过程，适应的时间有限，她脑袋迷迷糊糊地就跟着大部队会合，加入拍摄。

到了中午，一天最热的时段，节目恰好进展到换场景，需要去小河后面的一座矮山上。总导演拎着大喇叭指挥：“大家辛苦一点，太阳比较烈，注意安全！”

言卿的长发头扎成慵懒的丸子头，穿阔腿裤和奶绿色的缎面小短褂，水灵娇俏，被烈焰红唇大波浪的许茉涵牵着，小姐妹俩反差极大又吸睛，跟拍摄影师光拍脸就不亦乐乎。

“卿宝，你还好吗？”许茉涵私下问，“说是矮山，我瞧着也挺高的，走上去没那么容易。”

言卿的精神承受力在日渐颓靡，身体也会跟着受影响，不像以往体力那么好。

说着话时，许茉涵瞄了一下在镜头后边，从早上一直跟到现在的霍总，他离得不远不近，既不会让拍摄团队和卿宝本人不自在，又能时时把她放在眼睛里。

言卿也在偷瞄不太熟悉的老公，见他换了身运动裤和白上衣，衣袖挽到手肘，露出线条利落的漂亮小臂，她的脸红了红，用手给自己扇风。

这种颜值的老公放在外面真的危险……其实比起爬山，她更想跟他沟通沟通感情。

导演的大喇叭在催了，言卿无奈地收回目光，叹了口气，撸袖子正准备跟许茉涵一起开拔，始终没有出声打扰的霍云深突然上前一步，轻声开口："等等。"

跟拍摄影师吓了一跳，立马低眉顺眼等霍总吩咐。

霍云深走到言卿跟前，先对许茉涵说："你们分开走，让摄影师拍你就好。"

他的视线落到言卿被晒到热腾腾的脸上，嘴角扬了扬，转身背对她，从容地蹲下，回眸看她："卿卿乖，上来，我背你。"

言卿惊呆了，他的背宽阔有力，手臂往后向她伸着。烈日炎炎，照着他的轮廓，明明是个高高在上的冷峻男人，却从头到脚都不吝惜地对她散发着"快来使用我"的信号。

言卿发誓她可以自己上山的，但很不要脸地抵不住诱惑，老老实实走过去，往他背上一贴，小声说："就背一小段，我不懒。"

她腾空而起，感受着霍云深因发笑而震动的肩膀，耳朵通红地把随身的耳机塞给他："你……你没事就听歌，不许笑我。"

霍云深刚想逗她，耳机里意外传来女孩子轻哼的歌声。

是他以前没听过的曲调，干净清新，童话故事一样烂漫又可爱，前面还有她自己认真的念白："这首歌叫《萤火虫》，就算你明天忘记了，也要唱给他听。"

言卿这边也听见了，啊啊啊，她忘了！她在单曲循环昨天新写出来的，但是完全没印象的那一首小样！

她手忙脚乱去帮霍云深摘掉耳机，但手被他摁住："真好听。"

言卿见抢救无果，干脆放弃了，反正……早晚也要被他听到的。

男人双腿有力，足够撑得稳她，虽然是上山的路，但一步一步并无颠簸。言卿安心搂着他，入神地注视他的侧脸，好奇地问："我昨天经历什么事了，怎么会写出这么甜的歌？”

霍云深目光很柔，回答她：“你昨天爱上我了。”

节目拍到入夜，霍云深像当初不驯的少年时一样，上树爬墙地摘了一捧野果，用山顶上最艳的花扎起来，环抱着送到卿卿眼前。

他有些懊恼今晚的环境受限，准备的东西会不会不够讨她开心。但下班的卿宝却软绵绵地抱住他的腰，从花束后面探出头，杏眼里溢满星辰，一本正经地问：“霍先生，今天……我也想爱上你，你同意吗？”

霍先生的野果撒落一地，但摘到了天底下最甜的一颗水蜜桃。

《夜夜笙歌》第二期上半集录完，林苑那边也精挑细选出一些高质量的资源，上门拿去给言卿挑。如果身体允许，她还是希望言卿能保持高曝光，不想浪费别人求都求不来的热度。

对这件事，霍云深选择放权：“老婆自己选，不管喜欢哪个，我陪你，不用害怕。”

言卿是有考量的，长期工作她肯定不适合，最好是品质过关，时长又短，这样即便她记忆没了，也不会耽误别人。

她翻来翻去，选了一个当前大热古风网游的代言和推广曲。网游受众广，口碑极好，背景设定有底蕴，主线故事大气也缱绻，推广曲风格相似，跟之前受欢迎的《青丝》还可以衔接。

林苑暗暗满意，提醒道：“不过这首歌，对方期望卿宝能出演MV，镜头不会太多，要穿古装，扮故事里的亡国公主，一天就可以拍完。”

霍云深掀起眼帘：“有没有男主角？”

“不算男主，就最后有一个公主的爱人，战死将军的背影。”林苑实话实说，“网游公司很下血本，定在影视城拍，请了隔壁剧组的爆红小生来客串，对卿宝人气很有利。”

霍云深拧眉。

言卿这时候迟钝，不太明白霍先生的纠结点，很无辜地眨了眨眼，忐忑地问：“我选的这个不好吗？”

霍云深揉了一下跳动的额角，摸摸她的头：“当然好，卿卿的决定是圣旨，就定它。”

某人嘴上说得云淡风轻，等两天后MV拍摄的当日，他亲自陪着老婆飞抵影视城，网游公司和导演组诚惶诚恐。

言卿上妆，做头发，戴饰品，霍云深都在旁守着，但等到换衣服时，她到底还是不习惯，推推他："你先出去。"

霍云深被老婆嫌弃，满心酸涩地到外面等。没想到打扮完的言卿根本没从正门出来，而是被工作人员引导，直接走了通向宫殿的后门，去跟导演沟通场景。

副导演殷勤地赶过来知会霍总："太太已经到了，您要去看吗？本来是先拍单人镜头的，但是正赶上男主现在有空闲，我们就打算先把最后一个拥抱的镜头拍了，所以先去了宫殿那边。"

霍云深脚步蓦地一顿，冰冷的黑眸转向他："拥抱？"

副导演挠挠头："是啊，今早临时设计的，更符合人物纠葛，您放心，不是那种亲密拥抱，是女主恍惚看到了男主的背影，跑过去，从后面抱一下他，等后期处理完，抱的同时他就消失了。"

"太太需要做的……"

副导演被莫名而来的低气压震得一顿，试探着干巴巴地说完："就是背后抱他几秒……"

做男主的小生能爆红，是因为长得确实帅。他跟言卿同时换好衣服，一身戎装英姿飒爽，看到言卿怔了片刻，笑眯眯跟她打招呼："公主好。"

不止他怔了一下，混迹影视圈多年的拍摄组都在看她。

霍云深到的时候，立在高台上，一眼落在言卿身上，再也没能移开。

阳光并不算好，宫殿外的天空蒙着黯淡的灰云，更衬得楼宇古朴落寞。她长发如瀑，穿殷红的披风，绸带散开，衣裙在台阶上拖出映丽的波澜。乌发有几缕在她雪白的脸颊边垂落，沾上了唇边的一丝鲜血。

亡国公主，凄楚而绝色，美得摄人心魄。

男主角不知霍总在场，笑着跟导演半真半假打商量："您之前没和我说选了这么漂亮的公主啊，能不能给我多加俩镜头？"

言卿却敏锐，循着感觉一抬头，正对上霍云深冰冷的脸色。她对这个世界的感知只有几个小时，都来源于他，见他不悦，她以为自己做错了什么事，怯怯地垂下睫毛。

霍云深受不了她这样，抑住那些作乱的独占欲，众目睽睽下走到她身边，拨了拨她的鬓发，低低地说："别紧张，我在旁边看你。"

她纯得不行，接收到他的温柔，很快甜笑出来。倒是男主角在一边冒了一头的汗，再也不敢瞎说话，安分守己去做个背影。

霍云深坐在监视器后，死盯着屏幕上的特写镜头。卿卿悟性高，被导演指导了两次就入了戏，她迈下台阶，眼里含泪，扑向那道戎装的身影。

霍云深抓着扶手，不想表现出异样。卿卿不懂这些，她只是在敬业工作，他更不愿暴露自己恶劣的旧疾，管着她，限制她，惹她讨厌。

他不能……再承担卿卿的任何厌恶。

霍云深想忍，但眼看着他的小姑娘跑过去，到底启唇："裙角乱了。"

导演坐得近，一听立马喊停，安排人去整理。言卿眼睛灵动，暗暗瞧了某人一眼，有点明白。

第二次再来，她头发又不对；第三次，她发簪掉了一只。

霍云深半合着眼，沉声说："这段能不能删掉？"

导演为难地解释："歌词讲的是情感纠葛，要是将军的背影没了，整个 MV 就没有了灵魂。"

他牙关微咬，忍无可忍地问："一个背影就够？"

"够！"

霍云深挑开眼帘："让那个演员回自己剧组，不需要他了，酬劳付他双倍。"

他果然还是那个偏执狂，要去做一件卿卿会不喜欢的坏事，但只是背影而已，他站在那里，不回头，不说话，拍完立即走，她就不会知道，老公是个多难缠的麻烦精。

第四次开拍是十五分钟以后，言卿得到的通知是男主的服装出了问题，去后面处理，等将军再出现，灰蒙的天空仅有的光华似乎都降落给他。

言卿离得远，看不太清楚，但那道高大挺拔的身形，在黑色铠甲下英气且肃杀，跟之前截然不同。

他沉默地站在风里，等着久别的公主去抱他。

言卿眼里染上了真切的情绪，在导演喊"开始"的一刻，她提起裙摆，跑过长长阶梯，眼里装满了男人等待的背影，她好似不再需要挤眼泪，滚烫的泪水自然而然顺着脸颊滑下来。

她心甘情愿冲过去，从背后紧紧抱住他，按照剧本，哽咽着唤了声"夫君"。

霍云深暗暗攥着手。卿卿真的抱了，她不知道铠甲里的人换成了他，她把他当别人抱了，他心里那些歪曲的念头正要上涌，导演喊了“咔”。

言卿却还是没有松开，她细细的手臂反而收得更紧，没了哭腔，笑盈盈地叫：“夫君——”

霍云深僵住了。

她嗓音绵绵：“夫君，我第一眼已经把你认出来啦，抱的不是别人，就是你。”

霍云深抓住她的手，把她带到臂弯里，低眸看向她艳丽的脸。

他的公主。

公主见他不出声，委屈地抿嘴：“你没什么要和我说的吗？”

霍云深指腹抚过她腮边的泪：“夫君不会说话了。”

他低声叹笑：“因为娘子倾国倾城，夫君已经为你不能自拔。”

男主角换了人，拥抱的镜头就格外顺利，一遍通过，导演还很鸡贼地偷拍了几秒霍总的戎装侧影，能够分辨出他的身份，想着如果等MV上线的时候霍总允许，立马把这个镜头剪进去。

话题爆炸的“深情”夫妇合体拍摄古装MV，想想也知道会有多大反响，比再红的小生都管用。

公主还剩几段单人镜头要拍，除了亡国凄美的造型，也有少女时期的娇憨。霍云深把铠甲换掉，在一旁看着言卿绯色的脸。

她明明对整个世界都茫然又懵懂，却是偏心他的，发自本能地包容着他的缺点，给他纯真的温柔。

霍云深拿出手机给她拍照，把镜头拉近，定格她各种生动的小表情。刚拍了几张，通知栏蓦地跳出一条消息提醒，是陌生号发来的短信，没有文字，只显示了内含的图片。

霍云深手指紧了紧，目光转暗，退出相册，点开那条短信，即便有了预感，但在看到的一刻，他还是牙关合紧，咬出微微的血气。

“夫君怎么了？”

小公主还没出戏，换好了藕粉色的少女衣裙，发现某人拍她的镜头挪走了，轻快赶到他面前，扯着他的袖口晃晃。

霍云深闭了一下眼，反扣手机，用手掌揉了揉她的头：“没事，小公主接着拍，夫君陪你。”

等把言卿哄回去，他才又一次看向屏幕。

跟在纽约时收到的那封邮件同出一辙，七八张照片，都拍摄于三年前卿卿失踪期间，她受伤流血，有人七手八脚按着她，强行给她输液，捆住她的手脚。末尾一张，她失神的眼睛泪眼蒙眬，望着窗口，似是想跳下去。

最后，是一张扫描成图片的手写字，内容极其简单，就两个字——“美吗？”

这种笔迹，霍云深刻骨不会忘，哪怕有了些歪斜，但绝对属于霍临川。

他不信霍临川会在当初就未卜先知，写下这种专门来刺激他的东西，等到时隔两三年才想方设法发给他。他更相信，霍临川根本没有死。

这段时间他安静蛰伏，守在卿卿身边，看似对霍氏不闻不问，接受了董事会因错失泊伦对他的质疑，甚至是弹劾，还交代闵敬去集团里“不经意透露”他的颓靡和无心公事，不过就是为了让幕后之人浮出水面。

果然，霍临川以为他在集团和卿卿的双重打击下崩溃，不惜露出真身来刺激他，逼他穷途末路。

霍临川自认为胜券在握，却不知道，集团从未有一刻脱离过他的轨道。而卿卿，早就用那把水果刀和她手心的血，把他从深渊里救出，无论她是否有记忆，都给了他最坚固的屏障。

言卿正在不远处的城楼边挥着绣花的小团扇跳台阶，阳光破开云层，照得她明媚灿烂，她抿着水红的唇，不时抽空来看他，又娇又妩媚。

霍云深朝她笑，手指拨通闵敬的电话：“霍临川耐不住了，就是最近，准备好。”

闵敬肃然：“深哥放心，自从你放弃泊伦回国之后，董事会内部有问题的老家伙都露头了，我们的人已经拿到了足够证据，接下来全等你的安排。”

闵特助恨不得天天烧香拜佛，乞求快点脱离这种磨人困境。从太太的记忆频繁出问题开始，深哥几乎是寸步不离地陪着，每晚等太太睡下，才到了他的工作时间，集团所有死忠的高层齐聚在霍宅的一楼客厅。

深哥把客厅当办公室，夜夜熬到天亮，太阳初升时，他会回楼上，在太太身边睡上一两个小时，再支撑整天，帮她认识世界，给她崭新的恋爱。

闵敬又问：“哥，何医生进展怎么样？那个德国大夫还是没有眉目吗？我们要不要再多拨些人手？”

“不用。”霍云深很平静，“已经找到了。”

闵敬手机差点掉了，震惊不已：“找到了？！人在哪儿？到国内了吗？我……”

霍云深淡淡地打断他：“死了。”

听筒里猛地噤声。

霍云深交代一句“做好你该做的事”，随即挂了电话。

他是昨晚得知死讯的。

那个德国医生的身份确定，就是三年前为卿卿实施催眠的人，他在芬兰一个偏僻小镇的医院里被找到，已经昏迷了很久，像植物人一样躺着。何医生集结几个圈内顶尖的同行，在尝试刺探他的记忆时，他连挣扎都没挣扎一下，就没了命。

霍云深不觉得意外。以霍临川的性格，当年用人做事，一定会断后路，他猜到了，他们最终找到的，不是开不了口的废人，就是死尸。

何医生带着这个消息来见他时，声调是颤抖的：“我们问不到答案了，唯一知情的人没了。”

他说：“还有霍临川。”

霍临川只要活着，就一定会出现，亲眼来看他丢盔弃甲，看他死。

“霍总你的意思……”

他迎着何医生悚然的脸，冷冷地道：“不需要去设计假死的方法了，霍临川会替我设计好，他大费周折，不过就是想报复，要我的命，让卿卿在看到我死的那一刻恢复记忆，把她也逼疯。与其我们去乱试，让卿卿承担失败的风险，不如等他的陷阱。”

何医生脸色煞白地追问：“我明白，这个方法的确能准确地让太太恢复，但是在对方的陷阱里，太多不可控的因素了，我们准备得再万全，你也可能会……”

“所以，你有一项额外的工作，”他静静地说，“如果我发生万一，希望你能再度对卿卿实施催眠，只要让她知道，她以后生活无忧，随心所欲，财产只是一个跟她感情一般，喜欢在媒体镜头前假装恩爱的丈夫留下的，她不需要为他的死流一滴眼泪，就够了。”

何医生的嘴唇在抖。

霍云深冷冷地威胁：“即便我不在，也有人看管你，你敢有任何差池，就别想好活。”

何医生一时不肯接受：“霍总，你不是说过，就算失败了，太太疯了傻了一睡不醒，你都照顾她，为什么要拿命冒险？”

“夫——君——”

霍云深听到柔软的召唤声，醒过神，抬眸看她。

小公主又换了雾蓝色的宫装，乌黑的长发飞扬，佩环叮当地跑到他面前，杏眼弯弯笑着：“我拍完啦！”

霍云深弯下腰，捏捏她小巧的下巴：“公主好厉害。”

没了剧本的要求，言卿也不好意思对他有什么过分亲密的举动，只能叫来叫去过过嘴瘾，眼睛偷瞄着他的手臂。

有点想搂，可是没胆。

她愁苦着怎么能靠近他一点时，霍云深直接牵住她的手，十指紧扣：“走，去换衣服，夫君带你回家。”

言卿感受着掌心相贴的温度，内心雀跃，脸上努力保持正经。

往更衣室走的路上，天有些暗了，风也在变凉，她自然而然往他身边蹭了蹭，偷偷瞧一眼他的表情。

霍云深却突然松开相牵的手。

还不等言卿失落，他手臂抬起，按住她细瘦的肩膀，换另一只手来握她，这样一来，小公主全在怀里。

言卿美滋滋的，越发觉得天降的老公好到不真实。两个人挨得太紧了，她耳朵升温，羞于说心里话，开始转移话题：“我拍的过程好难过。”

“怎么？”

“故事太苦了。”

她望着天际的云霞，慢慢给他讲：“公主不受父皇宠爱，作为战功奖赏，赐给了一样在家中不被看重的将军。将军对她特别好，成婚之后如胶似漆，把她捧到天上，她在宫里得不到的重视，都被他补足。但将军家中世代文臣，只出他一个武将，又没有门第高的母亲，他很受排挤。为了让公主过得好，他不顾家中反对，单立门户，设了将军府，让公主随心所欲。”

言卿眸中的向往转为伤感，蒙了一层雾：“可是后来别国来犯，将军带兵上战场，公主在家里，被嫉恨将军的弟弟掳走。公主反抗时撞了头，忘了自己是谁，也忘了将军，找不到回家的路，让别人给骗了去。将军在沙场上得知消息时，正面临敌国大军压境，他心急之下竟吐了血，最后在敌方围攻下战死。”

霍云深用体温暖着她发凉的手，低声问：“之后呢？”

言卿忍住鼻酸：“之后将军的死讯和国破的危机一起传回京城，公主那夜在梦里见到了将军的脸，他叫她小名，她哭着想起来。”

“我抱你的那一幕，”她长睫毛上沾了些许泪痕，“是公主回到宫里，想等将军的棺椁回朝，可几乎同时到的，还有敌军铁骑。她跑下宫城外的台阶，像当年嫁给他时一样朝棺椁扑过去，却看到他的背影，站在那里等她。”

夕阳西下，橙红色的光笼罩着影视城起伏的宫殿。

言卿穿着公主的衣裙，喉咙堵得发涩，她仰起脸，注视着霍云深墨色的眼睛，脱口而出：“夫君，我把你忘了，你怪我吗？”

霍云深摇头。

那么多资源里，他之所以愿意让卿卿来唱这首歌，拍这个MV，就是因为故事的背景。卿卿现在虽然记不住，也不理解，但等到她记忆恢复的那一天，她会想起他今天说的话。

何医生问他，为什么要去冒险。他的答案很简单。

他要卿卿过得好，他的小公主不辞辛苦，让他活得像个人，给他贫瘠孤苦的生命涂满甜蜜，他给她多少次初恋都不够，还想让她锦衣玉食，挥金如土，长久平安。

说什么等出事了照顾她，那是他骨子里对她的贪婪和自私。他真正想要给卿卿补齐的，不仅是初恋，还有她本该灿烂的一辈子。

“不怪你，忘了不是你的错。”

霍云深俯身把言卿抱起来，她长长的裙摆缠着他的腿。他托着她走在风里，眉目舒展，笑得斯文好看。

“不管是将军还是霍云深，因为得到了小公主的爱，都是世上最幸福的人。”

第九章
暗夜灼烧

网游公司在征求过霍总的同意后，给言卿每个造型选出一张图，在微博上官宣了她的代言人身份，并预告推广曲和 MV 不日即将上线。

事关言卿，大事小情都能变成焦点，林苑作为经纪人，经常欣慰省下了一大笔买水军买热搜的钱，这种自带热度的体质叫圈里多少女星恨得牙痒痒。

各大营销号自然不甘落后，一时间满屏尽是小公主，转发和评论的数字也肉眼可见地噌噌往上涨，粉丝在暴增，骂声也从来不会迟到。

“我的妈，古装居然这么仙？！我死了，以为逃过了选秀卿、歌手卿，不黑她就是我的仁慈，万万没想到被古装卿正中靶心？！现在吹爆来得及吗？”

“呜呜呜，古今五千年无死角卿宝欢迎入股，稳赚不亏！”

“古装女神！想在小姐姐清澈的眼睛里泡澡！”

“得了吧，再美有什么用？说到底还是靠着一张脸做了替身而已。”

“就是，等哪天霍总腻了，或者言卿恃宠生娇作起来，等着灰头土脸吧，到时候哪还有什么资源给她，多半得全网封杀。”

“@深情夫妇今天离婚了吗，我就奇怪了，为啥他俩还不离婚！”

"另外某家粉丝也别拿几张静态精修图吹古装女神了，一张无修图都没有，女神那么好封的？"

微博上闹得不可开交，林苑在背后关注，正考虑着要不要干涉一下舆论风向，霍云深的正装大号毫无预兆上线，简洁扼要地发了九张私拍生图，还另附一段小视频。

小公主穿着戏装，无论是少女时的明艳，还是亡国时的凄美，在他的镜头下张张夺目，比起精修更显得灵动俏丽，小视频里她转着裙摆，他低低地叫了一声"娘子"。

男人的嗓音本就充满磁性，唤着缱绻的两个字，分外挠心，激得全网嗷嗷乱叫。

生图？他来发。

质疑他们夫妻感情？做梦。

"深情夫妇"的粉丝简直是拿了圣旨，打足了鸡血。

"求'锤'得'锤'霍云深！每次都不需要粉丝操心，自己出面砸真相！"

"就算最后离婚我也认了！甜成这样整个娱乐圈找不出第二家，没有替代品！"

"替身咋了，那些不当替身的又好到哪儿去？"

言卿早就卸了妆，躺在床上刷手机，拽着旁边的霍云深，不懂就问："为什么都说我是替身？"

霍云深把她的手机抽走，这种记忆的小朋友真心不适合学大人乱上网，他盖着她的眼睛，低低地哄："你自己要求的，现在，小朋友该睡觉了。"

言卿求情："再让我看两章小说。"

霍云深扫了一眼，页面上是什么霸道总裁俏秘书，许茉涵之前给她发过来解闷儿的。他叹气，捏捏她的脸，等她看完两章，准时关灯。

看似跟之前同样的晚上，言卿同样也沉沉睡下，然而她隔天一早醒来，接收完基本信息之后的反应，霍云深却是足有几分钟没能接上茬。

"你你你……你把我当替身也就算了！怎么能直接拉回家来睡！我好歹是你的秘书，你把我搞到失忆，让我怎么办？！"

她表情极其严肃，咬着唇义愤填膺，揪着被子捂住身体。

霍云深愣怔过后，想起何医生当初的交代，说等太太再适应适应，说不定还会自己脑补跟他有关的剧情。结果小傻子今天第一遭学会脑补，元素竟是睡前那几个关键词和霸总小说？

霍云深反应过来，没去纠正，非常配合地挑了挑眉，反问回去，还顺便下了个套："一起睡怎么了？不是你主动的？"

"我主动的？！"言卿一脸震惊，她失忆前这么激情吗？"老板，你诓我吧！"

霍云深倾身过去，唇逼近她，微热的呼吸拂在她的鼻尖。

看着言卿明显升温的白皙皮肤，他甘愿进入角色，帮她填充剧情，笑着反客为主："昨晚是谁缠着我不放，大半夜还舍不得睡。怎么，因为失忆，不想对我负责了？"

言卿震惊地瞪着他，半晌之后，才怯怯地开口，没底气地问："那个……你……还需要我对你负责啊？"

三言两语骗到小秘书答应对他负责后，霍云深抽空联系何医生，眉眼间再没了笑意，冷声叙述了今早的异常。

何医生叹气："霍总，今天第十五天了，太太的承受力一直在消耗，她出现这种碎片式的混淆，就是精神逐渐走向崩塌的象征，我们所剩的时间不多，你别硬性扭转她，就当陪她玩儿吧！"

他有些话没说，相信霍总懂，这样的玩儿也是有限额的，每一次都是倒数。

霍云深一通电话还没等打完，打扮妥当的言卿就自发找出一套裹身的连衣裙过来，她人设塑造得还挺充分，矜持地敲了敲门："老板，既然已经发生了，我可以考虑和你保持这种关系，不过都是私事，班还是要上的吧？什么时候去公司？"

这还是个特敬业的小秘书。

霍云深收起手机，转回身看她。好得很，秘书长发轻垂，身材被裙子包裹得凹凸有致，化了妆配红唇，生怕别人不知道她火热撩人。

霍云深的薄唇抿成线，朝她走过去，牵着她的手腕下楼，把自己的外套罩在她身上，包得严严实实，冷冷地低声道："走，上班。"

二十几天的沉寂，他等不及了，卿卿的状况必须争分夺秒，他需要去霍氏，给霍临川一杯催化剂。

霍云深有意不管形象，西装也没穿，单着一件衬衫，衣袖挽起，领口随意解开，森然的眉目间凝着躁郁颓唐，把开车的闵敬都吓了一跳，一路上大气不敢出，从后视镜悄悄打量。

深哥怎么这个状态，像回到了太太刚出事那两天。

言卿也在暗地里瞄他，老板这一副欲求不满的表情……莫非是她昨晚做得还不到位？！

车抵达霍氏总部大楼时，霍云深交代闵敬走正门，不进地下车库，车停好后，他抓了一下言卿的手："让闵敬带你先上去，到楼上办公室等我。"

他沉郁的气势一时间无法对她收敛彻底，更坚定了言卿的念头。她眨了眨眼，不禁靠过去，耳语着软声说："老板，你别这样，等晚上忙完……我再对你负责。"

霍云深目光一跳，攥她的手无法克制地多用了几分力。

目送着言卿走入旋转玻璃门后，霍云深才下车，紧盯着她消失的背影，加快脚步去追，做出被她遗弃在车内的假象。

即将踏进大楼时，他停住。

时隔几个月，他仍记得冬天时站在同样的位置，曾感受过一道尖锐的视线，但当时车水马龙，便搁置在一边。如今那道视线，又一次扎在他的背上，是谁，不言而喻。

霍云深面对玻璃门，嘴角翘了翘，头也没回。

霍临川在才好，最好盯得更死一点，早些去执行他理想中的报复计划，让卿卿恢复过来。

霍云深很少走集团大堂，今天专门经过，曾经那些见到他就诚惶诚恐的脸，经过这段时间，都浮上了一层微妙情绪，把他当成为情所误，即将被董事会弹劾下台的过去式，只是碍于几年来形成的习惯，仍不敢对他造次。

乘电梯到达顶楼，他的小秘书正在办公室里等。一见他到了，她红唇绷着："为什么秘书室没我的位置？"

霍云深轻笑，没有说话，骨节分明的食指竖起，对她比了个"嘘"。

办公室大门半掩，没过多久，他的手机上再次收到了包含三年前图片和视频的短信。霍临川目睹了他的狼狈，果然适时地来火上浇油。

霍云深侧头看着言卿，无声地抬起手，让她捂住耳朵，言卿乖乖照做，在她捂好的那一刻，他猛地把手机摔到地上，“砰”一声巨响，屏幕四分五裂，玻璃顺着门缝飞出，落进走廊。

外面很快传来疾奔而来的一众脚步声。

霍云深及时按下遥控器，关闭大门上锁，除了几块碎屏留在外面，把一切景象和噪声都隔绝。用不了多久，整个集团上下，都将知道霍总一反常态，情绪失控，动怒地做出过激行为。

他不再坚不可摧，他现在不过是个崩溃的疯子，足够霍临川过瘾，加快速度实施最后的计划。

他迫不及待，要那场能治好卿卿的“死亡”。

言卿心脏提到喉咙口，反复确定办公室内的声音不会传出去，才不解地问：“老板，你干什么？”

霍云深凝视她，一身的冷厉逐渐收起，慵懒的打扮，倒衬出他少年时的不驯和落拓，他把窗帘一一降下，开了盏光线柔暖的灯。偌大的办公室变成一座无人能探知的私密小城。

空气黏稠，言卿不由自主地咽了咽口水，握着的手心里升起莫名的燥热。

“你，你喝咖啡吗？……”她尽量找话题。

霍云深似笑非笑，黑瞳盯在她身上，眼神从她染红的脸颊耳郭，一寸寸向下掠过。

言卿仅仅是被他这么扫视，皮肤上都像有细小的电流在刺激着自己，她是来工作的，怎么……倒像落入虎口。

霍云深之前顾念着卿卿记忆清零的纯，不管如何都克制着冲动，最大限度只是吻她，现在她反而自己补出了适合他放肆的身份。

那些压抑的热血，终于有了恣意宣泄的出口。

言卿等不到他回答，自顾自去饮品区，有点忙乱地去翻找杯子，她刚碰到咖啡的边，腰就被一双手从背后箍住。

她无暇思考这段办公室恋情到底有多离谱，已然不受控制地转过了身，男人的五指穿过她的长发，按着她的后脑，灼人的唇紧跟着压下。

言卿忘记闭眼，定定地迎着他充满侵略性的墨色眼瞳。

他伏在她耳旁说：“秘书室没你的位置，是因为我要娶你做太太。”

“所以，”他含笑轻吻，“我不想等晚上，能请你提前对我负责吗？”

言卿到理智全失的那一瞬也没搞懂，她跟老板怎么就从办公室恋情，转眼间突飞猛进，成了“不能启齿的办公室激情”。

当晚霍云深带小秘书回家，睡前特意把许茉涵发给她的那些奇葩小说删掉。

霍云深耐心给卿卿讲故事，挑她爱听感兴趣的来，自以为明早能收获一个脑补到正常剧情的小可爱。

万万没想到，言卿趁他关灯那一小会儿瞄了眼手机，不知道什么APP推送了一条八卦新闻：某富家女恋上十八线小明星，为他掷重金奢华过生日，小明星含泪成为其“入幕之宾”。

然后天一亮，言卿在得知自己失忆后，明亮的眼睛从头到脚打量了一遍看起来就价值连城的霍云深，心脏突突地跳，小心翼翼地问：“不好意思，我忘了……找你这个档次的，是不是特别贵？”

霍云深沉默几秒，气笑了，他手指摸上自己的纽扣，毫不犹豫解开，把穿好的上衣扔到一边：“贵，为了不让你赔本，我再努力一点。”

快到中午的时候，言卿才爬下床，踩着床边价格离谱的手工地毯，内心纠结，真心觉得自己作为一个能养得起这种极品小明星的高水平有钱人，不应该气势太弱了。她毕竟是出钱的，必须硬气。

她提了提气势，清清嗓子回过头：“我问你……”

后半句没说完的话卡在了嘴边，她的小明星还在床上，软被凌乱，他赤着上身慵懒地靠在床头，冷白色肌理上有深浅不一的旧伤，更添了难言的性感。

言卿抵抗力尽失，被美色迷昏了头，怎么能这样，好想给他花钱。

霍云深盯着她开口：“问我什么？”

他家卿卿可真是厉害，连这种剧情都能无障碍编顺，还自带逻辑坚信不疑，缠绵到后来，她居然泪眼婆娑地关心自己，这么放纵需不需要另外多给点影视资源。

现在她又能问他什么？问他价码到底多少？

霍云深眸底溢着火光，注视她越来越近的手。

言卿的指尖直接触到他的胸口上，轻轻抚摸他以前打架留下的那些痕迹，泫然欲泣，抬起脸，怒问：“是不是以前别的人也找过你，还故意弄伤你！”

霍云深额角猛跳。

言卿见他一时沉默，更加确认，难受地抽气，把他扶起来去检查后背，震惊地发现他背上零散的强酸灼伤，顿时咬牙切齿，眼泪快涌出来。

小明星这是不够红受尽了欺凌，身在火坑，太苦了。优秀成这样的男人，谁舍得下狠手，要是长期归她，她肯定哄着宠着，精心爱护。

等等，长期……

言卿吸了吸鼻子，迅速下定决心，牵住霍云深的手腕往起拽：“小可怜，带你出去吃饭逛街，我的钱你随便用。”

小富婆言卿对环境适应良好，慷慨地带着小明星乱逛自家豪宅，想订个餐厅带他吃顿好的，尴尬地意识到自己脑袋空白，对海城一无所知，只好全部交给小明星霍云深执行。

霍云深理所当然选了她爱吃的。

坐在素雅质朴的餐厅里，面对着桌上清汤寡水的素菜，言卿左右张望一圈，不禁心疼皱眉，她的小明星实在太惨太乖了，就挑了这么省钱的地儿，还节约得连道荤菜都舍不得点。

她脑补得凄凄凉凉，没留意霍云深速度恰当地给她夹菜，她津津有味地全部吃完了。

饭后言卿马不停蹄赶去遍布奢侈品牌的购物中心，工作日人流很少，她拉着愈看愈心爱的小明星，掏出包里来历不明的无限额黑卡，刷到不眨眼。

她有钱，她养得起。

言卿一目十行翻新款图册，在看得上的男装上挨个儿点，眼瞳闪闪地仰头对霍云深说：“你尽管试，合适的都要，我买单。”

霍云深一点脾气也没有，充分发挥自己能够吸引卿卿的这些资本，耐心十足地换衣服给她看。

男人身形笔挺，肩宽腰窄，正装、休闲装放到他身上，件件让言卿呼吸不畅。言卿一开始还能红着脸小海豹式热烈鼓掌，后来软绵绵地倒在沙发靠背上，觉得自己急需吸氧。

真的好帅，想花钱让他为所欲为，想为他把卡刷爆！

言卿折了折厚厚一沓的超长小票，忐忑地猜测这些够不够打动小明星的心。等回到车里，她扯了扯他的袖口，认真地说："我很有钱的。"

霍云深被老婆过度宠爱了一天，多少还有点不是滋味儿，她把他当成个动欲不动情的小明星，是在花钱来买他的时间？

"感受到了。"

言卿咽了咽口水："我愿意给你花，不止今天，以后也是。"

霍云深目光一凝，意外地看向她。

她笑得明媚，殷切地问："如果这样，你可不可以只跟我在一起，再也不碰别人？"

霍云深望着她剔透的杏眼，唇边缓缓露出笑："为什么对我好？"

"因为很心疼你……"

言卿说完觉得不贴切，又小声换词："还因为喜欢你。"

"也许很快，"她勾了勾他的小指，"很快还会爱上你的。"

霍云深那些微小的别扭情绪被她三言两语融化，他不再克制，把她抱到腿上，亲亲她温软的脸："答应你，作为赠品，再告诉你一个秘密。"

他哪怕是个受过屈辱的小明星，卿卿也不嫌弃，即使这段记忆短暂又离谱，他也不想留下任何瑕疵。

小富婆期待地看着他。

他吻上她的唇，似叹似笑："我没有碰别人，这辈子，只碰过唯一一个你。"

这一天过后，霍云深意识到他家卿卿是真的潜力无限，霸总小秘书、富婆小明星的剧情不够，紧接着又来了禁欲教授和撩人学生、邪魅医生和清纯患者，外加风流影帝配迷妹小新人，还附带浪子回头的剧情。

做教授的那天中午，霍云深接到《夜夜笙歌》节目组试探性的询问，第三期节目是否可以正常录制，他们选定了几个地点，其中一个，是城郊新建的一片半开放式度假区。

消息是通过闵敬来传达的，霍云深停顿几秒，淡淡地道："正常录，定度假区，让他们低调准备，这次的地点和嘉宾对外保密。"

闵敬察觉到了他的意思。

"深哥，"他声音绷着，"还有什么？"

霍云深半垂着眼："把行程适当透露给该知道的人，再强调，太太的时间剩下不多了。”

以卿卿的情况看，大概是撑不到一个月的，从去公司那天开始算，最多只有十天。十天里，众所周知他会把卿卿守得密不透风，贸然让她身边出现漏洞，反而引人起疑，唯有离开安全的壁垒，走到外面去，好似不经意泄露了私密行程，才会让霍临川放心动手。

比起纯自然的环境，人工构造的度假区更容易掌控，提到十天的时间点，也是为了叫霍临川不再拖延。

度假区这一行程，他给霍临川铺好了路。

出发前往度假区的当天，霍云深醒得很早，把窝在他怀里的言卿抱住，反复轻吻她的额角。

不知道卿卿今天会是什么剧情，他已经习惯了每天扮演不同的角色，只为她开心，能对他笑，映在她瞳仁中的无论是多异样的身份，他都情愿。

霍云深目光暗而柔。今天，也许是最后一次了，他希望卿卿能给他一个接近真实的设定，让他作为自己爱她一天。

晨光熹微时，霍云深蹲在床边，轻碰她纤长的睫毛。

言卿的眼神让他莫名熟悉，他的唇动了动，正要张口，她嗓子又软又沙地问：“你没去打架吗？真好，不会受伤了。”

她揉了揉眼，神情露出一丝娇柔的甜：“那你回学校跟我去上课，好不好？”

霍云深瞳孔震动。他攥紧她的手，有些想笑出来，抿住唇，又变为颤抖。

今天，他不是别人，他是混迹街头、人人回避的不良学生；而她，是不嫌他脏污的纯美校花。

霍云深压抑着嗓子里的微颤，给她找一个去度假区的合适理由，她作为校花被真人秀节目组选中，要做两天临时嘉宾。

言卿是信任他的，顺利地接受了这个说法，只是起床走了两步后，束手束脚地跟他说：“这房子好大。”

霍云深迎着卿卿跟从前如出一辙的样子，忍不住抱住她的肩膀，低声说：“我租来给你的，想让你过得好。”

“太浪费了。”她摇头，鼻尖微皱，“我不想你辛苦，你也不需要向别人证明。”

她脸颊白净，乌黑的眼跟他对视："我知道你很好。"

心脏被撞击，也被最炙热的洪流包裹。

霍云深眼眶发烫，按着她的肩膀郑重地叮嘱："卿卿，你记得，不管今天发生什么事，我会保护你，别害怕。"

度假区在海城近郊，凡是需要和言卿有所接触的工作人员都换成了亲信，她身边有许茉涵和欧阳左右照顾，现场看似人员众多，但言卿却可以安稳做她的校花，没有人察觉到异样。

两个小姐妹按照霍总的交代，不时对言卿嘘寒问暖，制造出她特别虚弱的假象，而霍云深也不像往常那样紧跟着她，退到暗处，越过重重的障碍，捕捉她偶尔露出的侧脸。

闵敬跟在他身后，拧眉说："深哥，就是那栋施工的楼，每天下午六点停工，工人会全部撤走。"

霍云深抬眸看过去。

在录制现场的斜前方，有一栋基本完工，正在装饰外墙的欧式小楼，即将投入作为酒店使用，为了不打扰度假区内游客休息，停工时间很早。整个区域，它是最适合下手的场所。

霍临川跟他选择了同一个。

霍云深微微点头："做好该有的准备，其他不用管了。"

"深哥，你……"

"去吧！"

下午六点过一刻，言卿的录制进行到中场休息，现场混乱，许茉涵和欧阳一左一右把她送到房间。

所有嘉宾里，只有她的住处跟大家有距离，朝单独的方向开门。

言卿张望四周，没找到她想见的那道影子，问："他呢？"

许茉涵压住神色里的紧张，抠着手心回答："他晚点去找你，他让我跟你说，别害怕，他在。"

言卿不明白，为什么他会一次次地告诉她别害怕。

天际残阳西下，只剩一片昏黄。

言卿跟许茉涵和欧阳暂别，听到她们下楼远去的脚步声，直到彻底消失，天地安静。她取钥匙去开门，刚刚碰到门把手，地毯铺就的地面上，有人在阴影中无声靠近，从身后伸出手，一把捂住她的嘴。

捂上言卿的是一块折叠的毛巾，足够盖住她半张脸，刺激气味瞬间钻入她的鼻腔。她条件反射地挣扎，越动毛巾蒙得越死，直到她双腿软了下去。

言卿还想反抗，手臂却再也抬不起来，眼前的世界扭曲模糊，她失控地往下跌，接着被人粗暴地扛起，摇摇晃晃离开居住的楼层。

全身脱力，视野昏黑，但言卿的意识还在。

她迷蒙地盯着路面，从室内花纹繁复的大块方砖，到户外整齐铺就的石板，很快变成施工中的沙石路，灰蒙蒙地浸在逐渐昏暗的天色里，有种令人窒息的恐惧感。

言卿一动不能动，心里怕到极点，眼泪在眼眶打转。但在某一个她颤抖不安的时刻，她突然感觉有道熟稔而深沉的视线，不知道从哪里看过来，稳稳地落在她身上，犹如将她全身包裹，变成一层保护的屏障。

她记忆空白，明明应该是没体会过的，可真正接触到，只觉得一切恐慌情绪都得到了安抚。

“别害怕”“不管发生什么事，我会保护你”“他在”……

一整天反复徘徊在耳边的话，蓦地重响，扯动言卿的神经。

不会有事，没人能伤害她……

他会来！

片刻之后，四周的外界声响消失，归于死寂，只剩下钳制着她的人上楼的脚步声，咚咚地敲击耳膜。言卿呼吸急促，被丢到一把冰冷坚硬的椅子上，随即她的双手被反剪到椅背后面，死死捆住，脚腕儿也绑在一起，粗粝的大块布团塞入口中，压着她的舌头。

耳朵里渐渐传来低低的人声。

“又是女明星，又是霍氏的太太，确实跟别的女的不一样，手感真好，就是路太短了，才扛这么一小会儿，不过瘾。”

“行了你，是说这个的时候吗？”

“说怎么了，你还没看透？她马上就不是什么太太了，霍总也……哎，不对，什么霍总，那位置要换人了。”

“闭嘴！”

低沉的中年男声气势十足地打断耳语，周围一下子安静了。

言卿拼命抬着眼帘，想看清自己所在的位置，可使不上力，有人在向她靠近，不等她去辨认，一桶冷水就迎头泼下，刺激得她浑身一抖。

冷水接二连三冲击下来，言卿在刺激下，视野慢慢清明，药力迅速消失。

她在清醒后的第一时间立刻打量四周，到处是钢筋水泥的暗灰色，显然身处在一间毛坯，甚至是连工程都没有交付的房子里，面前最近的地面上摆着一个闹钟大小的电子表盘，表盘朝着她，像是专门给她看的，上面显示的并不是正常时间，而是半个钟头的倒计时。

在她的注视下，一点点变成二十九分、二十八分……

言卿猛然意识到什么，猛地抬起头，除拎着水桶的几个保镖样的男人外，还有两个衣冠楚楚的中年人，一人一把檀木大椅，正姿态闲适地坐在她旁边不远处，睨她的目光里尽是不屑。

她的心脏不断抽紧，堵在喉咙里剧烈地狂跳。口中塞着东西，她再怎么尽力也只能发出沉闷的“呜呜”声。

“别费力气。”空旷房间里，一道粗哑的声音毫无预兆地响起。

言卿惊觉不对，看向几个人，但谁也没有张口说话。

不是他们，那是……

“云卿，三年不见了，你想过我吗？”

言卿对这道嗓音完全陌生，可那种毛骨悚然的惊惧仿佛融在身体里，让她本能地抵触，她下意识地挣扎，手脚被绳索磨得火辣刺痛。

“差点忘了，你没有记忆，发展到今天，你跟傻子也没什么两样了。霍云深居然还没腻，为了一个根本不记得他的女人，变成一条可笑的丧家犬。”

言卿黑白分明的杏仁眼里爬上血丝，说话的人不在现场，至少不在这间屋子里。他的声音通过语音设备传出来，或是在她看不见的角落，或是放在某个人身上，他根本没有露面。

她只是个普通学生，偶然来录一期综艺节目，为什么会遇到现在的情形！

等一下……那声音刚才说，霍云深？

霍云深是……早上醒来，蹲在她床边的人吗？！

她记不得以前，仅仅知道自己的身份，知道他爱打架，容易受伤，也知道……她喜欢他，很喜欢。

大半天相处的时光里，她问了好多遍他的名字叫什么，他却只是说：“你给我取的小名，叫乌云。”

乌云……是那人口中的霍云深！他是不是打架结仇，对方才绑了她做筹码，要以此威胁他！

言卿全身湿透，咬着口中的异物，神情里溢出厉色。

男人笑起来，透着狂热扭曲的愉悦：“看见你面前的倒计时了？还有二十六分钟，等时间归零，这一层都会被引爆，你猜猜，霍云深那个从小被我耍得团团转的蠢货，得到消息以后，要花几分钟才能赶过来？”

夕阳隐没，夜色已浓。

这一片是施工区域，在停工后楼外灯光关闭，漆黑如墨，唯有楼内几个房间亮着长明的应急灯。霍云深握着手机，站在幽暗的夜里，手机屏上是短信的页面。

从五分钟前开始，陌生号发来的短信一步一步引导，像逗弄一个走投无路的垂死困兽一般，将他引来这栋楼，语气欣然地提醒着他：听话，别做蠢事，不许携带任何利器，一旦破坏规则，被绑走的卿卿就会付出代价。

他极力压抑着狂沸的血液，装作一个胆怯蹒跚的弱者。

卿卿就在楼上，霍临川也在，唯一一个能治好卿卿的契机，同样在。

霍云深一动不动站着，最后一条短信跳出：“把手机放在门口的台阶上，一个人上三楼，不要试图做小动作，除非你要她死。”

三楼。

霍云深向上扫视，三楼亮灯的有两间房。

他手指动了动，给闵敬发出一条提早编辑好的信息：“放出去。”

集团里自泊伦的合约事件后，风波在他的催动下愈演愈烈，早已垒成随时要倾塌的危楼。那些跳梁的小丑还以为自己大权在握，即将把他踢下台，此刻仍在肆意兴风作浪，殊不知，他们马上会收到一份无法下咽的大礼。

他走进这栋楼，一切都未知，他哪怕有一丝出不来的风险，都必须在之前，把任何于卿卿未来有害的麻烦清理干净。

沉默这么久，足够了。

闵敬的回复秒到：“已放，监察机构会连夜动作，深哥，我们还能做什么？”

霍云深的双眼深不见底，再次看向三楼。

他笃定霍临川会在卿卿面前对他动手，可在今晚以前，他推测的方式，无论枪杀或者别的什么，皆是针对他个人，等他的死亡达成后，自然有人来救恢复记忆的卿卿，卿卿不会有危险。

然而这个楼层的高度，代表着可以困在上面无法逃脱，是不是证明，霍临川的打算还存着另外一种可能性。

他也要卿卿的命。

即使概率微小，但不能疏忽。

霍云深攥住手机，低眸给闵敬摁了几个字发送，而后删除记录，接着依言把手机扔下，迈上通往楼内的台阶。

他走到二楼，听到一楼大门关闭落锁的声响。

霍云深没停，继续向上，一级一级到达三楼，在楼梯转角处，有一丝细小而吃力的气音刺入他耳中。

不需要分辨方向，他顺着那一声牵扯他心脏的响动，径直奔向走廊最尽头的房间。

整栋楼尚未交工，为了方便施工，有些非承重的墙壁还没有砌好，显得房间内格外空旷。言卿就被绑在正中的地上，湿淋淋的头发贴着脸颊，身子在克制不住地发抖。看到霍云深的身影出现，她眼睛睁大，用力对他摇头。

霍云深的防线在这一瞬迸出裂痕，烧红的火舔舐着五脏，快要把他烧成灰。

他不需要忍耐，大步跑向她。

分布在言卿周围的几道影子，快速在他的视野中汇聚，挡住去路。

“霍总，据说你前几天在集团里就发了一回脾气，闹得人尽皆知，可惜我没能亲眼所见。”两个中年男人，其中穿西装的黄奉哂笑，眼尾的皱纹扭成两道蜈蚣，“怎么，今天又要失控了？”

霍云深站住，狭长的双眼眯起，终于将视线转向他们。

另一个戴眼镜的江营，双手抱胸待在保镖们左右围拢的安全圈里，不齿地冷嗤：“从小就是个疯子，如果当年老爷子早点弄死他，怎么会惹出后面那些麻烦，霍氏也根本不会被血洗，让一个为女人发疯的货色掌了权。”

两人皆是董事会手握话语权的大股东，与霍氏渊源深厚，自霍云深入主以来，低眉顺眼，卑躬屈膝，表现得绝无二心。要不是和泊伦的合作没有达成，很难想到背后支持霍临川的人会是他们。

黄奉和江营以为霍云深绝不会有准备，一定能看到他吃惊愤恨的表情，这两年多以来，他们在霍云深的威压下忍辱负重，就是等待这一刻给他致命打击。

霍云深却只说了两个字：“滚开。”

森然的声音一如以前，在偌大的空间里嗡嗡回响。

黄奉皱眉，脸色微变，冷笑道：“霍云深，你装镇定给谁看？你为了这个女人，从过去到今天，没有丝毫的长进，想救她是吧？我告诉你方法。”

他跟江营对视一眼，把中间通往言卿的道路让开，让两个人能彼此看到。

霍云深眼睛一眨不眨，眼瞳跳着锋利的暗芒。

言卿对他胡乱摇头，尽一切努力把地上那个背对他摆放的倒计时指给他，想引起他的注意，让他快走。

黄奉眼尾的“蜈蚣”蠕动，故意放慢语速，享受凌虐的过程：“霍总，我帮你算过了，走到她面前，你还需要十步，不如这样，你掰断一根手指，我就让你进一步，怎么样？”

“等十根手指都断了，你就能碰到她，划算。”

霍云深忽然笑了一下：“好。”

言卿愣住，激烈地挣动。

霍云深盯着她的眼睛，单手解开外衣扔到远处，剩下里面一件素白的衬衫，他挽起衣袖，抚上自己左手的食指，猝然向后用力。

他没有丝毫犹豫，前后不超过三秒，骨骼的异响极其刺耳，纵然是黄奉和江营期待的画面，仍是被吓到屏息，禁不住向他靠近，要看得清楚。

霍云深也往前迈了一步。

距离眨眼之间被拉近，在黄奉和霍云深距离只剩两步远时，霍云深面无表情地伸出他刚伤过的左手，钢铸般的五指抓住黄奉的衣领狠狠一扯，倏地把他拽到跟前，往粗粝的水泥地面猛一摔打。

黄奉五十有余，保养得再好也不可能跟霍云深相比，何况在他心中，今天的霍云深不过是个精神崩溃、任人宰割的垃圾。他毫无防备，惨叫着重重跌倒。

江营发出惊呼，难以置信地往保镖后面躲，保镖一行六个人，俱是身形壮硕，一拥而上。

霍云深松开领口，嘴角翘起，眉宇间漫上长在骨子深处的桀骜暴戾。

长时间身居上位的沉静给了他伪装，拥有卿卿也让他变得平和温柔，正常太久，似乎有人忘记了，那些融在他血液里的疯狂，永远为她灼烧至死。

霍云深扯过黄奉坐过的沉重木椅，在手中举高砸下，椅子在巨响之中四分五裂。他随意拾起一根断口锋利的木料，横扫过两个保镖的胸口。

言卿僵住了，呆呆地看着他，眼中有泪光汇聚。

霍云深声音低低地说："对不起，要在你面前做坏事了，闭上眼睛，别看。"

话音落下，他一步抢上前，单凭一截木头，让包括江营在内的七个人，毫无还手之力。

手机铃声在房间里突兀地响起，藏在后面的江营似是惊醒过来，看到来电是自己人，急忙接听，刚要开口叫援，对方的音调拔高，穿透听筒："江先生，出事了！监察机构拿到了证据，以你恶意泄露商业机密，卖出霍氏当初和泊伦的协商价格给对手为由，强制你接受调查……"

江营的脸色煞白。

说话声还在变调地继续："另外霍总根本是有意错失泊伦的，霍氏已经跟索亚秘密达成合作。索亚！是那个领域内全美最大的索亚，连泊伦也不能比！霍氏在美国的市场不仅打得开，还比想象中要……"

手机坠地，"砰"的一声，屏幕摔得粉碎，没了声息。

江营匪夷所思地瞪向霍云深。

他穿笔挺的长裤，白衬衫泛着微光，面目冷淡，但此时此刻，他漆黑的眼睫毛沾了别人的血，嘴角弯着冰冷的弧线，眼底是狠戾的猩红色。一如当初，他恍惚还是那个满腔疯血，被遗弃在外，遭所有人厌恶排斥的少年。

言卿分不清自己为什么哭，眼泪无法自控地滚落，霍云深的身影在一片模糊里，捶打她的心。

霍云深踹倒最后一个人，漠然地睨着满地狼藉。

他没有马上去言卿身边，而是站在原地，把木头扔开，淡淡地说：“出来。”

几乎同时，他身后响起轮椅转动，轧过沙石的声响。

第十章
我回来了

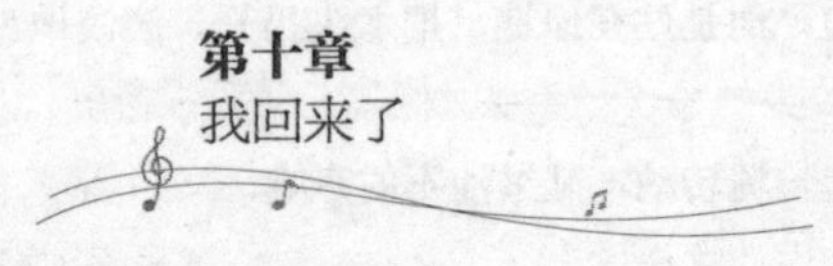

整栋楼还在施工期，地面上不够平整，散着一层灰尘和建材碎屑，轮子缓慢碾磨的异响分外刺耳。

这个房间位处三层的最深处，设计上是间高规格的套房，面积本就比一般房间大，加上墙壁的隔断，言卿一直没发现在她对面的那堵墙后面，还藏着一个人。

那个影子坐在轮椅上，在屋内不甚明亮的灯光里沦为死气沉沉的一团。看轮廓是个高瘦男人，五官匿在暗影里，脸侧一片狰狞的伤疤遮掩不住。

言卿一见到这人，本能地感到不适，有种眩晕的恶心感。

霍云深的目光凝在言卿脸上，给她安抚，随后转过身，对上刺着他后背的那双眼睛。

轮椅停了，四下寂静。

霍云深白色的衣袖上染了血污，发梢凌乱地扫着眉眼，却丝毫不显得狼狈，反而一身噬人的压迫感。

他沉默地立在黯淡的钢筋水泥中，连干净都算不上，仍旧让人仰视。

这三年多里，大悲大痛和霍氏的水深火热，早就给他打磨出了一副面具，但面具摘掉以后，他又回到了那个在学校外的晚上。他得知霍临川带走卿卿，不要命地追上去，用一根随手捡来的棍子，驱赶开阻挠的七八个壮汉，也收拾了要欺辱她的霍临川。

时隔许久，两个人的身份和境遇跟那时候比已经大相径庭。

然而轮椅上的人在直面霍云深的一瞬，依旧被掀起最不堪的记忆，就是那一晚，霍云深也是现在这样的眼神，疯狂恣意，举起棍子对准他。

他亲手造就出来的疯子，把他好不容易得来的继承人位置砸成了梦幻泡影。

失去生育能力，等同于没了继承的资格，他逃到国外，不敢回来，不敢让霍家知情，同时也还对自己抱着希望，秘密访遍名医，可谁都治不好他。正逢云家的产业受到重创，急需帮扶，而因为云家跟霍家的姻亲关系，外人没胆伸手，云成泽作为家主，便来霍氏求助。

他那时身体的残缺还没让家里知晓，依旧是霍氏堂堂正正的继承人，在听说云成泽卑躬屈膝来求人的时候，马上应下了这份人情。

他对云成泽只提了一个条件，把女儿云卿送到他身边。

霍云深不怕死，别的方法惩罚不了，唯有抢走云卿，才是对霍云深最狠的报复。

云成泽毫不犹豫答应，亲自带人在家门口绑了云卿。要上私人飞机启程之前，他又多疑地担心云成泽会中途变卦，于是派了人在起飞前拦下，让云成泽独自启程去签订霍氏投资的合约，再把昏迷的云卿另改别路送了过来。

他是真的很喜欢她，即便自己身残，也没把这份憎恨过多地加在她身上。

一个上大学的小姑娘而已，云家对她又不好，她就对生活没奢望？怎么可能在接触了现实社会后，再满足于那个住出租房的垃圾？而他，就算继承不了霍氏，凭着霍家子孙的身家也能让她荣华富贵。只要她回心转意，和他在一起，把霍云深彻底踩进地狱，他可以不伤害她，慢慢培养感情。

但云卿醒来后，给他的是超出本能的坚决反抗。

他一怒之下把她推下楼梯，她摔了头，血流满地。他以为她死了，抢救之后却被医生告知，她很可能会因为重创导致记忆混淆。

念头就是那一刹那出现的。记忆混淆？如果能把她印象中的霍云深跟他对调，让她对霍云深恨之入骨，反过来爱上他，也就不会介意他的残缺，那不是更好？

他重金请了德国医生来实施催眠，本以为轻而易举，怎么也想不到，云卿看似柔弱，意志力竟然强到远超常人，根本无法达到他想要的效果。

最后德国医生说："对调是不可能的，只能靠催眠清除记忆，或者干脆让她死。"

他咬牙切齿："清除得干干净净，再给她填补上全新的，让她把过去和自己是谁全忘了，能不能做到？"

"可以。"

"另外，"他愤恨道，"以防万一，再加两道唤醒的口令。"

整整一个月反复的尝试和折磨，在云卿即将承受不住那些仪器时，她终于变成了另外一个人——自六岁起生活在加拿大，从来不认识霍云深是谁的，崭新的人。

他想给自己安排一个恋人的身份放在云卿新的记忆中，却遭到她的强烈排斥，无法完成。

也是在这一个月内，他失去男性能力的消息被治疗过他的一个医生无意泄露，传到霍家老爷子耳朵里，他被抓回国。

走之前，他把云卿藏起来，给她布置了记忆中该有的家庭成员和社会关系，等他回来，再发泄那些喜欢和恨意。但意想不到的是，他一回国就是大半年，被困住不能走，他从霍云深那里抢来的爷爷宠爱，一夜之间流失，以"出去给霍家丢人现眼"为由，他成了被放弃、被关起来以防丢人现眼的废人。

他不愿所做的那些都成徒劳，便又埋了一条线，曾经他身体完好时，联系过几个小明星，他挑了其中最胆小的贺明瑾，匿名威胁他每年给云卿送药巩固。

哪怕有一天他的人全军覆没，也还有贺明瑾来让云卿一辈子遗忘。

这大半年中，霍云深脱胎换骨，一步步夺取霍氏大权，老爷子在医院过世，霍家伤过霍云深的人没一个好下场，他也是趁着混乱才得以跑去国外。

他深知自己逃不掉，唯一值得高兴的是，霍云深遍寻不到的那个人，永远也寻不回来了。

霍云深来找他的时候，他心情愉悦。

他输了又怎样，霍云深却至死不会知道，痛彻心扉寻找的女人，就和他站在一片土地上，和他们所在的山崖，不过十分钟的车程。

他开车冲下悬崖，中途从天窗跌出，挂在崖壁上才摔下。虽然逃过一死，却废了双腿，瘫痪三年方能勉强下床。

这期间霍氏早已洗牌，尘埃落定。他本来万念俱灰，生不如死，然而可以活动后，他又不甘，于是放任云卿回国，去触发那两道催眠的口令，让霍云深变得一无所有，摔进更深的炼狱，再也不能翻身。

他以为这么长时间过去，在享受够了霍云深一次一次的崩溃失控之后，今天的见面他将胜券在握，让霍云深做条丧家犬。

然而得到的又是输。

霍云深骗了他，骗了所有人！

但没关系，他还有最大的筹码在手里，霍云深不是把云卿当命吗？他能亲眼看到霍云深去死，也能让再次爱上霍云深的云卿痛不欲生！

"霍云深，你以为你赢了？"

言卿听见男人粗哑的声音，顿时认出来，就是之前语音里的那个变态！炸弹是他放的，他后面还有阴谋！

她急迫地呜咽着，盼着能把霍云深赶走。霍云深没回头，微微侧过脸，低声哄："卿卿别怕。"

一句话，不存任何慌乱的语气，仿佛在打霍临川的脸。多年的仇恨突然爆发，点燃了霍临川濒临崩溃的理智，他重重拍着轮椅扶手："以为收拾这群废物，弄垮两个老家伙，保住在霍氏的位置，你就高枕无忧了？！今天你和她谁也出不去！"

霍云深手臂隐隐绷紧。

他猜得没错，霍临川也没打算让卿卿活。等她恢复记忆，他看够了她的痛苦，就会伤害她。他不可能是临时起意，他选在这里，证明早就安排好了。

是什么。放火？炸药？

他脑中蓦地闪过细节，卿卿似乎着急地向他示意过地上那个类似钟表的电子屏。

——倒计时。

是炸药。

霍云深立刻确定，但他看不到电子屏的正面，不知道还剩多少时间，总归不会太长，他不能再浪费时间。

他无法通知外面，不能保证自己的人能不能及时救走卿卿，一切都有了变数，那么在爆炸之前，他绝对不能死。他要护着她。

霍临川应该带了枪，必须先解决掉，更重要的是，他要去确定一件事。

因为那场打斗和胜负反转，损耗的时间超出了霍临川的意料，一分一秒都变成走向死亡的丧钟，他还不想陪着霍云深死，他要做完最后一件事，赶紧出去。

一呼一吸之间，霍云深忽然走向他，霍临川猛地举起一直紧握的东西，对准霍云深的眉心。

黑洞洞的枪口。

“想让她恢复记忆？”霍临川无情地冷笑，“你知道关键是什么吗？”

相隔的距离在快速拉近，霍临川的手指扣上扳机，看似要按下时，出其不意将枪口移动，转而对准远处的言卿。

他如愿以偿看到霍云深白纸般的脸色。

“关键是你啊，弟弟。”

霍临川大笑，特意给了霍云深几秒反应的时间，等他冲上去用身体挡住言卿时，扣动扳机。

子弹应该正中霍云深的心口，接着欣赏他的弟弟跪倒在地，为了保护爱人，死在她面前，听她绝望的悲泣。

多好，多过瘾。

然而他预想的画面在电光火石间发生了偏差，霍云深像早有预料般，多错开了一点身子，子弹竟射入他的肩膀。

正常人根本不能承受的冲击和疼痛，于他而言居然像不存在一样。

霍云深连脚步都没慢，继续迈向霍临川。他左胸上方的白衬衫彻底被血染透，整个人犹如索命的鬼神。

霍临川震惊失色，瞪着当初废掉他的人发疯似的逼过来，越来越近，他的手不由得发抖，朝霍云深的腿又开了一枪。

就算不够准，但能让他血流如注。

即便如此，霍云深也仅仅是踉跄一下，反而加快了脚步冲向他。

霍临川只觉得铺天盖地的剧烈压迫感逼到跟前，他全身血液结成冰，弥天的恐惧骤然间涌上头顶，比起以前的濒死，到了这一刻，才真正让他体会到绝望。

他对霍云深的所有计划似乎在宣告着全部失效。

三年，甚至更久，往前递进到霍云深母亲意外坠楼而死的那一年，他长久得不到爷爷重视的心在扭曲，把患上心理疾病的弟弟推到万劫不复的深渊里，抢走他的一切。他代替弟弟拥有了家族重视，继承人的“王座”，以及原本轮不到他的女人。

可到了今时今日，这些他以为能够重新夺取到手的东西，像是在转瞬间灰飞烟灭。霍临川无比清晰地意识到，他掉入了霍云深的陷阱。霍云深才是那个铺网的人！

他血染的手伸过来。

霍临川方寸大乱，拼命转着轮椅往整间屋子唯一的门口逃。

倒计时快结束了！

但在他把轮子转向的那一瞬，原本洞开的防盗门竟顷刻之间被人从外关上，门缝里闪过黄奉阴鸷的脸。

江营和六个保镖倒地后，之前就失去反抗能力的黄奉反而得到了喘息的空当儿，在得知集团的暗箱操作败露，霍临川也并无胜算后，他果断选择了趁机逃走，哆哆嗦嗦找出保管在他身上的备用钥匙。

都死吧！

霍临川怒喊：“黄奉！开门！”

不仅没有开门声，响起的还是用钥匙在外锁死的吱嘎异响。

门如果被钥匙锁住，里面将无法打开。

霍临川崩溃地大吼：“你干什么！”

黄奉隔着门冷笑：“霍临川，你这个残废本来就是被利用的一颗棋子而已，我们不过是想借你身上的霍氏血脉和从前继承人的身份做做文章，以为你真能扳倒霍云深，没想到反被你连累！”

“至于霍总，”他欣喜，“你死了，再有江营给集团的事背锅，说不定我不用被追究，还能回霍氏坐稳位置！”

黄奉也知道时间所剩无几，把钥匙随手扔掉，冲下楼梯。

外面再无声音响起，霍临川的表情彻底失控，他还不等发泄，头发就被霍云深冷硬的五指揪住，朝后面狠狠一扯。

霍临川摔下轮椅，在地上挣扎，霍云深扭过他的头，掐住他凹陷的脸，森寒的声音字字如刀："是你把她从我身边带走。"

他的指腹不断地用力，霍临川被掐到牙齿松动渗血，满口腥气。

"你伤害她，打她。"

他鲜红的拳头落在霍临川小腹上，霍临川低叫着摔倒。

"你给她灌药，更改她的记忆。"

霍云深的鞋也落了滴滴殷红，他却像全无感觉，狠狠碾着霍临川的废腿。

一字一句都如同杀人的利刃，在切割碾磨着霍临川的意志。

霍云深是疯的！他一直都是个变态的疯子！

当这些折磨变本加厉落到自己的身上，霍临川在肉身和精神的双重凌虐里彻底溃不成军，他拼尽全力捡起一把保镖遗落的匕首，要往言卿身边爬。

刀也好，枪也好，他要让霍云深替云卿死，死在她面前！

然而在他拿到匕首的一刻，霍云深已然把他提起来。

倒计时走得飞快，屋顶灯光晃得人头晕目眩，霍临川瞪着眼前这张从小让他嫉恨的脸，发出无法喘息的恐惧声。霍云深却笑了，狭长的眼尾勾出一丝堪称温柔的弧度，张开口，低低地问："恢复记忆的关键，是我保护她，死在她面前，对吗？"

霍临川忽然间毛骨悚然。

霍云深是故意的，逼他去动作！而他确实在慌乱中放弃了够不到的枪，选择匕首。相当于告诉了霍云深，无论什么工具，什么方式都无所谓，真正的重点是他保护她而死。

霍临川已经体无完肤，嘴角溢着血，瘫在尘土里笑："你知道了有用吗？炸药还有三分钟就要炸了，门锁着谁也出不去！你没机会了，我们都得死！你知道又怎么样！"

三分钟。

霍云深一秒都没有耽搁，把霍临川踢开。

霍临川死不放弃，拖着残肢拼命往门口爬，拍打紧闭的大门。

言卿眼睛红肿，看着倒计时上的数字变为两分五十九秒，流水一般飞逝。她空白的记忆里，仅仅留下一天印象的那个人，他说自己的小名叫乌云，现在浑身尘埃和鲜血，踉跄地跑向她。

他疼啊！

枪伤，怎么能不疼。

言卿哭得窒息，喉咙堵到喘不上气，霍云深赶到她跟前，把她口中的布团取下，颤抖地解开绑着她的绳索。

“别怕，别怕。”他的声音仍旧稳定，“我在，不会让卿卿有事。”

言卿的嗓子像被扼住，说不出话，战栗地去摸他的伤处，他躲了躲，哄她：“乖，别碰，脏。”

两分钟不到。霍云深拉着她快步走向窗边。

这栋楼不是落地窗，窗台设置较高，到他小腹的位置，上面能打开的玻璃窗要高出一截。

血一直在流，霍云深唇上已经没了颜色，他极力保持清醒，向下看，楼下影影绰绰站着人，围着一张巨大的气垫床。

进楼之前，他给闵敬发了信息，要他在已知亮灯的窗口下准备气垫床，以防万一，但没有他的进一步指令，不允许擅自做任何多余行动。

他要保证的，是能让卿卿恢复，不被打断和干扰。

他们恪守吩咐在楼下等，没有人知道一分钟后会发生爆炸。

四十九，四十八……来不及了。

不只是现在，从得知倒计时只有三分钟时就来不及了，朝窗外喊话让他们上来，只会增加伤亡。

但很好，他还能救卿卿。

窗口打开，夜风忽地灌入。

霍云深的肩和腿剧痛到麻痹，他撑着最后一丝力气把言卿托起，让她坐在窄窄的窗沿上。

言卿失声，沙哑地问他：“我们跳窗是不是？你也上来！你先跳，或者我们一起！没有时间了！”

“就是因为没有时间，”霍云深定定地望着她，弯起嘴角，“我才要护着你。”

她浸湿的长发半干，贴着脸颊，被风鼓动，扬到他的眼角上。

他的卿卿，他的珍宝。

这一生何其有幸，能被她所爱，抓住她的手，走出禁锢他的牢笼。但如果当年，他在那个小巷救下她后态度更决绝，没有在她失望放手后去穷追不舍，她是否会有更轻松的人生。

为了他，她跟云家决裂，被同学和朋友质疑，没有好的生活，承受伤害。

人人因他不幸，可他只想让卿卿幸福。

原本，她可以不爱他。

三十秒。

言卿意识到他的选择，惊恐地抓住他的手臂，把他往窗台上带，但她身体里药效还有残留，双手发软用不上力。

霍云深轻声说："卿卿，我右腿已经抬不起来了。"

窗台的高度，于他而言难如登天。

言卿怔了一下，忍住的眼泪顷刻决堤。他是为了保护她才被打伤了肩膀和腿！他上不来，却要护她一个人下去！

言卿哽咽道："那我也不要走！"

霍云深紧紧按住她，顺着小臂流下的血染红她的衣服。

十秒。

他凝视着她哭湿的脸，含笑说："今天还没有正式和你自我介绍，我叫霍云深，你呢？"

言卿张了张口，正要回答。男人乌黑的眼瞳里蕴出泪痕，在电子屏上倒计时归零的那一瞬间，把她推出窗外。

言卿去攥他的手，却被血滑脱。她倒向冰冷的夜色，死死盯着玻璃后面霍云深的脸，同一时间，"轰"的一声炸响，震耳欲聋，暴起的通红火光犹如庞然巨兽，将窗口后的人完全吞没。

言卿的世界在这一秒天崩地裂。风变成最锋利的武器，四面八方捅穿她的身体，脑中那道曾反复冲撞不得其解的闸门，转眼之间纷飞，化作尘粉，所有困死的记忆山洪般呼啸着倾泻。

言卿眼里映满赤红，耳中是遥远的呼喊和爆炸声。

她想喊一声他的名字，却连自己也听不清楚，含混地绕在舌尖，直至变成声嘶力竭的恸哭。

云深，我走丢了好久。在离开你的那段时间，我总在想，还有一个秘密没有告诉你。

我跟你的初遇，不是在那个傍晚的小巷，而是我五岁那年夏天，在霍宅绿植成荫的回廊里。

那天妈妈说，我要去见许了娃娃亲的男孩子，以后要嫁给他，相守一生，所以我穿了最好看的一条裙子，站在你会经过的地方悄悄打量。

可树叶上有一条手指长的虫子，掉在了我的肩膀上，我吓到大哭，是你跑过来帮我拿掉，还嫌弃地捏我的脸，叫我胆小鬼。

我抽噎着问你为什么要欺负我，你笑着弯下腰，眼睛很亮："这不叫欺负，是看你的脸像棉花糖，才捏的。"

从那一天起，我就是棉花糖。

后来你变成乌云，别人都说你是会杀人的疯子，要划清界限，老死不相往来。可我知道你有多好。

自我认识这个世界，知道霍云深的存在开始，我就知道，你有多好。

我到中学才有能力脱开家里的管束，去学校找你，但你因为心理创伤太重，已经忘掉了你的棉花糖。

没关系，我来追你，即使受冷落，我也从未把你放弃，而是教你怎么爱我。

云深。

这世上很黑很苦，但我想让你相信，有一个人，从很早以前就选择你，喜欢你，直到爱你。你不是可有可无，更不是孤身一个。

"今天还没有正式和你自我介绍，我叫霍云深，你呢？"

"我叫云卿，从过去到未来，都属于你。"

言卿重重摔在气垫床上，纷乱的人影朝她惊叫着拥上来，围得密不透风，楼上的爆炸持续轰响，有很多声音在呼喊，无数的手来碰触她。

她什么都听不真切，也辨认不清这些人的样子。

耳朵里是男人或笑或哑地叫着"卿卿"，一声声把她的五脏六腑震得粉碎，她红肿不堪的眼睛大睁着，再也看不到他，里面映着的只有烧红的夜空和那扇烟尘翻滚的窗口。

言卿的头脑像被劈斧凿开，承接着失去的记忆。

她是云卿，是言卿，是每一个早上醒来都会重新爱上他的空白灵魂，所有激烈奔流的过往，他的童年少年，他的遍体鳞伤，一帧帧迷恋入骨的神情，一股脑儿决堤，凶猛地撞击她崩溃的神经。

可是没有了。

她掏空一颗心爱慕和疼惜的这个人，永远不会有了。

为什么她还活着？

有人要扶她起来，拉扯她的手臂，言卿极力抗拒，歇斯底里地躲开。

不走，这里是离他最近的地方，死在一起，才能归到一处。

但越来越剧烈的头痛击垮了她的意志，她无力控制自己，眼帘沉重地垂下，透过睫毛的缝隙，在清醒的最后几秒仍盯着上方的火舌，她的眼泪无助地涌出，身体蜷成僵硬的一团。

霍云深，你能不能，等等我……

言卿再睁开眼时，视线模糊了许久才渐渐清晰。

她被换了地方，躺在病床上，手背扎着针头，输液管里的液体一滴一滴流入她的身体，冷得发抖。

病房里混着消毒水的味道和淡淡花香，很空，也安静，唯有床边的椅子上坐着一个人，正紧张地注视着她，见她睁开眼，表情激动得要哭出来。

“太太，你醒了，头疼吗？还有没有记忆不清的部分？哪里不舒服都告诉我，在你昏睡的期间，我给你做过详细的检查了，结果已经完全正常，我真的……”

言卿没有说话，直接去拔输液的针头。

何医生吓出一身冷汗，赶紧去阻止：“太太！你干什么！”

言卿依然不声不响，撑着身体坐起来，不顾血液回流就要下床。

何医生愣了片刻，恍然读懂了她此刻的意思。他着急地回头瞥了门外一眼，没动静，看来抢救还没结束……

这种时候任何安慰都没用，太太经过那场爆炸，根本没了求生的念头，疼痛还是流血她都没有感觉了，更听不进他那些温和劝导的话，一门心思要走极端。

何医生凝了凝神，忽然加重语气说：“霍总拿自己换回你，你就这么不当回事地随便糟蹋吗？那他不眠不休筹划那么多，把命都算进去，为你扫清障碍，铺平以后的路，到底是图什么！”

言卿慢慢抬起头，脸色惨白，双眼无神，空洞地盯着他。

何医生对上这样的眼神，不免心头酸楚，他是个坚定的无神论者，却忍不住悄悄拜遍菩萨，祈求抢救室里的霍总能够躲过劫难。

现在除了这间病房里还算净土，外面早已是狂风暴雨，不知道多少人守着。

但结果还没出来，他不敢跟太太多说。

一旦抢救失败……

比起燃起希望再残忍破灭，还不如一直绝望。

他当前应该做的，就是尽量吸引住太太的注意，何况他要说的桩桩件件都是事实，他本来也不打算藏着瞒着，想让她知道。

何医生提着气，继续肃声道：“霍总很早以前就猜到了唤醒你记忆的关窍，但具体怎么做一直无法确定，我们的方案是假死，也以假死为基础做了尽可能的准备。可没预料到，霍临川也不打算放过你，情况是临场突变，我们能做的竟然只剩下一张气垫床。霍总为了保护你，宁愿把假的变成真的，搭上自己的命。”

言卿被几句话扎得千疮百孔，嗓音嘶哑：“他用自己换我，没了他，我醒过来，我活着，都有什么意义！”

“他提前做好了准备，”何医生回想起当时的情景，难掩激动，“他陪你拍古装 MV 的那天，在电话里亲口交代身后事，一旦他发生意外，要我催眠你，让你把他当成……”

言卿呼吸困难：“当成什么？”

“一个没有感情的丈夫，你只需要安心接受他留给你的财产，不用为他的死多流一滴眼泪。”

言卿失去知觉的心被一把火烧成灰。

他不仅丢下她，还要把她的记忆也一起剜走，抹掉霍云深曾经在这个世上被爱过、被珍惜过的痕迹。

他想死得无声无息，变成一个从来没有重要过的透明影子。

言卿盯着何医生，那副唱歌的嗓子发颤变调：“你敢……你敢！”

她往后缩，凶狠地捍卫着自己仅有的珍宝。

何医生难受得扭开头，等确定要这么做的时候，太太根本没办法反抗，或许不让她知晓更容易操作，但出于私心，他就是想在她记得一切时，说给她听。

一路亲眼见证着霍总和太太走过来，如果真到了那天，让他怎么下得去手。

病房中正剑拔弩张，外面走廊里，猛然响起跌撞的脚步声，狂奔着靠近，“砰”地推开门，来人大口喘着，涕泪横流地拼命点头，发不出声音。

言卿呆住了，是闵敬。

她脑中一片空白，倏地燃起一簇不可置信的微小火光，不敢说话，死死抿着唇。

何医生明白怎么回事，一见闵敬的反应，登时浑身脱力，眼眶也红了。

他颤巍巍回过身，哽咽说：“太太，我……我可以对你说实话了。霍总他，他在爆炸发生的当时，被气流掀翻的金属门板挡住，那扇门不偏不倚，飞到霍总身后，倒在墙上搭出了一个夹角，帮他承担了大部分伤害……”

事发后，他们都以为霍总没有生还的可能了。但那扇原本被从外面锁住，封死了生路的坚硬金属门，为了搭配面积大的套房，几乎有三人宽，材质异常结实。霍临川布置的炸药是为了要三层那个房间里的人命，并没打算炸掉整幢楼，所以炸药的量和威力都不算过大。

实际上，按照爆炸气流冲击过来那一瞬间的方向，门并不能准确飞到霍总身边，有一点偏差，但霍临川当时正趴在门口，门被他的身体磕绊，扭转了角度，恰好飞向了它最该去的地方。

霍临川死得彻底，尸身残缺不全，却也在最关键的关头，被迫用自己肉身去偿还了他的累累罪行。

言卿缓慢地眨动眼睛，手指不停发抖。

“就算这样，霍总还是受到波及，左边半身都有伤，他在现场实在太久了，窒息严重，加上身中两枪，失血……”何医生说不下去，顿了顿，鼻音浓重地再次开口，“霍总一直在抢救，我们害怕失败，所以不敢太早说。但现在他，他能活下来了……”

他话音未落，反应过来的言卿发出一声哭腔，用力咬着嘴唇忍住，她一把扯掉手背上的针头，不管溢出的血，踉踉跄跄冲出病房。

霍云深已经推出抢救室，还在昏迷，在重症病房里观察，暂时不允许进入探视。

重症病房的外墙上有一片是玻璃，可以看到里面的情况，一群衣冠楚楚的男人围在那里，发出劫后余生的长叹和低泣声。

闵敬跟着言卿跑过来，护在她左右，人群在发现她出现后，自觉噤声，向两侧让开，把正中间让出来。

言卿昏昏沉沉往前走，越是靠近，越是害怕得牙齿打战，她还穿着病号服，手背上红红的一片，她唯恐惊扰神明，走得小心翼翼，安静地贴在玻璃上，抹了抹眼睛朝里面看。

雪白病床上，被子盖到男人胸口，遮住了他满身的伤，他合着眼，睫毛漆黑，薄唇苍白，五官线条退去了往常的冷冽。

他不知道自己在被抢救，不知道自己还能活，在这个时刻，他是以赴死的样子面对着她，没有抗拒，只有脆弱而温柔。

言卿贴着玻璃一动不动。

在场谁也没胆子出声，都低着头，闵敬情绪平稳了一点，立马回到闵特助的角色里，散开众人，安静带他们离开，把这个空间留给言卿一个人。

言卿目不转睛地看着他，半晌后，才咬着手腕呜呜地哭出来，又带着泪笑。

“老公，”她曲起温度回暖的手指，在玻璃上轻轻地敲了敲，委屈地问，“你什么时候醒啊？我想跟你回家。”

言卿在重症病房的玻璃墙外留了下来，就那么静悄悄站着，看医护进进出出，把各种医疗仪器用在霍云深的身上，而他低垂的眼睫毛从未动过分毫。

谁来劝她也劝不动，她不再哭了，眼神也很坚定，除了固执地站在那儿不动，看起来很正常。

霍氏的亲信大多数撤走了，只有“白大褂”来回经过，大家都认识言卿，话题度十足的女明星，又是霍总的太太。网上传言把夫妻两个的关系描述得复杂又虚假，但现在所有人亲眼所见，霍总为了太太命都可以不要；太太也犹如被抽了魂，苍白纤瘦地套着宽荡的病号服，执拗地守着一张她碰不到的床。

何医生急得来回打转，怕太太好不容易恢复过来，还没休养就这么耗着，身体受不了。

闵敬拍拍他的肩："您休息吧，太太我来照顾。"

"可她……"

"别低估她，"闵敬摇头，"我嫂子很厉害，被带到那么远，什么都忘了，还能靠自己回来深哥的身边。以前人人都对深哥不好，也只有嫂子一个，坚定不变地接纳他。"

他镜片后的眼眶有些热："她刚回来的那段时间，我还埋怨过她，想想是我太蠢了，她得有多深的感情，才能扛过那些磨难，跟深哥走到现在。"

闵敬打理了一下形象尽失的自己，拿起一件大衣走到言卿旁边。

"嫂子，"他重新叫出几年前的称呼，"披上吧，别病倒了。"

言卿没看他，轻声说："不用了。"

闵敬早有准备，说："是深哥的大衣。"

言卿指尖一颤，马上把衣服接过来，放在怀里紧紧抱着，汲取他残留的微弱气息，半晌后才披到身上，把自己裹在里面，像被他双臂搂着。

闵敬没劝她走，给她搬来一把加了软垫的小沙发，专门提到大快人心的话题，试图转移她的注意力："江营被炸残了，那些保镖助纣为虐，死的死，伤的伤，在房间门口掳走你的那个状况最惨，还有锁门的黄奉。"

他冷哼："老家伙发现我们的人在外面，到了一楼特意没走正门，从窗户翻了出去，天太黑他没看清，在窗框上绊倒腿摔断了，等着跟江营一起被监察机构处置。"

"他们在霍氏埋的线都被挑得一干二净，相关人员也全部清理了，以后集团里再也没有隐患，彻彻底底是深哥的了。"

言卿专注地望着病床上的霍云深，听完这些，唇弯了一下："闵敬，我没事，你不需要费心，我只不过是不想离开他。"

闵敬忽然语塞，鼻子一酸。

嫂子都懂，明白他不是真的想说这些，只是在逗她开心而已。就像上学的时候，深哥每次跟人打了架，都不敢露面，他作为小跟班儿习惯性地编理由去找云卿解释，云卿总是温软地垂着眼，对他说："他又受伤了对吗？我去偷偷看看他，你别让他知道，我不想他孤零零的一个人。"

闵敬眼圈一下子红透："嫂子，你终于回来了。"

言卿的眼睛映在玻璃上，带着一层剔透的泪光，她喃喃地问："那三年，他怎么过的？"

闵敬满肚子的话都像找到了出口，有千言万语想跟她说，恨不得把深哥的每一点痛苦都淋漓尽致地讲给她听，但嗫嚅了半天，最后只挤出来一个词："生不如死。"

言卿把大衣抓得更紧，她不需要想也知道。

床上那个昏迷的人，即便在新的记忆里已经跟她亲密无间了很久，但遗失的过去全部找回来以后，她隔着玻璃细细地描摹过他的脸，才发现他变了好多。

从前阴郁嚣张的少年，为了找到她，独自跋山涉水走了好多凶险的路，青涩和锐利的棱角都硬生生地砍掉，成了能给她撑起天地的男人。

重逢的桥上，他抱着她，重复说着"卿卿，是我"，是他怕自己改变太大，她不愿意认他。

言卿低下头，下巴埋进他的衣领里，脸颊磨蹭他穿过的衣料，轻轻抽泣了一声："云深，你别怕，我回来了，一辈子也不会丢。"

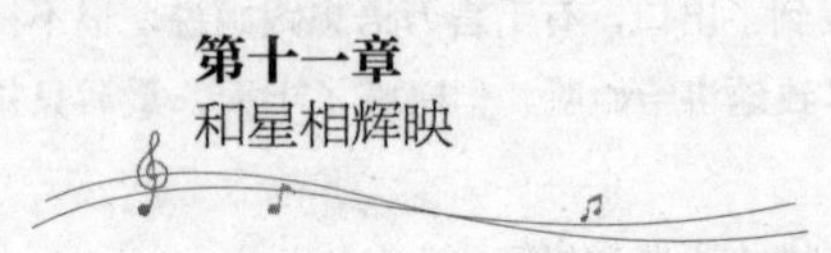

第十一章 和星相辉映

霍云深的情况在第二天中午开始好转，去掉了呼吸机，从重症病房换到常规病房里，言卿寸步不离地守在他床边。

人多的时候她表现得很冷静，坚持做好霍太太，不在一大群医护面前给霍先生丢脸。等到人都走光，贴心地关闭房门，偌大空间里只剩下她跟霍云深两个人，言卿迫切地踢掉鞋子爬上床，把被子轻缓掀开，检查他的伤。

枪口一层层包扎着，他左边身体从肩臂到小腿，都有不同程度的烧伤和碎片割伤，仅仅腰还算完好。

言卿将嘴唇咬得出血，忍着不掉眼泪，她哪里也不敢乱碰，给他盖好被子，把自己蜷成很小的一团，缩在他身旁，用手指触碰他的脸，很小心地吻一下嘴角。

医生走前交代过，霍总的危险期平安度过，醒过来就没什么大碍了，现在能做的只有等。

言卿也好久没休息，她记忆复原，受损的神经需要恢复，本能地急需睡眠，她担心睡在床上会误伤到他，恋恋不舍下床，把椅子拉到离床近的墙边，靠着墙昏昏欲睡。

她支撑不住闭上眼时，霍云深的指尖动了动。

待她陷入浅眠，男人吃力地挑开眼帘，干涩的唇微微张开，下意识叫了声“卿卿”。声音暗哑，撕扯着喉咙，两个字咬得模糊。

爆炸，火场，卿卿跌出了窗口，他没来得及多看她一眼……

霍云深混沌的意识只用了几秒钟就清醒了，他的目光从空茫转为清明，继而迸出不敢置信的火光，他艰难地去确认自己身处的位置，是医院里……一切触感和气味都真实到让人发颤。

他不由自主撑起身体，受了枪伤的肩膀顿时传来剧痛。

霍云深等不及，要下床去找人，各处的伤都跟着被牵连，溢出的汗把后背衣服浸湿，直到腿也被扯动，不堪忍受的疼逼得他倒下去，病床发出了不大不小的响声。

言卿睡得不安，心有所感似的惊醒过来，愣怔地看着他。汗顺着他的额角流下，绷带上出现了星星点点的暗红色。

言卿蓦地站起来，腿把椅子带得一晃。她坐在跟床头齐平的墙边，霍云深没有看见她，到这一刻，他才循声望过去，迎上她煞白的脸。

凿刻在骨血里最后的画面，是她绝望地倒向夜空。

现在，她在眼前。

心天翻地覆地颠倒，恍如隔世。

“卿卿……”两个字哽在他唇间。

言卿的手脚全是僵的，不听使唤。

霍云深盯着她，等不到她扑过来，有个念头猝然在他脑中闪过，他曾要求何医生在他死后给卿卿催眠，把他当成一段过眼云烟……

是不是……已经实施了？

霍云深脸上血色全无，哑声问：“卿卿，你记不记得我是谁？”

是那个本该死了，让她恢复自由身，连心疼都不必有一丝的丈夫，还是……

言卿哪能读不懂他的意思，不提还好，提起这个，她心都烂成一摊泥。她憋住哭腔，强迫自己面无表情，硬邦邦地对他说：“不是老公吗？”

让你牺牲，让你丢下我，让你把自己抹掉！

霍云深听到她漠然的语气，眼眶发红。

他刚刚露出一点反应，言卿就溃不成军，血液凝固的双腿努力迈开，一步步奔向他，到了床沿，她膝盖发软，扑过去抱住他的腰。

含着的泪汹涌而下，她仰起头瞪着他，呜咽着问：“云深，你不是我老公吗？”

她一句话，拉着霍云深从寒渊升到云端，他的唇被她润湿，火热的体温随着紧贴的皮肤彼此交融，心脏重新在胸腔里猛烈地跳动。

霍云深抬起插着针头的手，按着她的头落下吻。

鼻端不再是病房里的冷肃气味，换成了她身上不变的暖香，不用靠香水获得，不用做酸楚甜涩的梦，他的卿卿回到了怀里。

霍云深的睫毛间也有了潮气，言卿哭得更用力，想把三年多的颠沛和分别都在这一场眼泪里倾诉给他。

他不需要她说什么，她每一点心思他都懂。

霍云深低哑地回答她：“老公在。”

言卿情绪决堤，只想和他靠得更紧些，不由自主往他身上蹭，拱着他的脸颊和颈窝，抽噎着想钻进他心口，仿佛只有这样才能得到一丝安全感。霍云深比她更失控，手在她腰背上揉着，怎样亲密也嫌不够。

敲门声隐隐约约在响。

“太太，太太？您在里面吗？霍总测血压的时间到了。”

“您不说话我们就进来了？”

显然是已经敲了一会儿。

满室黏稠的空气被搅动，霍云深先警觉，他的唇还未从那片软热上离开，紧接着门就被推动，言卿这才后知后觉地反应过来，耳朵不禁红透，要躲也来不及了。

霍云深扯过凌乱的被子蒙住她，言卿配合地往他胸前缩。

完了，亏她始终在人前维持着霍太太的体面，没有过于失态地给霍先生丢脸，结果这就要原形毕露了！

她懊恼得咬唇，小鹌鹑一样尽力躲在被子里，但指尖不经意碰到了一片濡湿。言卿怔了片刻，心里骤然一凉，她挤开一点被角，借着亮慌忙去看自己的手，红的，血……

霍云深的视线掠向门口震惊欣喜的一行医护，哑声交代：“先出去。”

他话音刚落，好不容易捂严实的被子就被强行掀开。言卿从他身上跌下去，顾不上衣衫不整，形象有多不适合见人，回头颤巍巍地低喊：“他伤口裂开了！”

一群人迎着霍总锐利的目光，训练有素地进门，低着头不乱看，在言卿的近距离监督下给霍云深上仪器检查，准备清理渗血的伤口。纱布即将掀开最后一层时，主治医生贴心地提醒她：“您别看了。”

言卿摇头，声音紧绷着：“换吧！”

医生清楚纱布下的情景有多狰狞，犹豫着不忍心动手，霍云深抓住她的手腕，低声道：“卿卿听话，转过去等我，很快。”

言卿垂眸，怕延长他受罪的时间，不得不老老实实转过身，背对着他，双臂抱住膝盖，把脸埋在臂弯里。

她本来就很瘦，这段时间以来，更单薄纤细得让人心疼。

霍云深醒来时起得太急，大部分的伤口都受了损伤，手背插着针头的地方也肿得青紫，哪处都会疼，但哪处又都不足挂齿。

他全程一声没吭，等医护处理好退出病房，他碰了碰她：“宝宝。”

言卿点了一下脑袋算是回应，往外挪了几厘米。

他温热的五指覆上她微凉的脚背：“乖，过来。”

言卿闷声道：“你的伤口不能再流血了，我还是和你保持距离……”

没等说完，男人变本加厉地握住她的手腕，把她往身边一扯，她睁开桃核似的眼睛，不知所措地看他。

想亲近，巴不得融为一体，可她也是个危险品，容易害他再受伤，还不如自我隔离。

霍云深用指腹摩挲她的皮肤，低沉地叫她：“卿卿，我腰没有伤。”

言卿蒙了。

什么意思？

霍云深盯着她：“过来，我想离你近点。”

言卿顿悟了，他其他地方要小心对待，但腰腹基本是完好无损的，可以供她撒野。她回头看了看门是否锁好了，确定不会有人来打扰，乖乖爬过去，抬起细长的腿，坐在他腰间，慢慢趴下去，轻缓地贴在他没伤的那边肩头，温顺地不动了。

霍云深抚着她的背，呼吸微微加重。

言卿小声问：“我以后姓云，还是姓言？”

“不重要，不管你姓什么，都是我的卿卿。”

言卿沉浸在他干净沉冷的气息里：“那还是姓言，把小云卿藏起来。”

霍云深低声笑：“那我呢？你想怎么叫？”

言卿跟他商量：“深深好不好？喊云深是因为以前还小，不好意思喊得太亲密，我现在喜欢叫深深。”

他意味深长地问：“是不是缺两个字？”

言卿知道他指的是什么，在他耳边笑出来，缓缓说：“那我补上，深深宝贝。”

霍云深用手臂搂紧她，箍着她细细的骨头。

迟疑许久，他有些不安地问：“这几年我变了很多，你……”

言卿抬着脑袋，捏住他的下巴认真打量：“变瘦了。”

他抿着嘴角，眼尾有微微的泪痕。

言卿凝视他问：“你后面半句要说什么？”

“我不是当初那个霍云深了，你喜欢现在的我吗？”

言卿掐他的脸：“我也不是当初的云卿了。”

霍云深眉目舒展，很了解地点点头：“我老婆身份太多，还有娇俏秘书、小富婆、纯情患者……”

言卿一愣，羞愤得恨不能去撞墙，一把捂住他的嘴：“你笑话我！”

他的唇贴着她的手心，无声地动了动：“我不笑话你，我爱你。”

爱每一个你。

言卿移开手，郑重地亲吻他，反问：“所以，我的答案你还要问吗？”

她一字一字地说：“以前的少年，现在的霍先生，每晚在节目组宿舍楼下守着我的人，把我锁到星云间关起来的人，包括会在办公室说娶我做太太的老板，只归我一个人的小明星，治疗我的医生……”

她眸中尽显温柔：“我都爱。”

霍云深的身体恢复得很快，但右腿的枪伤太重，短时间还不能正常行走，待到他可以撑着拐杖下床时，果断选择出院。

距离爆炸发生已经过了一周多，当天动静闹得太大，《夜夜笙歌》当期节目中止，警方和各相关结构都介入调查，现场的嘉宾团队和节目组工作人员又数量众多，与其费力去隐瞒，不如主动澄清。

霍氏对外公布了说法，没有讲得详细，只说是度假区施工中的楼意外发生爆炸，霍总和太太恰好在现场才被波及。另一边暗地里把所有牵扯进来的人分别安抚好，大家都是聪明人，懂得闭嘴。

只是粉丝路人和吃瓜群众组成的庞大网友军团绝不会放过这么大的新闻，各路猜测一夜之间冒出来，微博刷屏，各八卦论坛屠版，小道消息层出不穷，论调一个比一个劲爆。

“我有个资深二世祖朋友，老爸身份显赫，据他说霍总其实老早就要崩盘了，霍氏开拓美国市场失败，面临巨额损失，他已经跌下神坛了，这回爆炸好像就是集团内部斗争搞出来的！”

“跌下神坛算个啥，听说人都废了，勉强捡回一条命。”

“那言卿还能跟他？本来就是给人旧爱做替身的，图人图钱图资源都说得过去，现在啥都没了，肯定要离婚吧！”

“我的妈，总算等到这一天，‘深情夫妇’终于要离了。”

“一起等离婚！”

“呜呜呜……我的虐恋夫妇还是要分开了。”

闹了几天，最后“坐等深情夫妇离婚”的话题一举冲上微博热门，压过了各位大咖的新片官宣和流量曝光恋情。

住院的几天里，霍云深跟言卿把病房当成蜜月房，除某项霍总蠢蠢欲动的活动被老婆勒令禁止外，他满足到不真实，没有时间去关注网上那些乱七八糟的吵闹。闵敬也很有分寸，只日常来找霍总签些重要的文件，其他的绝对不去污染哥嫂的耳朵。

出院当天，从医院离开的时候天色已经暗了，一路上车水马龙，夜色被灯火映得五彩斑斓。

言卿好起来以后这还是第一次出了病房到街上，重新去看在她记忆里被割裂开，又融合在一起的海城。

她跟霍云深在海城长大，所有年少炽烈的爱意都燃烧在这里，后来她也在海城用新的身份认识他，嫁给他。

医院在江南，回霍宅别墅要去江北，中间经过那架跨江大桥，晚上起了风，呼呼地刮着车窗，跟重逢的那个深夜很像。

车刚刚平稳驶上桥头，言卿的心跳就在加剧，等经过桥中央，霍云深曾经站过，差一点坠下去的栏杆边时，言卿的指甲不自觉地掐进手心里，心脏一阵阵地抽缩。

不能想，稍微回忆当时的画面，她就怕得发冷。

男人孤独无望地想要葬身在这片冰寒江水里，如果她再慢半步，他的人生就将终止，无休无止地漂泊下去，永远找不到那条通向她的路。而她一无所知过完这一生，一辈子也不知道自己是谁，被谁当命那样疯狂地爱着。

他变成一缕魂，还是会固执地找她等她，也许要花很久才能飘到她的身边，却连拥抱她也做不到。她没办法感知到他，跟别的人在一起，或笑或吵，都与他无关。

言卿扭头盯着车窗外，不敢回头让霍云深发现她在哭。

一只火热的手掌忽然抚上她的后颈，半强迫地把她的脸转过来，抬起她的脸，给她擦掉眼角的泪痕。

言卿的视野模糊，男人的五官如梦似幻。她忍不住抱紧他："深深……"

霍云深着迷地亲她："别哭，我活着，你赶回来救我了。"

"要是我晚了一步……"

"你晚了，那我就变成鬼缠着你。"他有些凶地咬她，"天天晚上进你梦里，等你想起我。"

车接近别墅，言卿离老远就看到窗口有成片的光点在闪，霍云深交代司机不走车库，直接停在庭院的正门。

言卿下车抬头，和她领结婚证的晚上一样，落地窗上挂满了闪烁的暖色小灯，这次还要过分点，小灯拼成了形状圆润的一大排字。

"老婆，欢迎回家。"

好傻，也把她的心戳成筛子。上次他说时，她还别扭地就知道躲，现在只想原地起跳，冲上楼尽情在属于她的家里放肆。

"你什么时候准备的？"

"知道我还能亲手把你牵回来的那一刻。"

言卿到家以后第一件事，先照顾腿脚不便的老公坐好，接着摩拳擦掌："等我三分钟！"

她翻箱倒柜，把当初签的婚前协议给找出来，郑重其事地摆到霍云深眼前，当着他的面，干脆地撕成两半。

“这个必须毁掉，不算数。”

霍云深的目光锁着她：“那我要一个算数的。”

言卿蹬掉拖鞋，细白的腿半跪在沙发上，压过碎纸挪到他腿边，捧起他的脸。

“一个算什么，给你好多个。”

她先是亲他的眉心，男人的睫毛在颤。

“卿卿一辈子是你的妻子，没有终点。”

接着亲他的眼帘，他鼻息加重。

“每天爱你一万遍。”

“太少。”他笑着反驳。

言卿也笑，不嫌他幼稚，掐掐他的脸颊：“我会考虑酌情增加。”

随着霍云深身体好转，爆炸的风波逐渐平息，林苑这个经纪人的工作也走回正轨。

出院前一天林苑还在提醒言卿，每年年中的各大歌坛奖项眼看着要启动，别家都虎视眈眈，她不应该错过，早点把个人专辑整理出来，尽快上市发行，还能搭上奖项的末班车。

专辑的原创歌她一直在准备，原就定了九首，别的都完成了，只剩下最后一首主打歌，同时也是专辑同名歌，不过现在还是半成品。

原因……是她之前没找到缺失的那部分灵魂。

言卿在家里照顾难得示弱的老公，满足他层出不穷的要亲要抱要安慰的要求，趁他有工作忙时，偷偷地潜在工作室里写歌。

在《夜夜笙歌》被爆炸中断的那期节目再次启动录制前，言卿打磨完了这首歌的每个音符，她拾起笔，在纸上一笔一画写了歌名和专辑名——《念深》。

一思一念，一呼一吸，十几年的时光，所爱是深深。

工作室的门被静静推开，言卿感觉得到霍云深气息的靠近，把纸飞快折起来不给他看。霍云深嘴边噙着笑：“学坏了？还有秘密。”

“有啊，暂时不能让你知道。”她眼尾微挑，柔软而妩媚，“霍先生听话好不好？你要是答应，我给你吃颗糖。”

他走得还很慢，一步步到她跟前，用骨节分明的手指拨拨她的下巴：“什么糖能换我听话，够甜吗？”

言卿仰脸看他。

男人刚结束工作，衬衫领口扣到顶，往上是起伏的喉结，鼻梁高挺平直，优越的眉眼被一副金丝平光镜挡住，冷戾遮了不少，衬出一身的沉着禁欲，天知道里面埋着多少忍耐。

距出院又过去很多天了，她昨天特别委婉，旁敲侧击地问过医生，她老公可以做些不太剧烈的运动，适度就好。言卿不忍了，白皙的指尖拉着霍云深的衣襟，把他拽低，双唇贴合……

第二天言卿就要出发去录节目，《夜夜笙歌》已经延后一个星期，不能再耽误了，要去度假区把对应的下半场竞演拍完。

霍云深行走还不方便，大多时候需要拐杖或是搀扶，言卿不放心他的身体，要他留在家里。竞演的录制厅就在海城，和家里车程不过一个小时，当天就可以返回。

霍先生一脸纯良地点头："好，等你。"

言卿前脚一走，他后脚就上了车，随她去录制现场。

老婆不让去，那就偷着去。答应等她，又没说具体在哪里等，反正没有什么能阻挡霍总追随老婆的决心。

闵敬在车上喋喋不休了半天，坚持用正经脸把目前好笑的情况汇报清楚："深哥，基本就是这样，网上锲而不舍刷了很长时间了，以为霍氏要破产，你要离开董事会，还有传你毁容和身体残缺的，坐等太太跟你离婚。"

这些要命的话说完，后排跟开了最高档冷气似的能把人冻死。

闵特助捂了捂脑袋："哥，我就是个没有感情的朗读机器！不是我说的！"

霍云深沉声道："该澄清的澄清，剩下的我来做。"

卿卿今天第一次复工，她要做众星捧月的霍太太，不是失去庇护，无依无靠，被人嘲讽看好戏的小可怜。

言卿到达录制现场之前，林苑就给她做足了心理建设，担心接下来有些不长眼的人可能会乱说话，问她网上那些传闻，要她别介意。

然而车还未停稳，节目相关的一众高层和负责人齐刷刷出来迎接，专门安排给言卿的助理、造型师一行就有五六个。

林苑惊觉不对，手机恰好振动，她垂眼一看。

霍氏官博三分钟前“官宣”了进军美国市场后，跟行内龙头企业索亚达成的重要合作以及一系列闪瞎眼的巨额投资，桩桩件件昭示着霍云深不可撼动的地位。配着的一段短视频中，是霍云深跟索亚掌权人签署合约的片段，男人微微垂首，英俊冷肃，不可逼视。

这条之后，官博又大大方方发了个小猫猫比心的表情包，加上无比直白的一句：“霍总说，赚了钱，给太太买钻石。”

激情猜测了许久的八卦网友们被消息炸得头晕目眩。说好的破产离婚呢？！期待的“当红女明星没了靠山，一朝被后浪碾压，沦为十八线”戏码呢？！

“不是，等等！这视频是爆炸以前的，谁知道是不是霍氏拿出来粉饰太平的，说不定霍总人现在已经废了！”

“想到这么帅一张脸毁掉就哭死！”

“恐怕不止脸吧，听说手脚都……啧啧啧，恐怕真的只剩下钱了，言卿还怎么做霍太太？”

霍云深淡淡地扫了几眼屏幕，把手机扔一边，从隐蔽的通道进入录制现场。

今天的竞演顺序是抽签决定的，言卿第一个唱。她穿了霍云深选的长裙，烟雾一样的茶绿色，珠翠恰到好处地坠着，长发俏皮地盘起，露出纤秀美好的雪白肩颈。

言卿提着裙摆迈上舞台时，霍云深艰难地走到竞演结束的出口。

出口在舞台后方，她看不到他，他却能把她看得清清楚楚。满场光束汇聚，只照亮一个人，言卿在光里，他在暗处，目不转睛地牢牢注视她。

言卿唱完，评审和观众席的欢呼声震耳欲聋，在现场导演的安抚声中，她含笑鞠躬，转身走去出口。

视线在纷乱的喝彩和光影中轰然相撞。

言卿愣怔，呆呆地盯着那道立在昏暗中的高大人影，其他的声音和影像都不复存在。

她的脚步不由自主迈开，向他跑过去，导播听着耳机里极度亢奋的吼声，急忙把镜头和光束一起跟着移过去。

言卿穿过长长的甬道，赶到霍云深面前，他的眼里被光映出了碎金，低声说："老婆，我没拿拐杖，不会给你丢脸。"

她看着他微翘的唇，又气又心疼，指尖戳他的胸口："不是说好在家休息吗？"

"是这么打算的，可你一走，我就发现我受不了异地恋。"

"异地恋？明明都在海城，一个小时就能到……"

此起彼伏的尖叫呼声响彻录制大厅。

霍云深摸摸她的头发，低头靠近她，笑着说："没办法，不在你身边，就算距离再近，我也嫌远。"

大厅里原本很不起眼的一个角落，因为两道占尽了锋芒的身影成为全场的暴风眼，官方镜头对着他们猛拍，有些私藏了手机进场的观众也憋不住打开摄像头，第一时间把拍到的视频发上微博，还不忘开个定位，配上一长串失去语言的疯狂尖叫。

霍氏官博的澄清热度还在高涨，这边就有了新的爆炸性新闻。

发了视频的那些观众一边在现场亲眼看着霍总和太太旁若无人亲密，一边享受猛涨的转发和评论数字。一大堆营销号立马贴上来，挑视角最好的扩散出去，分分钟给推上热搜。

全网吃瓜群众受到暴击，近来跳得最欢的那些言卿黑粉，一时间被实到不能再实的"锤"压得奄奄一息。

"谁说霍总毁容来着？滚出来挨打！"

"这叫残缺？废了？毁到只剩下钱？你放眼看看现场哪个男星能比得上他的一根眼睫毛！"

"服了，这个站在门口等老婆的温柔男人，跟刚才霍氏签约视频里的那个阴冷大魔王是同一个人？面对钱和面对老婆差别这么大吗？"

"可以理解，毕竟霍总说了，赚钱只是为了给老婆买钻石……"

"等一下，重点是，这完全不像要离婚啊！"

在今天之前，网友看热闹不嫌事大，快帮言卿把离婚协议都拟好了，纷纷坐等大事件公布，看她这个给人做替身的"塑料"霍太太会落得个什么结局。结果跟猜测完全背离的事实一件件砸下来，哪个都跟设想的不一样。

霍总不仅没破产，整个霍氏还在强势扩张，风头正盛，根本无人能与之争锋，更别提什么毁容，现在人就站在那儿，亿万星光都不及他。

离婚？瞧这如胶似漆的模样，刚热恋的小情侣也没这个把全场变粉红的甜蜜度。

被粉丝骚扰到崩溃的“深情夫妇今天离婚了吗”不得不出来发了两条微博。

“没离！！！”

“这样的霍云深要是你老公，你愿意离？现在离婚唯一的指望就是言卿能醒悟，有点骨气，别一辈子给人家旧爱云卿做替身！”

讨厌言卿的那些人自我抢救了半天，总算找到个还能抢救的点，咬着“替身”死也不放，锲而不舍把“言卿有骨气别做替身”的话题刷到热搜。

这些新闻在微博上如火如荼地发酵，但录制现场没人有空去理，所有人的注意力都落在自带柔光的俩人身上。

霍云深的手臂护在言卿身后，遮着她裸露的一小片雪白脊背，他的视线掠过满场火辣辣的注视，眸中露出微微寒意。他丝毫不觉得这些人在看他，一门心思认定了都在盯着他老婆。

言卿今天为了配合裙子的风格，头发做得简单雅致，只用了根玉簪盘起，慵懒随性，正好也方便了霍总。他略抬手，捏住发簪一端将它抽出，黑润带香的长发顿时披散下来，落在言卿肩头，也漫过他的手臂，挡住她细瓷一样的皮肤。

属于他的都藏起来了，霍云深才收敛了攻击性，探身亲亲言卿的额头，搂住她，侧过头示意跟在他身后的那群人。

都是节目组的负责人，惶恐地等着他的吩咐，其中头脑聪明的立马懂了霍总的意思，打电话知会现场督导，光束随即移走，出口一时间陷入黑暗。

霍云深低了低眸，黑暗能隐匿他的行走不便。

他来接卿卿，不愿意让那么多人看到他的缺陷，即使只是暂时的，很快会康复，那也不行，对卿卿不好。他想用最配得上的样子站在卿卿身边。

随着观众的目光被转移，霍云深揽着言卿从出口离开，通往休息室的必经之路已经提前清了场，跟随的众人也识趣地退走。

闵敬留在外面，递上拐杖。霍云深抿着薄唇，没有立刻接，言卿及时阻止：“闵敬，我扶他。”

通道空荡，遥遥有歌声传来，言卿搀着霍云深走得很慢，手跟手扣在一起，摩挲着掌心。

她轻声说："深深，以后不许再说丢脸什么的，用拐杖没关系，谁看到都无所谓，你不用这么在意。"

哪怕他不会好，伤得更重，只要他在，她都甘愿奉上一切感激老天。

霍云深摇头："我在意。"

他很执拗地坚持。

言卿恍惚觉得手里握着的，不是如今搅动风云的霍先生，而是当初学校里，敏感脆弱，又强撑着不表现出来的自卑少年。

她心里酸软，不强求他，把他抓得更紧，笑眯眯地说："先停一下，我有件事要做。"

霍云深看她。

她踮起脚，郑重其事在他嘴边一亲，留下个淡淡的口红印，声音甜蜜："先给我家霍先生盖个章，晚上把吻还回来，可以换一顿排骨，让你早点好。"

进了休息室，霍云深没让闲杂人过来，掩上门自己帮老婆补口红，过后等全体嘉宾唱完，还有公布排名的部分要录。

他用指尖沾了膏体，刚触上她绵软的唇，没关紧的门板突然一动。

霍云深的眼神转冷，抬眸望过去，瞳孔不禁缩了一下。

没人。

窄窄的空隙里，倒是探进来一颗毛茸茸的小脑袋，琉璃似的眼睛圆溜溜的，张开嘴，娇软地冲言卿"喵"了一声。

霍云深全身的警惕在这一瞬全都竖起来，充满敌意地死死盯着它。

小猫崽试探了两步，壮着胆子把整个身子都挤进来，目标明确地仰着脑袋望言卿，叫得更大声，调子又奶又乖。

言卿怔怔地跟它对视。

小小的轮廓跟她记忆深处的影子重叠。她上大学那年，在学校院墙外救了只垂死的流浪小猫，带它看病吃药，抱到家里精心调养，直到后来它活蹦乱跳，天天黏着她。可自打它进了家门长住开始，霍云深的心情就没怎么好过。

他领地意识太强，拥有的太少，所以遇到入侵者，即便对方是个不大的小动物，也让他难受。

言卿想起重逢的晚上，她被霍云深压在老房子的床上，他痛苦万分说的那些话，猫和他一起等了三年，先走了，他还担心猫会比他更早找到她，要追着去。

小猫崽摇摇晃晃走到言卿脚边，用小爪子碰了碰她，“喵喵”叫着。言卿把它抱起来，爱惜地摸摸头，真的好像它……

霍云深周身的温度都降下来，别开脸，手暗暗攥着。

外面有脚步声传来，诚惶诚恐地敲门：“对不起，我是隔壁节目的督导，养在台里的小猫好像溜进来了……”

言卿说：“进来吧，它在这儿。”

女生双手合十：“抱歉抱歉，打扰你了，它本来是只流浪猫，大家一起捡回来养着的，平常过得好，胆子也就大了，总是到处乱跑。”

言卿笑笑，用脸颊贴贴小猫的头：“没事，很可爱。”

霍云深脸色有些暗，做好了卿卿要把它带回家的准备。

为什么……一定要来抢他的，之前容忍它，也好好把它安葬了，还不够吗？他才刚开始过得幸福，又来缠着她，分走她的关注。

他对别的都没有要求，吃多少苦也无所谓，只想一个人拥有她，不跟任何活的东西分享。

言卿却站起来，托着小猫还给女生，最后点了点它的小耳朵。

“它如果喜欢这里的环境，就让它留下；如果不喜欢，找个可靠的人收养吧，以后养它的费用我来出。”

“啊？”女生吃惊地道，“你喜欢它？那你带走也可以。”

言卿摇摇头：“不啦，家里还有个大的要哄，顾不上它，它过得好就行。”

女生带着小猫崽离开，小猫崽还恋恋不舍地扭头叫，言卿跟它挥挥手，发微信叮嘱了林苑安排人关照小猫，转身去看霍云深。

霍云深生硬地问：“不要它？”

言卿朝他眨眼睛，明知故问：“你想让我要啊？那还来得及，我现在就去喊她……”

霍云深忘了腿伤，急切地要过来抓她，踉跄了一下，唇微微发白。

言卿吓得赶紧跑过去，环住他的腰：“不要它，只要你。”

“家里大的这么难哄，我哪有空照顾别的。”她嗔怪，“你看你，腿有伤都不当回事，乱动什么。”

霍云深闭上眼，俯身抱紧她。

他腿上的病不重，心上的病才重，重得要跟小猫小狗争风吃醋，毫无长进，幼稚得可笑。但他做过努力了，就是无法容忍。

言卿安抚地拍他，对天发誓：“别紧张，家里只有你一个宝贝。”

以前她还不够明白霍云深的心思，不知道小猫给过他那么大的不安，如今懂了，不舍得让他有任何失落。

想当初，她头晕记忆混乱那阵，还以为自己怀孕来着，兴奋了好几天，现在想想，如果真有孩子，霍云深还不知道会掉进多大的“被抛弃”的旋涡里。就如同不肯用拐杖一样，他再怎么位高权重，骨子里仍是卑微地在渴求她，不是不信她的爱，是不信他自己，能够安心地拥有。所以不允许配不上，不允许被分享。

霍云深低低地说：“卿卿，别嫌我麻烦。”

言卿鼻子一酸：“不嫌。”

他得到肯定，放松了很多，又为自己争取：“我不难哄……”

言卿笑：“是——不管多别扭，亲亲你就好了是吧？”

霍云深听她哄小孩子的语气，眼尾也弯了，安心等她的哄慰。

第十二章
爱你不足百年

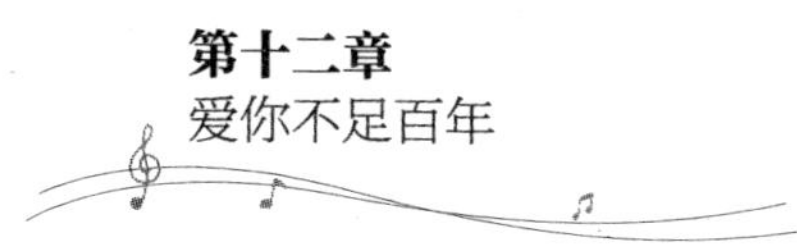

《夜夜笙歌》当期录制到尾声，全体嘉宾在台上围坐，宣读本场竞演名次，言卿稳稳地拿了第一，同场比拼的歌手只有叹服的份儿。倒不会有人担心她成绩好是受了霍总出现的影响，霍云深很谨慎，专门等到评审团投票结束才露面，就为了给言卿最公正的评判。

《夜夜笙歌》的总导演也对言卿频频点头，跟旁边的音乐总监小声议论："最开始请言卿，多半是看中她的话题度，对她唱得有多好没报太大期待，没想到啊……"

总监笑叹："可不是，就她这副嗓子，圈里找不出第二个，修音都修不出来，空灵清透，还掺杂那么点哑，正好把那种不食人间烟火的劲儿调出了温度。而且会写词谱曲，上回的《萤火虫》又甜又朗朗上口，节目一播就摘了各种榜单冠军，绝了。"

"能以歌手身份成为名副其实的流量女星，她是独一份儿，真绝的何止这些。"导演点了支烟，"外形气质也特别，影视圈吹出天际的那些脸，我看哪个都没她漂亮，难怪霍总喜欢。"

"说起来也真可惜，能被冷心冷肺的霍云深这么在乎，到头来却只是个替身……"

他们私下嘀咕的时候，拍摄流程全部结束，“替身”言卿从舞台上的座椅起身，几步就到了等着她的霍云深身边。

霍云深手里拿着披肩，手指修长，冷白的肤色衬着深色羊绒，高贵雅致，敛了他的威势，让现场气氛没那么如履薄冰。毕竟在这尊大佛面前，人人俱是低眉敛目，小心着呼吸。

披肩扬起，把言卿裹住。

霍云深揽着老婆离开前，闵敬跟几个助手适时进来，手里提着整齐划一的奢牌礼物袋，给节目组和嘉宾们一人发了一份。闵特助淡笑：“大家都是太太的同事，霍氏的一点小心意，请笑纳。”

小心意？

有人等不及打开袋子看，瞪着眼睛直抽气，在场的谁没几件昂贵行头傍身，但也对收到的东西叹为观止。

随手就送出几十份六七位数的包，还只是区区的同事而已，霍总怕是要把言卿给捧上天。

录制厅里气氛热闹，霍云深拉着言卿的手上车，返程途中，林苑的信息接二连三往外蹦。

以《青丝》为片尾曲的古装剧今晚上线，开播就高潮迭起，《青丝》也作为插曲在前三集中多次出现，配合剧情格外抓耳，给言卿收获了大批音粉。也是赶巧，言卿代言的古风网游几乎同一时间发布了推广曲的正式MV，当初被质疑的“古装女神”，以动态画面全方位展示这称号半点也不虚，加上跟《青丝》互相应和的曲风和唱腔，双重印证了实力。

“古装女神”实在有失偏颇，简直辱没了言卿的才华，粉丝们热血澎湃，一举把更正之后的“古风女神”推上热搜。粉丝们举起维护言卿的大旗：不管是靠颜值，还是靠唱功，不好意思，我们卿宝都是尔等凡人仰望不起的山巅。

但比起这些，最让网友打鸡血的是MV的最后一个镜头，将军的幻象身披铠甲，仅有短短几秒的画面，然而——

那根本就是霍云深本尊吧！

忙着刷“言卿有骨气别做替身”话题的黑粉们快气疯，分分钟出动引领风向，嘲讽言卿粉丝做梦做瞎了眼，霍云深什么身份，能去参演个破MV？！

车上，言卿正震惊地把那帧画面定格，举给霍云深看：“网游公司敢放你的侧脸！”

霍云深似笑非笑地瞧着她。

言卿顿悟：“你授意的？！”

“不算是，他们来问，我只不过没拒绝。”

听听这语气，貌似淡定高冷得不行，实际上眼里的光都要闪成烟花。

言卿忍笑，拽拽他的衣袖：“可是霍先生，很多人不信是你。”

霍云深拧了拧眉心，把言卿抱到怀里，将手机摆在她眼前，唇压着她柔嫩的耳朵：“霍先生有证据。”

他打开相册，言卿才惊觉他手机里全是她的照片。往前翻了多页，定格在穿古装的那个傍晚，他居然跟导演组要来好多当时的现场照，各种角度应有尽有。

言卿以为他要挑几张用大号发上去，没想到霍云深却登录了以前的追星专用小号，熟练地带上话题，发了满满九宫格。

他的图总是近且清晰，很多私密行程都能拍到，粉丝圈里一直怀疑他是言卿身边的工作人员，甚至还有私信骂他以公谋私。今天这图一经发出，狠狠“锤”了猜测，不用靠个侧脸来回比对了，直接上高清正面图。

就是那个平常冷面阎王似的霍云深没错！

追星专用号一时间沦陷。言卿屏息，总觉得这事儿没完：“你究竟要干什么？”

霍云深的胸口贴着她薄薄的脊背，低声笑了笑：“来，给宝宝看好玩儿的。”

他切换到认证的实名大号上，找到小号刚发的图，按下转发，在文字框里，他输入了简单明了的五个字——

“我的追星号。”

这个粉丝圈有名，向来“图狠话不多”，一大群人骂过诅咒过，开扒过真实身份，还对着他第一条微博“这是我老婆”开过嘲讽的账号……

霍云深说，是他本人的。

一晚上数不清多少人要睡不着觉，这其中也包括古装剧的团队，“嘤嘤嘤”咬破手绢。

他们大制作、大手笔，本以为能包揽热搜，占尽风头，但霍总一出马，他们全是渣渣，被对比得底裤都不剩也就算了，毕竟霍太太唱了他们的歌，他们能蹭到热度。

可怕的是，他们从导演到场务，《巅峰少女》时期就都是言卿的粉，当初一堆人骂骂咧咧跑去霍总那条“这是我老婆”底下凑热闹，异口同声发过“走开走开，卿宝是我老婆”。

想死呢！

言卿伸手反扣霍云深的手机，扭头去吻他，静静地说：“深深，你把自己放得太低了。”

她的男人身后有整个霍氏，而霍氏自他接管后，作风也如他一样，向来冷硬肃穆，不管什么场合，杀伐果决，从不讲人情。他也一直是舆论中那个高不可攀的大神。

可现在，他亲手托着她，把她举到云端，自己恨不得站到沟壑里。

霍云深的嗓音沉沉的：“你觉得我低，是因为你没去看上面的世界，而在看我。”

那么多绚烂繁华吸引不了她，她第一个想到的，是低下头心疼地抚摸他。

言卿在他怀里拱来拱去换了个方向，正面朝他，柔声说：“不好意思，我眼界很小，看不到多大的世界，只看得到一个人。”

霍云深满足地低喃：“那老婆什么时候给我正名，我不是找替身的‘渣男’。”

言卿想起网上骂过他“渣男”，失笑地揉揉他的脸，故意卖个关子：“那要看你的表现。”

这个晚上堆积成山的热门里，有一条关注度虽然当时不够看，但在两周后被翻了出来，成为“柠檬精”尖叫聚集地。

微博很普通，内容是粉丝百万的女星穿搭图片。里面不过贴出了言卿录节目时穿的那条茶绿色长裙以及配套的珠宝首饰，当时话题太多，大部分人只是匆匆扫过，单知道美上天，没工夫细看，然而情况是——裙子是某顶级奢侈品牌的高定，价格标了八位数，珠宝后面的零有点多，一不小心就闪花眼。

博主还专门写了个小备注，根据两个品牌往常售卖惯例，这些都是言卿的私有物。

别的女明星连出席大型红毯的礼服都要到处联系赞助商去借；言卿倒好，随便录一期节目，穿出来的都是天价人民币。讽刺言卿的那些人一个个简直要气绝身亡。

最糟心的不是言卿这豪门太太过得有多奢侈，是这条微博被翻出来的理由。

两大顶级奢侈品牌，一个“官宣”了言卿的品牌大使；一个高调吹了一波言卿之后，公布她是新一季全系代言人。

一线女星们抢破头的资源，稳稳当当落入言卿手中。

有的是对家粉去闹去质疑，两大品牌的相关高层不约而同给出简洁答复。意思总结之后都差不多——

言卿只要站在那儿，整个人就很“贵”。

大家族教出来的女儿，骨子里有磨不掉的气韵，再被爱人如珍似宝地娇养着，她不需要被打造，不需要靠妆容撑气场，从不诚惶诚恐，单单笑一笑，像穿最普通的衣裙一样摇曳裙摆悠然唱歌，就是无可比拟的品牌形象。

言卿一个月里忙到疯。

三个杂志封面，四条广告片，除高奢外，还有彩妆、饮料和巧克力的代言，加上新专辑的全盘敲定和宣发。

言卿知道，她冷落了深深，但她在为两件必须要做的事准备。

第一件，微博的年中盛典邀请了她，很多“分猪肉”的奖项，但最终的人气王冠获得者，会有两次表演机会。在众多颁奖礼晚会中，唯有这场最受瞩目。

盛典前一天，言卿通宵筹备，她汗水淋漓地躺在久违的练习室地板上，给霍云深发微信：“霍先生，邀请你于明天晚上七点看一场表演。”

霍先生给她回：“言小姐，请你谨记自己到底是谁。”

言卿快笑死了，问他：“是谁啊？”

霍先生克制着没用感叹号：“是我老婆。”

言卿在地上滚了一圈，给他发语音哄：“乖啦，最近特殊，等忙完了天天陪你。”

霍云深站在夜风里靠着车，抬头看了一眼楼上亮灯的练习室，像回到了当初夜夜守着她想见一面的日子。他压制着上去逮她的冲动，瞳中含笑，语气带着狠："要加倍补偿我。"

盛典当晚七点，进行到整场前半段的大高潮，从《巅峰少女》出道的同名八人组合，作为嘉宾登台表演。

当时最后一场比赛，言卿退出，把出道位顺延给第十名，但得到了第十名选手和其他八名出道选手的一致拒绝。

她们八个站成一排，中央的位置宁愿永远空着。

数台摄像机对准的舞台上，八人组合唱跳快节奏舞曲，进行到中间时，舞台灯光骤然一变，洒出银白的光晕，照向升降台。

前排观众席间，有个人坐直身体，睁开从入场起一直合着的双眼，郑重地拿出最新升级的变色发卡，打开开关戴在头上。

昏黑的现场，他闪出璀璨的"卿宝"两个大字。

他手还没停，继续铺展一块折叠的软布，轻车熟路挂在前方的栏杆上，按钮一摁，立刻变身成一面巨幅灯牌。

接下来还有两个夜光手幅，内容和灯牌一样，简明扼要地写着："卿宝，我在这里。"

这么一连串的动作不过几秒钟搞定，他周身气场被喧嚣掩盖，导致旁边的小姑娘们有了胆子，不解地问他："卿宝要后面才出来啊！"

话音未落，男人拉下了盖到鼻梁的口罩。

而前方台上，升降台到达最高点。

全场死寂一瞬，尖叫声随即震耳欲聋。

言卿长发扬起，在光晕中抬脸，短裙下的长腿纤细笔直，她的五官被投射到高清大屏上，对着镜头挑唇一笑，放得慵懒的声音准确地接上歌的下一句。

却并不是原曲，而是她嵌入其中的一段原创，丝毫不显突兀，浑然天成。

八个组合成员自动分开两拨，光束推着言卿向前，她作为主舞主唱，站在中央。

现场彻底沸腾，霍云深站在狂热的人群中，将手幅举高。

言卿手持麦克风，穿过汹涌的人潮，径直望着她预定的那个位置，看到了陪伴她走过每一个舞台的那句话。

她是个胆怯的小选手，他是永远岿然不动的超级大粉。

他追她一路，她不想让霍先生的“爱豆”停止在那个被全网唾骂的夜晚，她想以这样的方式，给他最浓墨重彩的演出。

不只现场，全网也被突如其来的合作舞台弄疯，抛开其他的，绝对的业务能力和视觉享受是不可改变的致命吸引。

“我的天，真正的C位！巅峰少女永远空缺的C位就该是这样！”

“这是什么神仙！为什么离开唱跳舞台那么久还能把用业务能力把人‘杀’得血流成河？！”

“我后悔了行吗？小姐姐能不能回来当‘爱豆’，呜呜呜……”

“已婚怎样！我不幻想娶你，我可以幻想成为你！我给你应援打榜求你营业，啊啊啊——”

跟巅峰少女八人团的合作结束后，言卿对着观众席，大大方方把双手合在头顶，比了个心。

顺着她的方向，很多人回头，正撞上了摘掉伪装、坚守着众多卿宝应援物的霍先生。

场面再次失控。

盛典进行到末尾，言卿凭借一骑绝尘的网络数据，戴上人气王冠，她换了衣裙再次走上舞台，坐在钢琴前，浅笑说：“接下来的三分钟，是一首新歌的首唱。”

大家都知道她新专辑只剩主打歌和专辑名还在保密。

言卿一双眼清澈，内里含光。

“新歌的名字，《念深》。”

台下的男人愣住了，漆黑的眸子紧紧盯着她。

言卿按动琴键，她唱出的第一句，尾音就掺了丝哽咽，恰到好处地动人心弦。

三分钟，她的视线没有一刻离开过那道一动不动的身影。

明明很小，看不清，但她偏偏能感知到他所有的情绪。

最后一句，她唱：“风雪后，我和你白头。”

她的睫毛挂满水雾，也清晰地听到了他无声的泪，正坠入她滚烫的心脏。

除了这一场晚会，言卿还有第二件事要做。

新专辑《念深》上线后，火速占据各大榜单，每天在榜上自己跟自己打架，几首主打歌也迅速成为热门关键词，成功挺进当前乐坛最具权威奖项的角逐。

但这些成绩并不妨碍黑粉们执着地对言卿开火。

从《念深》的名字到歌词，全方位嘲讽她做替身做得毫无底线，“深情夫妇今天离婚了吗”也痛心疾首地跳出来发微博，跪求言卿给自己留点脸面。

“不仅不离婚，还把自己当正宫了？！”

“被宠昏头了是吧！”

言卿权当没看见。

奖项看的是从去年到今年的综合成绩，在不景气的乐坛里，已经很久没有过这样能带动热度且兼备实力的原创歌手。只是单说专辑，上线这么短的时间，无论实物销量，还是网络数据，都已远超同年发片的其他歌手。

颁奖典礼的晚上，言卿没有让霍云深来。

这次跟上次表演的盛典不一样，她有很多话要说，她不想……让他在现场，直面风口浪尖的追问。

颁奖典礼进展到多半，言卿领到了年度最受欢迎歌曲和年度人气奖，但她想要的，是代表全部肯定的“年度女歌手”。

直至夜里十点，典礼到尾声，尚未揭晓的奖项仅剩下这一个。

后方屏幕滚动着入围人选，颁奖嘉宾故意放慢宣读的语速，言卿抠着手心，情绪忽然泛滥。

她好想霍云深，她已经很多天没有好好跟他待在一起了。

言卿红唇抿紧，没注意到她后排不远处，从始至终凝视着她的男人。

嘉宾高声念出了名字。

“年度女歌手，言卿。”

言卿顿时被光芒包围，她迫不及待地站起来，踩着台阶，随追光一起走向前面。在她身后照不到的影子里，西装革履的男人随之起身，跟着她来到台边。

席间有很多言卿的圈内同行和粉丝，大家看她的目光总是复杂，似乎都想抓着她问一问：“你脑子有什么病，非要给人做替身？”

言卿接过话筒，望向黑压压的人海。

在所有人以为她会说常见的获奖感言时，言卿张开口，嗓音轻缓而稳定。

“我病过一场。”

全场陡然间寂静。

言卿目光柔软，握着话筒安静地说：“病得失去记忆，在长达三年多的时间里，以为自己是另外一个人，不知道我叫云卿，也不知道这世上有个人，在日复一日发疯地找我。”

偌大的颁奖礼上，一片惊呼和抽气声。

霍云深目不转睛地注视着他的爱人，言卿的鼻尖泛了一丝红。

“我签下《巅峰少女》合约的晚上，在别人的议论里第一次听说了霍云深的名字，记住了他的脸。之后我用了半年的时间，才终于以云卿的身份走回他身边。

“他没有找过替身，我也不是旧爱的替代品。

“霍先生的旧爱，就是我本人。”

“这个奖，”言卿笑出泪花，“是我送给霍先生和霍太太的礼物，我们没有虐恋，不会离婚。我也想告诉每一个关注过他寻人的朋友……”

言卿握着奖杯，也在这一刻看到了台下阴影里那双灼灼的眼睛。

他怎么来了！

言卿失声了片刻，尾音发颤：“他找到了。”

在沸腾的欢呼声中，言卿头重脚轻地走下去，霍云深离开阴影的范围，迈上台阶，伸出手递给她。

他的腿好全了，不用再拿黑暗做屏障，他能站在最光明处，迎着每一束瞩目的光迎接她。

最具含金量的大奖宣布完，颁奖礼也相当于画上句号，每一年繁华散尽的时刻，今年却被记者们疯狂围堵拥挤。

通往颁奖礼场外的红毯通道上，霍云深脱下西装，把言卿裸露在外的细细肩臂仔细裹住。他环着她的腰，铜墙铁壁般庇护着。

闪光灯亮成一片。

记者们不敢靠得太近，只能亢奋地七嘴八舌赶着提问。

“霍总，请问言卿真是您在苦寻的旧爱吗？”

“言卿和云卿确实是一个人？”

“您从一开始就肯定吗？还是先把她当替身，后来慢慢发现的？”

两侧保镖强势开道，记者们围拥着不肯罢休。

霍云深停下脚步，他把言卿往怀里藏了藏，给她拂开脸颊上乌黑的碎发，抬眸看向对准他拍的数个镜头。

记者们无不屏息，等他一个答案。

霍云深拥紧自己年轻貌美的太太，破天荒地露出笑容。

他开口，一句话掷地有声：“没有新欢旧爱，我这一生，只有她。”

“深情夫妇”在颁奖礼现场双双辟谣，把网上闹得如火如荼的“替身”言论联手打碎，身经百战的记者们手都在抖，拥挤着拍下现场照片，火速上传第一手资料，抢占先机。

短短几分钟里，微博一度瘫痪。

跳出的消息太多，新闻稿层出不穷，但在页面崩塌之前，被疯狂屠版的一众惊叫里，出现频率最高的是一张图。

图被用心调了颜色，夜幕下的红毯上，一众镜头在围堵，记者们表情热切，两侧保镖肃穆开道，这些都刷成了黑白。

唯有众人中间两个亲昵的身影，保有鲜活的色彩。

霍云深用西装将言卿裹入怀里，她坠着细闪的礼服裙和他熨帖的长裤交缠，男人黑眸低垂，专注地凝望言卿，仿佛全世界与他无关。

他依旧凶戾冷肃，不过是将所有的温柔都给了一个人。

根本没有什么替身，霍云深不会让任何人替代云卿，他哄的宠的那个，一直是她本人。

言卿身上的质疑和嘲讽被洗刷一清，一跃成为内娱女明星可望而不可即的雪山之巅。

作为歌手，她有别人求不来的天籁嗓音，整张专辑原创，斩获的成绩一骑绝尘。就连被半路质疑的女团偶像也做到极致，时隔几个月登台，还是光芒万丈的巅峰少女 S 位，没人可以比拟。

作为霍太太，又是霍总苦寻的初恋，整个霍氏给她撑起一方天地，任其随便撒野，男人的痴恋快要溢出屏幕，这段时间人人亲眼所见，以前还能撇撇嘴说言卿是鸠占鹊巢，现在可好，全是人家手心里的私有物。

区区几个顶级奢侈代言算什么，如今看来，只要言卿愿意，完全可以在娱乐圈横着走。

“不干了！早说啊，折腾这么长时间，搞半天是越级碰瓷！”

攻击言卿的那群人彻底偃旗息鼓，网络一关洗洗睡了，自家正主再怎么厉害，也不能做梦去跟人家霍氏的太太比。

还有些及时止损的，暗地里换了号，摸进言卿的微博不要脸地在底下喊：“卿宝，其实我是你跟霍总的夫妻粉！”

全网喧闹到最顶峰，“深情夫妇”的粉丝竟然成了最大赢家。

“我粉的不是虐恋夫妇吗？说好的‘替身梗’，说好的玻璃碴里抠糖呢！这么甜，什么情况！”

“天天提心吊胆等离婚，结果等来了百年好合？”

“捡到宝了！从此以后不只我粉的女明星是巅峰，连我喜欢的夫妻俩也是娱乐圈不可企及的天花板！”

“所以说……言卿这种顶配还有什么理由不粉？粉别的偶像要担心业务能力，绯闻对象上不了台面，没资源，没地位，受排挤，要是粉了言卿，等于在起跑线上直接躺赢！”

言卿一晚上粉丝量暴涨，为数不多的几条微博下面全是尖叫。

“追惯了小糊咖、小作精，让我来感受一下站在山顶俯视渣渣们的快感！”

“太太求营业！求唱歌！求秀恩爱！求‘深情夫妇’合体！”

颁奖典礼的场馆外，备好的车停在不远处，车门恭敬地开着。

离开记者的包围圈后，言卿的细高跟换成了平底小软鞋，礼服也脱了，穿一条阔腿裤，在夜风里踢踢踏踏地走，举着手机屏给霍云深念：“求‘深情夫妇’合体！”

“合体？”霍云深眉梢微扬，低低地道，“我也求。”

言卿一怔，脸色猛地涨红，才反应过来这句话有歧义。

霍云深意味深长地问：“这么长时间顾不上我，谁答应了要加倍补偿的？”

言卿抿着唇笑，她忙了好久，就是希望把两场为他准备的表演和带着奖杯的公开澄清送给他，送是送到了，但老公受到冷落的小心脏也急需抚慰。

原本……她也准备了特殊的礼物。

言卿杏眼含着水，笑盈盈地看他:“你答应我一件事，我就补偿你。”

“多少件都答应。”

她握住他的手：“深深，我们今天回老房子去睡。”

江北那套出租房，霍云深的幸福和痛苦都在那儿，记忆恢复以后，她还没有回去过。

楼道里从一楼到三楼的灯还是亮着的，到处都收拾得纤尘不染，一条楼梯言卿走过无数次了，但带着完整的回忆再踏上去，心却胀得发疼。

言卿慢吞吞往上走，脊背和膝弯忽然被霍云深揽住，霍云深不由分说把她抱了起来。

“你腿才刚好，别用力！”

“老婆不重。”他俯首亲亲她的眼帘，嗓子沙沙的，“让我抱你上去，那三年里，我想了太多次了。”

言卿眼窝一热，不挣扎了，乖乖搂住他的脖颈儿，贴紧了听他咚咚的心跳，随着他胸口的震颤颠簸。

上楼只需要一分钟，开门十几秒，等门板砰地关闭之后，四周寂静，只有彼此纠缠的急促呼吸声。

钥匙掉到了地上，言卿手里的包也歪到一边，她被放在玄关的矮柜上，背刚靠上墙，男人双手就撑在她两侧，把她挤进角落吻上来。

言卿的心口又胀又涩，抚摸他的后脑勺，手指穿进他的短发里摩挲，含糊地喃喃：“我在，别害怕，我真的回来了。”

霍云深闷闷地应着。

言卿拽过她抱了一路的包，从里面取出一个方形的盒子，放在霍云深手里：“深深，你看看。”

霍云深的眸底有些红，掀开盒盖，手指蓦地一紧，盒子里铺着棉花，棉花上面，是一颗剔透无瑕的玻璃圆球。

他曾经有一个，生日的时候卿卿笑眯眯地给他，说要让他一辈子圆满。后来就在这个房子的卧室里，被她亲手打碎，他用胶水怎么粘也拼不起来。

现在眼前的，跟当初那颗一模一样。

多年前的物件了，要找到相同的很难，卿卿不知道花了多少时间。

言卿看着他动容的表情，忍不住想哭，轻声说：“霍云深，这是给你的礼物，我会让你一辈子圆满。”

他发哑的声音在抖：“这一次，说话算数吗？”

“算数。”言卿攥住他的五指，“不管去哪儿，我再也不会丢下你一个人。”

霍云深立刻托起她要进房间，言卿还有件大事没搞定，怕一旦开了闸门就没机会避开他去做，赶忙推推他的肩膀，皱着鼻尖找理由：“我饿了，想吃炸鲜奶。”

霍云深能拿老婆怎么办，还不是予取予求。他把她放床上，动手帮她换了舒适的家居服，最后摸到她的脚背微凉，又找来毛绒袜子给她套上，穿好之后才说：“乖乖等着，不许再跳窗逃跑了。”

男人小心眼又记仇，言卿失笑地捏他：“你赶我我都不跳。”

她瞄着老公进厨房，趁抽油烟机打开时，在噪声里火速行动，她用力地拽起床垫，下面的储物床箱深处，有一个藏在边角的小匣子。

果然还在，他没发现。

言卿掏出来，把床恢复原样，悄悄把匣子里面的手账本拿出来，翻开几页，上面全是稚嫩的字体，是幼龄小姑娘一笔一画写的日记。

那时候还不流行手账这种词，她只知道自己想记，就挑了最漂亮的本子，图文并茂，还带笨拙的简笔图，把她每一次去霍宅见到云深哥哥的过程全写下来。

没错——

她少女时期，扎着小辫子，一蹦一跳跟在他后面，嘴里不害臊喊的，就是云深哥哥。

一整个本子，从五岁初识，到他被逐出霍家的空白，再到学校外被他救下，她锲而不舍追着他跑，哭哭笑笑都烙印在里面。

言卿翻到后面，还贴了好几张她偷拍的照片。

少年的霍云深桀骜不驯，眉眼永远像结着冰，但她拍到的瞬间，是他抿起嘴角，捧着她送的小玩意儿默默傻笑。

他忘掉的，都记在这个本子上。

以前她没提过，是不想心爱的人得知自己失忆过，觉得亏欠她。但现在，她想让他知道，是要告诉他，他从来都是她的独一无二，不需要恐慌卑微。

但不能马上给……

她想选一个承载着记忆的地方，做件大事。

当晚霍云深没有睡意，搂着言卿，听她熟睡的呼吸声。她安心地趴在他胸前，唇微抿着，偶尔吐露一点点呢喃的梦话。

她说得含混，霍云深分辨不清楚，但还是听得认真。

等言卿陷入深眠，霍云深担心她不舒服，正想把她放到枕头上，她却蹭了蹭，轻轻地唤了一声："云深哥哥。"

霍云深怔住了："卿卿，你叫我什么？"

言卿睁了睁眼，迷迷糊糊地说："云深……哥哥，你把棉花糖……忘了。"

前半句还算完整，后半句就变得含混不清，念叨完，她艰难挑起的睫毛又落下，睡到不省人事。

霍云深心底轰然震荡。

不管是以前还是重逢后，卿卿从来没这么叫过他，即使情动时他要求，卿卿也红着脸不肯，怎么可能在梦里自然地说出来。

还有后面隐约的棉花糖，又为什么会和这个称呼放到一起……

霍云深克制着没去吵醒言卿，给她盖好被子后，回身望向床头桌的抽屉。

在厨房做夜宵时，他的注意力也在卿卿身上，她掩着门在卧室里乒乒乓乓找东西，他察觉到了，走过去想推门时，看到她小仓鼠一样把某个盒子藏起来。

老婆是特意支开他的。

意识到这个，霍云深忍住了没问，想等她主动说，但现在……

反常的只有这个。

霍云深伸手拉开抽屉，拿出塞在最深处的盒子，他拧亮台灯，在晕黄的光线下掀开盒盖。

盒里只有一个厚厚的本子，封皮很旧了，边角虽然仔细加了几层保护膜，还是磨到有些发灰。

日记？

他不知道卿卿有写日记的习惯。

霍云深的神经忽然抽紧，把本子抓到温热才缓慢翻开，扉页上是女孩子童年的笔体，圆滚滚的几个小字：“棉花糖的小秘密。”

男人的双手开始轻颤。

后面一页，她换了六种颜色的水彩笔，笨拙地写了很短的几段话。

“我今天第一次见到他，他帮我赶虫子，说我是棉花糖，院子里的树都好高，花也好看，但是都比不上他。”

“我不知道嫁给他是什么意思，但是听别人说，结婚就能天天在一起，我愿意。”

“我喜欢云深哥哥。”

那一年她还很小，纵使早慧聪明，学写字也时间不长，很多字是用简笔画和拼音替代的，但唯有“云深”两个字，无比地端正，像照着字帖一遍一遍反复学习，拓印上去的。

霍云深坐在床沿上，一动不动盯着这页小小的纸。

脑中是空白的，又被席卷而来的巨浪冲击到头痛欲裂。

他没见过，但他能想到，女孩子五六岁，穿绣碎花的连衣裙，晃荡着小腿爬上椅子，在灯下皱着一张洁白的小脸，花了好久才写完这些。

她不只写了这一页，还有后面整整一本，经年累月的时光。

每一张都和他有关，字字句句，是小云卿从童年第一眼起，就对云深哥哥无条件的青睐和维护。

“云深哥哥夸我梳马尾辫好看，还送给我发带，我要天天绑。

“他又长高了，我仰起头才能看到他。

“他的手好热，牵我的时候我要发烧了。

“云深哥哥说长大了就把我娶回家。

“他不在了，我找不到他。

“我想他，他会不会受苦？可我出不去，我从阳台跳下去，还是被抓了回来。

“妈妈去世了，爸爸才过几天就娶了别人，家里没有人爱我。爸爸说，我要是去找他，以后就别做云家的女儿。

“我找到云深哥哥了，可是他忘了我。”

小云卿在这里画了个很大的笑脸。

“没关系呀，我穿他喜欢的白裙子，绑他送给我的发带，他总有一天会想起我，等长大，我还要嫁给他。”

往下还有字，但看不清了，被男人猩红眼眶里的泪润湿，洇成一片。

深夜的台灯下，霍云深把本子攥到起皱，又颤抖着松开，一点点抚平，他俯下身，心口如刀绞一般。

忘记的人，原来是他。

霍云深翻过身，把身旁熟睡的人抱住。她咕哝着拱进他的臂弯里，脸颊粉润，长睫毛黑似鸦羽，红唇带着一点笑，梦中还循着本能亲了他一下。

他无声涌出的泪润湿她的头发。

霍云深一夜未眠，凌晨时，他联系何医生："最早给我做检查的时候，你说我因为心理创伤，可能丢过一段童年记忆。"

何医生对霍总随时待命，秒回："是，但你说肯定是痛苦的，不需要想起，忘了才好，所以我们没采取过任何措施。"

在霍家的童年，是他龌龊阴暗的开始，丢了哪一段都是幸运。他却根本没有想到，大怒大悲之下忘记的，是他生命里唯一的蜜糖。

因为苦涩太多，潜意识把他珍贵的宝物藏了起来，他的棉花糖，属于光明绚烂，他那时一身狼藉，不配拥有。

"怎么了，霍总？是重要的记忆吗？如果必要，我可以尝试恢复，你的情况跟太太不同，没那么复杂，不会很难。"

"天亮以后，我去找你。"

言卿为了表演和奖项连轴转了很久，好不容易放松，睡到快中午才醒来，老公准备好的早饭在保温，他本人坐在她身旁，面色如常地审阅文件，在她鼻尖上捏捏："醒了？"

阳光极好，透过窗口照在他棱角分明的脸上。

言卿叹息一声，三两下蹭过去枕上他的腿，笑弯了眼睛："幸福的一天，从见到深深宝贝开始。"

吃过饭，她就在琢磨着怎么能暂时脱离老公的手掌心。

"那个，林苑姐说……"

"还有工作？"

言卿见老公主动上道，赶紧点头："对对对，下午要去忙一下，保证今天过后，一直陪你。"

她想跟他求婚。

虽然结婚证都领了，婚姻早就是事实，但婚礼还没办。

她记忆倒退，被他带到星云间关起来的那天，她亲眼见到了满室的大红色，是做婚房准备的，那时她排斥他，怨愤地看着他亲手把布置好的喜庆装饰一点点摘掉。

他是怕她隔天记忆重置，见到了会恐慌，全程做得无声无息，表情和眼神却让人心如刀割。

如今再回想起来，她必须把深深受的委屈补回来。

她要去最初相遇的地方，告诉他遗失的记忆，再跟他求婚。

不过自打她老公掌权，霍家人死的死，进监狱的进监狱，老宅子一直空着，也没被拍卖，她得想个办法溜进去。

霍云深静静地凝视她："好，你去忙，我也有事，傍晚见好不好？"

言卿算算时间应该够了，愉快地答应了。

她有经纪人有助理，一大帮人上赶着来接她，她跟老公挥手告别，转头急匆匆去取提前订好的戒指。

一枚素净的男戒，经过漫长工期终于完成，是他无名指的尺码。

虽说老公有婚戒了，但她希望亲手给他戴一枚新的。

言卿在取戒指的路上时，霍云深躺在何医生诊室的诊疗床上，推开那扇隐蔽在记忆深处的门，见到了里面娇俏明媚的小姑娘。

她抱着膝盖孤零零地坐在地上，起身冲向他："你想起我啦！"

五岁的小云卿。

他也不是现在的他，是让她第一眼就喜欢的，温柔爱笑的云深哥哥。

霍云深弯下腰搂住她，缓缓睁开眼睛。

何医生关切地问："霍总，还好吗？"

霍云深按着卿卿躺过好多次的这张床，嘴角翘了翘，眼眶灼热。

好。

他自以为残破不堪的那些年，从来都不是孤身一个。

他的小公主，用最纯粹剔透的心，不管他怎样遭人唾弃，一如既往地拯救他、怜爱他。

闵敬的电话打过来："深哥，戒指送到了。"

深哥之前低调地拍下钻石，赶着时间设计做成戒指，天价的一枚小指环，现在就华光璀璨地嵌在盒子里，等着它的主人。

闵敬又说："哥，嫂子在往霍家老宅的方向去，那边锁着，你看……"

"打开，"霍云深说，"别让她累到。"

他家卿卿认准了要进去，如果不开门，弄不好会翻墙。

言卿赶到老宅子，周围还有人居住，倒不会荒芜到让人害怕，她是真做好了不行就翻墙的准备，反正宅子荒废了，没什么可盗的，警报系统应该都关着。

她试探地推了推大门，开了。

言卿震惊地倒退两步，就算没什么可盗，也不能这么大方吧？！

倒是方便了她。

她挤进去，沿着记忆中熟悉的路，慢悠悠走到当年初见霍云深的回廊，盛夏季节，绿植都繁茂，与从前并无变化，一晃眼还是那个样子。

言卿抚了抚裙摆，她专门定制的，是五岁时连衣裙的放大版，穿起来居然很合适。

她心跳加快，在树荫下给霍云深打电话，一声都没响完，他就接听。

"深深，我想和你约个会。"

"好。"

言卿深吸气，等他来了，她要先告诉他日记本里的故事，再拿出戒指跟他求婚。

"我在……"

她描述地址时，在她前方主宅的廊道下，男人目不转睛地看着她。

女孩子穿着白裙子，长头发用熟悉的发带扎起，露出雪白的脸颊和纤秀的肩颈。她有些紧张地攥着手，傍晚夕阳照下来，映着一片叶子，悠然落在她的肩头。

言卿没说完的话卡住，吓了一跳。

她上回站在这里掉的是虫子，这回……

言卿低头去看时，脚步声响起，一下一下踩在她的呼吸上。

她见到一双修长笔直的腿，冷白色的手掌伸过来，轻轻拂掉了她肩上的落叶。

言卿呆住了，不敢相信地缓缓抬头。

霍云深捏捏她的脸："胆小鬼。"

言卿盯着他，心里天翻地覆，鼻尖缓缓变红：“你欺负我。”

“这不叫欺负，”他笑着说，“是看你的脸像棉花糖，才捏捏。”

一个字都不差。

言卿以为她不会哭，但到这一刻，眼泪根本承受不住重量，汹涌流出来。

她去摸戒指，哽咽着说不出话。

霍云深抓住她的手，用力攥在手心里，在她面前跪下。

他那么高，现在放低了自己，虔诚地跪在她面前，把钻戒套在她的无名指上，问她：“能不能求求棉花糖，答应嫁给我？”

她大学的时候，他求过婚，一无所有，她仍愿意给他承诺。

找回她以后，为了绑住她，他用一纸婚书把她困在身边。

如今他是完整的，能把世上美好的全都捧给她。

霍云深的嗓音低哑：“卿卿，我们什么都有了，我能让你过最好的生活，你想要的……”

言卿不等他说完，也低下身子，哭着说：“霍云深，我不要别的，我只要你。”

她手忙脚乱地找出戒指，也戴在他的无名指上，低头吻了吻，破涕为笑，仰起脸柔声说：“我也求求乌云先生，娶我回家。”

夏天傍晚的风很柔，吹乱她额角的碎发。

霍云深眼里有光在闪，把言卿抱在怀里，也抱住了他的全世界。

他陷在无底的深渊里，女孩子放下绳索，不是让他爬上来，是她不声不响把自己放下去。她裙角破了，身上割出伤口，也还是要带着满身的温暖扑向他。

从此深渊也是天堂，寒冷也能炙热。

他燃烧一切，踩着灰烬执着地绑缚她；而她早在最初，就甘愿张开怀抱，落入他亲手搭起的牢笼。

如果他仍有不安，那唯独一个……

这一生的时光实在太短，他穷尽所有，也只能爱她不足百年。

第十三章
婚后生活篇（上）

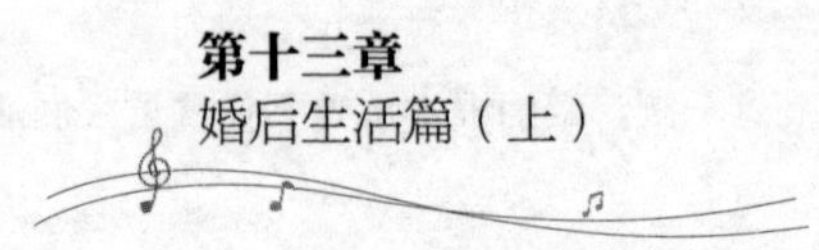

婚礼的日子选在初秋，还剩不足一个月的准备时间，言卿以为她会忙成陀螺，结果霍先生什么都不用她做，她唯一的差事就是对着各种清单图册点点点——大到场地，小到项链耳环，她要从眼花缭乱的备选项里，点出最喜欢的那个。

这工作言卿做得无比上头，算是第一次真正切身地体会到她老公的“壕”无人性。对比之下，他以前给她置办的那么多东西突然成了“简洁朴素会持家”，如今才真是花钱如流水……她手指头戳戳，一串零就没了。

心在滴血。

她或正经或撒娇地跟霍先生讲过几次，霍先生不是直接压过来亲她就是捏她的脸，笑着回答不变的答案——“不贵。”

在他眼里，但凡是给她的，再多也嫌少，再好也觉得还不够。

言卿看到他脸上纯粹的幸福，也就渐渐放松下来，不再缠着他理论这个。她有那份纠结的时间，还不如多陪着老公，他那么忙都恨不能为婚礼事事亲力亲为，她哪怕帮他一点点也是好的。

婚礼前十天，霍云深抽出身，重新去布置星云间的婚房。

他跟卿卿的地方，不想让别人插手。底下的人把用品大包小包送到以后就听命离开，他更不希望卿卿过来辛苦，打算一个人准备。

霍云深换了方便活动的运动装，将袖子卷起来开始搞大工程，没注意到身后的门被指纹解开，有人进来脱掉鞋子，踮着脚轻盈地跑向他，举高了手，把一顶用海报折成的纸帽子戴在他头上。

“小心，别弄脏我老公的头发。”

霍云深转回身，言卿已经戴好了一顶同样的帽子，笑眯眯地抬头看他。

上次在星云间，她还是记忆混淆的时期，那几天过得伤痛又惨烈。现在她又站在这里，满心满眼都是爱意。

霍云深胸口又甜又涩，俯下身问：“你怎么过来了？”

“霍太太时刻掌握先生的行踪。”言卿眼瞳发亮，“不想要我陪吗？”

“想。”霍云深抓住她的手，“随时随地都想，但是……”

他低低地笑了：“你一出现在这儿，我根本顾不上其他事。”

想的全是恶劣的坏事。

言卿现在神经敏锐，一点就通，耳根不禁隐隐发热。她红着脸去捂他的眼睛：“那你不许看我了，先做正事，等结婚那天……”

“结婚那天怎样？”

言卿又气又笑，知道他故意让她说，她扬起眉梢，一句话答得气定神闲：“让你为所欲为。”

反正暂时不用兑现，先把狠话说说。

婚礼的流程是完全遵照小夫妻俩的意愿安排的，没什么需要守的规矩，彻底随心。言卿选礼服的时候对中式大红的秀禾和西式的拖尾婚纱都爱不释手，拿给霍云深去抉择，霍先生果断决定：“都穿。”

早晨上门迎娶，穿中式。

上午婚礼仪式，穿西式。

等晚上的酒宴，还有数套做好搭配的礼服等她尽情换。

按传统来说，婚礼前晚新娘要在娘家过，清早盛装打扮好，在少女时的卧室里等新郎来接。

言卿却早已没了娘家，整个云家唯一疼爱她的妈妈早逝，爸爸拿她交换利益死在飞机上，其他人更不用提。

她并不在意，也不曾为此有任何伤心，但偏要勾着霍云深的手指明知故问："我没娘家怎么办？"

霍云深把她抱到怀里："卿卿有我就足够了。"

娘家也好，婆家也好，她不需要，无论以前还是以后，她跟他都只有彼此，与其他人无关。

霍云深把霍宅别墅留给言卿，自己带人去江北的那套老房子，他要一早从这里出发，接他的新娘。

婚礼当天清晨六点，言卿坐在镜子前戴上金玉垂坠的头饰，半遮住艳妆的脸颊。许茉涵作为伴娘激动得坐不稳，边狂刷手机边给新娘子时时汇报。

"网友都不睡觉吗？为了等'深情夫妇'的婚礼一大早四点来钟起来刷话题？

"宝贝儿，你老公还没来接媳妇儿呢，热搜就已经上去了！

"他们也太天真了，不知道霍总什么脾气？可能把好不容易娶到的小新娘子随便给人看？允许半公开，应了几家主流媒体进入已经算是开恩了好吧，居然还有人做梦全程直播？

"哈哈哈……'深情夫妇今天离婚了吗'终于改名了！"

言卿连忙拨开额前的流苏问："改成什么了？"

许茉涵拍大腿："改成'深情夫妇今天生孩子了吗'！"

言卿失笑，红唇弯起，昳丽的眼尾弯成柔婉的弧线，看得许茉涵心跳加速："卿宝今天真是美哭了，霍总见着要疯。"

房间里还有好多人，言卿有些不好意思，轻声问："网友还说什么？"

许茉涵继续翻手机："啊，有不少人奇怪你怎么没像其他女星一样选在国外办，有霍氏在，还不是想挑哪儿就挑哪儿。"

言卿笑着说："因为我想在海城。"

婚礼的地点霍云深最早挑出了七八个选项，全球范围内风格适合又小众的海岛、古堡全筛了一遍，送到言卿手里时，她问的是："深深，我们可不可以就在海城？"

海岛、古堡什么时候都可以去，但婚礼只有一次，外面再美，也不如这个承载着她跟深深太多过去的城市。

霍云深吻她的额头："好，卿卿说了算，我们就在海城。"

地点就这么定下来，她哪儿也不想去，只想留在和霍云深一起长大的地方。

许茉涵还要说话，欧阳风风火火提着裙子冲进来：“快快快，要到了！封门封门！千载难逢的机会，我必须跟霍总要个大红包！”

这边众人忙着把言卿从化妆台边扶上床，给她铺好裙摆，戴上盖头，等新郎来掀，又匆匆脱下言卿的一只鞋准备藏起来，按以前常有的习俗让新郎去找，找到了才可以抱走新娘。

哪知道新娘子本人根本不配合，她蒙着盖头也还是眼明手快，把鞋子抢回来用手明晃晃拿着，含笑说：“不要封门，开得越大越好，红包我来给。”

欧阳大叫：“这是什么道理！”

言卿的眼睛弯成月。

因为她不会让深深走向她的路再出现任何阻碍，他没有坎坷，没有荆棘，到她身边的每分每秒，都通畅顺遂。

大家此起彼伏的喊叫还没落下，一楼急促的脚步声已经传来。

言卿以为自己不会太紧张，但这一刻来临，她的心跳在不受控制地加剧，呼吸萦绕在绸缎的盖头下，烧得脸颊热烫。

脚步越来越近，有很多人在后面跟随，但她还是轻而易举分辨出最前面的声音。

她的霍先生来了。

五步，三步……

比她数得快了几秒，男人的气息不由分说侵袭到跟前，遮挡她视线的盖头随即被掀开，不等她看清霍云深的神情，他已经捧起她的脸，直接吻上来。

满屋子的人都在尖叫，很多镜头在拍，言卿的头饰哗啦响动，她什么都感知不到了，唯有他滚烫的吐息。

“老婆，我来接你了。”

言卿仰脸看他，笑盈盈地把鞋交到他手里：“不用找，快把我娶走。”

霍云深抱起言卿，她身上的珠翠碰出清脆的叮当声，大红裙摆漫过他的衣袖。

他却一时忘了走，定定地看着臂弯里的新娘。

言卿环着他的脖颈儿小声问："怎么了？"

霍云深眼睫毛垂下，跟她额头相碰，叹息着说："好美。"

霍总还不算太小气，在霍氏官博放了几张接新娘的照片，几家媒体一见霍总允了，急忙抢占热度，纷纷更新图片和视频。一大早爬起来的网友总算没白等，对着电影质感的画面疯狂打鸡血。

当日天气极好，异常适合上午的户外婚礼。

言卿被接到婚房，小夫妻俩要马上转场去婚礼地点筹备，光是从中式妆容换到西式妆容就需要不少时间。

化妆间在一楼，有大片的落地窗，能看到户外场地，为了不让新娘子提前曝光，窗帘遮着，只露了条宽宽的缝隙。

从缝隙里，言卿刚好能看到她换了西装的老公站在草坪上，身影映着光，明明相隔很远，中间有玻璃阻挡，霍云深竟仿佛有所感觉，不早也不迟地回过身，看向她。

言卿的心脏猛一颤，像被最温柔的手包裹着托起。

他总能找到她，认出她，无论她在哪儿。

霍云深径直走进化妆间，几个造型师大气都不敢出。

言卿歪着头笑，她老公在别人看来还是那么凶神恶煞。她拾起头纱，柔声说："深深，我好了，只剩这个还没戴。"

女孩子仰着脸，精致的五官夺目。

不是早上的浓墨重彩，现在的她明艳清透，像纯净荡漾的水。

霍云深抬了抬手，化妆间里的人知趣地离开。他走上前，接过轻如云朵的纱，亲手戴在言卿头上，弯下腰扶着她的肩，轻轻亲她的脸颊，在她耳朵边低声道："卿卿，马上要嫁给霍云深了，无论以后世界怎么变，你一辈子都归他所有，你愿意吗？"

"不愿意。"

肩上的手蓦地收紧。

言卿转头搂住他，睫毛忽然潮湿，郑重其事地说："一辈子太短，我还想要来生。"

她不知道这一句话对霍云深有多大震动。

他所有沸腾的情感落到归处，那么多偏激的、强烈的、要克制着不能恣意宣泄的爱，因为"来生"两个字，被她给予了最大的接纳和包容。

婚礼结束之后，霍云深无暇去管现场，全部交由闵敬处理，带着从深夜折腾到现在的新娘回到星云间的婚房。

进了门言卿就被抵在墙上灼热地深吻，她呼吸不稳地戳他：“霍先生，你真是让我回来休息的？”

他的嗓子哑得厉害：“晚宴八点才开始，还有一整个下午，你答应过我，让我为所欲为。”

“这种事，”她的颈侧被攻陷，忍不住仰头，“你记得最清楚。”

她无法抵挡，也不想抵挡，心甘情愿为他沉沦。

这套房子里的耳鬓厮磨，再也不含眼泪，只有烧不尽的爱意。

言卿揽住霍云深的后颈，用唇碰碰他的耳垂，魅声说：“请霍先生尽情地……”

霍先生到底没有尽情，顾及着老婆的身体，晚上还要应付宴会。

整场晚宴，新郎和新娘露面的时间加起来至多两个小时，言卿的更衣室里却足足挂了十几套礼服，一排女孩子列队等着给她更换造型。

言卿有点腰酸，一开始还精力充沛不觉得，到中途就逐渐明显，人也懒懒的，站不太稳。

换到第四套出来时，她刚想趁机揉一揉，就被人利落地打横抱起。

霍云深拧眉看她：“不舒服是不是？我们回家。”

言卿忙去看外面的方向：“还没结束。”

“随时可以结束。”他说，“后面的收尾会有人处理好，太太可以休息了。”

言卿听他的话，不觉放松，勾着他的脖颈儿，闲适地晃了晃双腿：“那你把我放下来，人太多了容易被看到。”

“被看到怎么了？不好吗？”

言卿忍笑：“好——可我总该自己走路吧！”

霍云深扬眉：“不行，走路这么辛苦的事，老公应该代劳。”

言卿状似愁苦：“路都不让走了，那我还能做点什么？”

夜色之下，霍云深嘴角翘起，悠然地回答：“什么也不用做，霍太太只负责可爱就够了。”

婚礼的关键词在热搜上挂了一整天，点进去的内容特别简单粗暴，不是刷屏的神仙小夫妻现场照，就是此起彼伏的“啊啊啊”和“柠檬精”们争相表演酸到落泪。

以前一直被嘲讽的“深情夫妇”情侣份彻底告别虐恋冷情侣的大坑，一跃成为粉丝圈顶层，腰杆挺得笔直，不需要花心思搞什么数据，超话排名直线上涨，轻松登顶。

结婚当天的相关图文也在热门上屠屏了一周，加上之前的那么多亲密片段，各种相信爱情的小作文和情侣视频层出不穷，连开扒新娘子几套婚纱、礼服、配饰的穿搭博主也跟着涨了十多万粉，谁蹭上“深情夫妇”的热度都能火上一把。

“等会儿，你告诉我卿宝的一根发簪就值几十万？”

“晚宴那条看起来很简洁的裙子也要这么多零？！”

“九牛一毛好吗？据说晚宴还有六七套礼服没来得及穿，因为太太折腾一天太累了，被霍总亲自从现场抱走的！”

热潮持续到第七天，吃瓜群众以为终于要被其他话题取代时，有人拍到了小夫妻在加拿大度蜜月的私照。

照片连拍九张，虽然距离有些远，但画面绝对称得上清晰。

霍先生一改往日冷肃的正装，穿了件宽松衬衫，领口微敞，衣袖挽高，修长的手臂上肌肉分明，流畅有力。

他一只手提满购物袋，一只手端着杯奶茶，吸管往前倾，仔细喂给身前穿绣花长裙的新婚太太。

本以为这种画面够亲昵了，接下来几张却更刺激眼球。

言卿喝完，唇上大概沾了少许，她想用纸巾去擦，霍云深却弯腰亲上去，嘴唇相贴，那些液体轻而易举被蒸腾。

围观网友受不了冲击嗷嗷直叫，接着往下翻，没想到最后的三张才让人血液逆流。

言卿发现了拍照的人，霍总的眼睛凝在老婆身上，自然也第一时间注意到，立刻朝镜头看过来，他被手机定格的目光披霜挂雪，能把人冻结。

倒数第二张画面果然吓抖了，模糊地拍到霍总把老婆往臂弯里一揽护住，言卿抚着他的头，在安慰一般说些什么。

到最后一张，霍总神奇地再一次转头看过来，跟之前的神情天差地别，嘴角甚至有了浅浅的笑容，霜雪融化。

“我的妈，什么情况，九张照片情绪变化这么大！”

“课代表来了！这都看不懂？小两口亲亲热热度蜜月，卿宝看见有人偷拍，估计吓了一跳，霍总立马保护老婆，估摸着也是担心老婆不乐意被拍到，所以那几张眼神能吃人。结果！卿宝笑眯眯表示不介意，还哄他，霍总果断开心成小孩儿，也许还有点当众秀恩爱的骄傲，所以笑了呗！”

“这么一说霍总也太可爱了吧！超好哄！”

“平常冷酷无情，然而实际上仅仅是被老婆允许秀恩爱，就能幸福到笑出来？！”

“这什么反差萌，冷血大魔王的全世界只围绕一个人转，喜怒哀乐全为她！”

“天啦，拜托卿宝多多给霍总发挥空间吧！让他尽情秀！求求了！”

加拿大南部小城的街头，言卿接过奶茶杯子，牵住霍云深的手，甜甜地拖长了音：“霍先生笑的样子被拍下来了。”

霍云深跟她十指紧扣：“不愿意吗？”

“有一点，”言卿皱了皱鼻尖，半真半假地说，“不想你笑那么好看给太多人见到。”

午后的阳光正柔软和煦，洒在身上分外舒服。

这里是言卿生活过近三年的城市，她带着全新的记忆，作为陌生人的女儿，以生病休养的名义，半封锁地被关在所谓的“家”里，受着“父母”的管控，跟霍云深相隔山海，恍然不知。

她存在过的地方，霍云深不能接受没有他的影子。

所以在选择蜜月旅行的路线时，他有些固执地要求来这儿。本来他还担心卿卿会不喜欢，但她毫不犹豫地答应：“好，我们一起去，把过去我自己留下的痕迹覆盖掉。”

覆盖之后，这世上就到处都是她跟他厮守的足印，再也没有谁孤零零地独自一个人。

只是刚从言卿过去的“家”里出来，逛遍她常走的生活圈，顺便买了一大堆以前她舍不得买的小乐器小摆件，就恰巧被人给拍到了。

其实就算没有那个偶遇偷拍的路人，小夫妻俩因为外形太扎眼，也一直在被来来往往的行人善意打量着。

霍云深听完言卿的理由，心底发热，卿卿也想独占他的。

他点头，当真敛了笑容，正色道："把帽子给我。"

言卿头上戴着很大的宽檐遮阳帽，不知道老公要做什么，乖乖摘下来交给他。

此刻俩人正站在路边，左侧是人流熙攘的街道，右侧是商铺的墙壁。

霍云深左手扶着帽顶，将帽子竖起来缓缓抬高，他的声音低沉，带着愉悦："不能给别人看，但是老婆在我身边，我忍不住想笑，怎么办？"

言卿刚想说她是闹着玩儿的。

霍云深却略微倾身向她靠近，继续问："笑也不满足，还想亲你，又要怎么办？"

太阳好大，烤得言卿脸热，她小声道："那……"

"别急，"霍云深嗓音有点哑，"有办法。"

话音落下，他手中竖起的遮阳帽刚好把两个人严实挡住，隔绝身侧纷乱的人群，在喧闹的街道上，遮出的这一小片阴影里，他低下头，笑着吻上她的唇。

言卿下意识闭上眼，主动仰头，耳朵里是剧烈的心跳声。

真的覆盖了。

以前她独自走过的每一点迷茫孤独，他的无法触及，都在这一刻彻底消弭掉，无论什么时候再想起加拿大，脑中印下的只有遮阳帽下的这个深吻。

加拿大本来是蜜月的中途一站，然而两天之后，还不等小夫妻出发去下个目的地，林苑那边就硬着头皮打来电话，说《夜夜笙歌》最后一期收官节目出了紧急状况，其中一个重要嘉宾突然确定怀孕，体质不好，医生要求静养。

为了不影响节目进程，嘉宾想抓紧趁这两天把收官一期坚持录好，如果再拖，她怕是无法参加，到时牵连太多，会给大家都添麻烦。

"卿宝，其他嘉宾节目组已经沟通完了，现在就看你……"

霍总小夫妻俩在度蜜月全国皆知，这时候来碰枪口，是提了十二万颗胆子。

言卿正在酒店里，握着手机皱眉，不禁朝翻阅着明天目的地资料的老公看过去。

深深得多失望……

她咬唇沉默时，霍云深手机上收到闵敬简洁的汇报，节目组也通过霍氏来探听霍总的意思。

霍云深合上资料，起身走向言卿，一只手把她托起来，一只手接过她手中的电话，沉声答复：“可以。”

说完他就挂了。

言卿喉咙发堵：“深深……”

他看着她：“不用为难，以后我们再出来好不好？”

言卿搂住他的肩膀，鼻子隐隐发酸，并不只是为了让他不难过，她自己也不舍得蜜月就这样被打断，可还是要对工作负责。

“好。”她轻声答应，“每年都出来，你想去哪儿我们就去哪儿。”

霍云深顺理成章地问：“那是不是……我想做什么也可以做什么？”

夜色深沉，窗帘紧闭，房间里的灯光柔软如纱。

言卿红着脸说：“当然。”

直到三天后的《夜夜笙歌》收官期录制现场，言卿才后知后觉地反应过来，老公提的要求，好像不是那么简单。

以往每期节目的生活部分，霍云深虽然也跟着她，但很克制地保持在镜头外面，基本不会露出自己的特征。

这次，完全不一样了。

由于是收官，节目的模式比起以往更多了放松和趣味，节目组甚至在录制期间安排了直播，当作现场花絮放送。

一共六组嘉宾，每组都跟着一台直播手机，开了六个不同的直播间同时在线。

言卿不知道别人的情况如何，她这边刚一开通直播，工作人员就对持续暴涨的观看人数连连惊呼。

“我天，还在涨！再这么下去他们程序员是不是要加班了？”

直播间群情激动，评论区刷新的速度快到看不清，好在内容差别不大，一眼望去全是“求狗粮”“让冷冷的狗粮拍在我脸上”“快用狗粮撑死我”……

到后来大家整齐划一在刷同一条：“胆敢打断‘深情夫妇’蜜月，节目组不给我们来点福利合适吗？”

节目组泪流满面，他们是想，但哪敢啊！

总导演跟在言卿这组，搓着手偷瞄霍总，没胆子上前请他出镜。正纠结万分时，突然被助理疯狂拍打，他一抬头，吃惊地看到霍总居然做了一个他意想不到的动作。

此时刚好是午后，他们来小山上寻找野菜野果，阳光充足，晒得人直流汗。

镜头对着言卿拍摄，她长发扎起，有几缕碎发飘在脸颊上，微微汗湿，遮挡了视线。

霍总原本在镜头外陪着她，见到她的样子，自然而然伸出手，替她把头发别到耳后，还用指腹抹掉她额角晶莹的汗珠。

直播间寂静一瞬，猛地炸了。

“刚才是谁？谁的手！霍总对不对！！”

“除了霍总谁还敢碰卿宝！绝对是！”

“还用问吗？你们没看见那么明显的婚戒？！再说手那么好看、那么白，能找出来几个这样的人！”

“大魔王竟然出镜了，啊啊啊……”

言卿也惊讶地看向霍云深，他丝毫没有回避镜头，直接来碰她了。

她恍然明白过来，搞了半天她家深深一直都渴望秀恩爱，向全世界昭告对她的所有权。从前忍着是以为她不喜欢，自从加拿大被偷拍，她允许了之后，他才算得到许可。

所以那天晚上，他说“想做什么就做什么”，还有另一层意思，他要到节目里来为所欲为。

言卿又是心疼又是想笑，也顾不得摄像机在拍，弯着眼睛瞧他。

霍云深挑了挑眉，理所当然地低声说：“蜜月还没过完，我不能离老婆太远。”

人没露面，却完整收音。

言卿看不到评论区喊破喉咙的尖叫，笑吟吟答了声：“好——”

没别的，就是宠。

老公想怎样就怎样，天上的月亮也给摘。

后面的拍摄，霍云深寸步不离，但并没有刻意走进镜头，就那么若有若无地偶尔出现。

言卿需要弯腰，他先一步代劳，线条利落的腕骨在摄像头取景的边角上露出来，撩得群情激动。

下一步又要拿小铲子挖野菜，男人的长腿比她更早弯折。

言卿走累了有些喘，一只手臂就伸过来，缓慢地抚着她的后背顺气。

直播间人数已经多到直播卡顿，各种截图被放上微博，又引来更大的流量。

“天哪，这男人要命，能不能给个正脸？”

“大魔王彻底出个镜行不行？求一个更致命的狗粮，啊啊啊！”

“想看霍总，呜呜呜……”

“只露一点太磨人了！”

屏幕上弹幕刷得飞起时，言卿面临了今天采摘任务的重点难题——爬树。

山上一片果树林刚结了新果，节目组提前沟通好付过钱，嘉宾们可以尽情发挥。

树还是略高，徒手很难摘得到果子。言卿不想表现得比别人弱，让别人说自己是沾了老公的福利，用口型小声对霍云深说：“我自己来。”

她也不会硬来，灵活地找果农借来一把梯子，摩拳擦掌爬上去。

霍云深紧盯着她。

评论区还在狂热求正脸、求狗粮，有一条“梯子好像不太稳”的评论被迅速盖了过去。

发评论的人紧张地关注着言卿，正准备多刷几条提醒，蓦地看见一道高大的身影大步走入镜头。

在没人意识到会有危险的时候，霍云深已然冲到梯子边，几乎同一时刻，梯子右边的脚年久断裂，骤然向旁边歪倒。

言卿猝不及防，手里还抓着一个果子，她的脸色顿时发白，却一眼看到了下面的霍云深。

没有任何犹豫，她干脆甩开梯子，张开手臂朝他扑了下去。

直播的工作人员被突变吓傻，愣愣地举着手机持续拍摄。整个画面，完完整整收入摄像头里。

午后日光强烈，透过叶片落下斑驳的光，铺在言卿身上，她披着淡淡的金色光芒，投入树下的男人怀中。

男人那一瞬迸出的狂躁不可言说，但在言卿稳稳落入怀抱的一刻，他所有的凶戾烟消云散，牢牢把她抱紧。

他晃都没晃一下，用尽力气接住她，往身体中嵌。

言卿长出一口气，感受到霍云深胸口剧烈的震颤，急忙安慰："没事没事，不高，一点也没有受伤，别害怕。"

她柔声重复了几次，又旁若无人地亲亲他的脸侧，他才渐渐缓过来，沙哑地"嗯"了一声。

言卿叹笑："这回霍总正式出镜啦，秀恩爱的排场这么大。"

"不算大。"

霍云深低低地反驳，惊魂未定地揽过她的头，转了个角度挡住她，用后背对着镜头，垂眸凝视她，嘴唇贴合上去："这样才算。"

负责拍摄的工作人员手直抖，直播间承载不住激增的流量，崩溃了。

梯子是言卿自己借的，果农也是出于好心，没想到会赶在这时候坏掉，连连道歉，还要赔偿。言卿当然不会追究，反给果农补了把新的，也安抚着老公让他平缓情绪。

《夜夜笙歌》的收官节目虽然经历了一点小意外，倒额外收获了爆炸热度，"深情夫妇"情侣粉手举大旗，骄傲地俯视全娱乐圈的小情侣们。

言卿发现在秀恩爱这件事上，她老公既有乐趣又有安全感，那么何乐而不为呢？

她想给他更多，只是霍先生段位太高，根本没有她发挥的余地。

半个月后，言卿为全国巡演预热，开了场规模适中的粉丝见面会，现场闲适地唱几首新歌。在结束以后，按座位点亮五百个号码，抽中的可以得到专辑现场签售的机会。

大家都是有备而来，特意多带了照片要给卿宝签。

言卿耐心十足，依次给粉丝签过去，接到的都是她的单人照，杂志古装或是选秀时期的写真，应有尽有。

她心里默默数着，签到四百九十九个时，最后一个粉丝却没有立刻上来。

已经签完的大家还舍不得走，也在悄悄议论，毕竟规则里，末尾一名有特权，是可以让偶像专门写自己希望写的话。

言卿正奇怪，打算往入口看一眼。

她还未转头，粉丝群猛然爆出铺天盖地的尖叫。

言卿的心猛地一跳。

入口处光线昏暗，男人的身影缓缓出现，他欲盖弥彰地戴了顶棒球帽，胸前很淡定地别着闪闪发光的“卿宝”小灯牌，不疾不徐走到签售台前面。

言卿屏住呼吸，仰脸怔怔地看他。

男人骨节匀称的手指郑重地抽出一张照片，递到她面前，含笑说：“求偶像给我签名。”

偌大的现场，到处是亢奋的吼叫声，他的音量并不高，言卿偏就听得真真切切。

她跟他什么亲密事都做尽，这一刻却耳根通红。

照片闪着光，是张双人合照，男人西装笔挺，女人雪白的裙摆垂地，被他拦腰抱紧。

婚纱照。

言卿忍着笑，望进霍云深明澈的眼瞳深处。

好吐，送上门的，那可别怪她众目睽睽之下，秀一次恩爱了。

言卿接过照片，提起笔，示意工作人员把拍摄镜头连接到背后的巨型屏幕上。

光影一闪，屏幕时时记录着她落笔的全过程。

言卿一笔一画写。

“TO：深深宝贝——你不知道，偶像多爱你。”

写完，她把婚纱照捧起，注视着霍云深的眼睛，轻轻把唇落下，在“爱你”旁边，烙了一个形状完美的唇印。

到婚礼之后第三年的夏天，言卿开完了两轮全国巡演，专辑发了四张，新旧原创曲在各大榜单上自己打架，争个你死我活，她也顺理成章地连续在华语音乐圈里登顶，重量级大奖拿到手软。

言卿代言接得不算多，质量和档次却都让圈内大花小花仰望，不仅是艳羡她有霍氏做依靠，更多的源于她自身。霍太太穿戴顶级奢侈品牌是不可逼视的人间富贵花，等换了亲民的零食日用品，她又能秒变行走的甜美水蜜桃，分寸拿捏得恰到好处。

杂志更不用说了，几大一线女刊重量级的开年封抢着要她上，不为别的，只因为她实在美，红出圈的硬照不胜枚举。

言卿小日子过得无比滋润，写歌唱歌是她的兴趣所在，不会为工作所累，偶尔上上综艺、拍拍广告，没有太多功利心，注意力都拿来放到老公身上。

有时粉丝们会激动喊话，说娱乐圈需要她，拜托她多出来营业。

言卿只是笑，真正需要她的，是她家霍先生，娱乐圈没了谁都照样热闹，但霍先生没她不行。

她承认自己胸无大志，所有念头和愿望都系在霍云深的身上，想每时每刻陪着他，跟他待在一起，不厌其烦地让他知道，她多喜欢挨着他。

其间，何医生私下里找她谈过。

“太太，霍总的健康状况越来越好，以前刺激留下的那些失眠、厌食都痊愈了，新伤旧伤也基本好全了，只不过精神层面上……”何医生哭笑不得，“他好像并没有往正常扭转的趋势。”

在他看来，霍总性格是很偏执的，情感需求过于强烈，占有欲旺盛，难以克制。

严格说来，是病态的表现，在无形中限制着爱人的自由。

他原以为是太太失踪三年造成的结果，等婚姻生活稳定，霍总自然可以好转。然而这么久过去了，事实证明，霍总不仅没看到好转，反而变本加厉。

他时时刻刻都需要她，会为每一次短暂的分离而惶恐不安，恨不得分秒攥着她不放，把她牵在手里，困在身边，才能放心。

再加上太太无条件的纵容，霍总更是一副放弃治疗的样子。

何医生闹心，他觉得这是病，得治。谁愿意被人这么霸占着，离开一阵，或是跟朋友聚会玩闹都要先顾及爱人的想法，多累。

言卿却摇摇头，沉静地说：“何医生，我知道你是好意，但我必须告诉你，他没有不正常，他不是病人，也不需要别人去包容他的性格，有我在就够了。”

“你真受得了？”

“这个词不对。”言卿杏眼微弯，“我是心甘情愿。”

她爱他性情里的每一分。

也许何医生认为是无形的牢笼，但她情愿绑上锁链，做他永不分割的囚鸟，并不想飞去哪儿，这一生都只乐意绕着他打转。

她从未失去自由，霍云深就是她的自由。

何医生感慨地叹了口气，又以医生的角度忧虑地问："可这样下去，你们怎么要孩子？我看霍总的状态，是容忍不了谁长期在你身边的。"

别说小孩儿了，猫狗都难容。

言卿笑得很温柔："那就不要。"

何医生震惊了。

以他几年来对太太的了解，她绝对是很喜欢孩子的，这么看来……太太是纵容霍总到无底线了，压根儿没想着要改变他，是打定了主意，要一辈子让他随心所欲。

虽说不理解，但何医生也觉得自己无须再多说什么，太太跟霍总之间迈过了那么多生死坎，他们之间如何相处本来也不是他能够置喙的。

夏末的时候，言卿接了新广告，宣传照拍摄的当天，霍云深提早处理完手头公事，到现场看她，跟言卿合作的各方人员早已习惯霍总的突然出现，呼啦啦列了一大队恭恭敬敬出来迎接。

霍云深径直穿过人群去摄影棚里，一眼看到灯光下他的小妻子正拨着长发，对镜头甜笑。

洗发水的广告。

等成片出了，他得控制自己，别去超市把她的人形立牌全搬回来。

言卿也第一时间发现了霍云深，朝他歪了歪头，眼睛俏皮地一眨。

摄影师兴奋地捕捉到，"咔咔咔"连拍数张，百分百确定这个瞬间绝对是今日最佳，满屏呼之欲出的灵动爱意，谁看了都要心动，广告效果满分。

等拍摄结束，言卿抿着笑，先不动。

霍云深也翘起嘴角，朝她略微张开手臂，表示自己的怀抱空荡，急需老婆填满。

言卿马上出发，裙角飞扬，几步跑过去，不在乎别人看不看，搂着他的脖颈儿轻盈地跳起一点，被他牢牢托住。

现场大家虽说适应了小夫妻俩随时随地狂撒狗粮，但亲眼见到，还是互相握拳，亢奋地无声号叫。

画面太养眼了吧！

亲密点！更亲密点！卿宝你可以的！使劲儿弄他！让他冰山融化！

围观群众的内心弹幕“唰唰唰”滚过几万条，卿宝当然不负众望，自然亲昵地跟老公贴贴脸颊，就让一路面无表情的男人笑得春暖花开。

“今天好早。”

霍云深亲亲她的鼻尖：“下午还有个会，等不及想先来看看你。”

言卿听到他有行程，微微失落之余，倒是松了口气。

许茉涵约她和欧阳下午忙完出去聚个会，她正愁怎么跟深深说不陪他，这下不用找理由了。

要放平常，聚会没什么大不了，霍云深再怎样也不会干涉她跟女性闺密吃饭喝茶，但是……两个月前，许茉涵跟她的新婚老公造人成功，怀孕了。

新晋孕妇的倾诉欲极其强烈，即使见不到面也会经常发微信来聊。霍云深听过几次，虽然没说什么，但言卿能看得出，他很排斥。

排斥的不是许茉涵联系她，是字里行间离不开的孩子，怕她动心。

每每这时，他眼中流露出的，是那时在化妆间见到小猫时，唯恐她带回家养的敌意和失落。

言卿看不得他有这种情绪，从那往后跟许茉涵聊天尽量避着他，今天会答应出去聚，也是因为知道他公事繁忙才决定的。

霍云深抚摸她的头发，低声问：“下午去办公室等我？里面套间的床上给你换了新被子，很软，还多添了一个猫咪抱枕。”

“欧阳找我喝茶……”她没提许茉涵。

霍云深顿了顿，点头：“好，等我去接你。”

言卿恋恋不舍地跟老公分开，司机便载她赶赴小姐妹们约会的地点。三个人约的是个高端私密会所，海城一些权贵和圈内人很喜欢来这里标榜身份。

最顶层的包厢里，许茉涵和欧阳已经到了，满桌五花八门的小零食都填不满孕妇的嘴。

“托卿宝的福能进这个包厢，以前我顶多去过下面三层的。在家里快憋死我了，这不让吃那不让吃的！”

言卿一进门，许茉涵画风突变，把满腔吐槽欲控制住，苦口婆心问：

“卿宝，你到底什么时候才能加入我们孕妇阵营？”

卿宝果断又给她点了一桌孕妇适用餐，可惜依然堵不住她的嘴。

天南海北闲聊了一个多小时，许茉涵忍不住，话题还是拐回到最关心的问题上。她不再不正经，认真地说：“欧阳还没男朋友，不急；但是卿宝，你该上上心了吧，你家可是有皇位要继承的。”

言卿端着热茶，坦诚地解释：“我家陛下不喜欢。”

欧阳了然：“陛下只喜欢皇后，谁要抢，都格杀勿论。”

门外悠长曲折的廊道里，赶着时间提前忙完的霍云深正走到包厢门外，侍者躬着身，刚把手碰上门扉，准备为他打开。

会所安全，小姐妹们聊的又不是什么机密，所以只关了一道装饰门，隔音效果不算太好，站得近，里面的对话可以听得七八成。

霍云深目光黑沉，抬了抬手，示意侍者离开。

侍者不敢忤逆，忙依言退走。他静静地立在门外，听卿卿的声音。

许茉涵“啊”了一声，也想起大学时那些画面，霍云深如何紧张言卿，不允许任何人沾染，连她这个闺密都不能和言卿太过亲密。

“但问题是，”她依然吃惊，“孩子也在他介意的名单里？”

欧阳说：“我看霍总的世界里就两个分区，一个是卿宝，一个是其他生物。说不定孩子比别的对他而言更难接受。”

霍云深垂着眼帘。

“你想啊，一个注定会分走卿宝时间、感情、注意力的小家伙，难道不比宠物、朋友、爱慕者厉害多了？”

言卿轻轻“嗯”了一声。

一个气音，让门外的霍云深手指收紧，她都知道。

许茉涵泄气地拖长了音：“可是卿宝，你很喜欢小孩儿啊！我记得很清楚，当初你记忆刚开始混淆的时候，头晕嗜睡，我们都以为你是怀孕了，你也好开心，每天偷偷测验孕棒，等着两道杠，后来发现不是还挺难受来着。”

霍云深的瞳孔缩了缩，不自觉走近了一步。

短暂的安静后，隔着一道门，言卿开口了，嗓音很柔软：“是喜欢，那时候特别高兴，以为有了他的孩子，到现在偶尔也能梦到跟他生宝宝了，小家伙长得特别像他。”

她的语气里尽是期待，霍云深微低着头，手指骨节攥得泛白。

屋内的声音在温柔地继续："但是我这点喜欢，跟他相比什么都不算，我只想让他幸福，他才是最重要的，有没有孩子我根本无所谓。"

霍云深耳中时而空白时而嗡响，他盯着卿卿说话声传来的方向，即便看不到她，也还是一动不动。

不用再逃避了，他一直都明白，卿卿是期盼有一个孩子的。

他刻意去忽略，装作不懂，从不和她提起这个话题，甚至在她亲近别的小孩儿时，不遮掩自己的抵触，换她的心疼和在意。

那些自私又恶劣的心思在她的包容里肆无忌惮地作祟，他想独占，一辈子从生到死只跟她两个人，她的爱意、关切、注意力、温言细语、甜蜜宠爱，都仅仅属于他。

门内，许茉涵和欧阳七嘴八舌地争论着，言卿浅笑着打断："我家深深开心就好，我不会让他害怕。"

霍云深在走廊里僵立着，半晌后，他松开握得略微麻木的手。

卿卿全在为他着想，可她……说得不对。

他并不重要，重要的是，他要她开心，不让她失望。

凡是她喜欢的，他都能捧到她面前。

到傍晚散场时，门外侍者才轻声告知："太太，霍总说会晚些到，让您别急。"

言卿当然不急，老公难得迟到一回，她等多久都没关系。

霍云深已然在车里沉默地坐了许久，调整好状态，把极端情绪的影子藏得干干净净，才在侍者通知言卿后的五分钟重新上楼。

言卿意外："五分钟也算晚吗？"

"算。"他的嗓子微哑，把她搂住，"一分钟都算。"

言卿心头发痒，老公可真是太甜了。

她刚想给他奖励一个吻，却听到霍云深低低地说："对不起。"

言卿瞪他，他嘴边露出笑，避重就轻："对不起，让老婆辛苦等我。"

让老婆辛苦地……巨细无遗为他着想，安抚他那些放肆的独占欲。

言卿捏他："不许乱说，道什么歉，快回家。"

霍云深把她往怀中一裹："回家。"

言卿以为这是个岁月静好的晚上，万万没想到竟然天雷地火，她带着一身沐浴乳的奶香软倒在床上，男人不由分说覆盖下来。

她意乱情迷去摸床头边的小包装，手腕却被滚烫的指尖按住，他呼吸很重，带着隐忍的喑哑，灼热的气息扑在她烧红的耳边：“卿卿，我们要个孩子。”

你喜欢的，无论什么，我都给。

霍云深的嗓音压得沉，何况这几个字本就情绪复杂，他说得并不算明朗。

言卿意识迷离，也没能听仔细，迷迷糊糊的，全被情热给覆盖过去。

她隐约捕捉到了“孩子”的字眼儿，但来不及去分辨就失了冷静，早上醒过来时，她才越回想心里越觉得不安。

深深昨晚的状态好像有点不对劲……

最近两三年，他情绪向来稳定，很久没有能刺激到他的事，可这次明显是在压抑，想来想去只有一个原因。

他在害怕什么。

言卿扭头去看身边的男人，他还睡着，眉心不自觉拧得很紧，眼下有浅浅的淡青，手臂无意识地收拢，梦里仍尽力地将她困在臂弯里。

她已经好久不曾见过他这么隐忍的样子，心口骤疼的同时，意识到了问题的严重性，昨天晚上她模糊听到的那句“孩子”，也许不是错觉。

言卿稳住呼吸，小心翼翼从霍云深怀里钻出去，拿手机离开卧室，在门口徘徊了两圈，决定打给闵敬直接问。

她不信那么巧，绝对是老公知道了什么。

电话接通，她先发制人：“昨天下午他会议几点结束的？”

闵敬对嫂子本身就没有防备，猝不及防被这么一问，一时反应不及，诚实地回答：“四点。”

言卿一窒：“四点？不是六点吗？”

“原本是要六点多的，但深哥赶进度提前了。”闵敬有那么一丝慌张，不知道出了什么事，“他惦记你跟朋友聚会，想早些去接你。”

言卿捂着冰凉的额头：“所以说，他四点开完会，马上就去会所了对吧？”

闵敬的心七上八下，老觉得话题走向危险，犹豫着不知该不该点头，但这短暂的沉默已然告诉了言卿答案。

她挂掉电话，在墙上靠了半晌，喉咙里酸得发堵。

果然……

四点结束，他最多四点半就到了会所，肯定会上楼去找她，走到门外，应该刚好听见了那些对话。

深深最敏感回避的问题，她却亲口承认，说她“喜欢孩子”“想要”“做梦都梦到”……

言卿不忍心去细想他当时的心情，其实也根本不需要想，他的决定和行动，就在清清楚楚剖白着他的心。

他抵触得恨不能全世界只剩下他跟她两个人，但在她的喜欢面前，他还是沉默地选择让步，满足她每一点愿望。

昨天短短几个小时，他是一个人挣扎了多久。

言卿心疼得胸口发闷，又忍不住生他的气，她这么在乎他，是为了让他一言不发去委屈自己吗？！那她要孩子有什么意义！

该罚。

还得罚得狠一点，不然解决不了这个迟早要面对的问题。

言卿下定决心，抿着嘴角回卧室，先进里间，轻手蹑脚抽走自己的枕头，接着拐去浴室，把她用的瓶瓶罐罐全部打包，拎到二楼她的工作间。

言卿放下枕头，将化妆品丢在一边，在药箱里找到一瓶维生素，把白色药片倒出来两粒，明晃晃摆在桌上，准备了一杯水。

布置好“老婆很生气”的现场，言卿静待霍先生起床。

霍云深还未睁开眼，就感觉到怀里是空的，他下意识伸手去找，身边没人，床单是凉的。

梦里一直萦绕的那些卿卿冷落他的情景突然间逼到眼前，他仓皇地起身，发现她不在卧室里。

“卿卿。”

没有应答。

霍云深正要掀被下床，意外地发现她的枕头不见了。他的脸色不由得发白，先去浴室找，然而迎面看到的，不仅空无一人，连她平常固定位置摆放的护肤品都没了，粉色的电动牙刷和杯子不翼而飞，就剩下他那个蓝色的，并排挂着的浴巾也凭空少了一条。

他疾步回去找手机，一边给她打电话，一边冲进走廊。

熟悉的铃声隐隐在楼下一道门里响起，知道她还在家，霍云深的唇上总算恢复了一点血色，赶到工作室外推开门。

门里，言卿只穿了件最单薄的睡衣，脸色苍白地坐在椅子上，正把两粒药放入口中，难受地咽下去。

“你在吃什么！”他几步到她面前，把她往上抱起。

言卿抓着扶手不肯动，别开头低声说：“避孕药。”

霍云深双手一颤。

言卿不看他，怕看了就会马上绷不住，她压着嗓音说：“你昨天没有做措施，我补救而已。”

“补救……”他的嗓子迅速变哑，“我说了要孩子。”

言卿听到他把这几个字说出来，更是酸涩得想哭。她哽咽了一下，不完全是装的了，也带出了真实的情绪：“为什么要？就因为听到我说喜欢？所以你的意愿就可以退到最后面，丝毫不需要考虑，只要满足我，让我高兴就够了，是吗？”

霍云深攥着她的手腕，仍然无法让她起来。

他不敢用太大力气，干脆蹲下去，搂住她的腰，不让她再跑。

“卿卿……”

她猜到了，他在她面前早已无所遁形，心思遮掩得再好，也还是会被她一眼看穿。

言卿眼眶发红，终于转过头瞪着他：“我说得没错吧？我再爱你，你也不会把自己摆到重要的位置上，但凡我们之间遇到一点冲突，你就理所当然认为该退的是你，你开心、难过都无所谓，对不对？”

霍云深仰头凝视她：“对。”

言卿深吸口气：“那你看到了，你忽视自己让我很生气，气得把东西都搬出来了，以后我就睡在这间屋子，不管你……”

后面的话无法说完，抓着她的那双手猛然收紧：“怎么气我都好，这样不行。”

“你打我，朝我发脾气。”他咬着牙关，“但不能躲我，也不能随便吃药！”

梦里的飘浮，醒来看到的空荡，样样戳着他的心。婚后三年来，卿卿从不离开他，总对他亲昵依赖，更不会生他的气，今天……今天是因为孩子。

“我生气不是因为孩子！”言卿看出他眼里的晦暗，斩钉截铁地打断，“是因为你！”

霍云深手臂上的肌理僵硬。

言卿抹了一下潮湿的眼角，盯着他：“我从五岁开始，心里就你一个，有那么多感情去喜欢这个喜欢那个吗？我对孩子的期待，从来也不是因为孩子本身，我想要的，是你的孩子。”

“知不知道重点在哪儿？”她双手抚上他的脸，抬起眼来跟他对视，“爱你，所以我愿意花时间，辛苦去孕育一个你和我的孩子，不仅仅是喜欢，还有——”

霍云深看到自己在她眸中的倒影。

她轻轻说：“霍云深，这辈子我什么都能给你，包括从小到大，没有让你有过一丝温暖的亲情。”

他身体一震。

言卿指腹摩挲他的鬓发：“我在云家也过得不好，但至少妈妈生前很疼我，我有过亲情；可你呢，霍家欠你的太多了，你应该得到家人的关爱和珍惜，却谁也不曾给过。”

“但是我能。”她声音微抖，“我想要一个孩子，是因为我想有一个只属于我和你的家人，流着你的血，姓着你的姓，全心全意信赖你，把过去亲人伤害过你的，全都补齐。”

霍云深怔怔地注视她，眼底一点点浮上暖意。

“我不需要，”他说，“卿卿，我只要你。”

言卿不再抗拒，耐心抱住他的脖颈儿，说：“这正是我要谈的第二件事。”

“你想做什么我都答应，是我真心愿意的，没有勉强。”她目光坚定。

“即便我说了这些，如果你不喜欢孩子，我们还是可以不要，你不愿意我出去分散精力给别人，我也可以不去。但唯独——”言卿顿了顿，眼里多了些心疼。

“你为难自己、有事忍着不说、用自伤的方式让步，我会很生气，气到能把你一个人扔在房间里不管。

“这是最伤你的方法，我还是去做了，就是为了让你明白，什么才是我的底线，是我永远放在第一位，不会被任何人和事动摇的。”

霍云深跟她十指紧扣。

她不依不饶地问：“你告诉我，是什么。”

他说：“是我。”

言卿迎着他的眼神，眼眶酸涩。

不够，她还要给他更多……更多的感情。

让他自信，习惯自己的重要性，理直气壮地霸占她。

所有强烈的占有欲，都是来自不安全感。

他怕，才会抗拒全世界接近她，但这一生还有无数美好的岁月，她要给他的，也是属于他的全世界。

“对，是你，孩子也好，其他任何事也好，都不会改变。”

言卿装完了硬气，松弛了身体，疼惜地搂住他的背：“我不是故意吓你、凶你的，是真的很心疼，你不许再不吭声地乱想了。孩子的事我们慢慢来，等你准备好的时候，我们再要，不急在这一时。”

她又补充：“如果一直准备不好，那就不要了。亲情缺就缺吧，反正爱情管够。”

霍云深的心被暖潮包裹住，鼻音闷重地说：“那你也不能吃药。”

言卿眨了眨眼，转移话题：“霍先生还别扭吗？”

他摇头。

“不慌了吧？”

他继续点头。

“那我说了哟！”她清清嗓子，“其实我吃的是维生素。”

霍云深蓦地抬起头看她。

言卿脸红：“咱家哪来的避孕药啊，一大早的我又不能出去买，也没法叫人送，就……骗骗你，让你知道我有多生气。”

霍云深掐她的脸，又把她拢到胸口箍紧。

她抠抠他肩上的衣服问：“那……吃吗？找何医生比较稳妥，免得人多嘴杂。”

霍云深低声说：“不吃。”

“怀孕了怎么办？我现在不是安全期。”

“怀了就要。”

“不吃醋了？”

“吃。”

言卿忍不住笑。

霍云深咬牙切齿：“吃得厉害，你多补给我。”

“好。”言卿亲亲他的嘴角，“不管有没有，都补给你很多爱，把亲情的空洞也填满。”

半个月后，言卿一向准时的“大姨妈”推迟了。

霍云深对她的生理期一清二楚，搂着她几夜睡不好，言卿不敢再拖下去，免得老公悬着的心一直放不下，便翻出早就准备好的验孕棒偷偷测了测。

两道杠。

言卿心跳如擂鼓，盯着验孕棒好半天回不来神，直到霍云深敲门，她才飘着出去给他看。

几乎没有耽搁，夫妻俩马上就去了何医生的私人医院。护士诚惶诚恐地接待，给霍太太抽血检查。

等待的时间里，言卿握着老公的手，给他从冰凉暖到热。

“霍总、太太，恭喜！”护士面露喜色，“确实是怀孕了。”

何医生在上面偷听，欣慰地长出一口气。

言卿接过化验单，郑重地交到老公手里，往他肩上一靠：“霍先生，你要当爸爸了。”

回家的路上，车窗外繁花似锦。

言卿雀跃的心情压也压不住，跪坐在宽大的座椅上，微红着脸笑眯眯地问：“深深，你想要男孩儿还是女孩儿？”

她猜老公会选女孩儿，女儿肯定会比儿子好些，他应该不会有太被入侵和抢夺的难受。

霍云深漆黑的眼瞳望着她，把她散落的长发顺到耳后，回答的却是：“我想要男孩儿。”

被抢走、被分割的感觉，如果在孩子的性别上会有倾斜的话，那他希望是儿子。

他来吃醋就够了，那些失落和酸涩，他尝尽了，也不想让卿卿经历哪怕分毫。

他来跟儿子争宠，而永远不要，卿卿会有某一个瞬间，因为女儿的存在感到寂寞。

言卿惊讶地问："为什么？"

霍云深微微笑着说："因为在我家里，永远只有卿卿一个小公主。"

第十四章
婚后生活篇（下）

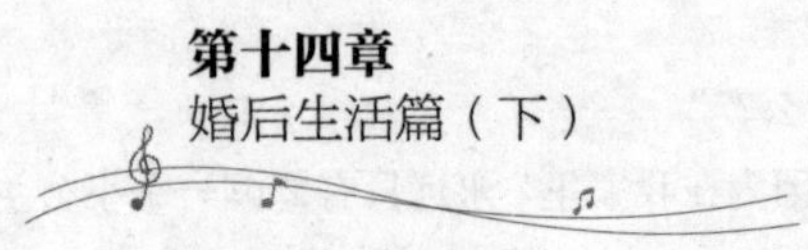

记忆恢复之后的这几年，言卿的身体始终被霍云深精心调养着，从前大大小小的损伤都已经痊愈，没了痕迹。

再加上夫妻感情甜蜜，她的体质自然也跟着变好，各项指标均在健康的水平线以上。

确定怀孕以后，医生做了基本检查，确定状况良好，也就无须再多叮嘱。霍太太孕期的生活起居，不用想也知道，必定是千娇万宠。

当天从医院回来，霍云深就没有一刻得闲。家里的环境要改，容易磕碰的地方都找人来专门做了防护，营养师连请了三个，他亲自面试，倒把对方吓得瑟瑟发抖。原本的家庭医生除外，又另选了个经验丰富的女医生，只在太太孕产期间负责照看。

言卿有些困，到家之后先被老公哄睡了，等她一觉起来再推开门，差点被外头恭顺等待的一众医护吓到。

霍云深刚把未来一段时间需要从国外特殊供应的几种食材交代完，听到老婆醒了，立即上楼，握住她的手："卿卿，还少什么，我们再随时添。"

言卿迎着老公比去谈什么重大合约更要严肃谨慎的神色，哭笑不得的同时，又觉得甜甜涩涩。

他太紧张了，不能怨他小题大做，是在医院临走前，护士体贴地给了他们一大堆实用性比较强的孕期注意事项，让他们闲暇时看看。

回程的路上，深深依次都翻了一遍，最后有几页客观注明了怀孕可能会对孕妇造成的损伤和风险，举了几个极端例子。从看到这页起，深深的表情就没好过，搂着她，力道让人发疼。

他怕得太多，现在怕吃醋成了其次，她的安全则被推上忧虑的首要问题。

言卿没有说他反应过激，而是笑着劝慰："老公，你先让大家回去，我刚做过检查，情况很稳定，暂时不需要特殊照顾。"

霍云深不放心，眉心拧着。

她晃了晃他的手，温言细语道："现在人太多了，我反而不舒服，还没到必须当保护动物的时候。"

听她说不舒服，霍云深才动摇，遣散了一众待命的陪孕团，家里安安静静，只剩下小夫妻两个。

言卿摸了摸自己平到不能再平的小腹，一个月还不足呢，连试纸的两道杠都只有浅红色而已，她根本就没有怀孕的真实感，却把老公担心成这样。

她勾着霍云深的手指下楼："我们去院子里逛逛。"

需要给可怜的霍先生做做心理疏导。

言卿一路走下楼梯，看着家里各处的棱角竟然都被包上了很软的防撞层，她不禁失笑："我是个成年人，行动力很强，不用像对新生儿那样怕磕怕碰。"

霍云深理所应当地反驳："不算成年人，你就是个小朋友。"

初秋的下午还是暖的，微风轻柔，淡金的日光斜洒进霍宅庭院的绿植上，像披了层闪光的薄纱。

言卿坐在秋千上，霍云深站在后面，给她轻缓地推。

"深深你过来，"她喊他，"跟我坐一起。"

秋千够宽，两个人相拥坐下也绰绰有余，言卿歪着头仔细把霍云深的五官描摹了一遍，感慨地说："怀孕期间你不用做别的，多让我看看你的脸就行，保证生个跟你一样好看的孩子。"

霍云深眼尾微抬："一样好看？"

言卿顿了一下才反应过来，对一入醋缸不回头的"霍三岁"认输，连忙改口："绝对不能一样，我老公最好看，生个比你差点的就行。"

霍先生慢悠悠地"嗯"了一声，还算受用。

言卿柔声转入正题："深深，我身体很好，没有不良的生活习惯，孕期可能会出现的反应都是正常的。就算发生特殊情况，你也安排了最好的医生照看我，不会耽误，不会出错，是不是？"

"是。"

"所以我保证，没有意外，册子上写的那些危险情况，绝不会发生在我身上。"言卿笃定道，"你如果不放轻松，我也会跟着难过。"

霍云深低眸，嘴角微抿："让那些人三个月以后再来上门照顾。"

"临产前。"

"六个月。"

言卿不跟他争辩了，反正六个月以后的事呢，到时候她如果状况良好，也许老公自己就不强求了。

"好，我家霍先生说什么是什么。"

然而言卿没想到，真到了孕六个月的时候，她一直平稳的身体意外出现了一点波动，晚上入睡前忽然见了红。

她身子本就单薄，孕期饮食也控制得很好，依然纤细匀停，肚子尺寸并不大，孕六月的行动也算得上轻盈，但突如其来的鲜红还是让她慌了，在浴室一时没能站起来。

十秒钟不到，等在门外的霍云深意识到不对，推门而入，脸色瞬时苍白。

言卿昏昏沉沉被送入医院，手从始至终被人狠狠攥着，攥到骨头微痛，但这种痛感又给了她最大的安全感。她迷蒙地看到霍云深赤色的眼睛，翻腾着让她鼻酸的恐惧。

她用尽力气回握着他的手，含糊地喃喃："没事，深深不要怕，我没事。"

言卿不知道过了多久，精神恢复过来的时候，她正躺在静谧的病房里，夜早就深了，输液管滴答滴答。

她刚想动一下，蓦地感觉到腰间箍紧的力量。

言卿转了转头，霍云深就在她身边，跟她一起在病床上，他唇上裂了几道血口子，呼吸沉重地浅眠，双臂把她死死搂着，生怕她消失。

她不适的感觉已经过去了，满心都是酸楚。

他吓坏了。

言卿往他怀里贴了贴，霍云深立即惊醒，没等睁开眼就脱口喊了声“卿卿”。

“我在。”她微微呜咽。

霍云深仿佛窒息了，凝视了她几秒钟，确定她真的平安醒过来，终于咳出来一声，揽着她连连落下发颤的吻。

言卿的情况并不严重，也属于孕中期的常见现象，只是之前过于平缓了，才衬得这次格外凶险。虽说没什么大事，但医生深知霍太太身份金贵，也叮嘱不能掉以轻心。

在此之前，言卿忍住了好奇，硬是坚持着没问过孩子性别，也不让老公问，本想等出生时候直接来个真相揭晓。但这回出事做检查，被来探望的许茉涵笃定预测：“卿宝，看你这个孕肚的形状，绝对是个儿子！我看这个很准的，从没失手过，你家‘皇位’有人继承了。”

言卿没有特别当真，但等她走后，也忍不住拽着老公的手激动地说：“深深你听到了吧？很可能是儿子。”

霍云深的目光依然暗沉，卿卿流着血脱力的样子刻进了他的意识里，每回想一次，都惊惧绞痛，连带着抵触起这个让妈妈受了苦的儿子。

言卿其实当天就没大碍了，但霍云深守着她住了一周的院，回家以后，言卿彻底被升级成“珍稀保护动物”，从早到晚被照顾得无微不至。

她有些失眠，霍云深就每晚睡前给她低低地唱歌。

他平常多冷硬的一个人，从没唱过什么，但在她耳边，用低沉的嗓音不厌其烦地把她爱听的老歌唱遍。

言卿半睡半醒时跟他咕哝：“老公，你唱的都是情歌，给儿子听不合适……要……唱几首儿歌……”

“不唱。”他固执地注视她，“我只唱给你听，跟别人没关系。”

言卿迷糊着摸他的头发：“小别扭，那是你儿子。”

霍云深沉闷地哑声说：“让你受了伤，谁也不行。”

自从见红一次后，言卿也不像之前那么随意，自己对身体上心了不少，坚决不能让老公再受一次刺激。

她一点小病小痛，都紧密牵连他，何况是流血昏倒这种大动静。

他在“失去”上吃过的苦太多太重了，好不容易在甜蜜日子里把伤口抚平，受不起反复的打击。

除此之外，言卿也很担心老公会迁怒肚子里的小家伙，甚至迁怒他自己。

无论哪个，到头来默默受伤害的都是他，她舍不得。

临近足月，言卿的胎动开始频繁，口味也奇奇怪怪，莫名其妙喜欢上了柚子茶，一天几杯都喝不够。

霍云深担心买来的糖分太高不健康，反复研究了很多次用料配比，尝到味觉快麻木，总算做出了口感最好的版本，每天限量给老婆供应。

“不能多喝。”霍先生斩钉截铁道。

孕妇容易出现妊娠期高血糖，事关老婆安危，他狠了心不纵容她。

言卿揣着好几斤重的宝宝，身上总是沉重酸软，也就格外爱跟老公撒娇，腻着他以缓解孕晚期的不适。

她慵懒地变着法儿喊他：“霍——先生——云深——老公——深深宝贝——不能怪我想喝，我怀疑我是怀了个柚子——”

霍云深不禁失笑，捏捏她的鼻尖。

怀了个柚子，卿卿奇思妙想，怎么这么可爱。

霍云深小心地把她揽到腿上，还是不为所动：“今天的份额喝完了，撒娇也不行。”

言卿整个人挂到他臂弯上，不满足地轻哼。

卿卿猫真的对他缠绵起来，霍云深哪能受得住，被她蹭得心火燎原，忍耐着摸摸她的脸颊，压低嗓音要求：“再加点筹码。”

言卿对着他的唇亲一口。

霍云深只好把老婆扶起来，领着她下楼去冲柚子茶，他专门留了半杯的量，就等着她馋到不行的时候给她喝。

一楼客厅加了几道高大屏风，把小孕妇日常的活动区和外面的会客区隔开。近两个月，霍总的公事基本都搬到了家里，以客厅外间做据点，霍氏高层流水似的来去，俱是战战兢兢，唯恐扰了太太休息。

言卿刚迈下楼梯，就看到一行四五个西装革履的男人静候着，听到脚步声，急忙起身站好，毕恭毕敬垂着头，等霍总抽空过来。

那种发自骨子深处，根深蒂固的惧怕和恭顺，让霍云深的目光暗了几分。

言卿看了他一眼，握牢他的手。

霍云深从踩着霍家人的残骸强势夺权那天起，就让人仰望生畏，尤其在经历了后来那场铲除异己之后的争斗，霍氏在美国市场大规模扩张，在原有领域更是如日中天。他原本有所动摇的威信翻倍往上叠加，无论是集团内部，还是网上明里暗里的议论，都把他奉若神魔。

他不光是扭转乾坤的神明，也向来是心狠手辣的大魔王。

今天在场的集团高层，哪个在外头不是呼风唤雨，但被他森寒的视线扫过，都会冷汗直流。

即使原因不同，可仍和过去一样，人人怵他、敬畏他，他不想学，也学不会怎么去做一个让人不害怕的正常人。

霍云深没理他们，直接带言卿往厨房走，顺手关门。

柚子茶是他亲手新做的一罐，他把言卿揽在身前，攥着她的手一起去拿勺子，舀出小半勺，加水慢慢搅匀。

言卿的背紧贴在他震动的胸口，心里被难言的酸疼泡到发软。

“深深，”她笑着说，“有我，还有小柚子。”

她不挑明，但她知道老公都懂。

霍云深俯身环着她，低低地纠正：“只有你。”

没有别人，只有她，只要她。

他作为其他身份都冰冷坚硬，唯独作为卿卿的男人，是无限的爱和被爱。

小柚子……也会怕他。

没人教过他亲情是什么样子，他不曾有过父爱，又怎么去给予。

他会迁怒，会因为担心卿卿的注意力被分走而嫉妒。他连对卿卿之外的人笑都不够自然，更成为不了让孩子喜欢的父亲。在这个家里，他很可能会变成被排斥和躲避的那个，让卿卿为难。

言卿细细抚弄他微凉的手指，牵着他的手放在自己隆起的孕肚上。

霍云深垂眸问：“如果以后他怕我，跟你说我凶他、欺负他，你会相信吗？”

“不信。”

“他讨厌我，不想见到我，你会陪他一起躲吗？”

“不会。”

霍云深的嗓子像含着沙子：“他……”

言卿攥着他的指尖，心口抽痛得受不了，轻声说：“霍云深，我只偏心你。”

他听到这句话，用下巴摩挲她的头发，沉哑地“嗯”了一声，像得到她至高的保障。

言卿酸得恨不能把家里的糖都喂给他，锲而不舍地拉着他的五指去摸肚子：“霍先生也不能低估小柚子，他可是‘深情夫妇’的儿子，是你的一部分。”

霍云深沉默，转而问：“小柚子是名字了？”

言卿这才反应过来她居然叫顺口了，反复品了品，又觉得不对劲儿，小柚子小柚子，怎么跟小太监似的，万万不能啊！

“叫柚柚，柚柚好不好？咱家的小甜柚。”她笑盈盈地说，“大名要你来取。”

霍云深摊开她的掌心，在上面慢慢写着笔画。

言卿的眼睛一亮：“燃？”

他点头：“燃，被你点燃，才有我这一生。”

霍燃。

言卿吃力地回身抱住他，眼眶潮热。

她跟他的小孩儿，被爸爸取了代表她跟他的名字。

她点燃他，他亦为她没有止境地热烈燃烧，永不熄灭。

言卿在预产期前几天就正式入院，媒体把她的产期当头等大事时刻关注着，但碍于霍总的威势也不敢轻易往外透露。

看着网上粉丝们焦灼的样子和越传越烈的小道消息，言卿干脆决定发一条微博。

生孩子哎，多大的喜事，没什么怕人知道的。

她没发原创，而是悠然地跑到“深情夫妇今天生孩子了吗”最新一条“没生”下面，用认证账号回复了一个——

“快啦！”

两个字瞬间搅动风云。

霍云深绝不能让老婆孤单出现，马上登录微博大号，拍了张紧紧相牵的手，配上一行字：“别折腾妈妈。”

“深情夫妇”情侣粉永远冲在接狗粮的最前列。

“我的天，啊啊啊，霍总对亲儿子也发警告函吗？”

“亲儿子跟亲老婆相比只是一根漂泊的小草，呜呜呜，心疼。”

“为什么卿宝的手还是那么瘦、那么美？一点也没有因为怀孕浮肿走样，被大魔王宠爱的女人果然拥有凡人没有的体质，我哭了！”

“你们没人注意到病房吗？这竟然是病房？这不是什么五星级酒店套间？”

“信女愿吃素三年保佑我们霍太太生宝宝不会疼！”

言卿看评论笑得肚子疼，疼着疼着觉得有问题，好像是真的疼。

她只来得及叫了句“老公”，随时待命的医护就训练有素地赶到，接下来一切手忙脚乱。她按照之前就确定好的，坚决不许霍云深陪，也不要任何闺密陪伴，躺在床上任医生推走。

可能要等很久，还会疼好一阵，会折磨，会流血，声嘶力竭地惨叫。

任何一点点，她都不能让霍云深看到。

他刀山火海都不怕，唯独怕她痛苦，这样的场面如果被他见到，受到的冲击怕是多少年都无法磨灭。

言卿被推入专门的待产室，里面一众精挑细选的导乐师围上来陪她。关门前，她抬头去寻，霍云深被挡在门外，直勾勾地凝视她，眼眶红得不忍看。

她努力朝他笑。

门一关，她立马疼得跌到床上，按着抽缩的孕肚讲道理：“柚柚你争气啊，给爸爸的第一印象要好，不然爸爸一个人在外面会好伤心，他看起来凶，胆子很小的……”

“他很怕妈妈疼……”

“柚柚呢，你怕不怕妈妈疼？”

整条走廊清了场，霍云深独自靠着冰冷的墙壁，缓缓蹲下去，双手扣在一起。

除了闵敬，没人敢靠近他，就算是闵敬，开口也是提心吊胆。

“哥，嫂子不会有事，很快就出来了。”

霍云深盯着地面。

他漆黑的长睫毛垂着，手上的关节撑到极致，开始涌出点点瘀血。

“就这一次，”他的嗓子嘶哑不堪，“唯一一次。”

闵敬叹气，他想起当初嫂子失踪，深哥也是这样，孤零零地把自己蜷在最暗的角落。

任何眼睁睁被拉走的分离，他不能陪伴左右的苦痛，于他而言都是难关。

别人为新生而喜悦，他只为抓不到她、护不到她而折磨。

霍云深不记得过了多久，像是漫长到死了几回，实际只过去很短时间，肩负使命的小甜柚就超顺利地离开妈妈的肚子，用最不痛苦的速度解放了妈妈。

大门打开时，霍云深惶然起身，对包好了抱出来的小家伙看也没看一眼，径直扑向后面的病床。

言卿的麻醉还没过，汗湿的长发散在枕头上，苍白虚弱地对他弯着唇：“我是不是很快？没让你等太久。”

男人滚烫的泪滴在她脸上。

言卿回到病房，就再也躲不开老公的亲手照顾，即使产程他没看到，但后续护理也少不了见红。他不准护士插手，提前默默学过流程，全部独立完成。

言卿心疼老公，倒顾不上自己难受了，她以为还要受几天的罪，没想到从隔天起就明显感觉到身体在好转，流失的精气神迅速返回。等到三天后，她的体力足够开始促进父子感情。

“深深，你仔细看过柚柚没？”

霍云深摇头。

别说仔细，粗略的都没看过。

让卿卿受苦的罪魁祸首，还是他制造出来的，血淋淋的证明。

言卿又是疼惜又是好笑，请护士把小甜柚抱过来，撑着力气搂在怀里，拨着他的小下巴认真打量。

才刚生下来不久，别的孩子还皱巴巴的没长开，她家柚柚就已经是个干干净净的白团子，眼睛闭着，睫毛又密又长，小鼻尖挺巧，嘴巴抿起，脸蛋儿嫩成小奶糕。

言卿简直被暴击。

她生出了这么可爱的崽！她也太棒了吧！

言卿一双杏眼星光璀璨，献宝似的给老公看："深深！你瞧他！"

霍云深眼神都不想给一个，目不转睛只盯着她一个人，等小家伙要进入视线范围时，他不忍让老婆失望，才勉强扫了一眼。

没看清长相，反倒是看清他占满卿卿的怀抱和欣喜。

不舒服，意难平。

霍云深敛了敛嘴角，把柚柚从言卿臂弯里接过来，转手要交给不远处待命的医护。

言卿也不急，笑吟吟地半靠着软枕，悄悄握着拳给柚柚加油。

小甜柚，征服你爸，就是征服星辰大海！妈妈相信你可以的！

霍云深吝啬地看了他一眼，抬起手臂要把他递出去，从出生起总是在懒懒睡觉的霍柚柚，就在这个时候慢吞吞地睁开了眼睛。

男人的手臂下意识顿住。

小婴儿的一双眼还无比稚嫩，但完美遗传了妈妈的轮廓，瞳仁剔透，清澈见底，倒映着爸爸凌厉冷锐的五官。

他乖乖地注视着霍云深，霍云深也微眯着眼看他。

言卿心跳加速，急忙摸过手机打开拍摄，把父子俩历史性的第一次正式会面放大了记录下来。

她轻轻说："柚柚，这是爸爸。"

小甜柚葡萄似的大眼懵懂地跟霍云深对视，软嫩的小嘴动了动。

言卿惊奇地挨过去。

霍云深怕她不稳，立刻把她搂住。

他一只手环着老婆，一只手托着小甜柚。

柚柚面对爸爸，无意识地把软软的嘴角弯起来，露出一个奶香十足的笑容。

无意的，没有认知的，却是他来到这个世界上的第一个笑容。

言卿的喜悦快要胀破心口，可不知怎么鼻子一酸，她微微哽咽说："深深，儿子至少有一个方面，一定像我。"

霍云深的声音也有波动，亲吻她的额角："长得好看。"

"不是，"言卿笑出眼泪，抱着他柔声纠正，"是爱你。"

言卿和柚柚在医院住满一个星期，霍云深对看过的那些高端月子中心哪个也不满意，最终决定回自己家里，免得言卿要去陌生环境住一个月会不适应。

出院当天，各家媒体闻风而动，早早跑到医院门外守着。

之所以能这么大胆，也是因为霍总并未对老婆孕产的消息封锁，不吝于昭告霍太太无可比拟的地位和所受的一切重视。

媒体记者都私下感慨，霍总什么人啊，不可能喜欢披露自家生活，还不是因为太太身在娱乐圈里，受的关注议论太多，他便自然而然选择高调，亲手托着她，给每个眼巴巴盯着的人看。

谁也不用想着趁机挑事，霍太太就是千娇万宠的小仙女。

上午十点，气温正好暖起来，阳光和煦温柔。

医院大门敞开，记者们亢奋地举起镜头，争先恐后捕捉着等了许久的目标人物。一众随行的助理和私人医护开道后，缓缓露出两道亲密慢行的身影。

男人轮廓高大，左手紧搂着太太，右手提着包裹严实的小家伙。

从门口到车上不过几秒钟的路程，霍云深护着老婆和儿子上车，余光示意闵敬。

闵敬笑容可掬地给现场记者一人一个沉甸甸的红包，看尺寸厚度就知道里面面额不小。

记者们哪有过这待遇，俱是受宠若惊，不光是把照片视频火速传回各自官方，也激动地纷纷拿私号发微博，把"深情夫妇"和脸都没看着的霍小公子夸到上天。

一直到晚上，全网都在对着刷屏的图片"嘤嘤嘤"。

"这是什么神仙画面！什么神仙一家三口！霍总一只手搂老婆一只手拎孩子也太帅了吧！直接可以上一线男刊！"

"男刊算个啥，瞧瞧人家的身价，上国际财经杂志封面还差不多！"

"我想知道为什么卿宝可以保持得这么好，刚生几天，身材就恢复到以前了，羡慕哭了！"

“姐妹别逗了好吗，那是生完几天恢复的？卿宝从始至终就没长什么肉好吧，也就肚肚大了一圈，小公子出来之后，可不就秒秒钟回到少女时期！”

“你们都让开，我想看小公子的神颜，啊啊啊……”

“霍总和卿宝的崽得长得多可爱啊，求正脸！”

网上忙着求正脸，言卿则顺顺利利回到家开始月子生涯。为了不让老婆费神，霍云深留了两个麻利又专业的月嫂，全天照看初生的小甜柚。

小甜柚毕竟是个刚生下来的崽，哭还是要哭的，霍云深怕他吵了言卿休息，把看护孩子的区域安排得离老婆很远，叫破喉咙也听不到。

都说孕妇月子期里头不能着凉，霍云深买回来一大堆造型各异的小帽子，今天给老婆戴的是长耳朵的粉色兔兔。

“兔兔”揪着耳朵尖，躺在床上问：“深深，柚柚睡了吗？”

“睡了。”

“月嫂照顾得好不好？”

“放心，”霍云深亲她的眉心，“有人管他，你损伤太大了，必须休息，别让他闹你。”

言卿眉眼柔婉，微笑着看着蹙眉的老公，也不拆穿他的心思。

她都明白，说是把柚柚带走防止他吵，其实老公心里头还拧巴着，无法在短时间内全盘接纳一个外来入侵生物。

他亲眼看着她流的血、受的罪，对小家伙敌意还强，不是孩子傻乎乎一个笑容就可以扭转的。

他其实心里还固执地希望，这仍然是他跟她两个人的家。

不相信，也不奢求一个陌生的小东西，会真的融入进来，不畏惧他，不和他争抢，反而给他温暖。

深深性情如此，对于爱和善意的第一反应，永远是警惕和抗拒，到底是多少经年累月的苦，才换来他这样自伤的本能。

言卿想想就心里闷，但一点都不急躁，也不过于担心柚柚。

毕竟是她怀胎十月生下来的崽，深深别扭归别扭，但光冲着她，也对柚柚宝贝着呢！他需要时间来适应爸爸的身份，她能等，能花很久很久去教柚柚暖他的心。

柚柚基因好，营养均衡适宜，发育得快，比一般孩子的反应力敏锐得多。一个多月的时候他就不爱哭了，睁着大眼睛到处看，还挺“双标”，平常小脸蛋儿娇娇地板着，但只要爸爸妈妈出现，小家伙准能小嘴巴往上一弯，柔嫩地笑出来。

不到三个月就晃来晃去试着翻身，月嫂把他放到铺了厚厚棉垫的地板上，小心翼翼地左右护着他。

言卿的身体已经完全恢复，清早送老公上班，在客厅门口给他系好领带。

“你还没好彻底，多休息，什么都别做，不要急着写歌。”霍云深叮嘱，“我下午就回来。”

霍氏的每项工作都在时刻不停地高速推进，有些不能拿到家中处理的，他不得不去做。

言卿顺顺他的背，踮脚蹭蹭老公的鼻尖：“为了照顾我，你都耽误好久了，快去吧！”

霍云深揽着她，声音转低，似有似无带着执拗：“也别太管他。”

霍先生想到自己不在，那小家伙就要把卿卿完全霸占，终归不悦。

言卿无条件答应：“好好好，只管你。”

等车尾在家门口消失，言卿火速返回客厅，直奔儿童房，正哼哼唧唧学着翻滚的小甜柚看到妈妈进来，甜甜地朝她张开小手。

言卿笑着把他抱起来，捏捏他滑软的小脸儿：“等我们柚柚再长大点，就跟妈妈一起送爸爸上班。”

两个月嫂自觉退出去，一步三回头瞧着母子俩亲昵，太太美艳夺目，小公子粉雕玉琢，别提有多养眼。

照料的时间久了，她们跟言卿熟悉起来，知道太太人好不挑剔，也就没那么谨慎，边走边感慨。

“霍总居然不喜欢小孩儿，每次进来也不笑，逗孩子的表情都很冷。”

“老话说虎毒还不食子，霍总真是……啧啧，难怪外面人都怕他。”

“传言不都是空穴来风啊，据说他……”

俩人聊得一时忘情，没注意到言卿抱着柚柚走到门口。

“两位，”言卿的语气没有丝毫波澜，仍然笑得甜美，“这段时间辛苦了，谈好的时薪按双倍付，从现在起，你们的工作结束了。”

她是脾气好，不计较，不挑刺，但她的底线也永远摆在那儿，谁都不能碰。

在她的家里，议论她老公的对错？任何人都不可以，无论是善意还是恶意，事关霍云深，她就是这么小心眼儿。

言卿立刻着人把保姆请走，没有惊动霍云深，自己把大门一关，神清气爽地搂着柚柚讲道理。

“乖柚柚，别听任何人对爸爸的评价。

“爸爸是世界上最好的男人，他很想爱你，也渴望被你爱，你要勇敢一点，把小手伸给他。

“他可能会很冰，手是凉的，但他一定愿意……被柚柚慢慢地焐热。

“外面的人都觉得爸爸又凶又可怕，但是在妈妈眼里，他不止强大，也温柔脆弱，想给他很多很多的爱和心疼，你跟妈妈一样，对不对？”

柚柚懵懂地望着妈妈的眼睛，甜甜地笑了一下，软绵绵地扑在她肩上，呼出香软的热气。

言卿亲亲他的小耳朵：“我家柚柚真乖，在回应妈妈。”

霍云深在霍氏总部忙到下午两点，顾不上吃饭，将手头的工作放下，第一时间往家赶。他乘电梯到达地下车库，有两个高管在前面几米并排走着抱怨，并未发现霍总在身后。

“自从有了孩子我的好日子全废了，我不喜欢孩子有错吗？给保姆照顾不就好了？又不是花不起那份钱，结果老婆对我越来越不满，好脸色都没了。”

“嫌你了？”

“可不是，怀孕前说好的，有了孩子一样重视我，不会被影响。现在好了，就因为我不喜欢小孩儿，不乐意亲近，她连正眼都不看我一下，心里哪还有我，全心疼孩子没父爱去了。”

“正常，你不跟孩子搞好关系，时间长了肯定影响夫妻感情，当心你老婆一气之下不要你。”

霍云深顿住脚步，立在阴影里，直到两个人影消失许久，他才睁开眼，呼吸隐隐灼热。

卿卿是爱孩子的，他总这么冷淡，会不会……

霍云深不能往下想。

手指攥紧了，指甲微微陷入掌心，也忍住了不要去回忆刚才那两个人的对话。

他开车回家，一路加着速度，推开家门后，时时刻刻在他心上撒着野的卿卿，正侧躺在儿童房铺着软垫的地板上，笑容灿烂地戳着柚柚雪白的小下巴。

霍云深不由自主地停下，低眸火辣辣地吐息。

他可以……

哄孩子，讨好他，尝试对他笑……

只要卿卿……爱他一如既往。

霍云深走入儿童房，言卿听到声音，惊喜地抬起身："深深。"

他不语，沉默地靠近，手指无声无息蜷着，目光落在柚柚身上，晦暗深沉。

言卿刚想把柚柚托起来给他看，柚柚却绝对不让妈妈操心。

他动了动肉乎乎的小身子，发挥连续好几天坚持不懈的成果，白软的小手扑腾着，超努力地在垫子上翻身，滚了个圈圈，不偏不倚，正好滚到霍云深脚边。

言卿惊讶地抿住唇，生怕出声吓到小家伙。

柚柚被爸爸的长腿挡住了，还不肯放弃，举高了雪白的小爪爪，轻轻去碰他的腿。

霍云深一时竟有些不知所措。

言卿忙拉他："深深来，你低一点。"

霍云深马上听话地蹲了下来。

柚柚一双跟妈妈神似的大眼睛流光溢彩，见到高大的爸爸离近放大，一下子笑开了，两只柔软的小手一起对他抓过去，不管爸爸乐不乐意，一把捧住他的食指指尖，像对待什么宝贝似的握住。

他还没什么力气，手又软又小，轻易就能挣脱。

但霍云深怔怔地看着他，发现自己……无法把手抽出来。

如果……

如果小东西不怕他，不抢走卿卿，他也可以……

像婴儿拼命学着翻身抓住他一样，去学着……做一个让老婆开心的、合格的爸爸。

言卿的心要软成水，轻声"推波助澜"："老公，你抱抱他，手感特别好，尤其是小鼻子，跟你长得好像，碰一碰他就会笑。”

霍云深尽量保持着平静：“亲亲我，我就抱他。”

言卿笑死了，拉住他的手臂热情地深吻。

霍云深嘴边终于有了弧度，贴贴老婆的额头，才看似勉为其难地把小甜柚拎起来，放在臂弯里晃了晃，眉眼无意识地放柔了。

言卿捏了捏柚柚温热的小脚丫，宝贝儿你可太棒了，妈妈为你骄傲！

霍云深的学习能力向来逆天，真想亲手侍弄个小家伙，自然迅速熟练，根本不用老婆多费心，样样细节手到擒来。

言卿怎么舍得全让老公辛苦，跑前跑后跟着他忙。

既然老公这么让人放心，她正好随心所欲，把更多的注意力放在他的身上。

他哄柚柚，她哄他。他亲柚柚一下，她亲他十倍。

生个孩子出来，是想让深深幸福，不是让他寂寞失落。

柚柚六个月就能坐着了，不足八个月就能满地爬，还学会了咿咿呀呀叫人，叫得不太标准，奶声奶气地满屋子嚷嚷。

“拔——”

“麻——”

言卿每天被他萌到昏过去。

一岁的时候，小甜柚从地上晃晃悠悠起来，张着小爪子学走路，霍云深长身玉立站在离他三米远的位置，眼帘半抬，淡淡地道：“过来。”

柚柚头顶上被妈妈戴了个小鸭子帽帽，有个黄澄澄的小尾巴，随着他的动作一颠一颠的。

他咯咯地笑，张牙舞爪冲着男人修长的腿过去，一路喊着“拔拔”往前冲。

冲到半路，小身子一歪要倒，言卿刚要跑过去扶，一双手已经伸过来，把柚柚提起：“走路还让妈妈担心，丢不丢人！”

小甜柚听不太懂爸爸的意思，但每次爸爸发出这种提问的语气，他一定毫不犹豫点头。

爸爸说得都对！超丢人！超对不起妈妈！

言卿笑弯了眼睛。

她老公嘴硬心软，他一直在学，就像当初，学着怎样去爱她，怎样做一个值得她依赖的男朋友，不让她抛弃离开。今天也一样，他想做一个让孩子不讨厌的爸爸。

他把孩子照料好，她便能没有后顾之忧，全心全意去爱他。

言卿走过去，给老公和儿子一人喂了一块水果，仰头轻柔地厮磨了一下老公微抿的唇。

霍云深眉心舒展："柚柚跟老婆一样聪明。"

言卿满心酸酸甜甜。

一个吻，他就会笑，会满足，他好怕属于自己的爱被分走。

但她知道，等柚柚再长大些，一定会让他相信，他得到的爱永远不会减少，只会无尽地增加。

柚柚的"拔拔麻麻"在经历了几个月的各种变调之后，终于定格成了标准的"爸爸妈妈"。小家伙意识到自己发音超标准，每天不厌其烦地张嘴说话。

到两岁多的时候，小甜柚意识敏捷，吐字清晰，在家里活脱脱一个小"话痨"。

他跟妈妈在一起的时候还比较收敛，乖巧地往妈妈怀里一窝，说的都是"妈妈好香""妈妈好漂'酿'""妈妈你渴不渴，我给你喝柚柚——"

到了爸爸身边，他就成了提问小能手。

"爸爸我可不可以跟妈妈睡？"

"不可以。"

"爸爸我可不可以吃冰激凌？"

"不可以。"

"爸爸我可……"

"不可以。"

小甜柚仰起圆乎乎的小脑袋，望着爸爸凌厉的下颌，眨巴眼睛。

爸爸说得对，爸爸不会犯错，爸爸是全世界最厉害的人，说不可以，柚柚就乖乖地不可以。

只是心里有一点委屈，想偷偷去找妈妈撒个娇求摸头。

没想到他每天仰望的男人在他面前蹲下来，用暖热的手掌揉揉他的头，嗓音低沉，含着浅浅的愉悦："不能跟妈妈睡，因为妈妈也是小朋友，跟你一样需要哄。不能吃冰激凌，因为你最近肚子痛，还有……"

柚柚等不及他说完，扑过去抱住他的膝盖，大眼睛又圆又亮：“爸，我想抱着听。”

霍云深扬扬眉，捏捏他的小鼻尖：“还有，周末带两个小朋友去动物园。”

柚柚睁大眼，软嫩地“啊”了一声，立马转身，直冲到正在厨房兴致勃勃做甜点的大美人身边，牵住她的裙角，一激动就跑调了：“‘麻麻’，‘拔’说带我们去动物园！”

言卿喂给儿子半颗小草莓，走去客厅，被刚回来的老公抱了满怀。

她搂紧他的腰。

今天她有杂志拍摄，行程紧，大半天没见，像跨了年一样。

她柔声惊喜地道：“动物园？”

霍云深拥着她“嗯”了一声，含笑问：“带小小朋友去看热闹，带大小朋友去约会。最小的已经答应了，不知道最可爱的这个，能不能接受这份邀请？”

言卿跟霍云深婚后这么久，约会去过的地方数不胜数，但还真的没去过动物园。距离上次一起去那么童真的地方，已经过去很久了。

她答应他恋爱的那年，他带她去了动物园，避开外面熙攘的人群，在开着洁白野花的小树丛里，他的心跳震得人发颤，俯下身第一次吻她。

现在连宝宝都有了，再回想那时，仍像近在咫尺。

言卿的耳根发热，拉着他问：“跟医生确认过了？柚柚可以出去玩？”

柚柚还很小，长到现在，出入都是坐车，平常的户外活动都在自家庭院里，最远只牵着去过别墅区中央的小花园。

他天天小脑袋望着窗外，盼着跟爸爸妈妈一起去更新奇的地方。

霍云深点头，一只手搭着柚柚努力抬高的小爪爪，一只手揽紧老婆的背：“他体质好，发育快，几个月前就可以适当带出去了，现在气温回暖，出去玩更不会有问题。”

小甜柚似懂非懂地听着爸爸妈妈的对话，重点全在“动物园”上。他蹦蹦跳跳往爸爸身上扑，奶声奶气地说：“一起去看小‘脑斧’——”

言卿要被他萌死了，学着他的语气，也拖长了音说：“小‘脑斧’哪有小‘柚叽’可爱——”

小“柚叽”脸蛋儿红红的。

霍云深的视线追着老婆，语带笑意地纠正：“就算全加起来，也没有我家卿卿可爱。”

柚柚听懂了这句话，一本正经地点了点头，眨着黑亮的葡萄眼大声赞同：“爸爸说得对，妈妈是全世界最可爱的人！”

霍云深把公事提前安排好，言卿也调整行程，空出周末，一大早挑着人少的时间段，去海城郊外规模最大的那家动物园。

霍总搂着老婆，拎着萌娃，一家三口不管到哪儿都是惹眼的风景线。闵敬老早就带了人在附近控制着场面，让哥嫂能有个不被过多打扰的小假期。

柚柚小身子不大点儿，被妈妈安排穿上一身软绵绵的熊猫装，帽子上有两个毛茸茸的圆耳朵，鞋子上还带小翅膀。

他头一次来这种完全新鲜的开阔环境，咯咯笑着撒欢儿，一跑起来，小耳朵和小翅膀争先恐后地上下忽闪。

言卿拿手机给柚柚拍照，挑着时机出其不意转过头，想把老公也拍下来，没想到刚望过去，她就怔住。

霍云深站在阳光下，端着专业相机，仍和当初到处跟着她追行程一样，镜头对准她，不管周遭多少纷乱，只框住她一个人。

言卿歪头笑：“深深，你怎么还带了相机？”

霍云深悠然地回答：“作为合格粉丝，时刻想拍我的偶像。”

有些在动物园偶遇一家三口的路人把私拍照片发上微博，配上成串的土拨鼠尖叫，这边叫完，立马被顶上热门，迎来更大面积的“啊啊啊”。

“小熊猫，我的天！萌吐血！卿宝今天也美上天，还跟霍总穿了情侣装，嗷嗷嗷，霍总帅到炸裂！”

“我恨只有糊图！如果有高清图该多好啊，呜呜呜，好想看！”

“这套图我可以舔上一年！”

“姐妹含蓄了，我能舔上三年！”

有人胆大包天去找霍总的追星专用号，一排排的“求首席站哥出图”。

在动物园心满意足抱着老婆的霍总随意扫了扫手机，破天荒顺了一次大家的意，熟练地从相机里数百张卿宝的照片中挑了几张，用小号更新上去。

微博话题轻而易举被他点燃。

霍先生亲手秀的恩爱，从未失手，次次让人叫破喉咙。

但很快有人发现了重点——

“等会儿，我们小公子，在爸爸的相机里连一个小爪爪都不配出现吗？呜呜呜。”

“宝宝好委屈。”

“宝宝说，‘麻’你管管，我也想要在‘拔’的镜头里有姓名！”

言卿顺手翻了几条，就被评论笑到。她干脆把柚柚召唤回来，靠在老公身前打开前置镜头，把一家人都圈住，拿大号发了条带图的微博——

“宝宝说，幸好还有‘麻麻’拍我。”

网上接下来怎么热闹，她不再管了，任霍云深牵着手，慢悠悠沿着游览路线往前走。

小甜柚走累了，得到至高待遇，坐在爸爸的臂弯里，化身成“十万个为什么”。

老虎为什么有花纹？

孔雀为什么会开屏？

大象鼻子那么长有什么作用？

长颈鹿喝水是不是要在脖子里流好久？

太多了，小孩子的问题天真也复杂，有些涉及比较专业的知识，还真的不好解释。言卿知道得再多也不能保证面面俱到，刚想偷着上网查查标准答案，身旁的霍先生就淡淡地开口了。

柚柚问一个，他慢条斯理答一个。

不是敷衍，不是哄着玩儿，他每字每句都精准也通俗，认真讲给柚柚听。

言卿忍不住环住老公的手臂，将脸颊贴在他肩上。

他说过要学着做一个合格的爸爸，他说的从来不是空话。

即使是带孩子来动物园这么闲适的安排，他也事先做足了准备，让自己能解答孩子每一个稚嫩的疑惑。

言卿心头发酸，跟柚柚轻声说：“爸爸是不是好厉害？”

柚柚开心得小脸儿涨红，拼命点头。

霍云深每说完一个，他就满眼小星星地看着爸爸，两只肉嘟嘟的小手合在一起，小海豹似的用力鼓掌。

趁着爸爸说话的空当儿，他还奶呼呼地见缝插针，软软地拿小童音点评——

“爸爸好棒！

“柚柚的爸爸什么都知道！

“爸爸是柚柚的百科全书！”

霍云深起初神色还淡淡的，在卿卿紧密的陪伴和小甜柚不停歇的奶声彩虹屁里，他的嘴角逐渐翘起，黑瞳深处堆满了笑意。

动物园里有配套的餐饮，言卿一早就没打算去，自己跟老公在家准备了午餐，在允许野炊的草坪上铺了满满一地。

周围有绿植掩映，丛间小花刚刚盛开，远处人声、风声都被遮挡，只有安静和煦的小小一隅。

霍云深盯着言卿，看她跪坐在餐垫上，把长发拢起，用奶黄色丝带去绑。他上前接过丝带，把她搂到胸前，自己动手，一缕缕抚顺她的头发，用最熟悉的丝带扎起。

“卿卿，我想……”

他似笑非笑地顿住。

那时初吻，他也是这样，后半句留在唇间，热烈地注视她，不肯说完。

想接吻，想侵占，想把她箍在怀里据为己有。

言卿的杏眼弯成桥：“我也想。”

霍云深倾身靠近，唇要相碰时，某道小奶音咿咿呀呀响起：“妈妈，冰激凌——”

小甜柚自己在扒拉装食物的箱子，从其中一个保温箱里，发现了他日思夜想的冰激凌，赶紧捧出来，又听爸爸的话不敢偷偷吃，乖乖跑来问妈妈。

言卿被儿子抓包，脸颊泛红，镇定地说：“给你带的。”

柚柚欢呼，又委屈地撇嘴：“肚肚疼。”

言卿摸摸他的头：“肚肚疼已经好了，可以吃一点，但不能吃太多。”

柚柚的眼睛立马亮了，拿小勺子先挖最中间、最漂亮的地方，举高了喂到妈妈嘴边。

言卿笑着接住，柚柚又在旁边舀了勺多些的，殷勤地喂给爸爸。

霍云深不爱吃这些，但也垂眸，配合地张口。

柚柚这才小屁股坐在地上，给自己挖了一小勺，伸出舌尖爱惜地舔了舔。

霍云深把儿子提起放在垫子上，顺便给他转了个方向，一只手抚着他的小脑袋不让他乱动，另一只手拥住言卿的肩膀，覆下去贴合，深深缠吻。

他品尝不够，原来冰激凌……

这么甜。

柚柚三岁的那年秋天，言卿在国际权威的大热音乐奖项上获得提名，受邀去纽约参加颁奖礼。

正逢霍氏一项影响全年的重要合约落定在即，柚柚也需要至亲照顾，霍云深不得不被老婆遗弃在家里。

言卿跟沉郁的霍先生保证："等结束后我马上往回赶！我现在就让林苑姐订最近的航班……"

霍总闷声道："不用订，包机。"

言卿失笑，捧起他的脸揉揉，轻声说："不超过五天。"

她知道，他怕分离，哪怕再短暂也难熬，好在这一次，有柚柚在。

临走前，柚柚难舍难分地缠着妈妈，言卿搂着他说："乖柚柚，好好照顾爸爸，比起爱妈妈，要多爱爸爸一点。"

柚柚抿着小嘴巴，郑重地想了想，没吭声，"吧唧"一口亲了妈妈的脸。

霍云深是头一次单独跟儿子过日子，还一过就是好几天，念着老婆，加之不适应，这几天都感觉有些头疼，脸色也不好，瞒着老婆没吃什么东西，倒把柚柚喂得很饱。

柚柚绝对舍不得让爸爸费神。

言卿走的前三天，柚柚作为一个超合格的"深吹"，每天的日常就是夸奖爸爸，小短腿跟着爸爸跑前跑后。看他翻文件皱眉，柚柚就爬上沙发把自己的果奶拿给他喝；看他闭目沉着脸，就"吭哧吭哧"挤到他的身后，用小手给他捏肩膀。

毫无作用，但是萌。

霍云深把儿子拎到腿上，捏捏脸，戳戳小肚子，心情意外平复了。

他低声问："想不想妈妈？"

柚柚用力地点头。

霍云深看着他澄澈的眼睛，笑了笑："不用缠着我，多想妈妈一点，多爱妈妈一点，妈妈怀你的时候很累。"

柚柚坐在爸爸怀里陷入沉思。

妈妈也说过一样的话，都让他，爱对方多一点。

言卿走的第四天，霍氏的合约落成，霍云深在集团有重要会议要出席，只能把柚柚带到总部办公室，交代闵敬照看好。

柚柚知道要出门，而且是去爸爸的公司，特意把妈妈给买的超萌玩偶装翻出来穿上，像个小萌宠似的被爸爸带走。

要长脸！要让别人都看到，爸爸的柚柚多棒！

霍云深一身纯黑西装，气势凛然不可逼视，走到哪儿都让人低头弯腰。但大魔王今天上班，手臂上托了个戴着小熊帽帽的乖宝宝。

一路上霍氏上下的高管员工，凡是瞥到霍总身影的，无不震惊，内心默默号叫。

霍云深把柚柚放到自己办公室，俯身跟他讲："我去开会，整层楼都可以玩，需要什么跟闵敬叔叔说。"

柚柚笑得比蜜还甜："爸爸放心！"

等霍云深一走，柚柚小脸儿就沉静下来，好想给妈妈打电话，但转念记起妈妈得到了好厉害的大奖，肯定在忙，他不能打扰，于是乖巧地挪出大门，去走廊放风。

秘书室里大家已经疯狂了。

大家都知道小公子今天到了公司，霍总又去开会，没人照顾他，一群人壮着胆子跃跃欲试。

面对霍总，平常连大气都不敢喘，但小公子那么萌，那么可爱，一看就超好哄，拉近关系肯定容易，趁太太不在，还能上手摸摸萌娃，爽翻天了好吗！

不只秘书室里的众人，集团高层、高管也蠢蠢欲动。

霍总办公室这些人不敢私自进，但一听说小公子在走廊里，就都按捺不住了。

柚柚趴在落地窗上，正看风景看得起劲儿，电梯门一开，男男女女朝他聚过来，叫他各种小名，“柚柚”“小甜柚”“乖宝宝”“小萌娃”等层出不穷，还试图上手抚摸。

闵敬得到消息，立即上楼，正走到这些人后面要开口，但柚柚比他更快。

他仰着小脑袋，果断往后一躲，音调奶气十足，语气却分外冷漠：“你们不知道吗？我叫霍燃。”

走廊里倏地寂静，闵敬到了嘴边的话停住，有些吃惊地望着柚柚。

柚柚站在一众大人面前，黑亮的大眼睛澄净无波，甚至称得上漠然，继续说：“我是爸爸妈妈的柚柚和宝宝，不是别人的，不要乱叫。”

说完，他不疾不徐地转身，回到爸爸的办公室，把门“砰”地关上。

两个小时后，霍云深会议结束，刚走出会议厅，闵敬就把这一段重点监控送过来。

霍云深只想确定柚柚的行动轨迹，意外见到了走廊里那一幕，小家伙甜萌了三年，竟还有两副面孔。

他扬了扬眉，眼底升起别样的温度。

霍云深回到办公室，把门推开。柚柚在里面困到快睡着，听到响动，马上揉着眼睛醒过来，看清身影是谁，连滚带爬下了沙发，小兽一样朝爸爸扑过去，抱住他的腿，甜甜地叫：“爸爸，你回来了！”

小家伙恨不得融化在他腿上。

霍云深把他提起来，放到办公桌上问：“不喜欢别人？”

“不喜欢。”柚柚拉着小脸儿，斩钉截铁道，“我只爱爸爸妈妈，只是爸爸妈妈的小柚子！”

霍云深眸中更暖，他知道柚柚很乖很可爱，以为天生性情如此，跟他反差极大。

没想到……柚柚像他。

很像。

不博爱，只有至爱，对周遭有多漠然冷情，对至爱就有多深情眷恋。

霍云深揽过他的小身子，沉声说：“柚柚真乖。”

柚柚不仅仅因为他是爸爸才亲近，还因为他们血脉相连的相似灵魂。

这是卿卿不惜流血、不顾危险给予他的，这是属于他的亲情。

柚柚觉得爸爸似乎有些难过，软绵绵地靠过去贴在他胸前，郑重地说："爸爸，你让我多爱妈妈，妈妈也让我多爱你。我特别认真地想过了，我做不到，我必须两个一起爱，一样爱。"

"但是，"他笑得很暖，"我可以悄悄跟爸爸保证，以后少亲妈妈一点点。"

霍云深瞳孔微震："为什么？"

柚柚捂着脸说："因为我亲妈妈，爸爸在旁边好像会孤单。"

他小嘴巴红润，磕磕巴巴，却说得极其正经："我不管多想妈妈，都不会比爸爸想；多爱妈妈，也没有爸爸爱。"

柚柚的眼睛像剔透的宝石："爸爸和妈妈是最爱对方的人，然后一起，一起爱柚柚。"

霍云深低下头，搂住他温暖的小身子，眼眶发烫。

"柚柚这么好，"他低低地笑了，"提前带你去接妈妈。"

柚柚高兴到跳起来："妈妈回来了！"

霍云深弯唇："赶时间提前了，她还想悄悄地给咱们惊喜。"

言卿拿到大奖，第一时间赶回国内，担心飞机会有延误，也担心牵扯深深的心，没有提前说。她时间有限，连几个必要的采访都是约着在下飞机短短几分钟的路上做的。

记者完全不介意，能采访到言卿已经无比满足。

言卿如今在音乐圈地位稳固，几年来重量级大奖不断，包揽各种榜单，人又温柔可爱，还有庞大的霍氏在身后，换谁都想亲近。

记者和摄制组跟着言卿亦步亦趋，眼看着快到通往VIP通道的出口，记者的大部分问题也问完了，抢着说出最后一个："想问问卿宝，很多亲子节目都在邀请你，尤其是《我的妈妈是超人》的节目组已经高调提过很多次了，你有没有考虑……"

话音未落，摄制组众人突然发出惊呼，目光齐刷刷往前方看过去。

出口外，不过几米的距离，高大挺拔的男人逆光站立，手里牵着一个粉雕玉琢的小家伙。

小家伙挣脱爸爸的手，摇摇晃晃朝言卿飞奔过来，一路喜悦地用小奶音喊着"'麻'——"

言卿把行李一扔，弯腰接住他。

柚柚却不赖着要抱，而是扯住妈妈的裙角，往爸爸面前拉。

爸爸根本不需要小家伙费力，长腿迈开，几步就走过来，张开手臂。言卿径直扑过去，撞入他怀里。

“你们怎么……”

“不用老婆辛苦，”霍云深用力抱住她，在她耳边说，“我来给你惊喜。”

记者眼冒桃心，感觉要晕倒了，剩下的半句话没憋住，颤巍巍地飘出来：“考虑……带宝宝参加？”

柚柚正蒙着眼睛，从指缝里看爸爸妈妈，听到记者的话，他扭过小身子问：“参加什么？”

记者面对霍小公子的神颜，赶紧蹲下身，把收音话筒捧高了递到他面前：“参加《我的妈妈是超人》。”

小甜柚摇头：“不参加。”

记者惊讶于他的果断。

三岁半的霍柚柚回头看了看甜成一团的爸爸妈妈，捂嘴偷笑，小奶声清脆无敌：“因为妈妈不是超人，她一辈子，都是爸爸跟我要保护的公主和天使。”

第十五章
少年往事篇（上）

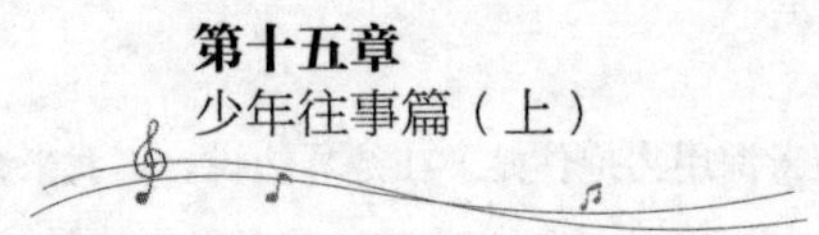

十五年前，海城，初秋。

午后暴雨突降，到傍晚时，天际仍有零星的雨丝飘落，带着透骨的凉意。

云卿撑一把透明小伞，侧着头站在宁华中学的校门口，柔软的目光透过沙沙的雨帘，朝半条街外的另一间学校张望。

高一刚刚开学第三天，她的校服还没有拿到，身上穿着自己的白裙，长及膝下，露出的一双小腿纤弱雪白，乌黑的长头发用奶黄色丝带扎起，完整地露着一张小巧纯美的脸。

很多宁华的学生来往经过，无论是新生，还是高年级的，无不在打量她，有些男生互相推搡着上前，红着耳朵跟她搭话。

“同学，你在等车吗？我可以送你。”

“我也行，我家里的车正好来接。”

云卿被包围，下意识退了一小步，摇头说：“谢谢，不用。”

她正想换个地方站，身后有轻快的脚步声响起。女生踩着水跑过来，朝目的不纯的学长们说：“云卿有伴儿的，我跟她一起走，不用人送。”

没想到一石激起千层浪。

“她就是云卿？！”

宁华中学在海城所有高中里，称得上重点中的重点，校风崇尚自由开放，素质优异的学霸极多，但也好多年没来过从初二跳级的厉害角色。

这个新闻在新学期开学伊始就传开了，全校都听说了高一有个跳级的新同学叫云卿，成绩好，长得漂亮，只是大多数人没见过真容，在私下里猜测，凡是学习出色的，外表应该美不到哪里去。

然而此刻熙熙攘攘的长街，如纱的雨幕里，女孩子娇俏婉丽，亭亭地立在伞下，身上有很浅的馨香，比画中人还要亮眼，惹人心动。

云卿本人……竟然比传言中更好看。

“云卿，这里人多，我们去那边。”

程恬是云卿的同桌，三天的朝夕相处已经让她对这个温柔细致的大美人沦陷，看她性子软，就处处关照她。

云卿被程恬拉走，眼神还时不时转向半条街外的那扇校门。

同一条街，宁华中学在南边，海城四中在北边，校门相隔几百米，口碑和名声却是天差地别。一个是全市重点，一个是著名的“垃圾场”。

程恬着急了：“你怎么还看四中啊，该不会真的要去？”

云卿攥了攥手指：“我先在这儿等，看到他出来，我就过去。”

程恬要晕了，摇晃她细白的手腕，表情夸张地说：“你想清楚啊！霍云深是什么人，所有人都知道！不对……他连人都不能算吧，根本就是妖魔鬼怪！”

看到云卿皱眉，她以为奏效了，继续劝：“你原先上的初中离这里远，也许不清楚，霍云深在这一片可太有名了，都说他有疯病，精神不正常，连杀人放火的事都干过，四中垃圾那么多，加起来也比不上他一个。”

“你该不会就看他长得帅吧？”程恬心焦，“帅没用啊，恐怖才是真的，我见过一次，虽然当时离得远，但是还是看到他半身都是血，我当时都被吓死了。你跳级来宁华，这么优秀，可别被他坑害了，千万离他远点！”

云卿抿着嘴角，不着痕迹地把手腕抽出来，静静地对程恬说：“霍云深很好，不是传言里那样。”

那是她从小惦念到大的云深哥哥。

她初中时脱不开云家的管束，无法出来找他，拼命努力跳级考来跟四中距离最近的宁华，就是为了名正言顺地到他身边。

云深哥哥受了太多苦，还被这样污蔑，她心里难受。

程恬跺脚："你怎么不信呢！他是个疯狗，见人就攻击！"

云卿垂下眼："别这么说他，这样我们还能做朋友。"

程恬吃惊于她的执着。

放学的人潮渐渐散了，街上明显变得空荡起来，四中校门的位置，有道高挑瘦削的身影恍惚闪了一下，即使相隔很远，云卿也能断定是他。

云卿的心脏剧烈一跳，跟程恬挥了挥手："我去了，放心，他不会伤害我，明天见。"

说完，她冒着细雨，提起裙角跑过去。

开学三天，她每天都在四中附近等他，知道四中很乱，她不敢靠得太近，可惜一次次等到天黑都没结果，终于……终于有希望见到他了。

云卿的脸颊露出浅浅的笑容，她今天特意穿了云深哥哥熟悉的裙子，绑了他送的发带，等到了他面前，她一定要鼓起勇气告诉他，以后他不是孤单一个人了。

天色渐暗，雨后的夜晚越来越冷，冻得人发抖。

云卿赶到四中门外，那道影子早就没了痕迹。

她咬了咬唇，鼻尖冻得有点发红，长睫毛上也沾了层水雾。她不知所措地垂下头，满心失落，沿着路边慢慢往家的方向走。

云卿刚来宁华三天，对附近不熟悉，等走出近百米，她才发觉四周越来越暗，居然走错了路。

路灯没有了，只有两侧楼上零星的住宅里透出昏黄的光线。

云卿紧张地抓着书包，想马上原路返回，却在转身的一刻撞在一堵健硕的肉墙身上。

她身后不知什么时候悄悄跟了三四个高壮男生，穿着流里流气，嘴里叼着烟，闷闷地直笑。

"来给兄弟增个援，没想到还能碰上艳遇！四中新来的？"

"走，先带着过去，等收拾完那条疯狗再弄她！"

云卿要呼救的嘴被手掌一把盖住，被连拖带拽地扯进不远处的一条深巷里。

她惊惧得极力挣扎，可随着靠近，巷子里的情景清晰出现在眼前时，她忽然愣住了，忘记了反抗，怔怔地盯着前方，眼泪夺眶而出。

一群人在打架，或者说，单方面围攻。

被圈在中间的少年，侧面朝着她，身姿挺拔而清瘦，薄唇上染着鲜红，浅色上衣已经看不出原样，半边都沾满血和污尘。

七八个人堵着他打，他却在冷笑，嘴边翘起的弧度讽刺又冷戾，毫无温度，冰到刺骨。

一根铁棍照着他头砸下去时，云卿发出呜呜的惊叫，而他的脚步都不曾挪动一下，空手迎上去，攥住棍身猛力夺过，眨眼之间劈向对方。

黑夜里，他十分凶暴，心狠手辣，眼睛眨也不眨，直接让对方头破血流。

现场顿时大乱，钳制着云卿的人咒骂着加入，她也在推搡中被带入风暴圈里。

云卿视线模糊，看不清别的，眼里只有那一个人，完全没注意到她身后袭来的伤害。

一根手腕粗的木棒在混乱中挥向她的头，她听到风声，想躲已经来不及，紧紧闭上眼睛，攻势却蓦地停止在她耳边。

云卿不敢相信地睁开眼，她面前的光线被少年的身影遮住，他身上浴血，漆黑的眉眼凌厉如刀，冷得像两窝寒渊，修长的手臂撑开，握住了那根即将打到她的木棒，往外狠狠一甩。

“云深哥哥……”她颤抖着，声音极小，彻底淹没在混乱声里，“云，云深……”

霍云深森然地扫了她一眼，抓着她的肩膀，朝后面出口冰冷地推开。

“哪儿来的，回哪儿去。”

只这一句话，他再也没看她一眼。

云卿踉跄着出去报警，很快警笛声传来，红蓝光照亮黑夜。

里面还能动的人从其他岔路一哄而散，警察抓了几个来不及跑的重伤员带走，周围逐渐恢复宁静。

云卿的伞早丢了，细雨打湿她的长发和衣裙，她瑟瑟发抖，守在小巷子口，抱着一线霍云深还在里面的希望，想进去找他。

但还不等她迈开脚步，就有一点猩红的火光，随着沉重的脚步声，一起缓缓出现。

言卿呆呆地望着。

夜色凄冷，少年苍白漂亮的指间夹着一根点燃的烟，他并未放到唇上，就那么任由它燃烧，一步一步往外走。

“云……深。”

云卿小声叫他。

他身上的血迹还没干，人也在雨里湿透，五官锋利，深浓的眉眼带着尚未褪去的阴鸷，分外骇人。

云卿去抓他的手，他避开，狠厉的目光能把人刺透。

云卿忍着酸涩说：“你……”

她想问，你不记得我了吗？

霍云深却居高临下地睨着她，嘶哑地打断：“不想挨打，就给我离远点。”

暗夜昏黑的小巷外，云卿冰凉的手握得发疼，在被霍云深反复冷待之后，她终于明白，他根本不记得她了。

他黑沉沉的眸子里尽是陌生，不仅仅是排斥她，而是在他记忆中，根本就没有她这个人。

云卿站在原地，沁出的泪模糊了视线。

霍云深腿上受了伤，每迈一步都剧痛难忍，但仍旧咬着牙关，一声不吭往前走，清瘦的身体融进黑夜里。

听到后面没了动静，他鬼使神差地侧过头，朝随手救下的那个小麻烦扫了一眼。小麻烦孤单地待在细雨里，裙角沾了好多泥，碎发湿漉漉地贴着脸颊，俏丽又可怜。

他沉寂冷硬的心脏，早就冻成冰块，沉在身体摸不到的无底空洞里。

没知觉，不知道冷暖，但在目光触到她泪痕的某一个瞬间，竟突然蔓延出莫名的苦涩。

霍云深自嘲地“呵”了一声，用力按了按自己流血的伤口，用疼痛来抑制可笑的情绪。

他又不认识她，哪来的波动？

何况看她那傻样子，被他吓死了吧，最好趁早躲远点，别跟他说话，别来招惹他。

霍云深念头狠绝，脚步却在不由自主减慢，他愤恨地想着，这条巷子太黑，她一个弱不禁风的小鸡崽，恐怕是没胆子一个人出去。

意外的是，他才刚流露出一丝丝等她的意味，小麻烦就“嗒嗒嗒”朝他跑过来，还从书包里找出叠整齐的手绢和保温杯，用干净的温水润湿，踮着脚擦他脸上的血污。

雨渐渐停了，弯月有了光华。

女孩子仰着头，纤长的睫毛轻颤，细白的手像对待什么易碎品，不嫌脏地一点点为他擦拭。

霍云深全身僵硬，死死瞪着近在咫尺的那张小巧的脸颊。

云卿憋住泪，笑眯眯地对他说：“你别怕，擦干净就不会那么疼了。”

霍云深的呼吸迅速加重，眸底溢出激烈的抗拒，猛地抬臂挡开她。

被擦过的地方很热又很凉，有女孩子的香气，而那块手绢，已经沾满了他的污渍，恶心得不堪入目。

霍云深眼睛里跳着灼热的火，看着眼前这个跟他绝不是同一个世界的娇小人影，她干净美丽，胸前别着重点中学徽章，一看就养尊处优，没见过社会的黑暗面。

她到底要做什么，故意来沾染他这种人，等他露出软弱，然后高高在上看笑话耍他吗？！

“你听不懂我的话？”霍云深的语气阴狠，“别让我说得更难听！”

云卿轻声反驳：“是你救了我，我应该对你好。”

在霍云深回眸寻她的那一刻，她就决定了。

她的云深哥哥没有变，只是吃了太多太多的苦。

他忘记她了也没关系，她可以再也不提过去，不说那些让他有阴影的童年和过往。

以后他是她的救命恩人，她要报答他，跟在他身边陪伴，不让他继续这么糟践自己，孤零零地活。

霍云深抬手掐住她的脸，凶狠地捏紧：“我最后说一遍，离远点，别惹我。”

他恶气横生，用最不堪的面目恐吓她，而后把她拉到明亮安全的主街上甩开，冷冰冰地转身，带着满身伤回到自己独居的简陋小屋里，彻夜无法入眠。

深夜，他忍着疼痛蜷缩在床上，直勾勾地盯着狭小窗外的夜空，默默攥紧手指。

碰过她的那几块皮肤，在无人知晓的黑夜里灼灼发烫，烧得发疼，像中了某种蚀骨的毒。

隔天清早，霍云深发着低烧去四中，一路上的学生、老师都躲着他。

临近上课时间，教学楼门口还是鸡飞狗跳，闵敬就混在里面，一见到霍云深，飞快跑过来。

“深哥！”闵敬兴奋得两眼放光，“有个宁华的女生，超漂亮！在班级门口等你！那帮男的都看傻眼了！是真的美到不行，四中的根本没法比！”

霍云深目光一凛，大步上楼。

三楼乱糟糟的走廊里，教室门外，云卿抱着一个精致的纸袋，低着头安静地等着。

周围无数人打量她，有的还吹口哨，但在霍云深出现的那一瞬，所有声音消失，人人自危地躲闪。

云卿抬头看到他，杏眼一弯，轻快地走过来，眼里清澈见底，只装着他一个人。

闵敬跟着霍云深，恰好说：“美吧，我打听过了，她是宁华的优等生，千金大小姐，叫云卿。”

霍云深的双手猝然捏紧，骨节发白。

云卿，那个从前跟他定了娃娃亲，转头又许给霍临川的云卿。

霍临川安排了一拨又一拨的人在四中找他麻烦，在他受伤流血时，一次次得意地讥讽：“你没机会知道，跟你结了娃娃亲的小姑娘多可爱。”

是她。

果然，她知道他是谁，专门来耍他玩儿的。

霍云深的手腕微微发颤，在云卿把纸袋捧给他的时候，他凶恶地一挡，袋子掉在地上，东西噼里啪啦摔出来。

绷带、伤药、感冒药，还有冒着热气的早餐。

霍云深太阳穴烧得剧痛，视野有些模糊。他目不斜视地经过她，恶狠狠地威胁：“再敢来，我就没这么客气了。”

他在教室最后一排浑浑噩噩趴了一个上午，身上忽冷忽热。

闵敬说了一堆废话，他听不清，也不想听，眼前偶尔闪过云卿的影子。

骗子，都来骗他。

到中午放学的时候，周围终于没人吵了，他的冷汗也湿透了后背。

他牙齿打战时，恍惚感觉有淡淡的暖香靠近，一只柔软的手摸了摸他的额头，随后把退烧贴覆上，用小勺子化开了冲剂，胆大包天地喂进他嘴里。

霍云深极力想挑开眼帘去看。

假的……没人会这么对他，心却和手一起在悄悄地发颤。

女孩子甜美的声音在耳边响起：“我不吵你，你吃了药好好睡，醒来就没事了。”

到下午上课的时候，霍云深才惊醒，头痛好了很多，明面上的伤口也都处理过，桌子上还放着牛奶蛋糕以及写着纤秀文字的纸条：“云深，你别忘记吃饭。”

霍云深把牛奶盒抓到变形，连着她留下的东西一起扔出窗外。

自习课，全班混乱，都被大魔头的动作震惊。

“哎，云卿送来的……”

“云卿是不是疯了？怎么会来找他？”

“再疯也没他疯吧，他又打架去了……”

满屋的学生正压低了声音窃窃私语，霍云深突然起身，把桌子撞得一晃，快步冲出教室，跑到窗口下面的花坛里，把丢掉的东西一样样捡回来，抱在怀里。

他站在阴影中，眼眶隐隐泛红。

为什么……要来戏弄他？

这一天起，云卿每天上课前、放学后，雷打不动来四中找他，带自己做的小零食，带用保温盒装好的餐点、伤药、日用品，还有她动手织的小钥匙扣，统统给他。

她还柔声说：“云深，你可以叫我卿卿。”

霍云深的肌肉绷得快绽开，无一例外把东西丢掉，恶声恶气地凶她：“别来烦我！”

她的眼睛水汪汪的，也会痛，会难过，有时被他凶得惨了，会抿着嘴唇微微地哽咽几声。到了下一回，她还是乖乖地出现，锲而不舍地把她能拿出来的都给他。

温暖，柔软，关切，少女纯洁炙热的心情，每一样都是洪水猛兽。

霍云深在她跟前从来没给过好脸色，专挑决绝伤人的话来说，眼睁睁看着少女被打击。

但他当面丢完她的东西，等她转身离开，又马上去捡，捡回来死死地揣着。

有次被别人拿去，他揪着人衣领发疯，抢到了用力捂在怀里。

还有次让收垃圾的扫走，他毫不犹豫地去翻垃圾袋，一样一样挑出来，跑到水房去冲洗。有块蛋糕沾了水，化掉了，回不到原样，他捏着蛋糕发愣，在无人知晓的角落里眼眶通红。

明知是假的，这种光明灿烂一辈子不可能跟他有关，他居然舍不下，在心底不切实际地幻想，如果有一丝……

哪怕就一丝是真的，是不是也代表，他活在这个世上，得到过温柔。

霍云深把会坏的东西都一口口吃掉；不会坏的，腾出一个最干净贵重的箱子装起来，放在床头，每天入睡前拿出来看一遍。

但他仍不会给云卿任何笑脸，说着伤她的话，冷言冷语赶她走。

宁华和四中的人都知道云卿在倒贴那个可怕的疯子，把她当成异类。

闵敬担忧地跟霍云深说："深哥，你对云卿好一点吧！她会不会被人议论得不愿意来了？听说宁华可多人喜欢她了。"

"不来更好，"霍云深颊边的肌肉绷紧，"最好消失。"

嘴上这么说着，冷硬的心却在抽缩。

不来才好，他不稀罕，戏弄他的骗子，再来打扰他，他就……

霍云深闭着眼，扭头瞪着她必经的方向，将手里的笔硬生生地折断。她要是不来了，他放鞭炮庆祝。

那天云卿真的没有按时来，霍云深在教室等到天黑，心脏碎成自己都拼不完整的碎块。

真好，他早等着这一天了。

他漆黑阴冷的巢穴，是他唯一的栖身之所，不需要任何人闯入，何况这些温暖从头到尾都是假的，从来不属于他。

霍云深踹开椅子离开教室，掰着手指骨节，疼得没什么知觉。他低头往前走，猝不及防看到一双秀气白净的布鞋朝他奔来。

他愣住了，浑身的血液忽地灼烧。

云卿急促地喘着气，一如既往地把精致的小袋子塞给他，柔声解释："在排队等餐，时间有点久，我来晚啦，你有没有等急？"

霍云深手指在抖，把袋子粗暴地扔回去，声音喑哑："等你？我会等你？"

被戳中心事的那一刻，他犹如失去贫瘠的屏障，露出最无助的一面。

"拿回去！"他凶狠地道，"不准再在我面前出现！"

云卿咬住唇。

校门口的方向有吵嚷声传来，闵敬脸色难看，连滚带爬狂奔过来："深哥！那帮人又来了！比上回还多！那个人也在……"

那个人，霍临川。

云卿慌张地抓他的手臂："你别去。"

霍云深本能地不愿让霍临川看到云卿，潜意识觉得会对她不利，尤其是血腥的场面，他再也不想让她见到。

"走！"

云卿摇头，固执地拦着他："你又会受伤！"

她平常性子软，在危险面前却格外执着。

眼看着要被盯上，霍云深抓住她的肩膀，把她往小门赶，禁不住疾言厉色，口不择言，说了这么多次以来，最伤人的话。

云卿怔住了，眼泪映着光，顺着脸颊滚下来。

霍云深仿佛被她一滴泪灼伤，定在原地，全身莫名发冷。

云卿往后退了一步，点点头："好，对不起，这是最后一次，我不会再来打扰你了。"

闵敬吓得半死，他见过深哥发疯的样子，但从没像今夜这样，完全失去理智，把人往死里打。

霍临川本来是来施虐泄愤的，没想到见到了一个比以往更甚的凶兽疯狗，能把人活生生撕裂了还不放过。

霍临川生出难言的忌惮，气狠了脱口道："你这副人不人鬼不鬼的样子，云卿是瞎了，放着好日子不过，想方设法跑来找你！她还真以为能救你。"

霍云深停住所有动作，像被击垮了。

云卿……来找他。

她从没有……骗过他。

每一点温存柔软，暖热的体温，他日思夜想疯狂渴望的甜，以为是奢望，苦苦抗拒的情愫，都是给他的……

而他，用最恶劣的方式，把她赶离了他的世界。

霍云深一身狼藉地回到四中，云卿站过的位置早就空了。

他找不到她，没有她的联系方式，进不去云家的院子，那个每夜在他梦里，纠扯他理智和神经的女孩子，他根本无法碰触。

霍云深用冷水把自己的血污洗干净，在宁华中学门口等了一夜。

第二天上学时间，他被来往经过的学生震惊地打量，在他三米之内，无人敢踏足。

霍云深垂着眼，他是妖魔，是疯狗，杀人放火，有疯病，是人人谈之色变的怪物。

可他……也会痛。

会倾尽一切，渴求一束光。

他想……对卿卿，道歉。

离上课时间还有十五分钟，云卿穿着宁华中学的校服，长发散着，没有绑发带，低着头慢慢走入人群。

霍云深迈开僵硬的腿，一步步赶到她身边，张开干涩的唇，想叫一声她的名字。

这么久了，他还从未叫过。

但他根本来不及说话，云卿就仿佛没看见他一样，安静地走过去，一个余光都没有给他。

霍云深脸色苍白地追上去，拉她的手腕。

云卿挣开，仍然不肯看他，轻轻地反问："霍云深，我已经听你的话了，你还要怎么样？我怕挨打，不想靠近你。"

霍云深眼眶酸痛，她还记得初见那晚，他说的狠话。

不离远点，就打她。

他喉咙刺疼，强硬地抓过她的手，按在自己身上，垂着头低声说："卿卿，你打我，我求你打。"

上学的高峰期，校门口好多人在围观。

云卿被他碰了手，心里塞了一整晚的委屈彻底泛滥，眼窝偷偷红了，脸颊也泛上嫣红的血色。

她鼓足力气挣脱他的手，颤声说："别乱来，你让我消失，我就消失干净。我说了不会再打扰你，一定做到，你也不用来找我。"

"你救我的恩情，我已经报答完了。"她把唇咬得要破，硬着心肠继续道，"以后，你就当作没有认识过我。"

说完这些，云卿忍住心疼，冷淡地走进校门，把霍云深丢在后面。

昨天被他伤得那么狠，云卿想好了，她不能一味地追着他跑下去，他只会回避自己真正的愿望，不停地躲，不承认想要靠近她。

就算有一天他不躲了，也不会相信除了救命之恩，他还有什么能吸引她的地方，陷入反复的自我怀疑中。

他抗拒她的原因，归根结底，是他在日积月累的痛苦里太过自卑，执拗地认定，她对他只是心血来潮的戏耍。

云卿能想到的办法，就是把角色调换，反过来让他主动。

她可以假装斩断关系，让他意识到她的重要性，慢慢地教他怎么去善待一个人，怎么正确地表达情感，学会正常地爱和被爱。

让他来主动，等未来他得到以后，他才能有真实感，他向往的女孩子，不是虚无缥缈，是靠自己努力挣来的，不会轻易跟他分开。

云卿走远以后，耐不住冲动，试探地回眸看了一眼。

霍云深还一动不动地站在原位，少年的身体瘦削笔直，罩在单薄的衣服里，在风中孤寂又脆弱。

云卿别扭地鼓了鼓脸颊，再说了……他那么欺负她，她伤心死了，就算是云深哥哥，也得挨罚。

霍云深回到四中，理所当然成了全校议论的焦点。因为忌惮，谁也不敢明目张胆地议论，都在暗地里窃窃私语。

"我就说吧，云卿那种小女神，站着不动就有的是人献殷勤，来找那个疯子肯定是一时头脑发热，现在好了，人家终于清醒了。"

"听说他今早去宁华中学等，结果云卿连看都不看他一眼，彻底不理他了。"

"这样才对吧，帅又不能当饭吃，霍云深长得再好，也改变不了有病的事实。"

"就是，云卿肯定喜欢那种干净清爽，学习很好的，哪像他天天一身血腥。”

几个人说得正嗨时，沉缓的脚步声从楼梯上传来，霍云深冷白锋利的侧脸把他们吓得半死，他们急忙道歉跑路。

闵敬慌张地劝说：“深哥，你别生气，过后收拾他们！”

霍云深身上的伤还泛着剧痛，他斜靠在走廊上，黑漆漆的眼睛透过窗口望着宁华的方向，低声问：“她喜欢的，是那种吗？”

别人口中的……干净清爽，学习很好，总之肯定不会是他。

云卿来找他，也许是出于好奇和心善，会缠着他不放，多半也是因为救过她一次要报答，怎么可能……真对他有什么感情。

他还把那点得来不易的好感全部毁掉了，小姑娘再也不会娇娇地来找他，给他擦血，帮他上药。

她决绝地走了，把他又推回到暗无天日的深渊里，比过去跌得更狠更重。

闵敬挠挠头：“应该是吧，女孩子都喜欢那样的。深哥，你是不是也觉得云卿很好？那之前怎么老是欺负她，我还以为……”

霍云深眼帘低垂。

他从第一眼起，就无法不去看她，她早已被刻进了脑子里，挥之不去。

所有的渴望都死死压抑着，不敢放纵，生怕万劫不复，他只能偏激地拿恶劣的态度去驱赶她。

以前害怕她骗他，现在……知道自己一无所有，跟她云泥之别，连碰一碰她的衣角，都怕弄脏了她。

可是心已经失控了。

霍云深转身下楼，闵敬追着问：“哥，你去哪儿？你的伤还没好呢，云卿知道的话……”

他自嘲地勾勾嘴角，她知道了也不会在乎。

霍云深拿有限的钱买了一身整洁体面的衣服，去理发店把略长的头发剪短。

理发师有些怵他，小心翼翼地问：“剪到什么程度？”

他低低地说：“干净清爽的程度。”

理发师手一抖，给他剪得很短，完整露出了优越凌厉的轮廓，他的额角旁有一道浅浅的疤，更衬得他凶神恶煞。

霍云深熬了三天，等明面的伤看起来没那么吓人，才换上衣服，把自己打理得整齐，像个正常的学生，去宁华中学找云卿。

他怕打扰她上课，更惹她讨厌，专门守到放学的时间，却在去的路上，又被找麻烦的堵住，好在这次人不多，只是都带着武器，刀光晃眼。

霍云深担心衣服被弄脏，刀冷不丁地朝他划过来时，他不肯用手臂挡，而是本能地伸出手，直接抓住了刀刃。

掌心顿时温热，鲜红的血顺着指缝涌出来，堵他的人被这副不要命的样子吓到，唯恐真的弄出人命不好交代，骂骂咧咧地撤走了。

霍云深没空理会，随意地把手上的血迹洗掉，争分夺秒往宁华中学的方向跑，生怕错过她。

他来晚了，校门口没了人。幸好宁华中学校风开放，不设门禁，他冲进去，重重喘着气跑上卿卿所在班级的楼层。

云卿跟班长是当天的值日生，整理好之后，班长笑着说："你头上落了灰尘，我帮你弄掉。"

他靠近，手摸了她的鬓发，同一时间，狂奔过来的脚步声戛然而止。

云卿猛地转头，看到霍云深穿着白衣黑裤，头发理得很短，像雕塑一样站在不远处，沁了血的目光直勾勾地盯着她。

他哑声笑："他们说得对，你喜欢这样的。"

他再怎么改变，也变不成干净清爽的优等生，站在她面前的那个人，才是符合她标准的，他什么都不是，还痴心妄想。

霍云深回身就走，控制不住捏紧的拳头里，血被挤压出来，一路上滴滴答答地流。

云卿心都抽起来，赶紧进教室，翻出随身带的小药包要去追。

班长拦住她，皱眉问："你还管他？他有疯病你不知道吗？"

云卿浅浅地笑了："我知道，我比他还疯呢！"

霍云深没有目的，机械地往前走，心里不切实际地盼望着，卿卿能出来找他一次，再在意他一次，给他一点希望。

他一路离开学校，回到自己住的小屋楼下，天色暗了，路灯昏黄，映着他孤零零的影子。

霍云深低头看着路面，有一道纤细娇小的灰影在向他走近。

他的心脏疯跳，不敢去确认。直到女孩子柔软的手扯住他的衣袖，拧着眉头闷声闷气地说："这是我最后一次管你。"

霍云深被她拉到灯下最亮的地方，她也不嫌脏，蹲在路边给他擦伤口、绑绷带。

他极力克制着情绪问："你跟那个人什么关系？"

"同学关系！"

他凝视她幼嫩的脸颊，嗓子沙哑："我呢？我跟你，什么关系？"

云卿气得抬头："不是缠和被缠的关系吗？"

霍云深黑瞳里折出灼热的光，突然上前一步，不管不顾把她抱住。

云卿愣了一下，红着脸猛力挣扎，她……她才不要他这么快得逞！

霍云深搂紧她不放："我的衣服是新的，不会把你弄脏。"

云卿鼻子一酸："谁说这个了……你，你到底想干什么？"

霍云深轻轻磨蹭着她的头发，语气又凶又哀戚："卿卿，我没那么坏，让我继续缠着你。"

老街上冷清，路灯笼罩出的昏黄光团里，只有霍云深和云卿两个人。

云卿听到他这么说，心里雀跃又酸涩，额头抵在他清瘦的肩膀上，闷闷地想哭。

她的云深哥哥一点也不脏，手掌流了那么多血，他身上还是干爽清冽的气息。

他总算是迈出来这一步了，但还差得远呢！

他忘掉她，把自己关在笼子里不肯面对真心，凶神恶煞地让她伤心了那么久，她不要太轻易原谅他。

而且最重要的是，她不仅仅想让云深喜欢她，也不急于要跟他确定什么关系，比起这些，她更希望他能借由正面积极的感情，真正走出桎梏着他的枷锁和阴影，可以自信，明白他自己有多好，认定一个……值得他去笑和争取的未来。

时间还多，未来很远、很长，可以慢慢来，但他的终点一定是她。

云卿偷偷贪恋了一会儿他的温度，才看似不悦地推开他，别开脸说："我只是看不过去你流血，才来给你送药的，没别的意思，你不要误会。"

她抿着嫣红的唇："你赶我走，凶我那些话，每天扔我的东西，我都记着呢，不会再犯傻了。"

怕威慑力不够，她又轻轻补充："说是最后一次，我就一定做到。"

霍云深的心为她酸涩又饱胀，拉着她的手腕说：“是我的错，你尽管讨厌我，以前欺负过你的，我都还。”

云卿咬唇不看他。

他注视她洁白的脸，不愿意移开目光，沙哑地说：“只要你愿意，随时欺负回来。还有，我……不是别人说的那样，我没有病到……不像个人。”

云卿难过得眼睛发酸。

霍云深低低地保证：“我会证明给你看。”

今天在亲眼见到卿卿跟班长亲近的那一刻起，他就明白，他陷死了，走不出来，他不想看她对别人好。

他孑然一身，看不到光明，但女孩子柔软的手不顾伤害，穿破荆棘伸向了他，他想拼尽全力挽留，抓住她，换一个新生。

第二天霍云深起得很早，精神很多年没这么好过，他先去四中上课，对周遭惧怕的目光视而不见，在座位上沉默地翻书。下午是体育课和自习课，他就离校，去找工作赚钱。

他头脑聪明，体力也好，只要肯放下面子，什么都能做，钱虽然很少，但可以一点一点攒起来。

闵敬知道以后，震惊得合不上嘴：“不是吧深哥，你一天要打三份工？不累吗？最后一份下班都半夜了，隔天还得早起，身体会受不了的。”

霍云深嘴角微弯：“不累，受得了。”

“哥……你该不会，是在笑？！”

除冷笑之外，闵敬还从没见他真正笑过。

霍云深别扭地转开脸，在没人看见的地方，笑容弧度不禁更大一些。

他听说卿卿喜欢某家精品店橱窗里的小钱包，想买给她，还想给她送吃的，学校外有很多热门的餐厅，里面那些昂贵的招牌菜，他都希望让她尝尝。

还有女孩子偏爱的小首饰、小玩具以及未来……

霍云深睫毛垂下，掩住汹涌的目光。

未来……她会很好很好，他想多赚钱，尽可能配得上她，等到站在她身边的时候，不让她被人嘲笑。

霍云深每天早晚抽空去宁华看云卿，她不给正眼，他也不在意，就静静地张望，跟着她走一段路。一个月后，他领到了薪水，争分夺秒地跑去买钱包。

钱包却先一步被人买走，橱窗的那个位置空了，他拧眉站了片刻，选了一个更贵的，用伤痕累累的手包好，揣在身上，沾了体温。

霍云深赶去宁华中学，远远看见云卿放学出来，班长从后面追上她，拿出跟他一样的包装盒，当她的面拆开，露出那个他看了十几天的钱包。

他控制不住自己，大步朝她过去，听到云卿温柔的嗓音说："谢谢。"

霍云深硬是把云卿拉到身后，将自己的盒子粗鲁地塞给她，恶声恶气："不准要！这个给你！"

云卿吓了一跳，看着手里昂贵的礼物，想到他的生活状况，目光中露出心疼。

她控制着情绪，先对班长把整句话说完："谢谢，太贵重了，我不能要。"

拒绝完，她又把盒子还给霍云深，也学他冷声冷气道："你的也一样，拿回去，我喜欢的东西会自己买。"

云卿装作赌气，转身往车站走，心里头却酸酸甜甜的，不停想着云深哥哥花了好多钱。

班长是温润得体的优等生，被霍云深这种凶蛮恶霸拦着，哪里敢往前，霍云深冷厉地盯了他一眼，默默跟在云卿后面。

他手里还提着个袋子，装满了零食和小玩具，她都不要。

是他太冲动，以为她要收那个人的东西，态度又凶了……

快到车站，霍云深忍不住赶上她，低着头沙哑地说："我的钱干净，这些都是送你的。"

"不要。"

"你先看看。"

"不看。"

他手背上青筋绷着，被激出一丝恶劣情绪，抓过她的手，强行把东西给她："给你的，不要就扔掉。"

云卿气死了，可抬头一看他眼中血丝浓重，强撑着镇定的样子，又不忍心说他。

她很轻很小心地把礼物丢回去，从中捡了最小、最便宜的一包奶糖，板着小脸儿说："这样行了吧，别跟着我，也不许再给我花钱！把钱包退了，我不喜欢！"

霍云深看着她抓着奶糖气鼓鼓的表情，心里的阴霾散去，绽开烟花。

不管什么都好，只要她要了他送的东西，他就开心到爆炸。

霍云深起早贪黑学习打工，每天放学给云卿送吃的，不管她要不要，塞了就走。

云卿没办法，只好去四中还给他。还了两次，云卿意识到这是他的阴谋，他就是为了多看她几眼。她不能这么轻易纵容他。

第三次云卿不去了，霍云深果然受不了，一声不吭来宁华找她。

程恬是个报信儿的，风风火火进来说："云卿云卿，大魔头来了！"

云卿及时掏出书包里的袋子，里面装着和他送来那些一模一样的零食——她自己买的，她大方地分给同学，好让霍云深目睹她的不在乎，以后别再送了。

只是好巧不巧，霍云深刚走到门外时，班长就主动过来，把她递给别人的零食接了过去，还亲近地说："谢谢云卿给我挑这个，我很喜欢。"

云卿想收回也来不及了，目光不禁转向外面，那道身影已经消失了。

两天后是全市高中联合的运动会，云卿作为校啦啦队代表参加，宁华中学是每年的夺冠热门，备受关注，只是谁也没想到，以往吊儿郎当扶不上墙的海城四中，居然也正正经经来比赛。

霍云深面无表情地站在最前面，黑黢黢的眸子盯着穿小裙子的云卿。

云卿的心疯跳，慌慌张张的，不敢看他，跟班长的误会，还不知道该怎么让他明白……

现场各个学校汇集，谁也瞧不上四中，尤其是臭名昭著的霍云深。平常单独的时候，谁也不敢惹他，但今天人多势众，大家也就没那么多忌惮，不时有人冒出一两句"垃圾""疯狗""被赶出来的弃子"，窃窃地讽刺。

霍云深犹如没听到，一言不发，只是凝视云卿。

运动会开始，四中参报了四个热门项目，三项长短跑，加上篮球。

这些项目过去是几个重点高中的争夺赛场，然而这一次，在全场目瞪口呆的见证下，冠军全被霍云深夺得。

他穿着一身很简单很朴素的运动服，黑发修短，气势凌厉逼人，五官身形偏又过分英俊，被汗水冲淡了凶暴，更显得惹眼，让全场女生为之尖叫。

连一向不满他的程恬也忍不住跟云卿八卦：“其实我听说过，有不少人追过大魔头，总有些女生不怕那个嘛，只想狐假虎威威风一下。何况他真的帅，好多贴他的都是大美女，各种示好，想吸引他，可惜，全是哭着回来的，谁也近不了他的身，我真的怀疑他没有人类感情。”

云卿隔着人群和霍云深对视，他一双眼又深又暗，仿佛全世界都与他无关，他只在意她一个。

运动会的晚上，有市里统一组织的表演要看，各学校所有参加的学生都聚在一个巨型会场里。

云卿来得晚，没去程恬占好的位置，自己坐在了最后面。

刚开始没几分钟，她身边的人就被无声换走，霍云深换了干净的衣服坐过来，把拿到的四个小奖杯都给她。

云卿手指蜷着，没接，他又默默从包里拿出一本很权威的奥数习题册，不管台上怎么吵嚷，他垂眸抽出笔，跟云卿说：“你选几道，随便选。”

“你干什么？”

他不回答，就固执地等着，云卿只好用指尖点了其中两道，很复杂，她解起来也要花点时间。

但霍云深直接下笔，答得行云流水。他的字很好看，有冷硬嚣张的风骨，思路敏捷，不输宁华任何一个学霸。

吵嚷的歌舞声里，霍云深低低地说：“我不是垃圾，也没有不学无术，你喜欢学习好的，我可以做到。体育也能超过别人。”

他什么都可以，他只是没有机会，不能高考，不能走出这圈围墙。

云卿怔怔地看他，心里发酸。

会场里光影流转，在他脸上勾出惑人的锋芒，他热切地注视她，声音低哑：“我不比那个人差。”

云卿意识到，他说的是班长，他那天在门外看到送零食的一幕，还以为她……

她想解释一两句，现场灯光却骤然一暗，到处都是惊呼声、尖叫声，有老师紧急上台，大喊着：“临时停电，马上就修好了，少安毋躁，都不要动！”

黑漆漆的黏稠空气里，有滚烫的身体在靠近她。

云卿定定地坐着，忘记呼吸，也忘了自己身在何处。

霍云深倾身过来，趁着无人知晓，抓住她的手腕，似哀求，似威胁，在她耳边艰涩地说：“卿卿，你不喜欢我，我多久都等得起。但是你不准喜欢别人，除了我，谁都不行。”

她有些哽咽，少女的嗓音格外轻柔，回答他：“你努力，我就考虑。”

这一年的冬天来得很早，冷空气突降，云卿的身体又没那么好，运动会结束后不久就得了重感冒。

妈妈过世了，家里被后母和她的子女鸠占鹊巢，爸爸对她视而不见。偶尔的对话，只是反复强调让她别折腾，老老实实等着嫁给霍家继承人，好对得起他多年的培养。

云卿感冒了没跟任何人说，自己买药吃下，在教室里蔫蔫地写英语作业，头昏脑涨得提不起精神。

放学时程恬关心地问她：“是不是不舒服？我送你回家吧？”

云卿笑得跟往常一样，表情瞧不出丝毫破绽：“不用，我很好，想再写一会儿作业，晚点走。”

程恬不疑有他，便把她留在教室里。

很快同学走光了，只剩下云卿一个人。

云卿不想回家，不想见任何云家的人，她蜷着热腾腾的身体缩在大外套里，只露出泛红的一张小巧的脸蛋儿。

她根本不知道自己是什么时候昏倒的，再清醒的时候，整个人在颠簸，有一双坚硬的手臂紧紧托着她，像捧着什么无价珍宝。

“云……深……”

她迷迷糊糊叫了一声。

“我在！别怕，我们去医院！”

霍云深来找云卿的时候，看到她发着高烧趴在桌上，像只脱水的小奶猫。他冲过去把她抱起来，用衣服裹好了就往医院跑。

心被她无助的模样揉搓着，直到听见她说话的一刻，他才从难熬的窒闷里解救出来。

霍云深寸步不离地陪她打针，买了粥一口口吹温了喂她喝。不管她同不同意，背着虚弱的她回到自己独居的小屋。

云家唯利是图，不会关心她，送回去也没人会管她；去酒店的话，她还小，没有身份证，也不合适。

霍云深住的是一间简陋的阁楼，逼仄窄小，里面只有一张小床和简易桌柜，他也没什么东西，清冷得一目了然。

云卿还昏迷着，睁不开眼睛。

霍云深把她小心翼翼地放在自己床上，给她盖好被子，守在旁边。

他不知不觉趴在床沿上睡着了。

云卿夜里醒过来，对自己身处的环境有隐秘的喜悦，艰难地转了转头，一眼就看到了床边摆着的精致箱子。

他家中到处朴素，唯有这个格外特别，她还没有力气，但抵不住好奇，颤巍巍地掀开盒盖，随即愣住，里面满满的。

——是当初她锲而不舍跑去四中，送给他的每样东西。

装餐点的饭盒、玻璃杯、小勺子、伤药、钥匙扣……甚至还有那些吃过以后剩下的包装纸，被他擦得干干净净，叠整齐，珍爱地保存在一起。

他无数次扔出窗口，原来后来都沉默地捡回来，当宝贝一样藏在夜夜入眠的枕边，等待她入梦。

云卿视线模糊，忍着不哭出来。她抬起手，趁霍云深睡着，摸了摸他的短发。

霍云深惊醒，看她眼睛红红的，急促地问："哪里难受？"

云卿收回手，小声说："冷……"

霍云深环顾自己贫瘠的住处，再没有什么能给她取暖，他睫毛压低，起身把被角给她裹严实，而后关了灯，侧身躺上小床，不由分说把她连同被子一起，轻轻抱进怀里。

小姑娘隐约在发抖。

霍云深搂住她，在第一个青涩相拥的漆黑寒夜里，低声对她说："卿卿别怕，有我。"

云卿在少年坚实的臂弯里安心睡着，一夜过去，高烧退了，脸倒是比病重的时候还要红。天刚亮，她就爬起来藏进大外套里，想快点跑。

霍云深知道自己没资格拦，一晚上和她这么过来，已经是偷来的恩赐了。

他把小屋的备用钥匙硬塞给她，假装平静地说："虽然我这儿没什么好的，但你如果有需要，随时可以过来。”

云卿第一次夜不归宿，慌张得只想溜，也就顾不上和他拉扯，闷着头把钥匙收了，揣在口袋里，心底不停地往上涌着甜。

她走到楼下，霍云深又追出来，蛮横地给她多披了一件衣服，问她：“以后……我能走近你一点了吗？”

云卿把脸埋在衣领里，小声给他亮了绿灯：“可以考虑和你做朋友。”

她遮住翘起的嘴角，声音淡漠地说：“别多想，是普通朋友！”

霍云深黝黑的眼里顿时有了光，把她白皙的脸颊捧起来揉了揉，浅笑着回答：“好。”

云卿头晕了，连退了好几步，把外套帽子也戴上，生怕他再追来，一口气往前跑。

跑到不会被他发现的地方，她才心跳急促地摸着被他揉过的位置，甜声轻笑出来。大骗子，答应当朋友，马上就做这么过分的事。

得罚……罚他，最近不能老是见面了，容易让他太得意。

云卿躲着，霍云深也锲而不舍，就算得不到她的回应，他还是每天在固定的时间去看他。不管宁华的学生怎么指指点点，都风雨不顾。他尽量不离得太近，免得有人非议她。

他现在还是个拿不上台面的追求者，他想变好一点，不能做个好学生，那就赚很多钱。

霍云深头脑好，能力强，又从不敷衍侥幸，很快就脱离了底层工作，报酬水涨船高。但他也不肯浪费任何休息时间，哪怕有一点多余的空闲，都要再找些临时的兼职去做，不管体不体面，能快速拿到钱就好。

他去找云卿的时候绝口不提自己这些事，只是买给她的礼物越来越贵，心心念念的那些好吃好玩儿的东西，都一样样摆到她面前。

云卿不肯收，担心地问：“你的钱到底哪儿来的？”

霍云深只是笑笑说：“反正不脏。”

他总是担心自己脏，被她嫌。

周末程恬临时约云卿去游乐场，在电话里是这么说的：“云卿云卿，你快出来，我刚才路过，好像看到大魔头进游乐场了，他那种性格的人怎么可能来玩啊，该不是和什么人约会吧？他不是总缠着你吗？”

云卿手指紧了紧，她知道不可能是程恬猜的那样，但也放心不下，连忙赶过去。

到了游乐场大门外时，云卿的手机又响了，她看都没看就接起来，以为是程恬有新消息，没想到听筒里传来班长温润的声音："班主任让我把一份复习资料当面交给你，很急。"

云卿是班里的学习委员，跟班长免不了有公事上的往来，她为难地说："我现在有事……"

游乐场标志性的音乐声很大，班长听到了，笑着问："你在游乐场？我刚巧离得很近，过去找你，不耽误你玩儿，送个资料就走。"

说完班长就挂了，再打也不接，铁了心要来。

云卿叹气，想着见面交接东西几秒钟的事，倒也不用太在乎。她跑进里面，找到程恬，却到处找遍了，也没发现霍云深。

霍云深正置身在一个笨重闷热的高大玩偶服里面，给经过的小屁孩儿们发小玩具。这套玩偶服一般的身形撑不起来，需要高挑匀称的来穿，很难找到适合的人，所以薪水高，但同时也非常难受。

他能忍，这点难受都不算什么。等今天的钱拿到，他就攒够一个整数了，可以给卿卿买更好的东西。

霍云深发完最后的玩具，吃力地抬起头，透过头套纱网，一眼就看到了不远处的那道娇小的身影。

他的心猛地一颤，第一反应是躲起来，不要被她认出。但下一刻，他眼里烧起的火焰顷刻冻结成冰。

班长穿得整洁体面，含笑朝云卿过来，递给她一个精致的袋子，她丝毫没有拒绝，自然地接了。

两个人面对面站在一起，无比般配，像极了周末来约会的小情侣。

霍云深呼吸加重，空气进入肺里，犹如搅着无数锋利的刀片。他想上去扯开她，拽到自己身边，但才迈开一步，行动困难的玩偶服就在提醒他，他现在有多灰头土脸。

云卿接过复习资料，礼貌地要跟班长道别。班长却想拉她的手腕，她赶紧躲开，角度一转，目光意外撞上了那个一动不动的大玩偶。

冬天很冷，飘着细细的雪，他就那么定定地站着，被她发现，他挪动身体，赌气似的想离开。

云卿一瞬间知道了他是谁，她跑过去攥住他毛茸茸的手指。他一晃，本就不稳的头套掉下来，露出棱角分明、汗湿苍白的俊脸，眼角沁着刺眼的红。

云卿一时想不到别的，唯有一个念头，她这不过是见到了冰山一角，他给她花那么多钱，全是这样辛苦赚来的。

她心疼地脱口而出："你以后别再用这么挣的钱给我买东西！"

霍云深的心被踩碎。

她嫌弃，一切希望都是他一厢情愿的美梦，原来她根本看不上。

霍云深拖着重逾万斤的双腿，逃离她的视线，一个人在漫天雪雾里，没有能容身的地方。

云卿反应过来自己的话有歧义时，霍云深已经不见了。她哭红了鼻尖，想来想去，跑到超市买了好多必需品和食材，鼓起勇气去了他住的小阁楼。

就……哄他嘛！

云卿紧张地敲了敲门，想好一大堆借口，但并没有人开门。

她才掏出珍藏的钥匙，拧开门锁，超贤惠地把他的小家重新布置好，在转身都困难的小厨房里亲手准备晚饭。

霍云深天黑才回来，他又去游乐场找过云卿，想跟她道歉，但她不在了。他不敢打电话，怕她生气挂掉，把他拉进黑名单。

海城这么大，可没有他能够喘息的角落。

霍云深站在楼下，无望地仰起头，看向自己永远黑暗的窗口。然而迎接他的，是玻璃窗内一团暖黄色的光亮。

灯开着。钥匙除了他，只有……

霍云深不敢置信地狂奔上楼，一把推开门板，他从来都空着的饭桌上，摆着几个还有热气的餐盘，小姑娘迷迷糊糊地靠在椅子上，睫毛忽闪，要睡着了。

要把他淹没的那些漆黑孤寂，在这一瞬被猝然炸开。他放轻脚步，走到她腿边蹲下，压低嗓子唤她："卿卿。"

云卿揉了揉眼，轻轻地咕哝："你怎么才回来啊！"

霍云深眼窝灼烫，语气还绷得硬邦邦的："你怎么会在？"

云卿有点难为情，不知道怎么答，她是被追的人耶，可一不小心就心软了。

霍云深用力抠着手心，忍住颤抖，问她："你是来哄我的吗？"

云卿咬唇，啊啊啊，被说他中了怎么办！

她没否认，就是霍云深的解药。

卿卿不嫌他，她愿意来这小屋子里等他。

霍云深隐藏住哽咽，盯着她说："以后不许跟那个人私下见面，不许拒绝我买的东西，我不是每次都这么好哄的。"

云卿憋红了脸："做饭都不行？那你还想我怎么哄！"

霍云深心里胀得发疼。

不是做饭，是你。你在，你来找我，你让我有了一个亮灯的家。

他眷恋地凝视她，很恶劣地说："下次要是再犯，罚你接受我才行。"

哄归哄，正事还是要解决的。

云卿耳尖红红地听着霍云深提出的不平等条件，认真地说："想让我答应你，你也得答应我不能再那么辛苦地赚钱，还把钱都用在我身上。"

霍云深闷了大半天的心里被蜜装满，甜得想大吼，可又不敢声张，怕她反悔了收回去。

他问："卿卿，你不让我这样，是不是心疼我？"

云卿抠着手指，脸颊发热，嘴硬地强调："不是，是看不惯而已，换成任何一个普通朋友，我都会这么说的。"

义正词严地说完，她又心虚地不看他。她才是骗子，她的心很小，只管云深哥哥一个人。

霍云深不相信，追着她闪躲的目光："那你有几个像我一样的普通朋友？"

云卿抓着衣摆，就他一个……

霍云深不问了，唯恐她真的会说出别人的名字，更不敢逼紧了，怕她躲避。

他无赖地靠近她的腿，像凶煞狂暴的大型犬，唯独肯在主人的脚边温顺蜷缩，他低声承诺："好，只要卿卿愿意理我，我就什么都听卿卿的。"

能赚钱给她花，他真不觉得苦，只担心不够，迫不及待地需要更多。他想做个配得上卿卿，值得她依靠的人。

只要她答应，不管拿什么来换，他都甘之如饴。

第十六章
少年往事篇（下）

霍云深以为他撑得住，可以慢慢等云卿原谅他犯过的错，再慢慢喜欢上他，但隔年夏天突如其来的一场大火，把他薄弱的忍耐力烧毁殆尽。

宁华中学作为市重点高中，经常会组织出色的优等生组成交流团，去其他学校讲授学习经验。这一年夏天，云卿也成了交流团的一员。

她长得美，性格好，学习成绩又一路领先，到哪儿都是最欢迎的。

霍云深不放心，但不管是交流团内部，还是对方学校都管得很严，他进不去。于是在出发前，他拽过云卿凶巴巴地警告："早点出来，不准让人随便缠着你，我在校门口等你。"

云卿不好意思地挣开他，抿着唇："你又凶我。"

霍云深拧眉，自责又着急，想跟她解释。

云卿故意躲开，鼻音软绵绵的，少女的俏皮娇憨无比挠人："你又不是我的谁，我凭什么听你的！"

霍云深的心脏被她捏得酸甜交杂，迫切地渴望她一个肯定。

想让卿卿给他一个承诺，名正言顺地把她据为己有。

盛夏的下午，云卿随队进入交流的校园，这所高中年代久，师资和环境都很一般，有一栋教学楼因为修缮不及时，很多电路设备都已老化，极少使用。

但因为这次交流参与的师生众多，面积足够的礼堂又只在那栋楼里才有，便存着侥幸安排了过去。

霍云深在学校外面等了几个小时，直到夕阳西下，到了放学时间。

学生陆续往外走，到人潮散尽也没见到云卿的身影。

霍云深抓过一个男生问：“宁华的交流团呢？最漂亮的那个，见到没有？”

男生被他吓得瑟瑟发抖，忙说：“她，她人气高，被留在礼堂里解答问题，还没出来……”

话音落下，校园深处忽然传出隐隐的骚乱，霍云深眉眼罩着冰霜，忍耐地朝里张望，尽量不越界让卿卿生气。

然而几分钟后，竟然有浓烟腾起，惊慌失措的一群人往外乱跑，大喊着“礼堂着火了”，远处也传来越来越近的消防警笛声。

霍云深仿佛被利器刺中，他拨开阻挡的障碍，逆着所有逃命的身影，不顾一切朝里面浓烟滚滚的方向狂奔。

越是靠近礼堂，越是触目惊心，老旧的楼房里吐着火舌，到处是惊呼哭叫声，有人连滚带爬地逃出来，霍云深的瞳中映满红色，大吼着“卿卿”。

他一把揪住跑出来的人，厉声问：“云卿在哪儿？”

“我看到她，在，在里面……”

霍云深松开他，毫不犹豫地往噬人的火海里冲。别人都在拼命地躲，唯有他一个，一言不发，绝望地投身进去。

他不管大火烧成什么样子，也要把卿卿救出来，如果不能救，那就护着她一起死。

这世上又黑又冷，他满身血污，孤独地匍匐了好久，因为有她的出现，他才活得像个人，要是没了她，不如就葬身此地。

喷出的火焰已经烧到霍云深的衣袖，他即将陷入火海时，一只发抖的手死死拽住他，带着哭腔叫：“云深……”

霍云深愣住了，缓缓转头，云卿额发凌乱，细白的脸颊上蹭了几块黑，怯怯地站在他面前。

鲜活的，完好的，漂亮的眼睛里含着泪。

她抱着自己的手臂，断断续续说："我……我在前面讲台上，没想到电路突然失火，起火点就在我旁边，是老师，老师带我从窗口跳出来，我才……"

霍云深张开口，一个字都说不出来，他双手冰凉，打着战抬起手来，把云卿护到怀里。

云卿以为自己要没命了，后悔还有那么多真心的话没有对云深哥哥说，没来得及给他温暖。

她又担心自己要是不在了，剩下他一个人以后要怎么办，乱七八糟的念头推着她求生，等目睹他直接冲入火场时，她心里的壁垒彻底崩塌。

再次落入他的臂弯里，她才知道，她有多害怕，他又有多重要。

所幸消防员来得及时，师生受的都是轻伤，并没有出大事，但也上了好一阵新闻。

云卿受了惊吓，手肘也烫伤了一小块。医院走廊里，霍云深半跪在地上，捧着她细嫩的手臂一点点涂药，盖上纱布，又在纱布上沉默地摩挲。

一下一下，都要灼到云卿的身体里。

她好像……顶不住了。

霍云深也忍到极点，想要卿卿给他一个明确的允诺。

等云卿的伤好全，疤痕也在各种特效药下去掉大半，一天放学后，霍云深站在宁华中学的走廊里，手心里溢满了汗，硬着嗓音说："云卿，你什么时候接受我？"

云卿紧张得指尖都蜷起来，别开脸装着平静地回答："大学……你如果能坚持到我上大学，我就……答应你。"

她脸上装得镇定，心却早已甜得融化了，期盼着时间能快一点过。

霍临川到底知道了霍云深和云卿亲近的关系，数次来找麻烦，震怒之后，更乐于看霍云深面对云卿"霍氏继承人未婚妻"这个头衔时的痛苦。

原本属于他的，如今被　夺走，这种折磨，想想都让霍临川愉悦。

这些小情小恋算得了什么，霍临川坚信云卿最后一定为他所有，那么这个时候，用她来蹂躏霍云深的心，再痛快不过。

霍云深数不清打了多少架，流了多少血，从来不让云卿知情，但云卿看得出来，背着他流眼泪。

为了帮他上药，云卿去小阁楼的次数越来越多，霍云深无比珍惜这样的时光，却换来霍临川闻讯后的怒火。他以为云卿已经跟霍云深确定了关系，甚至小小年纪不知羞耻地有了肌肤之亲，再对比起面对他时，她从不曾改变过的冰冷拒绝，终于点燃了他真正的嫉恨心。

他原以为云卿见多了霍云深不堪的样子，早晚会想通而死心，老实回来做他的霍太太，没想到她居然鬼迷心窍到这种地步，不值得他客气对待。

霍临川带着这份发泄和报复的心思，屡次到宁华中学拦截云卿，意欲不轨。

霍云深却出乎他的意料，像变了个人，这一年多以来逐渐平稳的情绪一扫而光，成了凶暴异常的猛兽，一次次淌着血逼到他跟前，要把他生吞活剥。

越是这样，霍临川越变本加厉。某次又强迫云卿，被霍云深打伤，他愤恨之下当着云卿的面，让人七手八脚地制住霍云深，亲手拿刀子去刺他。

云卿也和疯了一样，毫不犹豫挡在霍云深前面。

霍临川暴怒，掐住云卿纤细雪白的脖颈儿，他戴着昂贵的手套，拇指指腹有金属的装饰，硬是硌进她的皮肤里，留下一个会落疤的伤口。

也就是那天，霍云深彻底爆发，疯狂地挣向他，不顾一切报仇，让一直扬扬自得的霍临川无比恐惧，最终不敢置信地倒在血泊里，被废了身体。

霍云深把云卿背回家里，眼眶猩红地给她擦拭伤口，情绪完全崩溃。

云卿破例地轻轻揽着他的头，柔声说："我一点也不疼，这个就算留了疤也不难看，它跟别人没有任何关系，是我为你烙的印。"

霍云深发着抖搂紧她，牙关咬得酸疼。

霍临川销声匿迹后，高考也在逼近，学校里的气氛越发紧张，聊的都是志愿和未来，云卿是唯一一个没有被问要考去哪里的。大家都清楚，她是年级第一，绝对要去北京最好的大学。

倒是程恬觉得有点危险，赶在课间跟云卿结伴去买零食的时候，趁机问她："你说实话，到底准备考去哪里？"

云卿静静地说："海城。"

程恬一脸果然如此，摇晃她："你清醒一点啊，海城是有名校，可跟北京的比还是差一些，你何苦呢？别告诉我是为了大魔头！你当然要去北京啊！”

几米之外的树荫里，霍云深手中提着卿卿偏爱的零食饮料，听到了最后一句，跑向她的脚步骤然顿住。

这条是小道，走的人少，他每次来找卿卿，都喜欢挑这里，免得被太多人看到，对她不好。

今天撞见她的欢喜，都被这一句话冰封凝固。

关于高考志愿，他拼命回避着，从来不敢去问卿卿，唯恐得到他无法接受的答案，现在……

云卿没说话，是对程恬无声的抗议。

程恬叹气，苦口婆心说：“你能跟大魔头亲近，已经算是大发慈悲了好吗？！该不会还想让他赖一辈子？云卿，你醒醒，你条件这么好，以后上了大学，得有多少跟你相配的青年才俊发疯追你啊！你到时候肯定要挑花眼的，自然就知道现在多傻了！”

不等云卿说话，她接着劝：“你看咱们学校，不少互有好感的同学都分开了，大家都很清醒，明白以后的人生各不相同，早散早解脱，何况你们还不是……”

云卿很多反驳的话到了嘴边，忽然愣怔。

难怪啊……

霍临川消失以后，云深哥哥的状态明明都逐步好起来，恢复到以前了，但随着高考临近，他又变得阴郁沉默，人都消瘦了下去。

原来，是因为这个，他比她想得更多，是每天每夜，都在担心她会离他而去。

云卿明白过来，心里难受得抽成一团。但霍云深看到的，是卿卿一言不发，默认了程恬的话。

他力气抽空，一步一步往相反的方向走，喉咙里泛着腥气。

卿卿要是反悔了，在高考前就给他判死刑，他不知道会做出什么事。

他宁愿骗自己。

云卿买完零食回去，在上课前忍不住给霍云深打了个电话，想给他吃颗定心丸，她并没有抵赖的打算。可霍云深说：“卿卿，我这几天工作特别忙，你也好好复习，别被影响，我找时间再去看你。”

云卿有点失落："我还有件事想对你说……"

霍云深身上发冷，怕卿卿这么快就要提上次的约定不算数，他在电话另一端，把自己的手心掐出血痕，才保持平静说："我现在真的很忙，有什么话等下次我们见面的时候说吧！"

他能忍，忍着不见她，偷偷去看她，这样就不算失去她。

霍云深撑到高考前夕，没有一夜完整睡过，每天不出声地去宁华远远看着云卿，有时为了多看她两眼，要守几节课，像座冷硬沉默的雕塑。

高考前一个晚上，云卿忍无可忍给他打电话："霍云深，你是不是不管我了！我在楼下！"

霍云深脚步不稳地冲下楼，云卿愤恨地推他："考完试去接我，我有话必须跟你谈，你等我怎么罚你！"

考试结束当天，夕阳灿烂，满街都是解放欢呼的学生，只有霍云深立在一棵树下，眼神死灰般沉寂。

云卿等人潮散尽才走出来，跟霍云深说："我考得特别好。"

他压抑着嗓音："我知道。"

"现在能让我把想说的话说出来了吗？"

霍云深手指冰冷，不敢听，转身往前走，脚步机械生硬。

长街上，到处是欢庆笑闹，只有他脸色惨白，摇摇欲坠。

云卿又气又心疼，追上去硬是拽住他，把他拉到一边的树荫，抬着小脑袋凶巴巴地警告："不管我考得好不好，我都在海城上大学。你要是再敢躲着我，我开学第一天就去认识好多学长！"

霍云深一把攥住她的手腕："你不是……要走？"

云卿涨红了脸，他果然在想这个！

霍云深意识到她的想法，急忙把她扯到怀里，她没有失约，更没有想认识什么学长！

云卿的耳朵烧得发烫，呼吸不畅，委屈地说："你就那么不自信吗？"

霍云深闷闷地挽回自己七零八落的面子："你也可以考北京的，还愿意接受我就好。"

他被禁锢着，出不了海城，不能追着她去，所以才格外痛苦。

云卿歪头："真的？你愿意让我离你那么远？"

霍云深咬牙，手臂上的肌理绷得坚硬。

云卿不忍心逗他了，想到两个人关系还没有明朗，装作冷静地说：“我哪儿也不去，海城的大学我喜欢，还有海城的人……”

她偏偏不往下说了。

霍云深熬着，等假期过去，云卿的录取通知书下来，她终于从高中生变成大学生的那天，他一刻也不能等，迫不及待要她兑现承诺，却撞见云卿高中时的班长，也考上了同一所大学，目的明确地奔着卿卿而来。

何况不止他，大学里跟她志同道合的男生会越来越多，她见到更大的世界，是否还会愿意束缚在他的身边。

可他……这一辈子已经跟她融在一起，不能分割。

霍云深的指尖压着手心，心脏被不能名状的焦躁填满，恶声恶气抓着云卿说：“你答应了做我女朋友！”

云卿就那么几秒钟没说话，已经足够折磨霍云深。

他唯恐她有了更好的选择，张口就会拒绝他，把过去全都作废。他强撑着表面的冷静，抢着说：“我给你一星期的时间！一星期以后……你告诉我答案！”

说完他转身就走，他害怕卿卿真的会当面拒绝，连七天的余地也不给他。

夏末的天很热，霍云深整夜躺在小床上看着漆黑的夜空，五脏六腑被带刺的藤蔓紧紧缠着，反复地酸疼甜涩。

他不敢想卿卿不答应，可心又埋在卑微的尘埃里，蠢蠢欲动，被隐藏的锁链拴着。

卿卿不要他，他就……

霸占她，困住她，像个疯子鬼怪一样缠住她不放。

但那双明润温柔的眼睛在黑夜里一遍一遍地回闪，他的眼眶涨得通红，一动不动蜷缩着身体，悲哀地想，他怎么舍得。如果卿卿决定不要他，他就自生自灭，安静地消失。

七天里，霍云深不敢靠近云卿，怕见了面她就要拒绝，只远远跟着她，发了疯似的工作赚钱，给她买一直想要的礼物。

最后一天的傍晚，他攥着礼物盒，追着她从校园走到外面华灯初上的长街，等待卿卿给他宣判。

班长却又以转交资料为名等在街边，拦着云卿的去路：“云卿，我跟你表白很多次了，你每次都拒绝得那么坚定，我们就不能试一试吗？你真的要选那个没有未来的疯子？”

云卿站在路灯下，看向霍云深那双要把人挫骨扬灰的眼睛，恬静无奈地笑。

他好凶，可也脆弱到……她一句话、一道目光，就能把他伤害。

霍云深胸中被不安和恐惧翻搅着，甚至不敢相信卿卿那么好看的笑是给他的。

云卿向他小跑过来，裙角在夜风里飘动，她柔软的手抓住他的手臂，当着班长的面，在人流熙攘的长街上，踮起脚，闭着眼，把唇贴在他嘴角边，轻声问：“霍云深，你知道我的回答了吗？”

霍云深漆黑阴冷的世界，在这个傍晚，绽开最灿烂炫目的烟花。他的礼物掉在地上，手足无措地抱住她，用尽全身力气，生怕这是一场梦。

臭名昭著、人人避之不及的霍云深，拥有了属于自己的、货真价实的女朋友。

他急着掠取她的一切，可又无比小心翼翼，想把她捧到天上，揣在心窝里。

确定了关系，云卿甜软小可爱的本质再也绷不住了，天天绕在霍云深身边，又乖又萌，像小动物似的。

她哪里都软，脸颊滑嫩，睫毛很长，鼻尖秀挺，唇瓣红润饱满。霍云深怎么忍得了，看哪儿都想亲亲，唯独嘴唇，他克制着。

女孩子的初吻必须郑重，不能随随便便交给他。

霍云深挑了天气好的周末，穿了最好看的一身衣服，带卿卿去城郊的动物园。

动物园门口卖卡通发卡，云卿很喜欢，又不好意思表现出来，余光偷偷瞄着。

霍云深拉着她过去，给她戴上小猫咪耳朵发卡，她红着脸笑。

“喜欢吗？”

云卿点头。

霍云深俯下身，摸摸她毛茸茸的耳朵尖，盯着她说：“我也好喜欢卿卿猫。”

云卿的脸热得要炸开了。

霍云深跟小女朋友十指紧扣，不知不觉躲到枝叶繁茂的绿植后面，外头人来人往，小孩子咿咿呀呀地在笑闹。

云卿要窒息了，推推他：“你干什么……”

他喉结滚动，低声答：“干坏事。”

云卿隐约知道，又不太敢知道。

他沙哑地说：“卿卿，我想……”想什么，不肯说完，好整以暇等着小姑娘来问。

云卿刚启唇，他就猛地覆上去，小心翼翼地吻住她。

果冻一样又凉又软的嘴唇，像要化在口中，他的心脏快跳出来，甜蜜火热得撞击骨骼。

云卿慌张地躲他：“好多……人……”

霍云深拽下薄薄的外衣，撑开了挡住她，再次贴合，把她抵在树干上，尽情掠取他朝思暮想的甜美。

一个吻，让他幸福到仿佛从来没有受过苦，更想紧紧抱住她，放肆地流眼泪。

他什么都不求，只要卿卿。

半年的时间，霍云深跟心爱的小姑娘如胶似漆，但从不过分逾越。

他连初吻都要精心准备，何况更深的、更紧密的占有。

他的卿卿年纪还太小，他要等，等她长大。

大学第一个学期的寒假，云卿被爸爸关在家里，不许随便出门，但云家偌大的宅院，却没有她的容身之地。

云成泽一边管束她，一边对她不理不睬，全心疼爱着后娶的妻子和人家的子女。

除夕的晚上，焰火照亮冷寂的夜空，云卿一个人待在小房间里，听着楼下客厅热闹非凡，一家人其乐融融吃着饺子，闹到很晚，随后又叮叮当当准备出门，连夜坐飞机出发，一起去海岛度假。

她终于有机会给想疯了的人打电话，声音一点也不委屈，装得很坚强：“云深，你在家不要动，我争取跑出去找你！”

熬到家里人走光，云卿用保温盒装了还有余温的饺子，随便套上一件衣服溜出家门，在寒风和夜色里不回头地往外跑。

她丝毫不觉得冷，只想马上见到他。

云卿沿着别墅区的小路跑到大门外，蓦地停住，怔怔地看着前方，昏黄的路灯下，霍云深修长的影子孤独地立在那儿，眼睛直勾勾地望着云宅的方向。

她打完电话才十多分钟而已，相隔那么远，他不可能是临时赶过来的，一定已经默默守了很久。也许在不能见面的这么多天里，他一直这样不吭声地张望着她，很可能还闯过、伤过，只是没人告诉她。

云卿的眼泪流出来，张开手臂朝霍云深猛冲过去，一把搂住他的腰，闷闷地哭。

霍云深把她环抱住，一丝缝隙也舍不得留下。

头顶有五光十色的烟花绽开，照亮无边夜色。

霍云深贴着她的脸，在她的额角反复地亲吻。

云卿仰脸问他："想我吗？"

"想。"他的声音异常嘶哑，又说一遍，"想。"

霍云深咬着牙关挤出这两个字，用自己带着体温的棉衣将云卿整个人裹住，只露出一个萌萌的小脑袋，把她抱起来。

云卿睫毛扑闪，轻声问他："我们去哪儿？"

霍云深盯着她说："想知道的话，就亲我一下。"

云卿笑，捧着他的脸，贴上去吻。

霍云深忍不住加深，等她红着脸喘不过气，他才移开唇，很温柔地回答她："带宝宝回家。"

云卿以为他说回家是回小阁楼，没想到车子轧过满地爆竹碎屑，去了陌生的方向。

不能跟卿卿见面的日子里，霍云深不要命地工作，攒钱在大学附近租了新的房子，虽然面积也没有太大，但比起以前的环境要好上许多。

小家按卿卿喜欢的样式布置，铺粉蓝色的床单，枕头都要比他自己用的松软很多。

云卿惊喜又赧然地飞扑过去，摸摸柔软的被子，睁着水盈盈的眼睛问："你准备这个干什么？"

是不是想做更坏的事。

男女朋友之间的极致亲密，即便不能启齿，也不敢提，但她都懂了，说到底，心里还是有点害怕，不过如果云深哥哥很想，她可以……努力克服。

霍云深蹲下来，仰头捏捏她嫣红的脸，笑得有点痞气："小姑娘琢磨什么呢！我给你买床，是让你宿舍太吵的时候可以过来休息。"

云卿又被戳破心事，脸颊滚烫地推他。

霍云深把她抱到窗边的小沙发上，搂着她一起看外面正灿烂绽放的烟花。

璀璨的五光十色把云卿的侧脸映得不真实，他痴迷地盯着，在她耳边说："我家卿卿还太小了，我不舍得。"

"等你长大，能确定一辈子真正的心意……"他声音低下去，"那个时候我才可以。"

他想要卿卿的一辈子，可她越来越优秀，他有没有那个资格……

云卿见他失神，眸底恍惚有泪光在闪，攥着他手指说："我们还没吃饺子，要凉啦！"

霍云深的眼睫毛颤了颤，哑声笑："好，今天过年，不能让卿卿吃那些人剩下的，我现在就去做新的。"

"你会包饺子？！"

云卿惊讶，霍云深通身上下远离厨房的气势，哪里能看得出来他会做这么复杂的面食。

霍云深亲亲她的脸："为了家里的小可爱，我什么都能学会。"

厨房小而温馨，云卿不甘示弱地凑热闹，挤到霍云深和橱柜之间，笑眯眯地沾着面粉抹了他一脸。霍云深干脆把她困住，不轻不重压着让她动不了，俯身去咬她的唇，把面也蹭到她身上。

两个人头上也落了白。

云卿欣喜地问："这样算不算一起白头了？"

"不算，"霍云深贪恋地拥着她，汲取她无尽的温暖，"别想拿面粉哄骗我，一辈子到老，才能算。"

饺子到了后半夜才煮好，形状歪歪扭扭，大小也不一。

云卿把其中一个饺子当成宝物似的夹起来，鼓着脸吹到变温，喂到霍云深嘴里，眸子亮晶晶地问："这个特别丑的是我包的，好吃吗？"

霍云深甚至舍不得咽，不停点头。

他活了快二十年，拥有了过得最好的春节，吃到天底下最好吃的小饺子。

春天开学以后，云卿的生日到了，霍云深去校门口接她。她穿了条米白色的长裙，迎着风轻快地跑向他，那一天所有美好绚烂的光点，全部洒在她身上。

霍云深攥住她的手，藏着紧张，低声说："卿卿，我把家里重新装饰过，你回去看看喜不喜欢，可不可以……今晚留下。"

他的卿卿成年了，留她过夜，她知道意味着什么。

云卿弯着眼睛，招了招手："你低一点。"

霍云深俯身，她贴近他的耳边，柔声说："不只今晚，以后……我也可以留下。"

他猜到卿卿会懂他的意思，做好了她难为情或者推拒的准备，怎么也没想到她会直接这样说。

微风里，女孩子杏眼明亮，眼尾浮着两抹不好意思的胭脂色。

她性子很软，容易脸红，但只要涉及他，她总是勇敢，尽自己所能地给他肯定，拿澄澈的感情把他填满。

霍云深的呼吸稳不下来，忍不住笑，又要极力保持镇静，他微微汗湿的手抓紧云卿，牵她回家。

房子在安全宁和的居民区里，三楼不高不低，两间卧室，一间摆了崭新的双人大床，另一间布置成书房，没有能睡人的地方了。

云卿看完，拖长了音说："你把我原来的小床弄走啦！"

"卧室和大床都是你的。"霍云深的声音低低的，"本来想着你要是不愿意跟我一起睡，我就在你门口守着，哪天你心疼，说不定就放我进去了。"

云卿心口软热，俏皮地瞪他："霍同学好多小心思。"

霍云深不反驳，他确实是有好多小心思，想把她攥在手心里，不让她有逃离的机会。

夜色渐渐覆盖天幕，光线转暗，漫入小家的阳台，给室内暖热的气氛掺了旖旎。

蛋糕和晚餐吃完，云卿心跳乱成一片，不太敢跟霍云深对视了。他强势的存在感不断侵袭着感官，提醒她将要发生的事。

她还是有点慌，耳尖充血，支支吾吾地说："是不是……要……先洗澡……”

霍云深进卧室，在衣柜里拿出干净柔软的睡裙，上面印着乖萌的小猫咪和小兔子，很像她。

云卿紧张坏了，接过来逃跑似的进浴室里，磨磨蹭蹭地洗了好久，反复确定自己今天很好看，才探头出来。

霍云深等在外面，端着小盘子，喂给她一口刚出锅的炸鲜奶。

云卿嘴里被美味填满，一下子忘了忐忑，欢喜地朝他扑过去："好好吃！你怎么什么都会！"

霍云深边给她擦嘴角，边笑："当然得会，以后要养卿卿猫了，喂不饱怎么可以。"

云卿幸福到不行，下意识往霍云深身上贴，她只穿着睡裙，雪白的手臂还湿漉漉的，蹭到他，自然摩擦出热度。

她睫毛一抖，不知所措地低下头。

霍云深看似淡定地继续喂她，等她吃不下了，才抱着她去刷牙，又送到床上用被子裹住她："乖，等着。"

云卿内心沸腾，在床上来回打滚，羞涩欲死。

结果霍云深很久才出来，她昏昏欲睡时听到脚步声，热烫的身躯裹挟着冰凉的水汽。

冰凉？！

云卿清醒过来，用小蚊子般的声音说："好久啊！"

霍云深没说话，躺上床，依然像以前一样，隔着被子搂住她。

云卿心脏要蹦出喉咙口，颤巍巍地叫："云深……"

霍云深忽然翻身抱紧她，让她背对着自己。他耳郭通红，语气却很沉："卿卿，你是不是害怕？"

"有……有一点。"

霍云深闭上眼，嗓子暗哑："我知道你今天那么说，是为了让我安心，别勉强自己，我虽然想……可不会逼你。"

"我……"云卿想说她没有被逼，她愿意。

霍云深略带隐忍的嗓音钻入她耳中："别冲动，别后悔。"

他可以继续等，等多久都没关系，但如果卿卿只是一时心血来潮，有一天会反悔，他承受不起。

云卿不禁怔住了，呆呆地望着昏暗的虚空，轻声问："你在浴室那么长时间，就是因为顾虑这个吗？"

霍云深沉默半晌，才别扭地闷声承认。

云卿都不知道该气他还是该心疼他，霍云深在她面前，永远摆不正自己的位置，永远不相信他有多重要。她对他，不是安慰，不是同情，不是一时兴起，更不是被死缠烂打的妥协，她仅仅是爱他。

她想跟他解释，他已然用手掌蒙上她的眼睛："别害怕，等你考虑清楚再说，今天好好睡吧！"

云卿觉得自己特别没出息，居然被他哄着真的睡了过去。隔天一醒，她握拳起誓，怕什么怕，今晚必须搞定他！

然而学校有检查团莅临，系里临时通知短期内必须严格遵守校规，不允许擅自出校和夜不归宿。云卿白天忙上课，晚上被困在宿舍里，一连七八天跟霍云深见一面都难，更别说回家去。

更烦的是，不断有男生来对她示好，同级的不少，高年级学长也很多，不分早晚地来堵她。

云卿不厌其烦地说："我有男朋友。"

但效果并不明显。

舍友好奇地问："云卿，今天给你送花的那个大三学长，你知不知道他家多有钱啊，他自己条件也特别好，还那么喜欢你，你真不考虑？还有大二金融系那个也是……"

云卿静静地说："我男朋友比他们都好。"

晚上云卿温柔地给霍云深打电话，说到中途，舍友无意地喊："云卿，楼下又有找你的男生！带了好多礼物！"

电话另一边猛地死寂。

学校解禁的那天，云卿早上第一节有课，下课后，她迫不及待地往外跑，身旁很多男男女女都在关注她。

外面阳光正好，风很柔，她思念的那道身影比她更等不及，就站在教学楼外，眉眼冷戾，浑身结着冰，毫不掩饰攻击性。

他从未改变，始终是让人望而生畏的存在。

云卿酸酸软软地明白过来，他总在担心她会被大学里更广阔的世界吸引，被那些所谓志同道合的男生打动，想从他的禁锢里张开翅膀，飞离他的身边。

尤其在听到舍友的话之后，他这几天，大概没有一刻能安稳，他总是怕，怕她不够爱他。

来来往往很多人在看，也有窃窃私语声在议论着那个凶神恶煞的年轻男人到底是谁。

云卿笑起来，回答其中一个人："他是我男朋友。"

说完，她加快脚步奔向霍云深，在无数目光的注视下，扑到他怀里，轻声说："云深，你来接我啦！"

当天没有别的课，霍云深带云卿出去约会，玩到傍晚，两个人十指相扣地沿着路往前走，走到跨江大桥边。

云卿摇晃他的手："我们上去逛逛。"

大桥两侧有专门的人行通道，很多小情侣在散步。云卿拉着霍云深的手，蹦跳着踩脚下的格子方砖。

不知不觉走到桥中央时，夕阳正好浓郁，洒得江水一片昳丽。

霍云深突然从背后抱住她，脸颊蹭着她的额角，把手里攥到起皱的小盒子露出来，攥着她的手，一起掀开。

里面是一枚细细的戒指，嵌着一颗精巧的小钻石。

云卿睁大眼，屏住呼吸。

霍云深贴在她耳畔，迎着江上的风，郑重地说："卿卿，我知道现在还早，年龄也不够，但我想用它把你套住，等你二十岁生日一到，我们就结婚。"

云卿的睫毛缓缓润湿，他的语气迫切而低沉："到时候，我们一定不会住现在的出租房，我会给你赚到大房子，让你有专门的衣帽间，你喜欢唱歌、写歌，我还能准备一个单独的工作室……"

后面的话他还没说完，云卿就在他怀里转过身，搂住他的脖颈儿，仰头吻上去。

霍云深指尖发颤地给她戴上戒指，他眼帘垂着，遮出两片灰影，紧绷着嗓音说："所以不许看别人，你的眼里只有我一个。"

云卿目光温柔，亲亲他的脸颊。

她想给云深很多很多的爱和安全感。

云卿突发奇想，笑眯眯地指向江水，小钻石在夕阳下闪着光晕："我在学校里听说，这座桥很神奇，如果情侣在上面求婚，以后一辈子都能绑在一起。等他们白头偕老，到了不得不分开的那天，如果一个先走了，另一个来到这里，灵魂也能归到一处，就算轮回都不能分割，一直守在一起。”

她不管这些话是不是很傻很幼稚，依然认真地对他承诺：“真到七老八十的那一天，你敢先松手，我就来这里找你。”

霍云深把她禁锢在臂弯里，望着平静的水面。

卿卿在给他许诺一生。

他视野模糊，笑着说：“不行，卿卿一个人会害怕，换我找你。”

回到家里时天已经黑了，一如上一个情动缠绵的晚上，云卿下定决心，这次绝对不能让他再顾虑。

室温在不知不觉升腾，让人沁出薄汗。

云卿呼吸急促，先没表现出心里旖旎的念头，准备洗个澡，把自己弄得更香一点再……招惹他。

她口干舌燥，装着冷静地说：“我想喝水，你要不要？”

霍云深目光幽暗：“要。”

云卿往餐厅走，贴心地问：“也要水吗？还是咖啡或者果茶……”

不等她说完，霍云深就把她拦腰紧紧搂住。

云卿撞在他震颤的胸膛上，他说：“要你。”

云卿耳中像放着烟花，她的云深哥哥，终于不再迟疑，相信她爱他。

她的男孩子，用伤痕累累的身体撑起了遮风挡雨的小世界，从今天起，他要做她的男人。

感情再甜，云卿也不能每天住在家里，一个月总有那么几天要留在宿舍。

霍云深但凡走得开，一定接送她，牵着她光明正大地走在校园里，任别人指指点点。他知道，卿卿在学校里非常受欢迎，觊觎她的人排成队，从他第一次公然出现起，大概身家、背景就被扒得一清二楚了。

在太多人眼里，他配不上卿卿。但有她的肯定，他就无惧别人的目光。

云卿的几个舍友是真的关心她，聚在一起追问：“你男朋友帅是真的帅，那些追求者哪个也比不了，但是……”

但是后面的内容可太多了。

“他没钱啊，现在只能住在出租房。”

“听说还是大家族的弃子，那跟他在一起会不会有危险啊？”

“他名声不好，本人看着也好吓人，太凶了。”

“云卿，他对你占有欲强得过分了，总跟着你，都没给你多少个人空间，你不会累吗？这种感情也太令人窒息了吧，换别人早疯了。”

云卿没生气，认真地对她们说：“他特别好，我也不累。”

“他就是那样的性格，我爱他的全部，如果觉得窒息，”她莞尔，“我想，肯定是因为爱不对等。”

不对等，才会厌烦，才会想逃离，爱得没他多，才会把他的爱当成沉重的负担。

而她只是心疼，被他强烈需要时，她会觉得幸福，像是人生被填满。

云卿大一快结束的时候，难得一次霍云深工作太忙，来不及接她，她就在校门外捡了只脏兮兮的流浪小猫。

霍云深争分夺秒赶回家时，一打开门，没等到心心念念的人扑向他，倒是见到满地的水，他家卿卿狼狈地拎着只洗到一半的小猫崽，弯眸朝他笑。

“云深，你看，我捡的！”

小猫崽怵他，本能地往云卿怀里躲，格外缠人。

霍云深冷冷地注视它，有种强烈的被侵入感。他跟卿卿的家，每次回来，她眼里都只有他一个人，这还是第一次，她抱着别的生物，根本顾不上他。

他把小猫崽接过来，不让卿卿动手，三两下把它洗好，低声说：“可以让闵敬养。”

云卿拉着他的手臂：“闵敬身边也没个女孩子，多半养不好。它流浪好久了，身体弱，需要一点时间恢复，等它好了，再给别人行吗？”

她眼巴巴地看着他，带一点央求。

霍云深再不喜欢，也舍不得让卿卿失望：“好。”

云卿欢呼，把小猫抱住，在霍云深脸上亲一下，逗他：“不许吃醋，只爱你。”

小猫崽倒是争气，没什么毛病，很快就好起来，偏偏在云卿面前很会装柔弱。霍云深屡屡到了嘴边的“送走它”无法说出口，被迫开启了争宠生活。

卿卿外出回来，他跟小猫一起迎上去。猫比他灵活，率先占据卿卿的小腿，喵喵叫着吸引她的注意。

云卿只好把它先提起来，再去顾及霍云深，亲多少下也叫他闷闷地不满。

吃饭时候它更会撒娇了，娇软无力地往云卿脚边一伏，等她投喂，原本好好的甜蜜时光也被搅和，得把它算在其中。

霍云深趁云卿不在家，把小猫拎起，恶声恶气警告：“再缠她，把你送走。”

小猫“喵喵”冲他龇牙。

霍云深冷着脸，半晌后低低地说：“别和我抢她。”

小猫这次没叫唤，停了停，很矜持地轻轻舔了他一下。

云卿发现不知道从什么时候起，小猫变得超独立，每天懒洋洋地晃在猫爬架上，也不那么缠人了，吃吃喝喝无比放得开，过得闲散舒适，没事瞥一眼家中一霸霍云深，克制地舔舔爪子。

霍云深浑身竖起的刺总算放下一些，也肯给它喂喂猫粮，到晚上让它自己老实睡客厅的猫窝，关上卧室门，独占卿卿。

云卿笑着闹他：“你还吃小猫的醋。”

“吃。”他承认，“抢你注意力的，都吃。”

云卿亲亲他的嘴角，拉他躺在床上：“今天时间还早，我们看电影。”

比起去电影院，云卿更喜欢和他靠着依偎着，在家里看，霍云深买了投影仪，可以映在雪白的屋顶和墙壁上。

看什么并不重要，重要的是跟她亲密无间地拥在一起。

霍云深起初并没有注意电影，心思都在卿卿身上，后来见她眼眶潮湿，他才转向画面。

故事里，情深的爱人被拆散，女主角意外失去记忆，跟昔日的男友再见面时，把他当作陌生人。

他心头莫名绞痛，被突如其来的惧怕淹没。

电影放完，霍云深许久说不出话，只用力抱着怀里的人，鼻息很重。

云卿也还沉浸在伤感的情绪里，戳戳他冰凉的脸：“你想什么呢？”

他沉默，微微咬牙。

云卿恍然，往他胸口更紧地贴了贴，有些好笑地问："是不是担心我也会忘了你呀？"

霍云深咬她的唇，哑声抗拒："不准瞎说！"

云卿笑他可爱，又觉得心里泛酸。他总是害怕失去她。

她柔声说："别怕，我要是真敢忘了你，你就把我逮回来，绑在卧室里，哪儿也不让我去，每天只看你，只想你，直到我记起来为止。"

霍云深不能想那种画面，心里钝痛，故作轻松地说："我真的会绑。"

云卿怕他暗自难过，干脆找来一条丝巾，递给他："现在绑也行，反正我不跑。"

霍云深看着小姑娘满是爱意的眼睛，当真把她纤细的手腕系在一起，又慢慢拆开，低声一步步教她："这个结只有我会解。"

云卿靠着他的肩："现在我也会了。"

静谧夜里，窗外夜色深沉。

霍云深揽着爱到骨子里的人，低声问："卿卿，我这么占着你，患得患失，不给你自由，你会烦吗？"

云卿摇头，把脸颊埋入他温暖的颈窝里，轻轻说："你给我绑的结虽然解开了，但我仍然待在小笼子里。"

霍云深喉间涩然滚动，笼子……

她根本不给他乱想的机会，笑得格外甜："是名叫霍云深的小笼子，我心甘情愿住在里面，这一辈子只想爱你，不想逃脱。"

霍云深默默对未来做了很多计划，他想早点跟卿卿结婚，给她好的生活，云家亏待她的，他都要补齐，让她做他一个人的大小姐，应有尽有。

卿卿上课的时候，他没命地工作，几年里各行都做过。凡是沾过手的无一不精，卿卿休息的时候，他也尽量装作不忙，不让她担心。

云卿刚上大三那年的秋天，霍云深单独存了一笔钱，惦念着要给她买一枚更好的戒指。

桥上求婚时的那枚太细太小了，卿卿每天爱不释手地戴着，在学校里被无数人打量议论，他总觉得不够好，心里难受。

钱存够的那天，霍云深第一时间去珠宝店，买下看了许久的钻戒，准备晚上回家就给卿卿戴上。

但首饰盒刚刚贴身放好，他就接到加班的电话，忙完已经是深夜，到家推开门时，云卿赤脚窝在沙发上，乖乖缩成一小团，抱着小猫崽等他等到睡着了。

霍云深放轻脚步过去，小猫敏锐地先醒了，很知趣地跳下沙发，回自己舒服的窝里。

他蹲下身，亲了亲云卿的额角，把她抱到床上。

“云深……”云卿半梦半醒地睁开眼，“你回来啦，今天好晚。”

的确好晚，墙上的钟都过了十二点。

霍云深心疼地搂着她，低声哄：“明天不用工作，陪你。”

他为了多存钱，连续加班了很久，终于能完整地守着她一天。

云卿迷糊着，听完也温柔地笑，很自然地闭着眼接他的话：“那你明天陪我去上选修课。”

“好。”

“陪我吃学校门口的那家米线，听说好吃。”

“好。”

“还要去手工店，做一对陶制的风铃挂在阳台上，风一吹就会发出清脆的响声。”

她说的都是琐碎日常的小事，霍云深却听得入迷，抚着她温软的脸颊，俯下身轻轻地吻，一遍遍答应：“好，明天就去。”

云卿往他怀里拱了拱：“深深睡觉。”她撒娇时，会带着鼻音喊他的名字，更亲昵。

霍云深舍不得叫醒她，把带着体温的首饰盒放在枕边，想明天一早醒来再给她戴戒指。

他跟她还有数不尽的时光，不急在这一晚。

霍云深辛苦了很久，在外面的时候不知疲倦，等躺到卿卿的身边，才觉得精疲力竭。他把她抱得更紧些，也合上眼帘。

他入睡前还在想，除了卿卿提的那些，明天他还要带她去逛街，买她喜欢穿的小裙子，不让她再顾虑价格。

夜很静，好似是个平和甜蜜的晚上，霍云深也好长时间没睡得这么沉过。

清晨天亮时，他感觉到卿卿似乎醒了，柔软的手指在摸他憔悴的眼，小声说：“你再睡一会儿，我去买早餐。”

云卿知道他最近好累，难得不用早起，她要是在家做东西又要弄出响动，不如去楼下买他喜欢的小包子，很快就回来，放在保温盒里也不会凉。

霍云深嗓音沙哑地反对：“外面冷，等我去买。”

云卿没再说话，耐心等到他再次睡熟，才小心翼翼地钻出他的臂弯。

虽然路程不远，她还是在桌上留了张纸条，怕他万一起来找不到她会担心。

云卿拧开锁出去，门板在她身后缓缓关闭，只发出了很轻的一声，却像是割裂了整个世界。

霍云深醒来时，天光已然大亮，他怀里是空的，床单冰凉。

“卿卿。”

没有人应。

霍云深急忙下床，客厅里阳光明媚，空气里浮着细细的尘埃，小猫蹲在门口“喵喵”叫。

卿卿十点有选修课，是不是等不及先走了？他答应陪她的。

霍云深边穿外套，边拧眉打电话。云卿的手机关机，他心里涌上强烈的不安，在即将出门去学校前，看到了桌上的纸条。

她去买早餐，却根本没有回来过，那些原本还悬着的恐慌，在这一瞬爆炸，他脸上的血色渐渐褪净，夺门而出。

霍云深先赶去学校，联系云卿的舍友和同学，没人见过她。选修课的教室里人群熙熙攘攘，他僵冷地守在后门，眼睛盯得赤红，也没等到她从来都准时的身影。

他的心被看不见的刀子反复捅穿，赶回去把家的附近找遍，能问的人全问过。到后来谁见他都要躲，被他情绪失控的瘆人模样吓到回避。

霍云深手上不知道什么时候划出了几道伤，他就死死摁着血口子，用疼痛警告自己。

卿卿只是遇到麻烦耽搁了，她手机没电才会关机！很快……她很快就会回家，找他诉苦，不管谁欺负她，他都马上给她讨回来！

时近傍晚，霍云深薄弱的忍耐力被消磨殆尽，他最后一次跑上楼，想回去看看卿卿是不是已经到家了。他的脚迈上最后一级台阶，夕阳漫进楼道窗口，映亮了墙角一串细小的水晶珠。

他定在那里，足有十来秒没动，浑身沸腾的血液继而轰隆涌上头顶，冲得他耳中嗡鸣。

他手抖着拾起来，是卿卿最喜欢的一条手链，她最近每天戴着，也包括昨晚。他睡前吻她的手腕时，还用唇碰过。

霍云深连夜闯进云家。

能这么快，这么准确带走卿卿的，云家是最大可能。

他以为会遭到阻碍，做好了拼命的准备。然而云家已经乱成一团，夜里灯火通明，云成泽续弦的妻子带着儿女哭天抢地，把花瓶摆件胡乱砸向霍云深，歇斯底里尖叫。

一家子人恨死了云卿，怨她不配合，才会害云成泽身死。

她们单知道云家资金出了问题，拿云卿去换钱，却并不清楚到底要把云卿送给谁，带去哪儿，一味咒骂泄愤。

“云卿？你还有脸问云卿！家里天天好吃好喝养着她，用得着的时候让她奉献，不是应该的？！”

“她以为云家的大小姐那么好做？！什么都不付出就想坐着享福吗？想得倒是美！”

“就算霍家的继承人已经销声匿迹，这门婚事多半不成了，那把她转手给别人家也再正常不过！”

“要不是她反抗，她爸爸能兴师动众用私人飞机送她走！如果不用，怎么会出事？飞机怎么会半路坠毁，连尸骨都找不回？”

霍云深站在云家的客厅里，一动不动。

他甚至低哑地笑出来：“你说什么？他绑走卿卿，飞机出事了？”

他的神色实在恐怖，加上关于他的种种骇人传闻，吓得云家人一时傻住，浑身发冷。

霍云深像听到什么天方夜谭，猛地厉声大吼：“你再敢说一遍！”

云家人脱口而出：“是！云卿空难死了！消息刚传回国内！你问几遍都是这个结果！她根本不知道掉在哪儿，尸体很可能都烧没了！你这辈子也别想再见到她！”

霍云深极力支撑着的世界，在这一刻天塌地陷。

后来有很久，久到他都记不清自己到底是怎么活着的，他没哭，一滴眼泪也不掉，因为他根本就不相信。

他翻遍云家，又疯魔了一般，机械地去找她，家的周围、大学、中学，所有卿卿曾经去过的地方，可能会走的路，他全部去试。渐渐地，大家都知道有个长得好看却癫狂可怕的疯子，执拗地找人，不听任何人劝阻，就是固执地找一个已死的人。

炼狱似的日子一天一天地过去，空难的证据很快越积越多。

尸体一直没有寻到，云家人向法院提交了云卿境外事故失踪的讯息，等三年时间一到，就将正式宣告云卿的死亡。

那些比刀刃更锋利的图文材料，被云家恶意地散播到霍云深面前。霍云深把材料撕碎，揪住人就不顾一切地打。

无声深夜里，他一个人攥着滴血的拳头，把那些碎片捏在掌心，蜷缩在家里最黑的角落，埋着头，慢慢发出扭曲的嘶声。

但仍然没有哭。

卿卿还在，她不会死，她不会把他扔下。

卿卿只是找不到回家的路，在等他去救她。现在他没能力救，那他就不惜一切代价，把救她需要的资本掠夺到手中。

霍云深已经瘦得不成样儿，黑色的眼瞳里却迸出阴冷的光。他谁也没带，单枪匹马端了霍家的老宅，混乱中，他那个道貌岸然的爷爷直接被送进医院抢救，一命呜呼。

几年来，霍氏一直有大股东在暗地里示意他，允诺助他夺权，以为他是个渴求一步登天的卑微弃子，给一点好处便会摇尾乞怜，很简单便可成为一个完美的傀儡，拿来受他们操控，以便吞掉整个集团。

之前霍云深从不理睬，唯恐涉及家事，对卿卿有任何危险。再多钱权，也比不上卿卿一个指尖。

但如今，他没有任何犹豫地走上这条路。

傀儡？那就看看，让他做傀儡的人，拿原本属于他的东西来要挟他的人，最后是什么下场。

为了夺权，霍云深什么都做，在滔天的利益倾轧下，半年里他身上受的伤不计其数，连枪伤也不能幸免。最重的一次几乎失去意识，他不肯留在医院，执拗地撞开家里的门，奄奄一息靠在玄关她跑过跳过的地板上，对着虚空轻声说话。

“我受伤了。

“卿卿，我疼。

“家里的绷带我找不到，血还在渗，你不管吗？

“你不回来，管管我吗？”

夜里静得连呼吸声也无，他不敢进卧室，就那么直勾勾地盯着前方虚掩的门板，想象卿卿在闹脾气，躲着不见他。他苦笑：“卿卿是不是生气了？你不理我，是怪我太慢，还没有找到你吗？”

“乖，等我。”他滑倒在地，血浸透衣服，“再等等我。”

半年前没有人放在眼里的疯癫弃子，半年后凭着狠绝的手腕扫平一切障碍，夺得大权，利用他的几个股东作茧自缚，下场无一不凄惨。

霍云深毫不手软，将霍姓里害过他的那些所谓家眷依次铲除；把云家彻底毁掉，将曾对云卿有过伤害和不敬的人一个一个踩入泥里。

整个圈子风云震荡，没有人不知道，霍氏那个新的掌权人，心狠手辣，人性尽失，为争夺家产不择手段，将自家人和过去的姻亲家族全都赶尽杀绝。

昔日人人畏惧躲避的那条疯狗，坐实一切狼藉的恶名。

但偏偏就是他，在撕心裂肺找着丢失的爱人。

找不到。

他坐上了高位，传说霍氏手眼通天，可用尽了方法，依然没有她的消息。

闵敬陪着霍云深腥风血雨走过来，再难再危险也从不曾动摇过，却在看到寻人无果，霍云深日渐崩塌的样子后情绪失控。

“哥，你能不能面对现实？”闵敬实在没办法了，“云卿已经死了！你不可能找到她！”

霍云深冰冷刺骨的眼睛盯着他：“你说什么？”

闵敬脊背发寒，不敢重复，低下头难过，默默安慰自己，总需要时间的，等三年期限一到，云卿的死讯确定，深哥应该就能接受事实了。

霍云深独自走出集团。

天晴，没有风，很像他弄丢她的那一天，他答应过的事，还一件都没有做。

他先去云卿的大学，进了当初，他本该陪着卿卿一起上选修课的那间教室。

教室里的人坐满大半，教授在前面慢悠悠地讲哲学，年少的男男女女在下头懒散地听着，阳光透入窗子，照得桌椅一片明亮。

霍云深挑了最后一排的位置，安静地坐下。

以前他陪卿卿上课，总喜欢在隐蔽的位置，周围翻书声细碎，他就在桌子下面，偷偷拉着她的手，把她细细的十指爱惜地抚过，看她脸红。

霍云深沉默着坐了许久，又一个人去校门口的米线店，点了两碗热腾腾的米线。

一碗是他的，很素；另一碗是卿卿的，能加的配菜全加了一遍。

以前他还没什么钱，总想在自己身上省着，所有的钱都给卿卿花。卿卿经常心疼，把碗里的东西都夹给他。

米线放到冷，霍云深只吃了一口，笑着自言自语：“卿卿，你被骗了，不好吃。”

又酸又苦，不能下咽。

纵使那么难吃，他还是打包带走，接着去以前卿卿摇头感叹过的昂贵商场，一家店一家店给她买裙子。

卿卿很瘦，腰窄窄的，最小码就足够了。

他提满了袋子，傍晚时又到了卿卿向往过的手工店，里面能做陶艺的风铃。

霍云深没做过，第一次学，风铃的工艺复杂，做好一对需要很久。

到了晚上店里打烊，他才完成，回到出租房里，把风铃挂在阳台上。

卿卿说过：“风一吹就会响——”

她那晚困得很迷糊时还轻轻地补充：“我听过别人做的，有时候响得频繁，像很温柔的说话声。”

霍云深进卧室，在衣柜里捧出一套云卿常穿的衣服，抱在怀里，坐到阳台边的地上。

窗户开着，深夜很凉。

他在等风。

直到许久后，一阵风穿堂而过，吹动悬挂的一对风铃，发出柔和内敛的撞击声，像说话，像笑，像从前无数次她靠在他怀里温软的耳语。

霍云深从未流出过的眼泪，在这一瞬突然决堤。

他抱紧她的衣服，上面早已没有了她的气息。他瘦削的身体不断收紧，嘶哑地恸哭着，蜷成无人知晓的一团。

这夜过后，霍云深的精神状况已经岌岌可危，闵敬秘密请来脑神经科权威的何医生来给他治疗。

何医生初见霍云深，几乎不敢相信这是外界传说中冷酷绝情的霍总。

男人待在阴暗的角落里，身上到处是血迹，有些是自己伤的，有些是口中滴落的，如果不是一双猩红的眼睛要把他吞下，根本不像个活人。

何医生颤声说："霍总，你接受我的治疗，我能让你梦到云小姐。"

霍云深太长时间没有梦到卿卿了，她不肯来找他，他就一遍遍听她发过的语音，看她留下的视频，想求她入梦，然而每一个痛苦不堪的深夜里，他总是迟钝地意识到，他连入睡都做不到。他好想见她。

霍云深躺上何医生的诊疗床，时隔这么久，再一次在短暂的梦幻泡影里见到卿卿。

她还是那年长发垂肩的样子，娇娇地朝他跑来，扑进他怀里。

霍云深战栗着去抱她，手却摸不到任何实体。

他在治疗中崩溃呕血，吓得何医生面无人色。

何医生有些感同身受，也落了泪，低声说："霍总，你不能出事，云小姐还在等你。"

卿卿在等他。

霍云深麻木地吃药，打针，勉力维持着身体不垮，却还是在三年期限来临，云卿的死亡宣告交到他手中的那一刻，精神坍塌。

他高烧不退，闵敬脸色难看地来汇报，艰难地启齿："哥，那只小猫，快不行了。"

霍云深一直把它妥帖地养在可靠的宠物中心里，时隔许久再见，它还是懒洋洋地趴在自己带去的窝上，闭着眼睛。

听到霍云深的脚步声，它艰难地睁眼，挣扎着爬起来，挪到他面前，把毛茸茸的下巴垫在他手上。

"你要去找她。"

男人的嗓音早已嘶哑不堪。

小猫吃力地舔他一下，枕着他冰凉的手指，安安静静没了声息。

闵敬扭头出去，在外面崩溃地大哭。

霍云深几个小时后才出来，怀里抱着已经变冷的猫，没开车，一步一步走到曾经总和卿卿一起约会的小山坡上。

那里绿植多，在山头能看到家的方向。

他把猫裹好，装进合身的小匣子，放入土中，把它生前喜欢的玩具都放在一起。

他低低的声音似哭声，被风吹开："别以为你先去，就能独占她。"

霍云深在那一晚恍惚入睡，梦到了卿卿。

她对他说："别等了，这个世界上没有云卿了。"

霍云深在冷寂的凌晨睁开眼，泪水顺着眼角，流过高烧的脸颊。

"卿卿，别跟我告别。"

等天亮，霍云深不动声色地处理集团后续的工作安排，多给闵敬留了一个大额的账户，连轴转了两天后，换上一套卿卿会喜欢的衣服，带上那枚没来得及送她的戒指，把车开上跨江大桥。

卿卿说，如果一个先走了，另一个来这里，不管相隔多远，灵魂都能归到一处去。

她曾把面粉沾上他的头发，问他这样算不算白头。

他说不算，一辈子走到头，至死奔着她去，才能算。

那一夜极冷。

霍云深抓着跟她一起靠过的栏杆，垂下眼，恍惚看到久别的卿卿就站在粼粼的江水之间，望着他笑。

他踩到高处，毫不犹豫松开手，即将一跃而下。

卿卿，江水很凉，求你抱抱我。

呼啸的风声里，急促的脚步朝他逼近，有一只温暖柔软的手，猛然攥住他的手腕，让他回过头。

第十七章
完结篇

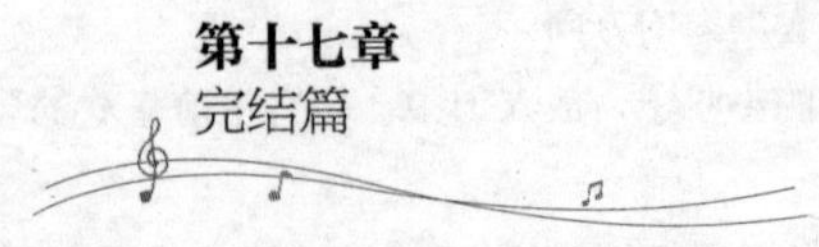

清晨天亮，阳光慢悠悠透入窗帘上刺绣的缝隙，丝丝缕缕照亮卧室的地板和凌乱的大床。

霍云深忽然从漫长的梦里惊醒，额上布满冷汗。

他梦到少年时的自己和卿卿，浓墨重彩，刻骨铭心，最后分离的三年像是凝成苦痛的水潭，他沉到底时，被卿卿的手一把拉起。

霍云深一时分不清时间，也不知道自己身在何处，那些锥心刺骨的疼仿佛还在，让他呼吸困难。

他半睁着眼，伸手去抓身旁的人，生怕幸福也是梦幻泡影，但有一双手臂比他更快，紧紧缠上他的腰，随后，他的肩膀被毛茸茸的两片潮湿蹭得水迹淋漓。

是言卿带着泪的睫毛。

她用力抱着霍云深，意识还不太清醒，哽咽着说："深深，我……我梦到以前了，我每天去四中追着你跑，跟你在小阁楼里一起睡，除夕晚上包饺子，还梦到……"

霍云深心脏震颤。

言卿哭腔更浓："我不在的三年，你，你过得那么苦，身上全是血，一个人蜷在家里没人管，还跑到学校去听课，做风铃，风铃一响，你就搂着我的衣服哭。”

后面的言卿说不下去了，她在无比真实的梦里，重新见到了霍云深要坠江的那一刻。等睁开眼，发现早就过去了很多年，可那一瞬间爆发的心疼和爱意，只能变成眼泪肆意淌出来。

言卿无法满足于这么抱，她推着霍云深，让他躺平，手忙脚乱爬上去，整个人贴到他身上，才算安心。

霍云深用指腹抹掉她眼角的泪，哑声说：“我们做了一样的梦。”

言卿怔住，随后目光变柔，侧过头在他的手腕上吻了一下：“我跟老公连梦也可以同步了，是不是证明夫妻连心？”

霍云深扣着她的后颈，翻身将她压到怀里，低沉地在她耳旁应道：“当然。”

他眼里还有阴霾退不下去，言卿看着难过，在老公的下巴上亲亲，乖巧地很小声地说：“生日快乐。”

今天是霍云深的生日，一整天她都陪他。

霍云深贴在她颈侧厮磨，她的气息鲜活温柔，紧密包裹着他，驱散掉他眸底的那些恐惧和苦涩。

他的卿卿早就回来了，再也没人能让她离开，她跟他有了家，朝夕厮守。

霍云深的声音嘶哑：“不好的都结束了。”

言卿跟他交颈相贴：“结束了，以后我家深深只有甜。”

她任由他拨开睡裙的肩带，然而他的吻刚刚落到她锁骨上，紧闭的卧室门外，就蓦地传来一声沉闷巨响。

听起来还有段距离，应该在楼下，但房门和墙壁的隔音效果很好，加上一层楼的高度，还能听这么清楚，显然是出了不小的事。

言卿满心的旖旎顿时被吓走大半，想到某种可能，赶紧拽着霍云深起来，匆匆穿上拖鞋往外跑：“肯定是柚柚怎么了！”

霍云深拉她回来，把长睡袍给她裹上，系好腰带：“别急，他到现在也没哭，出不了大问题。”

根据霍先生对某只小甜柚的了解，多半是又手痒折腾什么东西了。

自从满了四岁，小家伙的行动能力越来越强，总忍不住到处摆弄。

虽说极有分寸，可也难免会偶尔不小心碰坏几样。

不过这才天亮不久，幼儿园休息，柚柚应该多睡觉，起这么早的确有些反常。

霍云深牵着言卿走出卧室，在楼梯口往下看，客厅里一切正常，倒是厨房区域传来持续的响动。

走得越近，听得越清楚。

柚柚奶正使劲儿憋着泪，抽抽噎噎念叨：“不能让爸爸妈妈知道哟，我不疼，我再试一次，肯定就能做好了。”

他说得很认真，但家里并没有别人。

言卿听得更心急，加快脚步拉着老公跑过去，刚转过拐角，视线能够触及柚柚的时候，她的脚步就不禁一顿，吃惊地盯着厨房里匪夷所思的一幕。

柚柚才一点儿大，居然自己搬了把卡通小板凳，站在料理台前，手边不远还端端正正放着个猫咪玩偶，坐在那儿像是在陪他。

他的袖子挽得高高的，露出又短又嫩的小胳膊，两只小手并在一起，努力控制着对他来说尺寸过大的汤勺，在冒着烟的锅中拼命翻搅。

更离奇的是，抽油烟机是正确打开的，他还专门选了电磁面板这边操作，避开了危险性更高的燃气明火。

要不是他脚边扣着个从台面摔下去的锅，自重很大，惊天响了一声，还不知道什么时候才会被发现。

言卿惊疑地跟老公对视一眼，不想吓到柚柚，轻手蹑脚靠近他，往他忙碌的锅中看。

里面烧着滚水，他肉乎乎的手背上红了一小片，显然是被烫到了。

言卿终于忍不下去，眼明手快地一只手关了开关，一只手把他抱起，拎起他的小爪轻轻吹，焦心地问：“柚柚，你做什么呢？手都烫伤了！”

柚柚眼睛睁大，看着意外出现的爸爸妈妈，还挣扎着想收拾现场，可惜被抱着一下也动不了。

他补救失败，确定小秘密彻底曝光藏不住了，这才鼻子一酸，委屈地抿着嘴巴，垂头丧气地低下小脑袋。

客厅里，霍云深跟言卿相对而坐，膝盖几乎贴着膝盖，柚柚绷着小身子待在爸爸腿上，难过地鼓着脸蛋儿。

“霍柚柚，”言卿难得严肃，“家里随时有热水可以喝，烧开水会烫伤，非常危险，妈妈教过你很多次的，你忘了吗？”

“没有忘。”柚柚小奶音怯怯的，“妈妈，对不起。”

他认错态度这么良好，言卿哪还舍得说重话，俯下身看他的眼睛：“到底怎么回事？”

柚柚探索欲旺盛，对什么都好奇，头脑聪明学得快，动手能力也强，但他从没有触过危险区，非常懂得该做什么，不该做什么，像这样还是第一次。

霍云深见柚柚要哭了似的，把他受伤的小手托起来，拧开药膏，交到言卿手中。

柚柚泛着红的幼小爪爪搁在爸爸暖热的掌心里，还被妈妈小心翼翼涂着药，眼睛眨巴几下，忍不住泛红，小声说：“我在幼儿园，拜托老师给我讲的步骤，她不知道我要干什么，以为我只是好奇，我回来，在家里的厨房比对了好几天，才学会怎么开关那些。”

他的鼻音软软的：“火很危险，不敢用，就用不带火的。我自己有点紧张，就让猫猫陪我听我说话，本来想烧水，可是烫到了，撞上那个锅，才会掉的……要是爸爸妈妈不来，我已经，已经……”

霍云深抚着他的头，沉声问：“已经什么？”

柚柚仰起头，注视着爸爸漆黑的眼睛，又望了望妈妈担心的脸，自责地“呜”了一声：“我已经把面煮好了！”

他扭过身，把毛茸茸的小脑袋撞进霍云深怀里，抓着他的衣服，磕磕巴巴地说：“爸爸今天过生日，早上应该吃面。妈妈昨天工作到好晚，也会累。我不想让你们辛苦，就想自己煮面给你们吃。”

客厅里一时寂静。

霍云深低眸盯着失落的小家伙，有些不可思议地看向言卿。

言卿也屏住呼吸，眼眶微微发热。

她跟深深的小柚子，还是个一点点大的小朋友，却偷偷筹备了好多天，学习那些超出他年龄认知的东西。明知道有危险，宁可跟猫猫玩偶对话壮胆，也要去尝试烧开水，手烫伤了还喊着不疼，到头来，只是为了煮一碗爸爸的生日面。

言卿蹭掉眼角的泪，仔细给柚柚的手背上药，到处都抹好了，才牵着他的手指说："柚柚，你要记得，水可以不烧，面可以不煮，你还小，任何对你有害的东西，你都不需要冒险去碰。在爸爸妈妈心里，柚柚的安全才是最要紧的。"

她歪着头，柔和地看他："柚柚的小手烫伤了，对爸爸妈妈来说，再多其他的也补不回来，明白吗？"

柚柚在爸爸这边抱够了，马上又扑进妈妈臂弯里，蹭着她的颈窝，用力点头。

他知道了，柚柚最宝贵，弄伤了，爸爸妈妈都会心疼。

言卿揉了揉柚柚的小脸儿，亲亲他的额头，站起身："好啦，换我去煮面，有没有人要围观？"

大霍先生和小霍宝宝实打实地积极。

最终言卿含笑站在料理台前，霍云深从身后拥着她，柚柚则取代了猫猫玩偶的位置，坐在旁边认真观摩，爪爪包着绷带也不影响小海豹式鼓掌。煮面的几分钟里，他清脆地夸奖妈妈，内容就没重样过。

"妈妈好棒！烧水都是香的！

"水烫我，不舍得烫妈妈，因为妈妈比柚柚还可爱！

"爸爸的生日面要单独长长的一根，不能断——妈妈厉害——煮得好好——"

他的眼瞳里亮闪闪的全是光，哪怕看着一锅妈妈烧的水，一只家里普通的碗，爸爸有时朝他扫过来的一个眼神，也能溢出满满的幸福。

霍云深静静看着专心学煮面的柚柚，心里有隐隐的波动在延绵。

他的生日……

原本象征着亲情的日子，从小开始就赋予了太多阴暗恨意，他只为卿卿过，也只有卿卿会在乎。

从前的禁忌，是卿卿把它变成值得庆祝的欢愉；现在……卿卿给予他的这个小家伙，也认定了他的生日那么重要吗？

一家三口吃过早饭，言卿还惦念着昨夜的长梦，难得有一天假期，又是周末，就算大学人多，不方便去，至少她能跟霍云深回以前的中学逛逛，把他心底沉埋的那些伤痕全部抚平。

霍云深笑了笑，摸摸她的鬓发："老婆比我早说了一分钟。"

他也想。

言卿眼眸弯弯："如果那家米线店还在，我们也可以去吃。虽说离大学很近，但位置僻静，小心点应该不会被拍到。"

霍云深果断地说："还在。"

"你怎么……"言卿的"知道"两个字还未说出口，恍然意识到什么，怔怔地跟霍云深对视。

他的目光柔而沉："还是那对老夫妻，两年前打算关店，我买下来，让他们继续开着，想以后有一天你回来了，我们去尝尝。"

言卿合眼，靠上去抱住他，轻声说："好，今天就去。"

她这边话音刚落，楼梯上就传来小脚丫扑腾的声音，柚柚听说爸爸妈妈要出门去玩，就马上冲回自己房间里，套上早就准备好的红毛衣，戴上一顶妈妈给挑的小狮子帽帽，欢欢喜喜地下楼，直冲到两个人腿边，一把搂紧。

他帽子前面还有两个摇来晃去的火红小毛球，这会儿跟着他仰头的动作，活泼地来回抖动。

柚柚甜甜地说："我也要去！"

霍云深垂眸看到小家伙这一身打扮，微微失笑。

眼前哪还是他家小孩儿，活脱脱一只喜庆灿烂的小舞狮，连圆头鞋子上都是红彤彤的毛球。

霍云深捏捏柚柚的脸蛋儿："怎么穿成这样？"

柚柚骄傲地说："因为爸爸生日是特别好的大日子，必须要穿得很红很红来庆祝！"

言卿给小甜柚比大拇指，把他拎起来，送到霍云深怀里。

霍云深接过美滋滋的小舞狮，终于问："柚柚，爸爸的生日有那么重要吗？"

柚柚惊讶地睁大眼睛，痛快地回答："当然重要！因为爸爸来到这个世界上，成为最坚强最厉害的人，才会遇到那——么好的妈妈，又有了那——么可爱的柚柚！"

霍云深不解地瞧着他。

居然会有一个根本不了解他过去，不知道他传闻的小奶娃，跟卿卿一起，无条件地信任肯定他。

一家三口出门的时候，上午的风最是柔和。

霍云深没有叫司机，自己开车，言卿坐在副驾驶，手被他攥着，柚柚超乖地爬进后排，把手机的摄像头调出来，兴致盎然地给爸爸妈妈从后面拍照。

去中学和米线店之前，霍云深先带言卿去了另一个地方。他已经提前知会清了场，店门关着，今日只为他们开放。

言卿隔着车窗见到那个门脸，有些恍惚，霍云深拥着她下车，牵上柚柚，低低地对她说："我不仅会做风铃了，还学会很多新的玩意儿。"

当年的那家手工店还开在原来的位置，牌匾被风吹雨打，却丝毫不显得沧桑。

霍云深手把手教言卿做简易的小人，塑出长头发、纤细的腰身，涂上白裙红唇，又做出总爱穿黑色的他，很高，脾气硬邦邦的，遭人畏惧，只会讨她一个人喜欢。

小舞狮柚柚在店里跑了无数圈，跟老板仔仔细细地学，一会儿工夫过去，居然也像模像样做出了三个圆滚滚的陶铃，用红线穿在一起，晃起来叮叮咚咚地响。

熟悉的声音，让霍云深抬起头。

柚柚挥舞着铃铛冲过来，举高了献宝似的说："两个特别好看的是爸爸妈妈，还有一个丑一点的是柚柚！一家人在一起！"

霍云深把柚柚揽到臂弯里，把他的陶铃爱惜地放下，跟言卿一人牵着他一只小手，教他也做了个萌萌的小人，跟之前两个小人亲密地靠着。

"这个是我吗？"柚柚开心地问。

霍云深的笑声低沉："是，我们一家人在一起。"

接近中午时一家三口去了米线店，老夫妻俩手艺依旧，霍云深紧握着言卿的手，眸底微红，声音不知不觉发哑："我只吃过一次，酸苦的。"

言卿跟他十指相扣，含笑着问："这次一定好吃，你信不信？"

霍云深点头："你知道，好吃的从来不是米线，是卿卿。"

柚柚被喂得小肚子圆滚滚，精神百倍地牵着爸爸妈妈的手，积极地问："我们是不是要去学校？"

言卿好奇："柚柚，你这么爱上学？"

柚柚小脸儿红了，实话实说："因为学校里有滑梯。"

霍云深倾身，吻一下言卿的眼尾："柚柚跟妈妈一样。"

喜欢玩儿的一样，连爱他也一样。

宁华中学和海城四中依旧是过去的样子，中间一条长街，换了铺面，换了树木花草的品种，但无数次用脚步丈量过的路程，却永远不会更改。

经过当初救了卿卿的小巷口时，霍云深停下。

柚柚天真地问：“爸爸，你在看什么？”

“看打过架的地方。”

柚柚惊奇地“哇”了一声：“我爸爸打架一定超厉害！”

霍云深意外地扬了扬眉，问他：“你不怕吗？”

柚柚挺胸：“当然不怕，爸爸那么好，打的都是坏人！”

霍云深目光放柔，对他说：“但你不能学，给你时间，想想为什么。”

柚柚马上举手：“现在就想好啦！不是不能学，是柚柚不用学，因为有爸爸在，再也没有坏人敢欺负妈妈！”

霍云深弯下腰，跟柚柚额头相抵，语气含笑：“我家柚柚真聪明。”

他直起脊背，单手扶着柚柚的小身子，不让他朝上乱看，另一只手揽过言卿的腰，贴在她耳畔，嗓音沙哑，厮磨着她的耳朵。

“卿卿，我在这里欠你一样东西。”

言卿凝视他：“什么？”

“如果当初我记得，你来找我的那个晚上，我应该吻你。”

说完，他低下头，浅浅覆上她的唇。

欠卿卿的，是他迟到的初吻。

柚柚知道，每次爸爸这样不让他看，一定就是在亲妈妈。

亲亲是最甜蜜的事，他猜妈妈会不好意思，所以很乖地从来不乱动，老实待在爸爸身边，一双小手捂着嘴巴偷偷笑。

但是今天不一样，他要不听话一次。

柚柚从衣服兜兜里拽出对他来说有些大的手机，把摄像头换到自拍，小心翼翼从爸爸的手掌心里挣开，往外挪出几步，调整最好的角度，把自己的脸和后面爸爸妈妈亲昵拥吻的画面一起拍进屏幕，不出声地连拍了好多张。

拍了不算完，他还要检查。

柚柚垂着小脑袋点开手机相册，像守着满山洞财宝的小龙幼崽一样，拿小爪子细数自己的成果。

确定超好看、超完美，他就满意地笑出一排小白牙，他晚上要送给爸爸的生日礼物，终于可以在后面添上最合适的结尾了。

“柚柚，”言卿脸色绯红，在意犹未尽的霍云深背上轻轻安抚几下，把小家伙召唤回来，“爸爸妈妈带你去找滑梯。”

柚柚敏捷地收起手机，欢呼着奔到爸爸妈妈怀里。

宁华中学和海城四中没有这么童真的娱乐设施，但附近那个小公园里的滑梯还在。以前上学时，言卿总爱来这里，从高高的位置朝他滑下来。她不在的三年，他经常独自一个人去那儿守着，等根本不会出现的身影。

小公园下午人不多，仅有的也是年纪大的老人家，对当红的明星根本不熟悉，只觉得这一家三口格外惹眼，欣赏地看一看，没人去围观偷拍。

滑梯年头太久，外表已然斑驳，言卿抬头望了望，忍不住眼眶发涩。

她摇晃霍云深的手：“深深，你要接住我。”

霍云深揉她的头发：“当然。”

言卿舍不得跟儿子抢玩儿的，蹲下身，拍拍柚柚的小肩膀：“柚柚先去。”

柚柚牵住她的手：“我想跟妈妈一起滑。”

时隔那么多坎坷的岁月又坐到这里，言卿有一瞬像是回到了跟霍云深朝夕相伴的少年时，她还是被他护在羽翼下的少女，只不过少女已经给他制造出了小崽崽。

小崽崽被妈妈搂着，兴奋地举起小胳膊脆声叫：“爸爸，我们来啦！”

霍云深蹲下来，张开手臂，嘴角含着笑。

言卿抱紧柚柚滑下长长的坡道，犹如穿过那些尘封的苦痛时光，重新落入霍云深的怀抱。

她撞在男人跳动的心口上，轻轻说：“深深，我真的回来了，以后你再也不许伤心了。”

霍云深把一大一小用力揽着，尾音微颤：“好。”

傍晚时回到家，生日的晚餐是言卿提前选菜色订好的，不需要自己动手。但她还有大任务，虽说不用为做菜忙碌，但每年的蛋糕必须亲手做。

言卿在厨房挤奶油时，用指尖抹了一点蹭在霍云深的唇上，想给他尝尝。

霍云深不动，笑着看她，低低地说：“老婆，嘴唇上沾东西了，好像很甜，你帮我尝。”

言卿戳他：“居心不良。”

霍云深逼近，理所当然地回应着：“老婆帮我。”

言卿不客气地捏着他的下巴，仰头亲了亲，和他分享奶油，明知故问：“这么尝够不够？”

“不够。”

蛋糕做了快一个小时才算搞定，言卿惊奇地问：“今天小馋猫这么安静，到家了就跑回自己房间里，居然都没出来？”

前两年做蛋糕的时候，柚柚就在厨房打转，等不及要吃水果和切掉的蛋糕坯，今晚倒是神神秘秘。

晚饭时，柚柚换了件特别正式的白色小衬衫下来，手背在身后。

霍先生的生日歌是如今乐坛如日中天的歌后和天籁小童声的合唱，等吹完蜡烛，柚柚一本正经爬到椅子上站起来，把藏了半天的礼物盒递给霍云深。

“爸爸，这是第一件礼物。”

言卿反应过来：“柚柚，你回来一直在楼上，是在忙这个？”

柚柚有点不好意思地点头，激动又紧张地观察爸爸的反应。

言卿挨到霍云深身边，跟他一起拆开缎带，盒子里摆着一本精致厚重的相册，翻开第一页，她就不禁愣住了。

是她跟霍云深的合照，在家里的露台上，她笑着摆弄花草，他弯腰，给她拨开垂落的长发。

言卿见过的，是柚柚学会用手机拍照以后，拍下的第一张照片。她以为早已淹没在小家伙数量庞大的相册里，没想到会以这样的方式出现在眼前。

照片下面，还有柚柚画的一颗心，他暂时不太会写字，就用图画来表达。

再往后翻，每一页都是柚柚拍的合照，有很多连言卿都不曾注意过的时刻，被他稚嫩的小手记录下来，端端正正贴成厚厚的合集。

倒数第二张，是今天开车出门时，正副驾驶的两只手紧紧扣在一起，一只修长有力，一只纤细白皙，戒指在透入的阳光下生辉。

最后一张……柚柚自己唯一一次入镜。

他笑眯眯地露着小脸儿，和后面巷子口亲吻的爸爸妈妈拍了最甜蜜的合影。

霍云深托着相册的手越来越紧，直到翻完，他爱惜地抚过多次，抬眸看向柚柚，朝他招手：“柚柚来。”

柚柚马上爬下椅子，“嗒嗒嗒”跑到爸爸腿边。

霍云深把他拎起来抱住，揉着他的小脑袋：“柚柚怎么这么好！”

柚柚明白了爸爸喜欢自己送的礼物，喜滋滋地回答：“因为柚柚是爸爸妈妈的儿子！”

他小声在霍云深耳边说：“爸，我还有第二份礼物呢！等吃完饭送给你。”

等到饭后消化了一会儿，柚柚果然有话要讲。他小身子突然软趴趴的，演技超自然地揉着眼睛，迷迷糊糊地说：“妈妈，我困啦，上楼去睡觉。”

言卿看穿了儿子的小心思，似笑非笑地答应。

柚柚还以为妈妈不知道，悄悄回过头，朝爸爸狡黠地眨眨眼，手指头比了个“二”。

第二份礼物，是他要回房间，把妈妈留给爸爸一个人。

霍云深站在暖色灯光下，笑着对小家伙点头。

言卿瞧着父子俩暗中达成的小秘密，止不住嘴角上扬。看着柚柚进房间后，她瞄了一眼时间，挽住霍云深的手臂：“柚柚表现这么好，卿卿猫绝不认输。走，带老公上屋顶。”

霍宅别墅的屋顶上有一小片平台，言卿早已经瞒着他准备好灯盏和座椅，小茶几上放了酒。

只是夜风流淌，多少有些冷。

霍云深摸摸她的头发：“不怕冷吗？”

言卿坚决地摇头，冷也不能承认。

霍云深亲了亲她的额角：“等我一下。”

两三分钟后，他提着几块加厚的大软垫上来，外加足够夸张的绒毯。

霍云深把软垫叠在一块儿，才牵着言卿坐下，再打开绒毯，绕到身后，将自己和她一起裹在里面。

夜空明澈安静，风很凉，却再也吹不开毯子，和他搂紧她的臂弯。

言卿缩在他怀里，被他的体温包裹，失笑地问：“大晚上拽着过生日的霍先生上屋顶吹风，围着毯子取暖，是不是特别傻？”

霍云深嗓音沉而柔：“我喜欢。”

她拖长了声：“我做什么你都喜欢，没原则。”

“有。”霍先生澄清，“原则是你。”

有你，一切都是如珍似宝的幸福。

言卿靠在他肩上，心里默默数着秒，对他说：“深深，十秒钟，给你生日礼物。”

“你陪我数。”

十。

言卿转过头，在月色下看他。

八。

她禁不住心口的暖热，轻碰他的唇。

五。

绒毯把她跟他缠绕得很紧，温度交融，唇舌亲密温柔地相贴。

三。

他哑声喃喃：“卿卿，这一辈子，你就是我最好的礼物。”

最后一秒数完，不远处倏地有数道光亮冲上夜空，在如墨的苍穹上绽开焰火，光彩斑斓，映亮整片夜空。

霍云深炙热的手用尽力气抱着她。

烟花短暂，星空遥远。

而我爱你，热烈璀璨，永不冷却，哪怕到了生命停止的那一天。

完

番外
依赖

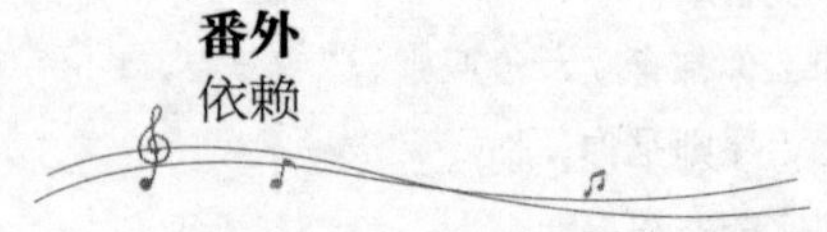

言卿觉得霍云深有点反常。

今天是她生理期的日子，和以前每次一样精神倦怠，小腹闷痛，很需要安慰，也格外依赖老公。如果放在以前，根本不需要她提，霍先生把时间记得比她还准，肯定主动来照顾她，心疼她，享受她的撒娇。但这次显然出了问题，他不仅没抱她一下，居然还跟她保持距离。

绝对不是她多想，事实就摆在眼前。

霍云深忙完工作回来，先是亲手给她做了晚饭，都是她爱吃的菜，还多加了一碗暖热的浓汤，这没问题。

然后他陪她散步看剧，喂她餐后水果，这也没问题。

接下来他带她上楼进卧室，让她躺好。给她准备了红糖姜茶和充好电的暖宝宝以后，事情就不对了。

没有拥抱，没有亲吻，甚至连一点亲密的接触都没发生，他就低声说：“你先睡，我去书房，还有个视频会议要开。”

说完转身就要走，迈出两步他又停下，回到床边，极度克制地俯下身，用唇轻轻碰了一下她的额头，仅此而已。

言卿孤单地躺在被子里，好半天过去还是不太能接受现实。

平常恨不能跟她长在一起，一天二十四小时不分开的霍云深，今天冷淡到像是换了一个人？！

百分百有问题。

言卿就算再不舒服也躺不下去了，悄悄起来，蹑手蹑脚靠近书房，在外面听了一小会儿，并没有什么开会的声音。她忍不住推开门，里面灯黑着，他根本就不在。

老公不可能故意对她说谎，一定是出了什么事。

言卿这下是真的担心了，想回房间拿手机给他打电话，没想到经过她写歌的工作间时，意外地在里面听到了动静。

沉重的脚步声，倒在床上的闷响，以及吃力的呼吸声……

言卿怕惊到他，特意放轻脚步，慢慢拧开一条门缝，工作间里灯光很暗，那张用来临时休息的床上有个暗淡的人影。

霍云深合着眼，眉心拧得很紧，唇干涩发白，胸口起伏急促。

言卿愣了，忽然想起来之前他吻她的额头时，嘴唇温度高得不正常。

她心一揪，立即开门进去，不等霍云深起来就冲到床边，把他按回枕头上，伸手去摸他的脸颊，果然热得吓人。

“发烧了？”言卿急得要去找药倒水，“怎么不告诉我！”

霍云深一把拽住她，声音低哑：“吃过药了，你身上不舒服，别忙。”

言卿赶紧检查一遍他吃的药，确定对症，提到喉咙口的心才放下少许，想到他瞒着病情不吭声还装作冷淡，她又心疼起来。

霍云深攥着她的手舍不得放，可也不敢离她太近。

言卿鼻子发酸，故意把手抽走：“你休息吧，我回卧室了。”

他不松，牢牢握住她的手。

“你不是要开会吗？不是病了不想让我知道吗？现在还拉我干什么。”

霍云深撑起身子，揽过她的腰，把发烫的手掌放在她的小腹上。

他的温度侵入，缓解了酸痛，让言卿手脚一软，不由自主靠到他身上。但是还闹着脾气，别开头不看他。

霍云深轻轻亲她的眼角：“我不敢碰你，怕感冒传染给你。你自己又难受，我不能告诉你再让你担心。”

言卿抿着嘴搂住他，闷闷地问：“那现在怎么又不让我走了？”

他盯着她：“刚才出来已经用尽了力气，你来找我，我就顶不住了，只想依赖你。”

言卿扶他躺好，自己也脱掉鞋挤进被子里，枕在他肩上。

“这还差不多，”她小声说，“以后不许瞒我，健康的时候要黏着，病的时候要黏得更紧。我依赖你，我也需要你依赖我，两个人的难受加在一起，就是甜了。”

霍云深把她抱进怀里，手臂收紧，口中药物的苦涩渐渐消失，被她柔暖的味道取代，他笑着点头：“我尝到甜味了。”

“还不够。”

言卿转身面对他，抬起头，吻实实在在地落在他的嘴角上，轻声说：“这样，才是给你的甜。”